奇 幻 故 事 專 門 店

中國經典童話

歷經千年‧橫跨群書的 119 個述異傳奇

陳蒲清／主編

推薦序：童話與中國

　　關於中國有沒有童話這個問題，絕對是個讓人頭痛半天，難以馬上回答的問題。西方童話的脈絡甚爲清楚，有專書專文討論，即使一般大眾，路上隨便抓上一個，問西方童話有哪些，大多數的人都能數出：格林、安徒生，或是貝洛童話。這就頗像很多人對紐約上城、下城，或是巴黎地鐵分區如數家珍，但卻會在台北徹底迷路，搞不清楚桃、竹、苗該如何排列。如果這樣的比喻讓你看了扎心，或許突然之間中國到底有沒有童話這件事，就值得停下來思量一番！

　　找尋屬於自己的童話傳統，其過程如同找尋一種定位。一種可以連貫上下，銜接左右的定位。上下是對自己血脈文化的連結，左右是與其他地域文化的接銜。這樣看起來，中國童話的過去確實是有點兒血脈未通、狀態不明。而中國童話對世界童話而言，長久以來也處於離線的狀態。

　　1982年楊志成（Ed Young）的《葉限（Yeh-Shen）》在美國出版，這本有濃厚東方風味的圖畫書，在西方世界引起極大的矚目與討論，我想大部分的中國人應該都和我一般，看到書後的附注說明後嚇了一大跳，原來最早的灰姑娘故事原型，竟然出自中國唐代的《酉陽雜俎》裡的〈葉限〉。

　　我曾修過一門關於奇幻文學的課程，課名叫「Root of Fantasy」，講的是西方奇幻文學的作者與作品研究。在課程中格外能體會那種文化傳承流動在創作人血脈中的奇妙感受。擁有

豐厚奇幻文化資產的英國產出了令人著迷讚嘆的《魔戒》、《哈利波特》、《黑暗元素三部曲》。而其中《黑暗元素三部曲》的作者菲利普‧普曼（Philip Pullman）尤其酷愛從傳統童話中取經，透過他的重新翻修打造，童話得以跨越時空轉換風貌。

這本書裡的119則童話，經過編者的篩選，透過說書人的詮釋解讀，有許多的訊息足供參考。說書人連結上下與左右的能力著實令人佩服。或是連結前、後代的典籍著作，或是串接西方的童話故事類型，靈巧活潑，確實下了一番苦工。

當我讀到〈李寄斬蛇〉那則記載於《搜神記》裡的故事，一則大蛇吃人和鄉民無知的故事，裡面塑造了一位女英雄李寄，她計誘大蛇，一舉將牠殲滅，當李寄進入蛇洞察看，竟看到先前犧牲的九個女孩的頭骨，李寄痛惜地說：「你們太怯弱，才會被蛇給吃了，好可憐！」簡單一句對白，卻有千斤萬鼎的力道，讀來令人忍不住擊掌讚嘆。

翻閱這本集子有種感覺，彷彿看到格林兄弟當年行走在鄉林野地間，採集流傳民間口傳故事的身影，這本書的編者在古籍中翻尋整理的功夫，頗有在野林中尋寶的味道。當年的格林兄弟懷著想保留對德國鄉土、人民美好文化資產的浪漫情懷，開始了對童話、民間口傳文學的蒐集工作，同樣在序言中我們也讀到編者們超越整理資料的清楚意圖。

英國是童話故事最豐厚的國家，我常羨慕英國人血脈裡流的億萬文化資產，看來這本集子的功用之一，恐怕在我的定義中多少有點兒補充文化養分的功效。119則原汁原味的寶貴資產，拿來入藥滋補，真可謂大補！

資深童書工作者‧誠品書店童書企畫

張淑瓊

目錄 《中國經典童話》

目錄 《中國經典童話》

序言

　　童話是一種適合兒童心理特點的幻想故事。幻想是一種指向未來的特殊想像，愛好幻想是兒童的天性，而在發展兒童幻想力以哺育兒童健康成長方面，童話具有其他文體所不可替代的獨特作用，如果幻想力萎縮，就不可能有健美的心靈和創造力，就會造成一大批平庸而庸俗的人，那將是一個人的悲哀，也是一個社會和民族的悲哀。幻想是未來思想家、文學家、科學家的搖籃。因此，任何一個優秀民族都應該愛護兒童的幻想力，發展其健康幻想力。那麼，童話理所當然地應該受到重視。

　　有人說中國漢民族是一個早熟的民族，中國古代文化是倫理型的農業文化，因此，中國古代童話不發達，甚至沒有童話。中國古代文化的性質和特點，那是一個重大的學術課題，本文姑且不論。但是，說中國古代沒有童話或童話不發達，卻是違背實際的。中國正統的哲學家和教育家們，的確不重視童話以及其他故事。然而，這只是中國文化的一部分，不能代表中國文化的全部。在我們民族的日常生活中，大人們給小孩講故事是一種經常的現象，老人們把講故事叫做講「古」。無論夏日納涼或冬日向陽，工間休息或圍爐夜坐，小孩都喜歡聽大人講「古」。這些古老的故事中有很多充滿奇特幻想的故事，它們便是民間童話。有很多文人小時愛聽故事，長大了還是這樣，晉代的干寶，唐代的李公佐、段成式，宋代的蘇東坡、洪邁，明代的瞿佑、馮夢龍，清代的蒲松齡、沈起鳳等，都是一批保持童心的人物，他們把自己聽到的故事記錄下來，其中就有不

少優秀童話。

我們只要隨手翻檢一下古代汗牛充棟的筆記和傳奇故事書，就可以發現大批閃光的童話作品，正如在大海灘上有拾不完的五光十色的貝殼一樣。那麼，我們就將改變中國古代沒有童話的偏見，而不得不承認中國古代童話歷史悠久，類型繁多，手法齊備，有些作品在世界上佔有領先地位。如：在先秦著作《列子》（這本書有後人摻雜僞託的東西，但基本上是先秦著作）中，已出現了「大人國和小人國型」故事，近似現代機器人幻想的「巧匠型」故事；魏晉南北朝時期已有成熟的「毛衣女型」故事和「田螺姑娘型」故事；唐代的童話創作達到了很高的藝術水平，《酉陽雜俎》中的〈葉限姑娘〉是世界著名童話〈灰姑娘〉的最早紀錄，比法國貝洛《鵝媽媽的故事》和德國《格林童話》中的同一故事早了八、九百年；同書中的〈龜茲國王降毒龍〉是一篇征服毒龍的童話，是歐洲盛傳的尼伯龍故事的淵源①；清代蒲松齡的《聊齋誌異》是以童話故事爲主的，它比世界上任何一本童話故事都毫不遜色，蒲松齡是應該與貝洛、格林、王爾德、安徒生等並列前茅的世界優秀童話大師。此外，「童話」這個術語恐怕也是中國人最早提出的。孫毓修先生在宣統元年（1909年）開始編撰《童話》叢書，最先使用了這個概念。他取名時，大概受到了傳統「話本」、「詩話」、「詞話」的啓發。外語中還很難找到一個相應的詞。如：英語的fable、fairy tale、fantasy tale都不完全相當「童話」。fable包括神話、童話和寓言；fairy tale包括神話和童話，fairy是一個小精靈；fantasy tale是幻想故事。歐洲的很多童話故事都直接稱爲「故事」。

「童話」這個詞標明了這種文體的獨特閱讀對象（其他文體都不專以兒童爲對象），也標明了這種文體的內容特點，即必須適合兒童心理。童話愛好幻想，其中的人、事、物、境都具有幻想性；童話中萬物有靈，萬物都具有人的特點（能說話、有感情）；童話中好人總會取得勝利，美好的願望總會實現；童話中的愛憎都是單純的，純潔的；童話愛好誇張，變形，形變而神似，等等。這都符合小讀者的心理，而且童話喜歡以少男少女作爲故事的主角，更使小讀

者感到親切。我們就根據這些特點，給中國古代童話的發展畫出一個大體輪廓吧。個人以爲，中國古代童話大體應分五個時期。

一、醞釀期：先秦兩漢是中國古代童話的醞釀期。這個時期，寓言和童話剛從神話中誕生，三者並無明確分界，正如歐洲fable一詞所包涵的那樣。但是，童話畢竟萌芽了。《山海經》中的〈精衛塡海〉便寫了一個小主人公與大海鬥爭的故事；《列子》中的〈大人國和小人國〉是世界上最巨大的大人國，《莊子》中的〈觸國與蠻國〉則是最微小的小人國；《列子》中的〈偃師造人〉、〈扁鵲換心〉則是有名的「巧匠型」故事。西漢人劉向編的《說苑》、《新序》、《列女傳》有好幾百個故事，很可能是供兒童閱讀而編寫的，雖然其中童話不多。

二、成型期：六朝是中國古代童話的成型期。所謂成型，是指童話故事已經獨立了，並出現了一些著名的童話類型。如《玄中記》中的〈姑獲鳥與毛衣女〉，《搜神記》中的〈董永與織女〉、〈河伯招婿〉、〈三王墓〉、〈斑狐書生〉、〈李寄斬蛇〉，《搜神後記》中的〈白水素女〉，《幽明錄》中的〈天台仙女〉，《世說新語》中的〈周處除三害〉，《述異記》中的〈牛郎織女〉等，都是優美童話。這時，外國童話傳入中國，中國的童話也在後來影響外國。如《續齊諧記》中的〈陽羨書生〉，顯然受到印度故事〈梵志吐壺〉的影響；而《高僧傳》中的〈虛空細縷〉，則是安徒生的著名童話〈國王的新衣〉的濫觴。漢末六朝時期，印度故事的傳入對中國童話的成型起了促進作用。

三、繁盛期：唐代是中國古代童話創作的繁盛期。這個時期，不僅創作的童話數量多，而且藝術上走向自覺和成熟，達到了很高的水平。如：〈白猿搶妻〉、〈南柯太守傳〉、〈柳毅傳〉、〈棄家救友〉、〈聶隱娘〉、〈孫恪與袁氏〉、〈裴航遇仙〉、〈郭元振〉、〈齊饒州〉、〈李靖行雨〉以及敦煌民間故事〈韓朋與貞夫〉、〈燕子告黃雀〉、〈田昆侖與天女〉等，都富有昂揚自信的時代精神和浪漫的生活情趣。這個時期，中國產生了不少對後世和世界有巨大影響的童話著作。如：上文已經提到的《酉陽雜俎》中的〈葉限姑娘〉、〈龜茲國王降毒龍〉；還有〈旁㐌兒

弟〉，是兩兄弟型故事中最早的範例；〈神筆廉廣〉則是現代著名童話〈神筆馬良〉的雛型；〈杜子春護爐〉、〈冥府雪冤〉、〈魚服記〉等也爲後世廣泛傳誦。同時，外國童話的影響也隨著經濟、文化的交流而加深了。如：〈新羅長人〉、〈板橋三娘子〉、〈龍女招親〉，受到了古希臘、羅馬、阿拉伯和印度故事的影響。唐代比較開放的文化政策與其他文藝（特別是傳奇）的繁榮成熟，是唐代童話繁榮的有利因素。

　　四、中衰期：宋朝至明中葉是中國古代童話的中衰期。這個時期所產生的童話，無論數量和質量都下降了。洪邁《夷堅志》是宋代神怪故事中的唯一巨製，原書四百二十卷，有故事五、六千則，今本仍有二百零六卷二千七百則；然而描寫簡陋，不能馳騁想像。只有《青瑣高議》中的〈烏衣國〉等故事仍然保持著唐人氣象，這類故事已經寥若晨星了。原因何在呢？這是由於宋以後正統理學禁錮人心，高揚封建倫理，對幻想性作品採取壓制態度；元代的高壓政策，明初的極端專制主義，都扼殺了童話創作的勃勃生機。當然，我們也要感謝這個時期的統治者，他們所編的類書（如北宋時代編的《太平廣記》）爲我們保存了豐富的古童話資料②，使它們沒有失傳。

　　五、復興期：明中葉至清代是中國古代童話的復興期。元末動亂與明代剛剛建立時期，由於思想控制一度放鬆，文網較疏，文藝領域曾短暫繁榮。《三國演義》、《水滸傳》產生的同時，寓言故事集《郁離子》、《燕書》，傳奇故事集《剪燈新話》、《剪燈餘話》及《嬌紅傳》等也相繼問世。但這只是曇花一現。明太祖、成祖的黑暗專制使中國社會封閉倒退，童話創作更難逃厄運。「土木之變」（西元1449年）暴露明王朝的腐敗無能，給明王朝敲響了警鐘，卻給思想界和文學界帶來了新的機遇。後來王學左派人物李卓吾提出「童心說」，公安派提出「抒寫性靈」的主張，都有利於童話的創作。明代優秀童話〈中山狼傳〉、〈遼陽海神傳〉等都是「土木之變」以後問世的。清代的《聊齋誌異》是我國古代童話集大成的著作。全書五百篇故事大都是幻想性很強的故事，它能把人帶進一個能夠消除人間不平、社會災難和生離死別痛苦的美妙童話境界。此外，《虞初新志》、《諧鐸》、《螢窗異草》、《夜雨秋燈

錄》、《淞濱瑣話》等書中也有一些優美童話。明清不僅文言童話復興，白話文寫的著作中也有很多童話，如短篇白話小說〈白娘子永鎮雷峰塔〉、〈灌園叟晚逢仙女〉都是很優美的童話，《西遊記》、《封神演義》、《鏡花緣》等長篇白話小說中的某些章節也具有鮮明的童話色彩，如：〈悟空出世〉、〈大鬧天宮〉、〈三打白骨精〉、〈三調芭蕉扇〉、〈哪吒鬧海〉、〈百花仙子〉、〈女兒國〉等等。

中國古代童話取得了可觀的思想成就與藝術成就。在思想上，為民除害、反抗強暴、追求正義和自由的主題很突出。如〈夸父追日〉、〈李冰鬥江神〉、〈李寄斬蛇〉、〈周處除三害〉、〈龍女招親〉、〈城隍鬥河神〉、〈龜茲國王降毒龍〉、〈陳鸞鳳鬥雷〉都貫串著一個為民除害的主題，表現了中華民族征服自然災害的宏偉氣魄；〈三王墓〉、〈神筆廉廣〉、〈冥府雪冤〉、〈吳堪與螺女〉、〈韓朋賦〉、〈太虛司法傳〉等則表現了人民消滅強暴的強烈願望。中國古代歌頌愛情的五大民間傳說〈牛郎織女〉、〈董永與織女〉、〈梁山伯與祝英台〉、〈白娘子〉、〈孟姜女〉（敦煌變文中有殘卷），實際上都是民間童話，它們從不同的角度表現了中國人民的氣質和願望。在藝術上，中國古代童話類型完備，手法多樣，具有豐富奇特的想像力。僅以描寫動物幻想國度為例，就有龍宮、螞蟻國、蝦國（長鬚國）、燕子國（烏衣國）、羅剎國、蟋蟀郡、鸚鵡國（翠衣國）等等。可惜的是，這一宗文化遺產並未得到充分的系統的整理。為此，我們不辭淺陋，編注了這本小書。

要編選中國古代童話，必須要有一個明確的範疇。我們是從文體、時代和民族三個方面進行考慮的。從文體看，最易跟童話混淆難分的文體就是神話、民間故事、寓言和小說。區分的關鍵在於一個「童」字。神話是古人（主要是原始人類）解釋自然和社會現象的故事，其特點是幻想性和「萬物有靈」觀念，並具有初民的粗獷氣息。兒童心理有和初民相似的地方，即愛好幻想，以人的特性去理解世界萬物。所以，神話與童話沒有絕對界線，那可供兒童閱讀的上古神話，有些可作原始童話看待。我們選了〈精衛填海〉、〈夸父逐日〉等篇。民間故事是一個廣泛的概念，其中適合兒童特點的幻想故事便是童話，如〈牛郎織女〉與〈白

水素女〉（這是公認的童話）有什麼本質差異呢？寓言和童話都是從神話演變出來的，然而寓言是一種理性思考的產物，作者另有寄託（寓意），即用故事去諷刺另一種現象，去闡明另一番道理；寓言又不專以兒童爲閱讀對象。但是童話和寓言也往往交叉，那些情節豐富曲折的幻想性很強的寓言，就可以作爲童話看待。本書入選的〈偃師造人〉、〈燕子告黃雀〉、〈南柯太守傳〉、〈中山狼傳〉等就是這樣。至於小說，也是一個包羅很廣的不斷發展的文體概念。古代那些幻想性很強的故事，又適合兒童接受特點的，與其說是小說，不如說是童話，如〈柳毅傳〉、〈羅刹海市〉一類作品。我們還審愼地選了像〈聶隱娘〉這種武俠故事，它是被稱爲「成人童話」的。從時代和民族看，如果綜合我國五十六個民族的古今童話，把書面記載和口頭流傳的都搜集起來，可以說浩如煙海，汗牛充棟。因本書性質和資料所限，我們只能選編古代漢語典籍所記載的本國童話，而且可能是掛一漏萬的。漢譯佛典中的童話，在我國即使已家喻戶曉，也一律不收；但在佛經影響下的童話創作，如〈陽羨書生〉、〈杜子春護爐〉之類的作品，我們則選編了。就這樣，我們一共選編注譯了自先秦至清代的一百一十九篇童話，每篇都寫了「說書人的話」，力求介紹其特色，並適當與外國同類型故事做些比較，或扼要講講某類故事的古今發展線索，以使讀者融匯貫通。這些童話出自古代六十二種著作，我們介紹這些著作的簡況，是爲了使讀者更清晰地了解我國古代童話的發展歷史。這便是我們的選材標準和體例。總之，我們編選本書，整理這筆寶貴遺產，是想奉獻給青少年和家長、教師以及從事童話創作和研究的朋友們，爲加強青少年教育與振興民族文化服務，也想改變一下講童話時言必稱西歐的狀況。（編選時，我們參考了張錫昌等《中國古代童話故事》、洪汛濤《童話學》等書。）參加本書的注譯人員有（按姓名筆畫爲序）：馬雲輝、鄧忠武、劉周平、申玉梅、孫光貴、石萬能、馮光前、亞南、伍小蘭、李艷青、湯惠珍、伯昆、易文鈞、易偉、胡立根、祥華、彭光宇、朝暉、譚清祥、潘雁飛等。

陳蒲清

注釋

① 參閱楊憲益《酉陽雜俎裡的英雄故事》。

② 如明代郎瑛《七修類稿》云：宋朝自開國至仁宗時期，「太平盛久，國家閒暇，日欲進一奇怪之事以娛之。」這大概是編寫故事類書的重要背景。

（編按：本書中所收錄的119篇故事，為求閱讀順暢、易懂，部分故事篇名已有更動而與原書篇章名不同。為求閱讀統一，凡本書序言中及「說書人的話」、「注釋」及「原書介紹」提及時，皆以本書的故事篇名為準，以利讀者查閱。）

中 國 經 典 童 話

歷經千年‧橫跨群書的119個述異傳奇

精　衛　填　海

出自：《山海經》／伯益

　　發鳩山① 上長著很多柘樹。山上有一種鳥，形狀像烏鴉，花腦殼、白鳥嘴、紅色腳，名字叫精衛。這個名字是因牠自己的叫聲所取的。牠本是炎帝的小女兒，名叫女娃。女娃在東海遊玩，被淹死在海中，沒有再回家，所以就變成了精衛鳥② 。這個精衛鳥常常銜著西面山上的樹枝和石塊，想把東海填平。

說書人的話

這是一個小女孩不幸遭禍而變為小鳥的故事，反映人類征服自然的堅強意志。

注釋

① 發鳩山是傳說中地名，但也有現實依據，相傳就是今山西省長子縣的發苞山（又名鹿谷山），屬太行山支脈。

② 鳥名。後來在《述異記》中記載了另一種傳說，說精衛跟海燕結為夫妻：「昔炎帝女溺死東海中，化為精衛。偶海燕而生子，生雌狀如精衛，生雄如海燕。」

原書介紹

《山海經》是一部以地理為綱的古老神話、巫術故事集。全書共十六卷,分山經、海經兩大部分,包羅了古代的神話巫術、天文地理、歷史民俗等多方面的內容。相傳是夏禹治水時,伯益作他的助手,足跡不僅踏遍中國山河,而且到了四海之外很多奇異的國度,見了很多奇特的現象,伯益把這些記載下來,便成了《山海經》一書。近人考證,此書約成於戰國時代。著名注家有郭璞、畢沅、郝懿行,今神話學者袁珂《山海經全譯》是校注詳審而通俗的讀本。〈精衛填海〉、〈后羿射日〉、〈女媧補天〉、〈夸父逐日〉、〈鯀禹治水〉等著名故事皆源於此書。

夸 父 逐 日

出自：《山海經》／伯益

　　夸父①跟太陽賽跑。他趕上了太陽，口渴得厲害，想喝水。他跑到黃河、渭水邊喝水。黃河、渭水不夠他喝，便向北面的大湖澤走去，想喝其中的水。還沒走到，便在路上渴死了。他拋下手杖，那手杖化成一片茂密的桃樹林②。

說書人的話

這是一個巨人與太陽爭鬥的故事，曲折反映了古人征服旱災和炎熱的幻想，與〈后羿射日〉神話相似。后羿勝利了，夸父卻失敗了。然而，這個巨人卻留給後人一片能抵擋乾旱和炎熱的美麗桃林，「余跡寄鄧林，功竟在身後！」（陶淵明《讀山海經》）

注釋

① 傳說中的巨神名。《山海經》卷二〈西山經〉說夸父是神獸，像猴子；《山海經》卷十七〈大荒北經〉說他是一個巨人，是后土神的兒子，兩只耳朵上各掛一條黃蛇，兩隻手各握一條黃蛇。本篇中的夸父屬巨人形象。

② 《山海經》卷五〈中山經〉說，夸父山的北面有一座桃

林，「廣員三百里」。《列子‧湯問》說，「棄其杖，尸膏肉所浸，生鄧
林（桃林），鄧林彌廣數千里焉。」今河南省靈寶縣方圓幾百里內有桃林
成片，當地民間傳說是夸父手杖所化生的。

大人國和小人國

出自：《列子》／列御寇

　　渤海的東方，算不清有幾億萬里遠之處，有個大水壑，它是一個沒有底的深谷，名叫歸墟①。大地的盡頭和中國九州，所有的水流都流進那裡；天上的銀河也傾注到裡面。這麼多水傾注進去，水面既不增加，也不減少。

　　歸墟有五座大山。第一座叫岱輿，第二座叫員嶠，第三座叫方壺，第四座叫瀛洲，第五座叫蓬萊。這些山都有三萬里高，周圍也是三萬里，山頂上有九千里見方的平原。山與山之間，相互距離七萬里，互相呼應。那些山上的樓台房屋都是金玉建築的，山上的飛禽走獸都像白綢子一樣潔白。珍珠樹、玉石樹成片地生長，開的花和結的果都非常好吃，吃了花或果都能長青不老，長生不死。山上的居民都是仙人聖人的家族，他們日日夜夜在五山之間飛翔往返，非常熱鬧。但是，五座山的山腳沒有什麼東西維繫支撐，經常隨著波濤上下漂流，不能穩固地屹立。仙人聖人們為此擔心，便向天帝報告。天帝怕這些山漂到西極，使各位仙人失掉居住地，於是命令北極神禺強②派十五條巨大的鰲魚，舉頭頂著五座大山。牠們分為三組，輪流頂山，六萬年交接一次。五座山這才穩定不動了。

　　可是，從龍伯國來了一位巨人，他動腳只走了幾步便到達五座山的海域。他一下子就釣起了六條大鰲魚，把牠們放在一起背走了。他回到龍伯國，殺了鰲魚，燒鰲魚骨進行占卜。由於釣走了六條鰲魚，岱輿、員嶠兩座山便失去支撐，於是漂流到北極，沉到大海裡。仙人聖人們因此流離失所的達到幾

十萬。天帝大怒，於是逐漸削減龍伯國的疆域，使它變得狹窄；逐漸縮小龍伯國人的身材，使他們變矮。然而，直到伏羲、神農③時代，龍伯國的人還有幾十丈高。

從中國向東四十萬里，可以找到一個僬僥國，人民身高只有一尺五寸。大地東北極有一種人，名叫「諍人」④，身高只有九寸。

說書人的話

童話中常有大人國和小人國的故事。《列子·湯問》中所描寫的龍伯國，可能是世界上最高最大的巨人國度。根據一下釣走六條能頂縱橫幾萬里的大山的巨鰲計算，龍伯國巨人的身高至少幾十萬里。至於「僬僥人」和「諍人」，恐怕還不算最小的人。《莊子·則陽》中所描寫的觸國和蠻國的人，才是最小的人。因為這兩個國家是建立在蝸牛角上的，那麼國中的居民便和細菌一樣微小了。關於大人國和小人國的描述，表現出先民豐富的想像力，也適合人們愛好幻想的心理。

注釋

① 傳說中天下之水的匯聚處。《太平御覽》引文作「歸塘」。《莊子·秋水》作「尾閭」。實際上是浩瀚太平洋在古人幻想中的影像。

② 北極之神，或號玄冥子。

③ 傳說中太古時代的帝王。

④ 《山海經》作「竫人」。

原書介紹

《列子》先秦時代的一部重要哲學著作。它的作者相傳是列御寇。《漢書·藝文志》列入諸子道家類，並有注云：「名固寇，先莊子，莊子稱之。」據劉向《敘錄》云：「列子者，鄭人也，與鄭穆

公同時，蓋有道者也。其學本于黃帝、老子，號曰道家。」唐代被道教尊為
《列子沖虛至德真經》。但是，從柳宗元以來，人們多懷疑《列子》是偽書，
或以為出於晉人偽託。大概《列子》原書散佚之後，混進了後代的文字。
《列子》八篇中有很多古老的神話和故事，如：〈杞人憂天〉、〈愚公移
山〉、〈夸父逐日〉、〈歸墟神山〉、〈扁鵲換心〉、〈偃師造人〉等。這些故
事有些是童話，有些是寓言。

扁 鵲 換 心
出自：《列子》／列御寇

　　魯國的公扈與趙國的齊嬰，這兩人都生了病，請求扁鵲治療。病已經治好了，扁鵲向兩人說：「你們過去的病，是從體外侵入內臟的，藥當然可以治好；現在，我發現你們有一種與生俱來的病，跟著你們的身體一起發展，我替你們治好它怎樣？」兩人說：「希望先聽聽這個病的症狀。」扁鵲對公扈說：「你人很聰明，但氣太弱，所以善於思考而缺少決斷力；齊嬰呢，與你相反，智力差點但氣比你強，所以不善於思考，容易專橫武斷。如果把你們兩人的心交換一下，那麼你們兩個人都能達到完善的地步。」扁鵲便叫他們兩人喝了麻醉藥酒，兩人有三天沒有一點知覺，然後剖開胸膛，拿出心臟，相互交換放置後，再用神藥敷上。兩人醒來後，好像沒有動過手術一樣。

說書人的話

　　這是有名的神醫故事，反映古人對醫術的讚美和幻想。古人認為：「心之官則思。」認為換了心臟，就可以改變人的智慧和性格。後來，《聊齋誌異》中的〈陸判官〉（見本書第329頁），便是這類故事的發展，不過增添了鬼神色彩。

偃 師 造 人

出自：《列子》／列御寇

　　周穆王到西方視察，越過了崑崙山，快到弇山①便折回來。還沒有回到國都，就在路上碰到一個進獻工藝品的匠人，名叫偃師。穆王接見他，問他：「你有什麼才能啊？」偃師回答：「我，聽憑您測驗。不過，我已經造了一件東西，希望大王先看看。」穆王說：「好，明天帶它一道來吧，我與你一起觀看。」

　　第二天，偃師來拜見穆王。穆王接見他時，看他身旁另有一個人，便問他：「跟你一起來的是什麼人？」偃師回答：「這是我製造的能夠表演技藝的人。」穆王很驚奇地看著，這個假人走路、彎腰、仰頭，都像一個眞人。好靈巧啊！輕輕搖一搖它的下巴，便唱起歌來，歌聲很合旋律；撥弄一下手，它便舞蹈起來，舞蹈很合節拍。它可以千變萬化，你想要它做什麼它便做什麼。穆王以爲是一個眞人。他寵愛的美人、侍妾也一起觀看。表演快結束時，這個假人竟然轉動眼珠，向穆王的侍妾眉目傳情。穆王大怒，認爲偃師欺騙自己，要馬上懲罰偃師。偃師怕極了，只好立刻拆散假人，一件件指給穆王看。原來都是用皮革、木頭、樹膠、生漆等黏合成的，並且著上白、黑、紅、青等顏色。穆王仔細地觀察那假人體內的肝、膽、心、腎、脾、肺、腸、胃，體表的筋絡、骨頭、四肢、關節、皮膚、毛髮、牙齒等，都是人造的，而且樣樣齊全。把這些東西裝配起來，又恢復了剛看到它時的樣子。穆王命令摘掉它的心，便不能說話；摘掉它的

肝，便不能看東西；摘掉它的腎，便不能走路。

穆王這時高興地讚嘆說：「人的技巧，竟然能夠跟大自然的力量一樣巧妙啊！」

說書人的話

這是一則巧匠型的故事，也是古人關於機器人的幻想。偃師所造的機器人能唱歌，能跳舞，還能眉目傳情，比現有的科技造出的機器人還要巧妙。童話的幻想，有時可以成為科技創造的靈感。佛經《生經‧佛說國王五人經》中的〈機關木人〉，與此相似；也有人認為《列子》受佛經影響。

注 釋

① 傳說中太陽落下的地方。

鯤 鵬 變 化
出自：《莊子》／莊周

　　北方大海中有一條魚，牠的名字叫做鯤。鯤多麼巨大啊，人們無法了解，大概有數千里那麼寬，那麼長。牠化為一隻鳥，鳥的名字叫做大鵬①。大鵬的背脊，人們無法了解，大概也有數千里那麼廣大。牠奮力起飛，張開的雙翅就像天邊的雲團。在海中吹起颶風、掀起巨浪時，這隻鳥就要遷徙到南方的大海去。南海就是天池。

　　齊諧②是一位專門記載怪異事物的人。據齊諧說：「大鵬遷徙到南海，激起了三千里的巨浪，牠乘著颶風盤旋上升到九萬里的高空，藉著六月間的大風離開了北海。」野馬般的雲霧，飛揚的塵土，活動的生物，都靠著大自然的風而飄揚起飛。天空蔚藍而深遠，那是它的本色嗎？還是因為天空又高又遠沒有窮盡，而顯得這樣呢？大鵬在高空往下看，也像我們看蔚藍遼遠的天空一樣吧。

　　蟬兒和小鳩鳥譏笑高飛的大鵬說：「我迅速起飛，達到榆樹和檀樹上就停下來休息，有時還不飛到樹上，落到地面就罷了。為什麼要花費力氣飛上九萬里高空而往南海去呢？」

說書人的話

這是《莊子》開篇所說的一個寓言故事，它的寓意是說明要逍遙自然。這個故事起源很古老，據《莊子》和《列子》說，

它發生在夏禹時代，夏末的賢人夏棘（夏革）向商湯講述了這個故事。可見它至少在戰國以前便產生並流傳開了。故事幻想豐富，寫了巨大的魚和鳥，寫了動物變形，這都符合初民的想像力。《天方夜譚》中〈辛巴達航海記〉也描寫過像大片烏雲一樣的神鷹，和像白色建築物一樣巨大的鳥蛋。可見，巨人、巨物正是故事所喜愛講述的對象。

注釋

① 神話中的大鳥。根據古文字學，牠和鳳鳥是同一種動物。

② 人名，傳說中愛記述怪異的人。據考證，他是《列子・湯問》中的「夷堅」。《列子》中說，天池中有長寬數千里的鯤魚和鵬鳥，大禹治水時見到牠，伯益給牠起了名字，夷堅便記載下來。「齊諧」、「夷堅」古音相近。後世志怪小說用「夷堅」或「齊諧」取名，便來源於《莊子》、《列子》所說的這個故事。

原書介紹

《莊子》 先秦道家的主要哲學著作。作者莊周（西元前369年～前288年），戰國時蒙（今河南商丘東北）人。他一生貧苦，而生活態度非常放達。他主張精神逍遙，放任自然，齊視萬物，養生全性，絕聖棄智，創立了道家「莊學」。他和老子是先秦道家的主要代表，歷來「老莊」並稱。

《莊子》三十三篇，好用寓言說理。這些寓言題材往往來源於神話和民間故事，富於幻想色彩，其中的〈鯤鵬變化〉、〈河北與海若〉、〈任公子釣大魚〉、〈觸國與蠻國〉等，就故事本身來看都是想像很奇特的故事。

楚　國　神　偷

出自：《淮南子》／編者：劉安

　　楚國將軍子發 ① 喜好招聘有技術的人。楚國有一個擅長偷竊的人前去求見，說：「聽說您正招募有技術的人，我是楚國城市的一名小偷，願意憑這種技術充當一名小兵。」子發聽說後，連衣帶都來不及繫好，連帽子都來不及戴正，便出來禮貌地接見小偷。左右勸阻子發說：「小偷是天下人不喜歡的，爲什麼要禮貌地接待他？」子發說：「這不是你們能干預的。」事隔不久，齊國興兵攻打楚國，子發領兵對敵，楚軍三次被擊退。楚國的賢良大夫們全心全意的謀畫，但計策用盡了，齊軍卻越來越強大。於是那個善於偷竊的人前往子發面前請求說：「我有淺薄的技術，願意爲您出力。」子發說：「好。」他也不詢問小偷要怎麼做，就派他去了。小偷夜晚進入齊營，偷得齊國將軍床上的帳子獻給子發，子發派人歸還齊國將軍，並說：「我們的兵士有人出外砍柴，得到將軍的帷帳，現在歸還給將軍。」第二天晚上，又去偷來齊國將軍的枕頭，子發又派人歸還。第三天晚上，又去偷來齊國將軍頭髮上的簪子，子發又派人歸還。齊軍聽說後大驚，將軍與軍吏密商，說：「今天如果不走，楚軍恐怕要取我的頭了。」於是就領兵撤離。

說書人的話

偷竊是被人們譴責的行為，但這種神偷為國家效力，憑自己的

本領嚇退了入侵的敵軍，卻是值得讚揚的。楚將子發對改邪歸正者熱情歡迎，重用不疑，表現出大將風度。故事對神偷技能的描寫，啟發了後來的同類作品，如唐代劍俠故事《紅線》中的「紅線盜盒」，乃至古典名著《水滸傳》中的「時遷偷甲」之類，莫不蒙其影響。

注釋

① 楚宣王（西元前369年～前340年在位）的大臣。

原書介紹

《淮南子》 漢代淮南王劉安（西元前179年～前122年）主持編寫的一部哲學著作，參與者有其門客蘇飛、李尚、左吳、伍被等人。劉安是淮南王劉長的長子，襲父爵為王。好文學，愛養士，有門客數千人。武帝元狩元年（西元122年），被告謀反，下獄自殺。

《淮南子》又名《淮南鴻烈》，分〈內書〉、〈外書〉、〈中篇〉，今僅存內書二十一篇。全書以黃老學說為主旨，出入儒墨名法各家，薈萃諸子，旁搜異聞。全書異聞故事很多，〈道應訓〉、〈人間訓〉兩篇即達一百多則。這些故事，大多是寓言，還有神話傳說。有的故事情節豐富奇特，頗具特色。

珠 崖 二 義

出自：《列女傳》／劉向

　　所謂二義，指的是珠崖縣令的續弦和縣令前妻的女兒。前妻的女兒名叫初，十三歲了。珠崖那裡盛產珍珠，繼母把一些大珍珠串起來，作爲手臂裝飾。後來縣令死了，要去送葬。當地法令規定，把珍珠帶進海關的人罪當處死。繼母只好把繫在手臂上的珍珠拋棄。她的兒子當年才九歲，喜愛這串珍珠，便撿起它，把它放在母親的鏡奩中，大家都不知道這件事。於是他們便扶著靈柩回家。到了海關，海關官員和士兵搜到裝在繼母鏡奩中的十顆珍珠，官吏說：「啊，這是違法的事，沒有辦法，誰應該抵罪呢？」初姑娘當時在場，左右觀看，心中怕繼母說是自己放在鏡奩中，於是就說：「是我犯的罪。」官吏說：「是怎麼回事呢？」初姑娘說：「我父親蒙不幸，夫人解下繫在手臂上的珍珠丟棄，我心中覺得可惜，便撿回來放在夫人鏡奩中，夫人並不知情。」繼母聽說後，馬上趕過來，詢問初姑娘。初姑娘說：「夫人丟掉的珍珠，我又撿回來放在夫人鏡奩中，我應該抵罪。」繼母以爲她說的是事實，很憐惜她，於是對官吏說：「請您等一等，請不要判我女兒的罪，女兒確實不知道這件事。這珍珠是我繫在手臂上的東西。先君死後，我解下它放在鏡奩中。因爲馬上就要送葬，路途遙遠，我拖兒帶女的，匆忙之間就忘了要丟掉它。我應該抵這個罪。」初姑娘堅持說：「確實是我撿回來的。」繼母又說：「女兒只不過是推讓罷了，實在是我拿的。」因而哭泣不停。女兒也說：「夫人哀憐我是個孤兒，想使我活下來，其實

夫人不知道珍珠在鏡奩裡。」又因此哭泣，兩人抱頭痛哭，送葬的人也都悲傷地哭起來。在一旁的人沒有誰不鼻酸落淚的。海關官員拿著筆準備寫告發書，卻無法寫好一個字。海關官員落淚，拖了一整天，不忍心制裁，於是說：「母女有這樣的情義，我寧可犯法，也不忍心加上罪名。而且又互相推讓，怎麼知道到底是誰呢？」於是就把珍珠丟掉，讓她們離去。

離開海關後，她們才知道是小男孩撿回了珍珠。

說書人的話

這個故事的主角是一個年僅十三歲的小姑娘和她的後母。後母和前妻子女的關係，往往很緊張，甚至相互虐待陷害。初姑娘和她的後母卻相互體貼，在生死關頭為了保全對方，竟不惜犧牲自己，所以最後感動了大家，也感動了執法官吏。

原書介紹

《列女傳》漢代故事集，劉向撰。劉向（西元前79年～前8年），名更生，字子政，是高祖弟楚元王劉交的四代孫。他是西漢著名學者，奉命校理宮中藏書，對整理古籍做出了劃時代的貢獻。他愛好搜集故事，寫了《說苑》、《新序》、《列女傳》等著作。《列女傳》共八卷，記述古代具有通才卓識、奇節異行的女子，採分類編排方式。

李冰鬥江神
出自：《風俗通》／應劭

　　秦昭王①任命李冰②為蜀地的郡守。李冰修築都江堰，把成都地區的岷江分為兩條河道，使萬頃良田得到灌溉。岷江中的江神，每年要娶兩名童女作妻子。李冰到任後，把自己的女兒許給江神為妻。他前往神祠禱告，給江神勸酒，但酒杯中只盛白水，並且高聲指責江神。忽然間，江神和李冰一起消失。過了很久，人們看到兩條青牛在岸邊打鬥。好一會兒，李冰回來了，汗流浹背，對屬下官員說：「我鬥得太疲倦了，你們不該幫忙我嗎？再打鬥時，面朝南、腰中有一圈白色絲帶的便是我。」兩條牛再打鬥時，主簿③便用刀刺殺了面朝北的那條牛，江神便被消滅了。蜀郡人都仰慕李冰的果斷勇敢，把所有壯健的人都叫作冰兒。

說書人的話

本篇是《風俗通》佚文，選自唐代類書《藝文類聚》。清人盧文弨《群書拾補》也輯錄了這個故事，但文字略多。這是一段治水傳說，屬征服妖魔型童話。江神娶妻與河伯娶妻是同一類型的風俗迷信，外國有同類故事，如埃及的尼羅河娶妻。李冰與江神變形戰鬥，也使人想起《西遊記》中很多類似的故事。

注釋

① 戰國時期秦國國君，即昭襄王，西元前306年～前251年在位，他在位時秦統一全國的形勢已經形成。

② 著名水利學家，秦昭襄王末年被任命為蜀郡守，興建都江堰工程。李冰及其子二郎，在今四川省灌縣西北，將岷江分為內外兩支，調節水量，灌溉川西平原，使之成為天府之國。

③ 郡守的主要屬官，掌管文書印鑑。

原書介紹

《風俗通》 本書是東漢末年應劭所著。應劭（生卒年不詳），字仲遠，汝南郡南頓縣人。靈帝時舉孝廉，官至泰山太守，後來投奔袁紹。著作有《風俗通義》、《漢官儀》傳世。

《風俗通義》簡稱《風俗通》。自序云：「謂之《風俗通義》，言通於流俗之過謬，而事該之于義理也。」內容以考釋名物、風俗為主，不主一家，不名一體。原本三十卷，今本存十卷。書中保存了一些古老的故事。

鷂子和麻雀
出自:《曹子建集》／曹植

　　鷂子要捕捉麻雀,麻雀說:「我很微賤,身體短小消瘦,肌肉又少。你捉住我,實在收穫太少。你想吃我,肚子實在吃不飽。」鷂子聽了麻雀的話,竟然一時不好怎麼回答,牠說:「近來遭遇不順,旅途缺少糧食,已經三天沒吃,甚至想吃死老鼠。今天碰上你,又怎能放棄?」麻雀聽到鷂子的回答,心中惶恐不安:「性命最寶貴,鼠雀也貪生。你得到一頓美餐,可是我卻丟掉性命。皇天察看下界善惡,賢德的你要把我的申訴傾聽。」

　　鷂子聽了麻雀的話,對牠產生哀憐。面臨死亡的雀兒,腦袋只像一顆大蒜瓣,牠沒有低下頭,而是扭動頸項大聲叫喚,過路人聽了,沒有誰不走近觀看。麻雀聽了鷂子的說法,心中十分難過。牠依戀著一棵棗樹,棗樹枝葉繁茂刺很多。牠兩眼閃動像花椒子,兩隻翅膀直哆嗦:「我碰上了死神,沒有辦法逃脫。」這樣相持了好久,鷂子終於放掉麻雀,向遠方飛走。

　　兩隻麻雀相會了,好像是一對夫妻,互相扶持飛入草地,共同在一棵樹上停落。牠們嘰嘰喳喳說話,把苦難的經過訴說。公雀說:「剛才我到近處遊玩,被鷂子追捕糾纏。幸虧我思想機靈,平日善於言談。我為自己辯護,說了萬語千言。」母雀說:「鷂子欺侮恐嚇你,使我恐懼把心耽。」公雀說:「我已經逃掉災難,比那遭難的兔子強萬般。從今再不要互相嫉妒,相親相愛到永遠。」

說書人的話

這個故事描寫鳥類中強凌弱的現象，但結尾卻是喜劇性的，給故事抹上一層諧諧色調。曹植因王位繼承矛盾，受到兄長曹丕的猜忌迫害，幾乎被殺。因此這篇賦可能寄託了身世之感。

故事情節所本，是漢代焦延壽《易林》中的一首爻辭。《易林・大有之萃》云：「雀行求食，出門見鷂，顛蹶上下，幾無所處。」它以通俗白描的手法寫作，開了唐代敦煌俗賦〈燕子告黃雀〉（見本書第232頁）的先河。

原書介紹

《曹子建集》 作者曹植（西元192年～232年），曹操之子，字子建；封陳王，諡號思，故人稱陳思王。早年才華煥發，曹操曾想立他為太子。其兄曹丕即位後，遭受猜忌迫害，鬱鬱而死。他是建安詩歌的代表作家，詩賦風格詞采華茂，享有極高聲譽。其作品編為《曹子建集》。他的有些詩賦好託物言志，具有寓言色彩。其〈鷂雀賦〉（即此篇〈鷂子和麻雀〉）受民間故事影響，具有童話特色。

宗定伯賣鬼
出自：《列異傳》／張華

　　南陽① 人宗定伯② 年輕時走夜路遇到鬼。定伯問：「誰？」鬼說：「我是鬼，你又是誰？」定伯騙他說：「我也是鬼。」鬼又問：「你要到哪兒去？」答說：「到宛城市場去。」鬼說：「我也要到宛城市場。」他們一同走了幾里路。鬼說：「步行實在太累了，我們輪流背著走罷！」定伯說：「太好了！」鬼就先背定伯走了幾里路。鬼說：「你太重了！莫非不是鬼吧？」定伯說：「我是新鬼，所以身體重些。」定伯又背負鬼行走，鬼絲毫沒什麼重量。如此這般輪換了好幾次。

　　定伯又問：「我是個新鬼，不知鬼類都有什麼畏懼忌諱的？」鬼說：「就怕人吐唾沫。」他們仍舊一起前行。前面遇到一條河，定伯於是讓鬼先渡，沒聽到一點聲響。定伯自己過河時，把水弄得嘩嘩作響。鬼又問：「為什麼會有聲音？」定伯說：「我剛死不久，不習慣渡水，所以這樣。這沒什麼好奇怪的。」快到宛城時，定伯就將鬼扛在肩上，緊緊捉住。鬼大聲慘叫，要求下來，宗定伯不再理它，直奔宛城市場中心，將鬼丟在地下，鬼變成了一隻羊，便將它賣了。宗定伯怕它再變化，就對它吐唾沫。他得了一千五百錢，就離開市場了。

　　當時人們傳言：「定伯賣鬼，得錢千五。」

說書人的話

這個故事出自《列異傳》，也見於干寶《搜神記》。這是一個著名的不怕鬼的故事，為以後各種不怕鬼的故事之最早摹本，至今仍流傳於民間。故事寫得詼諧生動，富有情趣。

注　釋

① 郡名，治所在宛（今河南省南陽市）。
② 一作「宋定伯」。

原書介紹

《列異傳》 魏晉間的志怪故事集。它是六朝志怪中首開風氣的作品，對當時頗有影響。劉宋裴松之《三國志注》、後魏酈道元《水經注》都曾引用過這本書。其作者有兩說，《隋書·經籍志》、《初學記》標為魏文帝曹丕撰；《舊唐書·經籍志》、《新唐書·藝文志》標為晉代詩人張華作。原書已佚，今人輯錄得五十則。

君 山 美 酒
出自:《博物志》／張華

　　君山，就是洞庭湖中的一座山。堯帝的兩個女兒①居住在那裡，叫湘
夫人。堯帝的女兒派精衛②到王母那裡，取來西山的玉印，印在東海北山
上。又《荆州圖》說：「這裡是湘君③所遊歷的地方，所以叫君山。」君
山有通道和吳地的包山暗通，上面有美酒數斗，能喝到美酒的人不會死。漢
武帝齋戒七天，派幾十個男女使者到君山，得到了酒。武帝想自己喝。東方
朔說：「我知道這種酒，讓我看看。」他一飲而盡。武帝想殺他，東方朔
說：「如果殺死了我，就說明酒不靈驗；如果這酒真靈驗，殺我，我也不會
死。」武帝只好赦免他。

說書人的話

東方朔是歷史上有名的滑稽人物，所以後人把很多機智滑稽的故事依附到他
的名下。這篇故事寫東方朔用滑稽手段揭穿了長生酒的騙局，他喝酒後用兩
難推理的難題使漢武帝不好加害於他。這個故事可能是從《韓非子》
中的寓言〈不死之藥〉演化而來的。

注 釋

① 娥皇、女英。

② 古代神話中的鳥名。（見本書第17頁〈精衛填海〉）

③ 指帝舜；一說為娥皇，因她是正妃，故稱君。又一說湘君與湘夫人是湘
　 水中的配偶神。

原書介紹

《博物志》魏晉志怪故事集。舊題張華撰。張華（西元232年～300年），字茂
先，范陽方城（今河北固安縣）人。自幼聰穎好學，博學強記，是晉初著名
詩文作家。累官至司空，後為趙王司馬倫所殺害，有《張華集》傳世。因張
華很博學，又好方術，所以有些故事依附到他的名下。

《博物志》原書十卷，內容大都是記述異境奇事。原書已散佚，今本為後人
搜集而成。〈天河浮槎〉、〈君山美酒〉等皆其中著名故事。

姑獲鳥與毛衣女
出自：《玄中記》／郭璞

　　姑獲鳥夜晚飛翔，白天躲藏，大概是鬼神類飛禽。穿上毛衣就是飛鳥，脫掉毛衣就是女人。她有一個名字叫天帝少女，也叫夜行遊女，或叫鈎星，或叫隱飛。這種鳥沒有子女，喜歡奪取人間小孩並哺育他們，作為自己的子女。現在小孩子的衣服，夜晚不要露在外面的原因，就因為這種鳥愛用血點小孩的衣服做標誌，隨即奪取這個小孩子。因此，世人給這種鳥取名為「鬼鳥」，荊州①這個地方比較多。

　　從前，豫章②這地方有個男子，看見田中有六、七個女人，不知道她們是鳥，便趴在地上往那裡爬行，先拿走其中一件毛衣藏起來，再前往靠近她們。於是這群鳥便各自去穿毛衣，穿好毛衣便飛走了。唯有一隻鳥因丟失毛衣不能飛走，這個男子便將她娶為妻子，生了三個女兒。她們的母親後來指使女兒問父親，才知道母親的毛衣壓在堆積的稻草垛下，母親拿到毛衣，穿上它就飛走了。後來用毛衣迎接三個女兒，三個女兒穿上毛衣也飛走了。現在叫這種鳥為「鬼車」。

說書人的話

這是古代最早的人鳥婚姻故事，是毛衣女型童話的代表作品。故事分兩段，前段介紹奇怪的姑獲鳥，後段寫其中一隻鳥與人的婚姻故事。《搜神記》卷十四取後段為一獨立故事，定名〈毛衣女〉。敦煌

石室所保留的唐代句道興抄本《搜神記》，則擴展為〈田昆侖與天女〉故事
（見本書第244頁），並且把毛衣女變成了仙女。

（見本書第244頁）

注釋

① 西漢始置，治所原在漢壽（今湖南省常德市東北）；後累遷移，東晉時
　定治江陵（湖北省江陵市）。
② 郡名，漢置，治所在南昌（今浙江省南昌市）。

原書介紹

《玄中記》六朝志怪故事集。舊題《郭氏玄中記》，相傳為東晉郭璞所撰。郭
璞（西元276年～324年），字景純，河東聞喜（今屬山西）人，是晉代著名
詩人和語言學家。晉元帝時任尚書郎，因阻諫王敦謀反而被殺害，後追贈為
弘農太守。

《玄中記》類似《山海經》、《十洲記》，多記奇境異物及方術，其中一些神
話傳說對後世頗有影響。全書已佚，清人有輯本，魯迅《古小說鉤沉》輯文
七十一則。

董永與織女
出自：《搜神記》／干寶

　　漢代有個人叫董永，是千乘① 人。從小就沒有了母親，與父親住在一起。他盡力耕作，每天都用小車載著父親跟在身旁。不久，父親死了，沒有錢埋葬，他就把自己賣給別人作奴才，用賣身的錢辦喪事。主人知道他孝順，就施捨他一萬錢，把他打發回家。董永守滿三年孝② 後，回到主人那裡去做奴僕。在路上，碰到一個女郎對他說：「我願意作您的妻子。」於是就跟董永一道來了。主人對董永說：「我把錢施捨給你了。」董永說：「承蒙您的恩惠，我把父親的喪事辦了。我雖然貧賤，但還是要盡力為您效勞，來報答您深厚的恩德。」主人問：「這個女人能做什麼？」董永說：「能紡織。」主人說：「如果這樣，就讓你的妻子給我織一百匹縑③ 吧。」於是，董永的妻子就在主人家紡織，十天就織完了。她走出門來，對董永說：「我是天上的織女。因為您很孝順，天帝命令我幫您還債。」說完，就朝天上飛，不知飛到哪裡去了。

說書人的話

這是董永故事的最早雛型，反映那個時代平民百姓的幻想和道德觀念。後來廣泛流傳，黃梅戲《天仙配》及說唱文學《魂蔭記》都來源於此。

注 釋

① 古縣名，治所在今山東省博興縣西北。

② 古時父或母死，兒女必須穿喪服守孝三年。

③ 雙絲織成的細絹。

原書介紹

《搜神記》 六朝志怪的代表著作，東晉干寶撰。干寶（生卒年不詳），字令升，新蔡（今河南新蔡）人。自幼好學，博覽強記。晉元帝愛其才，召為著作郎，復為史官，著有史書《晉紀》。

《晉書》本傳說他有感於生死之事，遂撰集古今神祇靈怪人物變化，名為《搜神記》，凡三十卷。原書傳至宋代已散佚。今本是後人輯錄的，分二十卷，有四百六十四個故事。其中〈董永與織女〉、〈河伯招婿〉、〈三王墓〉、〈神犬盤瓠〉、〈女化蠶〉、〈姑獲鳥與毛衣女〉、〈紫玉與韓重〉、〈斑狐書生〉、〈李寄斬蛇〉等皆是流傳很廣的古老童話故事。

河伯招婿

出自：《搜神記》／干寶

　　吳地余杭縣①的南方有個上湖，湖中央築了一道堤。有個人乘馬去看戲，帶了三、四個僕人到岑村飲酒，喝得有點兒醉，下午就回家了。當時天氣炎熱，這人便下馬泡進水裡，枕著石頭睡覺。馬掙脫繩子跑了，僕人都去追馬，到了傍晚還沒有回來。這人睡醒後，已經傍晚了，沒見到僕人和馬。他看見一個女子走來，約莫十六、七歲，女子說：「我向您行兩次拜禮。天色已經晚了，這裡很可怕，您打算怎麼辦？」這人便問：「姑娘姓什麼？怎麼會忽然見到妳？」又來了一個少年，十三、四歲，很聰明的樣子，乘著新車，車後跟著二十個人。到了跟前，便請這個人上車。少年對他說：「大人想見您。」於是調轉車頭馳去。沿路有接連不斷的火把，然後就出現城牆和房屋。入城後，進入大廳，廳中掛著標明官號的長條旗子，上面題著「河伯」②。一會兒出現一個約三十歲的人，相貌像畫那麼美麗，被很多侍衛簇擁著，他便是河伯。河伯很高興看到這個人，命令擺酒，並笑著說：「我有個小女兒，人很聰明，想許配給您。」這人知道他是神仙，不敢拒絕。於是河伯命令部下籌備，舉行婚禮。手下報告說準備好了。然後給這人穿上絲布單衣、紗夾衣、絹裙、紗衫褲和木屐，製作都很精美。又贈給他十名侍從和幾十名丫環。河伯的小女兒年約十八、九歲，容貌溫柔嫵媚，就這樣成了婚。三天後，大會賓客拜閣。到了第四天，河伯對女婿說：「禮數有限，您該走了。」妻子把金酒杯、麝香囊送給丈夫道別，哭著分離。妻子又送給他十萬錢和三卷藥

方，說：「這些給你布施功德。」又說：「十年後會迎接你回來。」

　　那人回家後，就不願再與別人結婚，辭別親人，出家作了道士。所得到的三卷藥方：一卷是切脈的經書，一卷是湯藥處方，一卷是藥丸處方。他周遊四方救治病人，都很靈驗。後來母親和哥哥都死了，他就回到河伯那裡。

說書人的話

在古老的河伯娶妻的故事中，河伯是一位橫暴者的形象；而在這個故事裡，他卻成了為女兒招婿的寬厚長者。這個故事實際是各種龍女型故事的先驅，後來的《柳毅傳》（見本書第108頁）肯定受到它的影響。

注釋

① 古地名，在浙江省。
② 水神的名字。

三 王 墓

出自：《搜神記》／干寶

　　楚國人干將、莫邪① 爲楚王打造寶劍，三年才造成。楚王很生氣，想
殺了他們。劍分爲雌劍和雄劍兩把。干將的妻子莫邪懷孕快生了，干將對她
說：「我給楚王造劍，三年才造成，楚王爲此很生氣。我前去送劍，一定會
殺了我。如果妳生的孩子是男的，等他長大後，告訴他：出門可以望見南
山，松樹生在石頭上，劍在松樹背後。」然後干將帶著雌劍去見楚王。楚王
果然大怒，鑒定這把劍的劍工回報說：「干將爲您鑄的劍共有兩把，一雄一
雌，現在雌劍來了，雄劍沒來。」楚王馬上把干將殺了。

　　莫邪生下的兒子名叫赤比，後來長大了，就問他的母親：「我的父親在
哪裡？」母親說：「你父親爲楚王造劍，三年才造成。楚王發怒殺了他。他
離開時囑咐我：『告訴妳生的兒子：出門可以望見南山，松樹生在石頭上，
劍在松樹背後』。」於是，赤比出門向南望，沒看見山，只看見堂屋前用松
樹做的屋柱，下面有石礎墊著，就用斧頭劈開松柱的背面，得到藏在裡面的
劍。赤比天天想著向楚王報仇。楚王夢見一個少年，兩條眉毛之間有一
尺寬，這個少年說：「我要找你報仇。」楚王就用千金收買他的人
頭。赤比聽說這件事，就逃跑了。逃到山中邊走邊悲傷地唱歌。在
路上碰到一個俠客，對他說：「你年紀還小，爲什麼哭得這麼悲傷
呢？」他告訴俠客：「我是干將、莫邪的兒子，楚王殺了我父親，
我要報仇！」俠客說：「聽說楚王用千金買你的人頭，拿你的人頭
和劍來，我替你報仇。」赤比說：「太好了！」馬上割下自己的頭，雙

手捧著頭和劍給俠客，然後僵直地站著。俠客說：「我不會辜負你的。」於是赤比的屍體才倒下。

俠客拿著赤比的頭去見楚王，楚王大喜。俠客說：「這是勇士的頭。應該用大鍋來煮。」楚王照他的話做了。人頭煮了三日三夜還沒有爛。它在湯中上下躍騰，張著眼很憤怒的樣子。俠客說：「這個少年的頭煮不爛，希望大王親自來看它，它一定會爛。」楚王就走近前看，俠客馬上用劍砍下楚王的頭，楚王的頭便掉在湯中。俠客又砍下自己的頭，頭也掉在湯中。三個頭都煮爛了，無法分辨誰是誰的頭。眾人把鍋中的湯與肉分開埋葬，通稱爲「三王墓」。墓在汝南北部宜春縣② 境內。

說書人的話

這是一個向暴君復仇的故事。楚王因鑄劍三年才成，殺掉著名的劍師干將，反映了人民在暴政下的遭遇。干將留雄劍與隱語以圖報仇，赤比為報父仇而視死如歸。故事的高潮從赤比遇到俠客開始，赤比毫不猶豫信任俠客，而俠客不惜付出生命來打抱不平。這是中國俠客傳統的早期形式。魯迅曾據此寫了短篇小說《鑄劍》。

注釋

① 楚國人。丈夫叫干將、妻子叫莫邪。也有人說他們是吳國人。
② 古縣名，治所在今河南省汝陽縣。

神 犬 盤 瓠
出自：《搜神記》／干寶

　　高辛氏①時代，有個住在王宮的老婦人，得耳病很久了。醫生爲她挑治，從頭頂挑出一條蟲，大如蠶繭。老婦人離去後，把牠放在葫蘆中，墊上江蘺草②，用盤子蓋上。不一會兒，蟲變成了狗，毛有五種顏色，因此給牠取名叫「盤瓠」，並養育牠。

　　這時戎吳族強盛，數次侵略邊境。國王派將領征討，不能取勝。於是招募天下的能人，誰能得到戎吳將軍的首級，便賞金千斤、封地萬戶，並把小女兒嫁給他。後來盤瓠銜著一個人頭，帶著它來到王宮。國王仔細地審視，正是戎吳將軍的首級。怎麼辦呢？群臣都說：「盤瓠是畜牲，不能享受官俸，也不能娶妻。雖然有功勞，也不必賞賜。」國王的小女兒聽說這件事，對國王說：「大王爲了天下已經把我許配了。盤瓠銜來首級，爲國除害，這是天意，難道是狗的智力所能辦到的嗎？做國王的人注重言語，稱霸的人注重信義，不可以因爲女兒微賤的軀體，而對天下違背誓言。違背誓言是國家的禍事啊。」國王感到害怕而聽從她。下令讓她跟從盤瓠。

　　盤瓠帶著她上南山，山中草木茂盛，沒有人的行蹤。於是她脫下平日的衣裳，繫上僕人的頭巾，穿上勞動的衣裝，跟從盤瓠上山入谷，居住在石室中。國王悲傷想念女兒，每每派人進山尋找，天就刮風下雨，山嶺震動，雲色昏暗，去的人都沒有辦法找到她。過了三年，夫婦生下六男六女。盤瓠死後，子女們互相婚配，成爲夫妻。他們用樹皮織布，並用野草野果當染料，喜歡五色的衣服，裁製出

來的衣服都有尾巴。

說書人的話

這是一篇由古老的圖騰傳說所衍生出來的故事。盤瓠是當時梁、漢、巴、蜀、武陵、長沙、廬江各郡少數民族的祖先,當時這個民族還把摻雜魚肉的米飯放到木槽中祭祀盤瓠,邊祭邊號哭。這種風俗,至今仍存在於廣西傜族「盤王節」的活動中。然而,公主嫁給一隻神奇的動物,又分明是蛇郎型故事的雛型。

注釋

① 上古帝王之號。傳說他是黃帝的曾孫,堯帝的父親。見《史記·五帝本記》。
② 一種香草的名字。

女 化 蠶

出自：《搜神記》／干寶

　　過去人們傳說：上古的時候，有個女孩的父親出外遠行，家裡沒有別的人，只有這個女孩子。家裡有一匹雄馬，女孩親自餵養牠。她一個人住在僻靜的地方，很想念父親，就跟馬開玩笑說：「如果你能替我把父親接回來，我就嫁給你。」馬聽了這句話，就掙脫韁繩跑了，一直跑到女孩的父親所在之處。父親看到馬很驚喜，便騎了上去。馬看著跑來的方向，悲哀地鳴叫不止。父親說：「這匹馬無緣無故這樣鳴叫，難道是我家裡出了事嗎？」便急忙騎馬回家了。由於這馬不同於一般牲畜，因此主人給牠多加草料餵養。但馬不肯吃。每次看到女孩子走進走出，就又興奮又憤怒地踢騰。這樣的情況不止一次了。女孩的父親對這件事感到奇怪，私下問他女兒。女兒把以前對馬開玩笑的事告訴他，馬一定是為了這件事。父親便說：「不要聲張，恐怕會使我們家受辱。暫且不要出去了。」於是埋伏弩箭把馬射死了，剝下牠的皮放在庭院中曝曬。父親外出，女孩子與鄰家的女孩在曬馬皮的地方遊戲，女孩子用腳踢了馬皮一下說：「你是畜生，卻想娶人作妻子嗎？最後招到剝皮的懲罰，何苦呢？」話未說完，馬皮突然飄起來，裹著女孩子飛走了。鄰居的女孩又慌又怕，不敢救她，跑去告訴女孩的父親。他回來後四處搜尋，都找不到女兒。過了幾天，父親看到一棵大樹的樹枝間，女兒和馬皮都變成了蠶，在樹上結了絲。牠的繭又厚又大，與平常的繭不同。鄰居的婦女取下牠來餵養，所收的繭是平時的好幾倍。因此給那株樹取名叫「桑」。桑，就是喪的意思。從此，

百姓都種養這種樹和蠶，就跟現在一樣。

說書人的話

這是關於蠶桑起源的古老傳說，是一則批評不守信者的古老故事。〈神犬盤瓠〉與這個故事恰好形成對照：那個守信的公主成了一個民族的祖先，而這個背棄諾言的女孩卻受到了變成蠶的懲罰。

文榆復活

出自：《搜神記》／干寶

　　秦始皇時，有個叫王道平的，是長安人。小時候，與同村人唐叔偕的女兒要好。唐的女兒叫文榆，容貌膚色都很美。兩人發誓要結為夫妻。

　　不久王道平被官府徵去打仗，流落南方，九年沒有回家。文榆的父母見女兒已經長大，就把她許配給劉祥為妻。文榆與王道平發了重誓，不肯改變，但父母逼迫，沒有辦法，只好嫁給劉祥。經過三年，她心中一直恍惚空虛，很不快樂，經常思念王道平，怨恨極深，以致憂悶而死。

　　文榆死後三年，王道平回到家，便向鄰居詢問：「文榆在哪裡？」鄰居說：「她對你鍾情，但被父母逼迫，嫁給了劉祥。現在已經死了。」王道平問：「她的墓在哪裡？」鄰居帶他到墓地。王道平悲號哽咽，三次呼喊文榆的名字，繞著墓悲傷痛苦，無法停止。他禱告說：「我與妳曾憑天地立誓，要終身為伴。怎料到被官府拖累，讓我們分離，使妳父母把妳嫁給劉祥，違背當初的心願，以致生死永別。如果妳有靈，就讓我見到妳生前的面貌；如果沒有靈，從此就永別了。」說完，又悲傷地哭泣。一會兒，文榆的魂從墓中出來，問王道平：「你從哪裡來的？我們分別很久了。我與你發誓結為夫妻，終身相伴，無奈父母強逼，才嫁給劉祥，這三年中，日日夜夜思念你，才鬱恨而死，我們已經生死殊途了。然而想到你對我舊情不忘，請求相會，我告訴你，我的身體沒有損壞，可以再生，與你結為夫妻。你馬上開墳破棺，我出來就活了。」道平把這些話聽得很清楚，就打開墓門，摸看文榆，果然活了。於是文榆

整理衣裝，跟隨道平回家。

　　文榆的丈夫聽說這件事，感到很驚異，就告到州縣官府。官員找不到法律依據審理這種案件，就抄錄情況報告國王。國王判定文榆爲王道平的妻子。夫婦倆活到一百三十歲。確實是精誠穿透天地，才能獲得這樣的感應。

說書人的話

這是死而復生的愛情故事。它歌頌堅貞的愛戰勝了戰亂、婚變和死亡，對後來的創作影響很大，如湯顯祖的名劇《牡丹亭》中的死而復生的情節，自然使人想起這個故事。

紫玉與韓重
出自：《搜神記》／干寶

　　吳王夫差①有一個小女兒，名叫紫玉，十八歲，學問和相貌都很好。有一個叫韓重的年輕人，十九歲，品德和學問也很不錯。紫玉很喜歡他，私下與他來往並饋贈信物，答應嫁給他。後來，韓重到齊、魯一帶遊學，臨走的時候，囑咐父母去向吳王求親。吳王大怒，沒有答應。紫玉氣結而死，葬在都城的城門外。

　　三年後韓重回來了，向父母問起親事，父母告訴他：「吳王大怒，紫玉氣結而死，已經埋了。」韓重悲痛大哭，準備祭品和紙錢，到紫玉墓前憑弔。紫玉的魂靈從墓中出來與韓重相見，流著淚對他說：「你走以後，你的父母向父王求親。原來以為一定能實現我們的心願，沒有想到你我一別，我的遭遇竟變得如此！」為答謝韓重的拜訪，紫玉低頭歌唱，歌中說：「南山有隻烏鴉，北山張著羅網。烏鴉高高飛走，羅網怎能奈何！心想跟隨你，又怕讒言太多。悲傷鬱結成病，生命也被消磨。命裡注定不成，埋怨有何結果！鳥族的首領，名叫鳳凰。雄鳥死了，雌鳥年年哀傷。雖然鳥類眾多，卻無一個能配成雙。我現出形體，來見你的容顏。身雖遠離，心卻貼近，何時能夠相忘！」唱完，哽咽著邀韓重到墓中。韓重說：「生死殊途。害怕有罪，不敢接受妳的邀請。」紫玉說：「生死異路，我也知道。但今日你我一別，永遠沒有見面的機會了。你認為我是鬼就會害你嗎？我想真誠地侍奉你，難道你不相信嗎？」韓重被她的言語感動，送她回到墓中。紫玉設宴款待他，留他住了三日三

夜，成了夫婦。韓重臨走時，紫玉取出一顆直徑一寸長的明珠送他，說：「既然我的名節毀了，我的願望也斷絕了，我還能說什麼呢！希望你自己愛護自己。如果到了我家，請代我問候父王。」

　　韓重從墓中出來後，就去見吳王，陳述這件事。吳王大怒說：「我的女兒已經死了，而你又捏造謠言，玷污亡靈。這顆明珠不過是挖墓所得，卻找藉口編造鬼神之事。」於是叫人捉拿韓重。韓重逃跑，跑到紫玉墓前訴說這件事。紫玉說：「不要憂慮。我今天回去告訴父王。」吳王正在梳妝，突然見到紫玉，又驚又悲又喜，問道：「妳為什麼復生了？」紫玉跪下說道：「以前韓重來求親，父親沒有答應，以致女兒名節毀損、願望斷絕，因而身亡。韓重從遠方回來，聽說女兒已死，就帶著祭品到我墓前弔唁。女兒被始終如一的深情感動，就與他相見，送他一顆明珠。這不是挖墓所得，希望不要治他的罪。」夫人聽說女兒回來，便出來擁抱她，而紫玉化成一縷煙飄走了。

說書人的話

這是一則冥婚故事。紫玉與韓重的悲劇是由於中國門閥制度所造成的，人鬼在冥間結合則是人們要求衝破門閥制度的浪漫主義幻想。六朝志怪、唐宋傳奇、明清筆記小說和話本，都反覆出現與此同一類型的故事。

注釋

① 春秋末期吳國國王，在位二十三年。

斑狐書生

出自：《搜神記》／干寶

　　張華①在晉惠帝②時擔任司空③。當時，燕昭王④墓前住著一隻斑狐，多年修煉，能變化多端。於是變成一個書生，想去拜見張華。斑狐拜訪墓前立的華表⑤，問它的意見：「憑我的才能和相貌，能見張司空嗎？」華表說：「憑你高明的見識，沒有什麼不行的。但是張司空的才智見識，恐怕很難瞞過他，你去一定會受侮辱，恐怕還回不來。不僅會喪失你修煉千年的身體，也會深深地牽連到我。」斑狐沒有聽從，還是拿著名帖去拜見張華。

　　張華見他年少風流，膚色潔白如玉，舉動從容大方，左顧右盼風度翩翩，便很看重他。於是與他談論文章，辯論名實。少年書生的見解，張華從未聽說過。然後與他研究三史⑥，探討諸子百家的深奧理論，談論老莊哲學的妙處，剖析詩經中不為後人知曉的意義。討論的範圍，包括評論堯舜以下的歷代聖君賢哲，貫通天、地、人的道理，批評孔子以後的儒家八派，闡明五種禮制。談論中，張華往往對答不上。於是嘆氣說：「天下竟有這樣的少年？如果不是鬼怪，就是狐狸。」於是整理床鋪留他住宿，並派人監視他。這個書生就說：「您應當尊重人才，容納人才，獎勵有才能的人而憐惜沒有才能的人。為什麼憎恨別人有學問呢？墨子主張兼愛，難道是這樣做的嗎？」說完，就要走。張華已經派人守住大門。於是又對張華說：「您在門前安排武士和巡邏的騎兵，一定是懷疑我。您這樣做，恐怕會使天下有才能的人，卷著舌頭而不敢說

話；有智謀的人，看到您的家門而不敢進來。我深深地為您感到惋惜。」張華沒有回答，卻讓手下防守得更嚴密。這時，豐城⑦縣令雷煥⑧來拜訪張華，他是個博學多才的人。張華把書生的事告訴雷煥，他說：「如果懷疑他是狐狸，為什麼不用獵狗試他一試呢？」於是用狗去恐嚇書生，竟然一點也不怕。書生說：「我天生有才智，反而認為我是妖怪，用狗來試我，儘管千試萬試，難道我會怕嗎？」張華聽後更怒，說：「這一定是真妖怪。聽說鬼怪怕狗，但狗只能分辨出有幾百年修行的鬼怪；有千年修為的老怪，就分辨不出來。唯有燃燒千年枯木來照射他，他的原形會立刻顯現出來。」雷煥說：「千年神木，從哪裡才能得到呢？」張華說：「世上傳說燕昭王墓前的華表，已經有一千年了。」於是派人去砍伐華表。

被派遣的使者快到華表所在處時，忽然空中有個身穿青衣的小孩走來，問使者說：「你來幹什麼？」使者說：「有一個少年書生來拜訪張司空，多才巧辯，司空懷疑他是妖怪，派我砍伐華表去照射他。」青衣小孩說：「老狐狸不明智，不聽我的話，現在災難牽連到我了，難道我還能逃的了嗎？」說完就放聲大哭，突然不見了。使者砍伐華表的時候，華表裡流出血來，使者便把它帶回去。點燃華表用來照射書生，一看，原來是隻斑狐。張華說：「這兩樣東西如果不遇到我，千年也難再得到。」於是就把狐狸烹煮了。

說書人的話

古代有很多狐狸變人的傳說，本文是其中較早的一篇。這隻千年老狐狸，為了逞才虛榮而丟掉性命，還連累了老成持重的千年華表，其教訓可以發人深省。故事歌頌張華博學多能，具有非凡識辨力，然而他一下殺死兩個尚未為非作歹的精靈，使讀者反而覺得斑狐批評他多疑忌才的話頗有幾分道理。

注釋

① 字茂先，范陽方城（今河北省固安縣）人，魏初為太常博士，入

晉後官拜中書令。他以博學能文著稱，是晉初的名詩人。

② 司馬衷，西元290年～306年在位。

③ 高官名。

④ 戰國後期燕國國君，西元前311年～前279年在位。

⑤ 古時候，立於城垣、宮殿和陵墓前的石柱或木柱，有記功、裝飾、標識
等作用。

⑥ 六朝人指的是《史記》、《漢書》、《東觀漢記》。

⑦ 縣名，屬豫章郡，在今江西省豐城縣西南。

⑧ 字孔章，西晉豫章人，博學多識。

李 寄 斬 蛇

出自：《搜神記》／干寶

　　東越閩中 ① 有座叫庸嶺的大山，高數十里。在它西北邊的低窪地，有一條大蛇，長七、八丈，有十多人合抱那般粗。百姓都很怕牠。那裡的官員，有很多都被牠害死了。就算用牛羊祭祀牠，依舊不能消災免禍。大蛇有時託夢給人，有時通知巫祝 ②，想要吞吃十二、三歲的女孩。都尉、縣令等官員都害怕。然而大蛇的凶焰還是無法平息。於是當地人搜求奴婢所生的女孩和犯罪人家的女孩去餵養牠，每年八月初一舉行祭獻，將女孩送到蛇的洞口。大蛇從洞裡出來，便把女孩吞吃了。好多年都是這樣，已經用了九個女孩了。

　　後來又繼續搜求祭獻用的女孩，但沒有得到。將樂縣 ③ 的李誕，家裡有六個女兒，沒有男孩。最小的女兒名叫寄，自己想應官府的召募前去，但父母不答應。李寄說：「父母沒有福氣，只生六個女兒，沒有男孩，就跟沒有兒女一樣。我不像緹縈 ④ 那樣有幫助父母的功勞，也不能供養父母；只有浪費衣食，活著沒有益處，不如早死。賣了我的身體，可得點錢供養父母，難道不好嗎？」父母愛憐她，始終不讓她去。李寄偷偷前往，沒辦法阻止。

　　李寄請求一把好劍和一條咬蛇狗。到了八月初一，就帶著劍和狗坐在廟中。她先把幾石糯米飯跟蜜糖、炒麥粉拌在一起，做成糰子，把它放在蛇洞口。大蛇出來了，頭有圓形穀倉那般大，眼睛像直徑兩尺寬的銅鏡，牠聞到糯米團的香味，便先吞吃了。李寄就放出

狗，狗撲上去咬蛇。李寄從後面砍了牠好幾刀。蛇受傷疼痛難忍，從洞口竄出，竄到廟前空地便死了。李寄進洞查看，看到九個女孩的頭骨，便一起拿了出來，痛惜地說：「你們太怯弱，才會被蛇給吃了，好可憐！」說完後慢步走回。

越王聽說這件事，就聘李寄為后，封她父親作將樂縣令，母親和姊姊們都有賞賜。從此那裡不再有妖邪之物。歌頌李寄的歌謠至今還在流傳。

說書人的話

本文塑造了一位少年女英雄的形象。她在災害面前挺身而出，有勇有謀，終於殺死凶殘的大蛇，為百姓除害，也為家庭造福。官吏們怯懦無能，九女柔弱喪命，都襯托出李寄形象的光輝奪目，也說明在惡勢力面前只有勇敢抗爭才能求得生路。

注 釋

1. 東越在今浙江、福建一帶。閩中為古郡名，治所在東冶（今福建省福州市）。
2. 指以歌舞娛神、能通鬼神的人。
3. 古地名，在今福建省南平縣南。
4. 緹縈是西漢太倉令淳于意的小女兒。淳于意沒有兒子，只有五個女兒。漢文帝時，淳于意犯罪要受肉刑，無法赦免。緹縈便隨父到長安，上書自願做官家奴婢，以贖父罪。文帝便免了淳于意的肉刑。

仙 館 玉 漿

出自:《搜神後記》/佚名

　　嵩山①北面有一個大洞穴,沒人能測出它有多深。老百姓逢年過節便去那兒遊賞。晉朝初年,曾經有一個人不小心掉進洞裡。人們盼望他或許不會死,於是丟一些食物進去。掉下去的人得到了食物,就沿著洞走,尋找出路。估計可能走了十多天,他忽然見到了光明,又看見有座草屋,屋中有兩個人相對而坐,正下著圍棋,棋局旁有一杯可以飲用的白色東西。掉下去的人告訴他們自己又飢又渴,下棋的人說:「你可以喝了它。」掉下去的人便喝了那杯東西,馬上覺得力氣增加十倍。下棋的人說:「你想停留在這裡嗎?」掉下去的人不想留下來。下棋的人告訴他:「從這裡往西邊走,有一個天井,裡頭有很多蛟龍。你只要跳進井裡,自然能夠出去。如果餓了,你可以拿井裡的東西吃。」掉下去的人照他所說的那樣做了。大約半年後,他從四川那裡出來了。他回到洛陽,問張華②,張華說:「這是仙館大夫。你所喝的是玉漿,吃的是龍穴石髓。」

說書人的話

這是一篇洞穴奇遇故事。地下溶洞,古人往往看得很神秘,並引發很多遐想。本篇是這類故事中較早的作品。

注 釋

① 中嶽，在河南省登封縣北方。

② 晉初文學家，以博學聞名。（見本書第57頁〈斑狐書生〉）

原書介紹

《搜神後記》 六朝志怪故事集。共分十卷，記述鬼神怪異，表現人們追求美好生活的幻想。本書又名《續搜神記》、《搜神續記》，很明顯是有意模仿干寶的《搜神記》。此書舊題晉陶潛著。陶潛是晉代大詩人，超脫放達，純任自然，所以人們認為他不會「拳拳於鬼神」，因此肯定是別人偽託。本書卷一有〈桃花源〉條，與《桃花源記》基本一致。而且在蕭梁時代就已署名為陶潛所作了。

本書有一百多則故事，〈丁令威〉、〈剡縣赤城〉、〈桃花源〉、〈姑舒泉〉、〈白水素女〉、〈清溪廟神〉等早已為人傳誦。

白 水 素 女

出自：《搜神後記》／佚名

　　晉安帝①時，侯官②人謝端，小小年紀父母就去世了，沒有親人，被
鄰居撫養。他為人謹慎，安份守己，不做非法的事。長到十七、八歲，才離
開撫養他的鄰居家，出來單獨居住。因尚未娶妻，鄰居們都憐惜他，打算為
他娶妻，但沒有找到。

　　謝端起早貪黑，耕田種地，不分日夜。後來在城外撿到一個大螺，像容
量三升的壺那般大，他認為這是個奇物，便拿回家放在甕中，養了十幾天。
謝端每天到野外勞動，回家就見到家裡有吃的喝的，有熱水、有火，像有人
做的。謝端以為是鄰居幫他做的。連續幾天都這樣，他便去鄰居家道謝。鄰
居說：「我根本就沒有做，為什麼你要感謝我呢？」謝端以為鄰居不想明
說。然而接著好多次都是這樣的情形，他又去問，鄰居笑著說：「你已經娶
了女人，秘密地藏在家裡燒火煮飯，卻說我給你做飯？」謝端沉默不語，心
中疑惑，不知道是什麼緣故。

　　後來在雞叫時出去，天剛亮就悄悄地回來，在籬笆外偷偷觀察家裡。
只見一個少女從甕中出來，到灶下面燒火。謝端進門，直接到甕中看
螺，螺不見了，只見那少女。於是到灶下問她：「姑娘從哪裡來？為
什麼給我做飯？」少女非常惶惑，想回甕中，不能進去，便回答：
「我是天河中的白水素女。天帝可憐你少年孤苦，又恭慎自守，所以派
我暫時為你守房子煮飯做菜。十年之中，使你富起來，娶妻子，然
後我再回去。但你現在無故偷看，並趁我不備而突然出現，我已經

現了原形，不能再留下來，必須離開你。雖然這樣，今後你還是會稍稍好起來，要勤懇耕田，捕魚打柴，料理生計。我留下這個螺殼，你可以用來貯藏米穀，可保常年不缺糧。」謝端請她留下來，她不肯答應。這時天突然刮風下雨，轉眼間她就不見了。

謝端為她立了神位，按時節祭祀她。從此，謝端生活豐饒富足，但也不是非常富有，於是鄉裡有人把女兒嫁給他。後來謝端當了縣令。現在侯官縣還有素女祠。

說書人的話

這是民間故事〈田螺姑娘〉最早的書面記載，表現了窮苦青年的美麗幻想和人們對他們的同情。唐代傳奇皇甫氏《原化記》中的〈吳堪與螺女〉（見本書第222頁），進一步豐富了故事情節。後來，漢族的〈田螺姑娘〉、〈蘋果姑娘〉、〈鹿姑娘〉、高山族的〈螺螄變人〉，達斡爾族的〈江蚌姑娘〉，苗族的〈孤兒和龍女〉等，都是同類型的故事。

注釋

① 司馬德宗，西元379年～418年在位。
② 舊縣名，治所在今福建省福州市。

楊生與義狗

出自：《搜神後記》／佚名

　　晉太和 ① 年間，廣陵 ② 人楊生，養了一條狗，非常疼愛牠，不管外出還是在家，都帶在身邊。有一次，楊生喝醉酒，走進大沼澤的野草叢中，睡得不省人事。這時，正好冬天放火燒荒，風勢非常大。狗驚恐地來回叫喚，但楊生醉了，毫無所覺。前方有一坑水，狗便走到水中，又走回來，把身上的水灑在楊生周圍的草地上。這樣來回水坑好多次，牠小步小步地旋轉灑水，草都沾濕了；火燒過來，沒有燒到楊生。楊生醒來，才發現這件事。

　　後來，楊生在黑暗中行走，掉入空井中，狗一直吠叫到隔天天亮。有人經過，奇怪這狗為什麼向井中號叫，便前來察看，看見了楊生。楊生說：「你救我出來，我會給你豐厚的報酬。」那人說：「把這條狗給我，我就救你出來。」楊生說：「這條狗曾經將我從死裡救活，不能給你，但其餘的東西我都不吝惜。」那人說：「如果不給我，便不救你出來。」狗於是探頭往井裡望，向楊生示意。楊生知道牠的意思，便向路人說：「我把狗給你。」

　　那人就救他出來，把狗牽走了。五天後，狗趁夜裡逃走，回到楊生身邊。

說書人的話

　　狗是人類親密的伙伴，牠忠於主人，而且聰明靈活。因此，歷來有很多關於狗的故事，這是其中較早的一篇。楊生的狗不僅忠於主人，而且能急中生智，非常可愛。那個過路人竟想乘人之危而奪人所愛，

是不足取的，終於受到了狗的戲弄。

① 晉廢帝司馬奕年號，西元366年～371年在位。

② 今江蘇省揚州市。

髦頭的起源

出自：《錄異傳》／佚名

　　秦文公①在位時，雍州②終南山③有一棵高大的梓樹④。秦文公每砍伐它，總會起狂風暴雨，被砍開的部分又重新生長癒合，無法砍斷。當時，有一個人生了病，夜晚到終南山去，聽見有鬼對樹神說：「秦文公如果叫人將頭髮披散，用朱紅色絲繩圍繞樹幹，再動手砍你，你還能逃脫嗎？」樹神沒有答話。第二天，那個病人把聽到的報告給秦文公。文公按照他講的那樣砍樹，真的把樹砍斷了。樹中躍出一條青牛，跑入豐水河中。後來，那條青牛從豐水中走出來，文公派出騎兵攻擊牠，但無法取勝。恰好有一個騎兵從馬上摔下來，於是頭髮散開了，他又再上前戰鬥，青牛很怕他，便逃入豐水，不再出來。所以，帝王出巡的儀仗隊中，有了披髮的騎士為前導，名叫「髦頭」。

說書人的話

　　這是秦國的古老傳說，是中國古老的破禁式故事，由於人們探聽到了妖魔最害怕的東西，最終制伏了妖魔。《列異傳》中的〈宗定伯賣鬼〉（見本書第37頁），《搜神記》中的〈斑狐書生〉（見本書第57頁），都與此有相似之處。

注釋

① 春秋初年秦國國君，西元前754年～716年在位。
② 古代九州之一，包括今陝西、甘肅及青海部分地域。
③ 在今陝西省西安市東南。
④ 一種落葉喬木，夏日開黃花，枝幹木理細密，可供建築、製作樂器、家
具。

原書介紹

《錄異傳》魏晉時代的志怪故事集。作者不詳，書已亡佚。但劉宋徐廣（西
元352年～425年）作《史記音義》時，已經引用其中的記載，可見此書最遲
是東晉時代的著作，也許還更早一些。魯迅《古小說鉤沉》曾輯出佚文二十
七條。

周 處 除 三 害

出自：《世說新語》／劉義慶

　　周處①年少時，凶惡逞強，任俠使氣，成為鄉里的一個禍患。加上義興的水裡有一隻大蛟，山中有一隻凶猛的老虎，義興人稱作三害，而周處尤其是最厲害的。有人勸周處去殺虎斬蛟，實際上是希望三害中只剩下一個。周處就殺死了老虎，又進水裡去殺蛟。蛟在水中有時浮起、有時沉沒，行走了幾十里，周處和牠在一起搏鬥，經過三天三夜。鄉裡的人都說周處已經死了，互相慶賀。但周處卻殺死蛟回來了，他聽說鄉裡人相互慶賀，才知道自己是人們心目中的一害，因而有了悔改之意。

　　於是從吳地出發尋找陸機、陸雲，平原內史陸機不在，只見到清河內史陸雲，周處把事情原原本本告訴他，並說想要自我修養改過，但恐怕光陰虛度這麼久了，最終不會有所成就。陸雲說：「古人推崇說：『朝聞道，夕死可矣。』何況你前途還不錯，而且一個人擔心的是不立志，又何必擔心名聲是不是顯赫呢！」周處於是改過自勉，後來終於成為忠臣孝子。

說書人的話

本篇寫一個頑皮的小孩成長為一個為民除害、忠於國家的英雄人物。它以真人真事為基礎，但作了藝術誇張。如寫周處斬蛟，在水中鬥了三日三夜，這便是正常人所辦不到的。

注釋

① 字子隱，晉代義興（今江蘇省宜興縣）人。

原書介紹

《世說新語》 六朝軼事小說的代表作。作者是南朝劉宋時代的劉義慶。劉義慶（西元403年～444年），劉宋王朝的貴族，襲封臨川王，曾任南袞州刺史、都督加開府儀同三司。愛好文學，招納文士。

《世說新語》一書分德行、言語、政事、文學、方正、雅量、識鑒等三十六門，記錄漢末、魏、晉時代士大夫的遺聞軼事，以文字精錬傳神著稱。後世軼事著作大多模仿此書，但沒有哪一本趕得上它。蕭梁時代的劉孝標為此書作注，引用他書達四百餘種，是極有價值的著名注本。

天 台 仙 女

出自：《幽明錄》／劉義慶

漢明帝永平五年①，剡縣②人劉晨、阮肇一起進天台山③採谷樹皮做藥，在山裡迷了路。經過十三天，糧食吃完了，他們飢餓疲憊，幾乎要死掉。遠遠看見山上有一棵桃樹，結了許多果實，但只見陡峭的岩石和深深的溪谷，並沒有登上去的路。他們攀著樹藤與草木，才到那裡。劉晨和阮肇各吃了幾個桃子，這才止住飢餓，充實體力。接著又下山，拿杯子舀水，想洗漱，看見蕪菁葉子從山腹中流出來，而且很新鮮；接著又有一個杯子流出來，裡面有芝麻飯粒。他們互相商量著說：「這表示離有人煙的地方不遠了。」於是一起潛入水中，逆流而上兩三里，穿過了山，出現一條大溪。溪邊有兩個女子，姿色氣質都美麗極了。她們看見兩人拿著杯子出現，便笑說：「劉、阮兩位郎君，拿來了剛才我們丟失而流走的杯子。」劉晨、阮肇以前根本不認識她們，但兩個女子直接呼喚他們的姓，好像以前就認識一樣，所以相見非常歡喜。女子問他們：「怎麼來得這麼晚？」便邀請他們回家。她們的家是黃銅瓦屋，南面牆壁和東面牆壁下各有一張大床，都掛著絳紅色的羅帳，帳子的角上掛著鈴子，金的銀的參差錯落。床頭各站著十個服侍的婢女。兩個女子下令說：「劉郎、阮郎爬山涉水而來，剛才雖吃了仙桃，仍舊很飢餓疲累，快些做吃的來。」於是端出芝麻飯、山羊肉乾、牛肉，都非常甘甜美味。吃完後接著行酒令。有一群女子來了，每人拿著三五個桃子，笑著說：「慶賀妳們的夫婿來了。」酒喝得酣暢時開始奏樂，劉晨、阮肇又高興又恐懼。到了傍

晚，叫他倆一人進一個帳子睡覺，那兩個女子前來陪他們，言語聲音清秀溫婉，叫人忘記憂愁。

　　十天後，劉晨、阮肇請求回去，女子說：「你們已經來到這裡，是前世的福分，爲什麼又想回去呢？」於是他們又停留了半年。等到氣候溫暖、草木茂盛，正當春天的時候，聽到百鳥鳴叫，他們更加悲傷思念，苦苦請求要回去。女子說：「塵世的罪孽牽掛著郎君，有什麼辦法呢？」於是叫來以前來過的女子，有三、四十人，集會奏樂，一起送別劉晨、阮肇，指給他們回去的道路。

　　回家後，親人朋友早已過世，城市房屋也變得不同，也見不到相識的人。詢問查訪，才找到了他們的七世孫。七世孫只聽說過祖先進山，迷了路沒有回來。到了晉太元八年④，劉晨、阮然又離開，不知道去哪裡了。

說書人的話

劉阮入天台仙境是一個廣爲傳誦的故事。「山中方七日，世上已千年。」時間反差極大，是這一類故事的共同特點，反映古人奇特的想像力。

注釋

① 漢明帝名劉莊，西元58年～75年在位。永平五年爲西元62年。
② 在今浙江省嵊縣西南。
③ 在今浙江省天台縣。
④ 晉孝武帝司馬曜的年號。太元八年，爲西元383年。

原書介紹

《幽明錄》六朝志怪故事集。劉義慶撰。劉義慶（西元403年～444年），劉宋王朝的貴族，襲封臨川王，愛好文學，招納文士。原書三十卷，已散佚。魯迅《古小說鉤沉》共輯得二百六十六則，是較

　　完備的輯本。幽明指鬼神世界和人間世界，全書既有鬼神靈怪故事，也有人間奇聞異事。如：〈天台仙女〉、〈楊林與柏枕〉、〈獵鷹〉等皆為世傳誦。

石 雞 山
出自：《幽明錄》／劉義慶

　　過去晉懷帝永嘉①亂世，郡縣沒有固定的官吏，人們以強凌弱。宜陽縣②有個女子，叫彭娥，家有父母兄弟共十餘口。那時，宜陽縣被長沙來的強盜攻打。當時彭娥背著器皿到溪邊取水，聽說強盜來了，趕緊跑回去。她看見築在村外的防禦土牆已經被攻破了，於是非常傷心。彭娥與強盜格鬥，強盜把她捆起來帶到溪邊，要殺了她。溪邊有座大山，石壁有數十丈高。彭娥仰天呼喊：「皇天難道沒有神靈了嗎？我有什麼罪，要受此遭遇呢？」因而向石壁奔了過去，大山立即裂開，口子有數丈之寬，道路平坦得如同磨刀石。那群強盜也追著彭娥進入大山中，大山就合起來，像當初一樣，強盜們都被壓死在山裡，頭都露在山外。彭娥從此隱藏起來沒有再出來。而彭娥丟下的器皿化為石頭，形狀像雞。當地人便稱這山為石雞山，那水坑叫娥潭。

說書人的話

中國各地都流傳一些關於當地風物來源的故事，這類故事古已有之。因此，我們選了這則一千多年前的古老傳說以饗讀者。它用大石山保護弱女，懲罰強暴的奇特情節，表達了人們的善惡觀念。

注釋

① 晉懷帝永嘉五年（西元311年），匈奴族劉聰遣石勒攻晉，消滅晉軍十餘
萬；又遣王彌、劉曜等攻陷洛陽，虜晉懷帝，焚燒宮廟，辱逼后妃，殺
百官士庶數萬人，史稱「永嘉之亂」。

② 今河南省宜陽縣西。

楊 林 與 柏 枕

出自：《幽明錄》／劉義慶

焦湖廟中掌管香火的廟祝擁有一個柏木枕，有三十多年了，枕後面有一個裂開的小孔。有個縣民叫楊林，出外經商，經過廟時祈禱祝福。掌管香火的人說：「你結婚了嗎？可以到柏枕裂口邊來。」他讓楊林進了裂孔中。楊林看見朱漆大門，玉砌的宮殿和亭台，比人世間的宮殿更華美絕倫。他拜見了趙太尉①，太尉給楊林成了婚。他生育了六個孩子，四個男孩兩個女孩。楊林被選爲秘書郎中②，不久升遷爲黃門侍郎③。楊林在柏枕中，長期都沒有想回去的心思，不久即遭到不順遂的事。廟祝叫楊林出來，他才又看見了先前的柏木枕。楊林自認爲在枕裡經歷了許多年，而實際上只有一會兒時間而已。

說書人的話

這是用夢幻反映人生與人心的一篇著名故事。它雖然寫得粗略，卻為後代同類故事所本，唐代沈既濟《枕中記》（見本書第120頁）直接受其影響，李公佐《南柯太守傳》（見本書第129頁）等也摹擬其寫作方法。

注釋

① 太尉，最高的軍事官員。
② 掌管圖書經籍。
③ 負責侍從皇帝、傳達詔命。

新　死　鬼
出自：《幽明錄》／劉義慶

　　有個新死鬼，形態疲憊，身體消瘦，一天它忽然遇到了生前的友人，死去已近二十年了，這老鬼肥胖健壯。它們相互問訊，老鬼說：「你怎麼會這個樣子？」新鬼說：「我餓得快不行了，你知道各種門路，應該教我一些。」老鬼朋友說：「這太容易了，只要給人作怪，人必定很害怕，就會給你食物。」

　　新鬼就進了一座大村落的東邊。有家人誠心禮佛，他家西廂房中有架石磨，新鬼就像人一樣的推這架磨。這家主人對家裡人說：「佛祖可憐我們家貧苦，下令讓鬼推磨。」就運來麥子給鬼磨粉。到傍晚磨好了好幾斛麥子，鬼累壞了，就走了。於是他罵老鬼說：「你怎麼騙我？」老鬼又說：「只管再去幹，自然會得到食物。」新鬼又從村子西邊進了另外一家，這家人信奉道教，他家門旁有座石碓①，這鬼就像人舂米般舂動那石碓。這家主人說：「昨天鬼幫助某甲，今天又來幫助我，可運些穀子給它舂。」又叫女僕在一旁篩穀子，一直幹到傍晚鬼累極了，主人也沒有給鬼一點兒東西吃。

　　新鬼晚上回來，對老鬼大發脾氣說：「我和你是親家，交情不同，怎麼可以欺騙我？這兩天盡幫人幹活，一小盆食物也沒得到。」老鬼朋友說：「是你自己沒遇上好機會罷了！這兩家人奉佛事道，自然難以打動。今天去可要尋覓一戶普通人家作怪，就不會得不到食物了。」

　　新鬼又去了，找到一戶人家，門前有根竹竿，鬼從門中進入。看見有一群女子，在窗前一起吃飯。鬼到了庭院中，見有一隻白

狗，就抱著牠在空中行走。這家人見了大吃一驚，說從來沒有這樣的怪事。
就請巫師占卜，巫師說：「有鬼要討食物吃，殺掉狗並備上果品酒飯在庭院
中祭祀它，就不會有什麼事。」這家人照巫師的話去做，新鬼果然足足得了
一頓美食。從此以後，這鬼總是作怪，這都是老鬼朋友教的。

說書人的話

這是一則幽默小品。辛苦勞作，安分守己，就會餓得骨瘦如柴；為祟作怪，
嚇唬別人，反而養得肥胖健壯。而且，為祟作怪要看準對象，有後台撐腰的
人決不可去惹，不然只會自討沒趣。因此故事辛辣地嘲諷人情世態。至於原
意也可能有勸人敬奉佛道的成分，然而客觀效果卻是諷刺世情，而藝術風格
則是喜劇式的。

注釋

① 舂米用的器具。

牛 郎 織 女

出自：《述異記》／任昉

　　銀河東岸，住著一位美麗的女子，她是天帝的女兒。每天織布縫紉，一年又一年地工作，織成了像雲霧一樣輕飄美麗的絲綢衣服。她辛辛苦苦，沒有歡樂，連容貌也沒有空暇打扮。天帝憐憫她獨處無夫，便將她嫁給銀河西岸放牛的牛郎。但出嫁後，織女貪戀歡樂，竟不回東岸，紡織的工作也荒廢了。天帝發了怒，命令她回到河東，叫他們一年只能相會一次。

說書人的話

　　這是一個古老的愛情故事。織女、牛郎本為天上星宿，在《詩經・小雅・大東》中已經開始把它們擬人化了。《史記・天官書》已把織女看作了天帝的孫女。漢代的《古詩十九首》中有〈迢迢牽牛星〉一詩，寫了織女和牛郎的相思之苦：「迢迢牽牛星，皎皎河漢女。纖纖擢素手，扎扎弄機杼。終日不成章，泣涕零如雨。河漢清且淺，相去復幾許！盈盈一水間，脈脈不得語。」身為天帝的女兒，竟然要每天工作，而女子婚後仍回娘家居住，說明這個故事產生在古老遙遠的時代。後來，人們同情這對夫婦，又創造了七夕渡鵲橋相會的美麗情節：「織女七夕當渡河，使鵲為橋。相傳七日鵲首無故皆髡，因為梁以渡織女故也。」（見《風俗通》）後代又產生了老牛做媒、王母迫使其分離并用簪子劃出銀河等情節。

原書介紹

《述異記》 六朝志怪故事集。任昉撰。任昉（西元460年～508年）是蕭梁時代著名的文士，擅長寫表奏等各類文體，曾任黃門侍郎，新安太守。《梁書》本傳錄其著作甚詳，但沒有提到《述異記》。因此人們懷疑此書是偽託他的名字，大概是唐代前期的作品。

今存兩卷（佚文作一卷）。書以記述山林江河、動植物產等為主，雜以民間故事。如：〈牛郎織女〉、〈精衛填海〉、〈相思木〉、〈妒女泉〉、〈兄弟石〉、〈蚩尤戲〉等，但情節較簡單。

董 昭 之 救 蟻

出自：《齊諧記》／東陽無疑

　　吳地當陽縣①人董昭之，曾經坐船過錢塘江，船到水中央，看見有一隻螞蟻，在一隻短蘆葦上急忙奔跑，跑到一頭，回轉身又跑向另一頭，非常驚惶。董昭之說：「這是因爲怕淹死啊！」於是用繩子套住蘆葦，想把螞蟻救到船頭。船中的人罵他：「這是有毒會螫人的東西，不可以救牠，我要踩死牠。」昭之很同情這隻螞蟻，正好船到了岸邊，螞蟻緣著繩子上岸了。

　　半夜，董昭之夢見一個人，身穿黑衣，跟著百多個人來了，向他道謝說：「我不小心掉到江裡，承蒙您救命，而我卻無以爲報，覺得很慚愧。我是蟲王，您如果有困難的時候，可以告訴我。」

　　過了十多年，當時長江以南到處有強盜搶劫，董昭之從餘杭山經過，被強盜牽連，囚禁在餘姚②的獄中。董昭之忽然想起蟻王的夢，他正專心想著這件事，一起被囚禁的人問他，他說：「螞蟻說有急難時告訴牠，現在到什麼地方告訴牠呢？」有一個囚犯說：「只要捉兩三隻螞蟻放在手掌中禱告就好了。」董昭之像他說的那樣做，晚上果然夢見黑衣人說：「你可以趕快逃走，逃進餘杭山，隔不了多久天子將會下赦令。」於是他醒來，螞蟻已把鐐銬咬斷，因而逃出監獄，過江逃進餘杭山。不久果眞遇到赦免。

說書人的話

這是一則動物報恩型童話。六朝時期，佛教因果報應之說傳入，此類故事比前代更多。《續齊諧記》中的〈黃雀報恩〉，《搜神後記》中的〈毛寶放龜〉等，都與本篇屬同一類型。

注 釋

① 在今湖北省。
② 在今浙江省。

原書介紹

《齊諧記》六朝志怪故事集。南朝劉宋時代東陽無疑（生卒年不詳）撰。

《莊子·逍遙游》說：「齊諧者，志怪者也。」本書記載怪異故事，所以取名《齊諧記》。

原書七卷，今已散佚，僅存十餘則故事，如〈董昭之救蟻〉、〈薛道詢化虎〉等，皆具有善惡報應觀念。

紫 荊 樹

出自：《續齊諧記》／吳均

　　京兆①有一個叫田眞的人，和兄弟三人一起商量著分財產。財產都平均分配完了，只剩廳堂前一棵紫荊樹，他們一起商量要把紫荊樹砍成三份。第二天去砍樹，樹立刻就枯死了，樣貌好像被火燒過一樣。田眞去看了，非常吃驚，對他的弟弟們說：「樹本來是同一個樹幹，聽見將要被砍開，所以就枯死了，而我們人還不如樹啊！」因此悲傷不止，決定不再把樹分開。紫荊樹立即茂盛起來。兄弟們都被感動了，把財產合併在一起，於是成了以孝聞名的一家人。田眞當官，做到了大中大夫②。

說書人的話

這個故事說明：合則互利，離則損傷。它與《魏書·吐谷渾傳》中的寓言〈折箭教子〉主題頗為相近，但本篇故事的情節顯然是非現實性的。

注　釋

① 京兆郡，治所在長安（今陝西省西安市西北）。
② 秦漢時的官名，俸祿千石，掌議論，無定員。

原書介紹

《續齊諧記》 六朝志怪故事集。南朝蕭梁時代吳均撰。吳均（西元469年～
520年），字叔庠，吳興故鄣（今浙江省安吉縣）人。出身寒微，自幼聰穎好
學，曾任吳興主簿，官至奉朝請。其詩文以風格明麗清拔著稱，時號「吳均
體」，有《吳朝請集》。

《續齊諧記》一卷，記神怪故事，兼及民間風習。如：〈紫荊樹〉、〈黃雀報
恩〉、〈五花絲粽〉、〈陽羨書生〉等皆為人傳誦。

陽羨書生

出自：《續齊諧記》／吳均

　　陽羨①人許彥，沿著綏安山行走，遇到一個書生，年紀有十七、八歲，躺在路邊，說自己腳痛，請求讓他坐到鵝籠中。許彥以為他在開玩笑。書生卻進了籠子，籠子並沒有變得更寬，書生也沒有變得更小，他很自然地和兩隻鵝坐在一起，鵝也不驚慌。許彥背著籠子走，也不覺得重。

　　他往前走，到了一棵樹下休息，書生從鵝籠出來，對許彥說：「我想給您準備點酒食。」許彥說：「好。」書生便從嘴裡吐出一個銅盤和精巧的盒子，盒子裡有許多各式各樣的美食。這些器皿都是銅做的，食物的氣味香美，世間少見。酒過數巡，書生對許彥說：「先前帶了一個女人跟著我，現在我想暫時請她出來。」許彥說：「好。」書生又從口裡吐出一個女人，年約十五、六歲，衣著美麗，容貌極漂亮。他們坐在一起喝酒吃飯。

　　不久書生喝醉躺下，這女子對許彥說：「我雖然和書生結為夫妻，實際上心裡是埋怨他的。先前也私自帶了一個男人跟著我，書生既然已經睡了，暫時叫他出來，請您不要說。」許彥說：「好。」女子從口裡吐出一個男人，年紀有二十三、四歲，也很聰明可愛，對許彥噓寒問暖。書生快要醒來，女子便從口裡吐出一座鮮艷華麗的屏風遮住了書生，書生便留女子一同睡覺。

　　男人對許彥說：「這女子雖然對我有情意，我的心卻不很向著她。我私下也帶了一個女人跟著我，現在想暫時叫她出來，請您不要洩露出去。」許彥說：「好。」男子從口裡吐出一個女人，年紀

大約二十歲。他們一起喝酒戲談了很久。聽見書生動作發出聲響，男人說：「他們倆人醒了。」因而拿起所吐的女人，放回口裡。

一會兒，書生那兒的女人出來了，對許彥說：「書生快要起來了。」於是吞下先前的男子，單獨和許彥相對而坐。然後書生起來對許彥說：「小睡已久，您一個人坐著，大概悶悶不樂吧。天色已晚，我應當和您告別了。」於是吞下他的女人，各種器皿也都放進嘴裡。他留下兩尺寬的大銅盤，對許彥說：「沒什麼可留給您的，留下銅盤作個紀念吧。」

許彥在太元②年間做了蘭台令史③，他用銅盤裝東西給侍中④張散吃。張散看上面的銘文題字，說是永平三年⑤製作的。

說書人的話

這個故事源於佛經《舊雜譬喻經》中的〈梵志（婆羅門教徒）吐壺〉故事。唐代段成式在《酉陽雜俎・貶誤》中說：「余以吳均嘗覽此事，訝其說，以為至怪也。」這個故事的奇特之處有兩點：一是空間觀念奇特，「小」中可以藏「大」；二是對人心的剖析，腹中各藏異心，難測亦難禁絕。這種觀念是中國過去所沒有的，文人喜愛其新穎奇異，逐步把它本土化，於是將梵志變成了一個書生。

注釋

① 漢縣名，故城在今江蘇省宜興縣南。

② 晉孝武帝司馬曜年號，西元376年～396年在位。

③ 掌管典校圖籍、治理文書的官員。

④ 侍從皇帝的官名。魏晉時，相當於宰相。

⑤ 東漢明帝劉莊的年號。永平三年，為西元60年。

虛 空 細 縷
出自：《高僧傳》／慧皎

　　過去有個狂人，他叫紡織匠紡棉紗，要求紡得盡量又細又好。紡織匠盡心盡意，紡出的紗像灰塵那麼細，狂人還是嫌粗了；織匠大怒，就指著虛空處叫他看：「這便是紡出的細紗。」狂人說：「怎麼看不見呢？」紡織匠說：「這種紗極細，我們行業中最優良的匠人尚且看不見，何況其他人呢？」狂人聽後大喜，把紗交給其他織匠織布，這些織匠也學前者的辦法，裝出織布的樣子。他們都受到最好的獎賞。但實際上既沒紗，也沒有布。

說書人的話

這則故事本是小乘佛教大師槃頭達多借以諷刺鳩摩羅什（西元344年～413年）信奉「一切皆空」的大乘佛法。鳩摩羅什出生於龜茲國（今新疆省庫車一帶），因此這可能是新疆地區的民間故事，或許是由印度傳入的。

這個故事雖然簡單，後來卻造成了深遠的影響。在《高僧傳》問世八百年後，即公元十四世紀，西班牙著名的政治家和作家堂－胡安‧馬努埃爾，據此改編為三個騙子詭稱能織出一般人看不見的衣料以欺騙國王的故事，收入《盧卡諾爾伯爵》一書中。到十九世紀，丹麥作家安徒生，又把馬努埃爾的故事加工潤色，而成了著名的童話〈國王的新衣〉。

《高僧傳》佛教史傳著作，又稱《梁高僧傳》。南朝蕭梁時代的僧人慧皎（西元497年～554年）所著。慧皎是浙江上虞人，出家後住嘉祥寺，春夏傳法，秋冬著述。他不滿寶唱所作的《名僧傳》，便於梁天監十八年（西元519年）著《高僧傳》。

《高僧傳》共十四卷，分十門，共載自東漢末至梁初高僧二百五十七人，另附見者二百餘人，成了中國佛教史上第一部有系統的僧人傳記集。著名的〈虛空細縷〉故事，出自此書中的〈鳩摩羅什傳〉。後來，唐代道宣作《續高僧傳》，宋代贊寧作《宋高僧傳》，明代如惺作《大明高僧傳》，皆受此書影響，合稱「四朝高僧傳」。

白 猿 搶 妻

出自：《白猿傳》／佚名

　　梁代大同①末年，朝廷派平南將軍藺欽到南方征討叛亂，部隊到達桂林，打垮了叛軍李師古、陳徹。與藺欽配合作戰的另一支部隊的將領歐陽紇②，也率部隊攻到了廣西東部的平原，平定當地山區，並將部隊開進了險要的深山裡。

　　歐陽紇的妻子，清秀苗條，細嫩白淨，美麗非常。歐陽紇所統治的山區居民看到後，對歐陽紇說：「將軍您怎麼帶這麼美的女人到這裡來呢？這個地方有精怪，善於偷取年輕女子，漂亮女人尤其難逃牠的手心，您要小心防護才好。」歐陽紇聽後十分驚恐，夜晚親自帶士兵守衛在他住宅四周，並把妻子隱藏在一間密室裡，將門窗釘牢關緊，還派了十多個女僕守護著。當天晚上，陰風慘慘，天昏地黑，直到五更天，還沒有什麼動靜。守護的人因為通宵疲乏，才打了一下盹，忽然好像有什麼東西驚動了他們，醒來一看，歐陽紇的妻子已經不知去向了。門窗都還像先前一樣關得緊緊的，就是不知道人從哪裡被弄出去的。屋外山勢險峻，黑夜迷茫，寸步難行，無法追趕。等到天亮，一點線索也沒有。

　　歐陽紇非常悲憤痛心，下定決心找不到妻子就不回去。於是他便告了病假，把他的部隊駐紮在那兒，每天入深澗，攀險峰，到四周很遠的地方去尋找他的妻子。一個月後，忽然在百里外一處野生的細竹叢上，找到了一隻繡鞋，那鞋子雖然被雨水浸溼了，但還可以辨認出是他妻子丟下的。睹物思人，歐陽紇越加悽惻懷念，

尋妻的決心和意志更加堅定。他挑選了三十個精壯的士兵，親自帶著他們，手拿武器，肩背乾糧。睏了，露宿山岩；餓了，就在野外吃食。又這樣找了十多天，在隔他們駐地大約兩百里的地方，往南看見一座山，蔥鬱秀麗，昂然聳峙。到山下一看，深深的溪水環山而過，他們只好編木筏渡過去。從那陡峭的山岩和青翠的竹林之間，時不時看到紅衫晃動，聽見一些歡聲笑語。他們便攀藤蘿、牽繩索，爬了上去。一看，珍貴的樹木栽種得井然有序，樹木之間點綴著名花異草。地上長滿綠草，密茸茸、軟呼呼，就像鋪的地毯。整個環境，清幽靜寂，宛如世外桃源。

朝東的石門外面，幾十個女人穿著鮮艷亮麗的衣裙，正在那裡唱唱跳跳，進進出出，嬉笑遊樂。看見歐陽紇等人來了，便驚疑地站著，仔細打量著他們。等歐陽紇走近，她們便問：「你們怎麼會到這裡來的？」歐陽紇將找到這裡的原因和經過告訴她們。這些女人對望一眼，嘆口氣說：「你的妻子到這裡已經一個多月了，現在生病，正躺在床上，應該讓你進去看看她。」

歐陽紇從石門進去，轉過一扇木頭做的小門，裡面像廳堂般寬敞開闊的房子有三、四間，靠牆放了些床舖，床上都舖著錦緞製成的被褥。歐陽紇的妻子睡在一張石床上，墊著幾張毯子，蓋了幾層被褥，床前擺滿了珍奇食品。歐陽紇走近看她，她回頭瞟了歐陽紇一眼，便立即揮手示意他趕快離開。那些女人說：「我們這些人與你的妻子，先後來到這裡，久的已經十年了。這是精怪住的地方，這精怪法力極大，能殺死人，即使百個人拿著武器也制伏不了牠。幸好牠現在還沒有回來，你必須馬上逃走。只要你去找兩斛美酒，十頭肉狗，和幾十斤麻，我們會想辦法幫助你殺死牠的。你必須在中午以後來，千萬小心，不能太早。十天以後你來吧。」於是催促歐陽紇趕快離開。

歐陽紇立即下山，準備好美酒、肉狗和麻，如約到達那裡。那些女人說：「這傢伙特別好酒，往往一喝就要喝得酩酊大醉，喝醉以後，總愛發洩力氣，叫我們用彩絹把牠的手腳綁在床頭，然後用力一蹬，彩絹就全給繃斷了。我們曾試著將

三幅彩絹縫在一起去綁牠，牠才用盡力氣也不能掙脫。現在我們把麻暗藏在彩絹中去綁牠，估計牠掙脫不了。牠全身堅硬如鐵，只有肚臍下幾寸處的地方常用東西遮護著，那個地方肯定不能抵禦刀槍。」又指著旁邊的一塊岩石說：「這是牠貯藏食物的倉庫，你可以躲在這裡，靜靜地等候。把酒放在花叢裡面，把狗散開拴在樹林裡，等我們做完手腳，叫你，你就出來。」歐陽紇按照她們說的，屏住呼吸，小心又緊張地等待著。

到了下午，有一個東西像一匹白色的絲絹從另一座山上直飛過來，逕直飛進洞裡。不一會兒，一個長著漂亮鬍子的男人，大約六尺多高，穿著白衣，拖著拐杖，在那些女人的簇擁下，從洞裡出來了。牠一看見樹林中的肉狗，驚疑地注視一會兒，忽然騰地跳起來，撕咬肉狗並吸吮著血，吃得飽飽的。那些女人搶著用玉杯向牠進酒，諧戲調笑，非常快樂。喝了幾斗酒後，女人們便扶著牠離開樹林花叢，回到洞裡，又聽到裡面傳出嬉笑逗樂的聲音。隔了許久，一個女人出來叫歐陽紇。歐陽紇拿著武器進去，看見一隻大白猿，四隻腳被綁在床頭。牠看見歐陽紇來了，便四腳亂踢，伸縮身子掙扎著，但無法掙脫捆綁，雙眼發出閃電般的寒光。歐陽紇急忙跑上前去，使力用武器去刺，好像戳在鐵和石頭上一樣。直到刺中牠的肚臍下面，才刺了進去，鮮血像噴泉一樣飛射。這時，白猿嘆口氣，悲愴地對歐陽紇說：「這是天意要滅了我，哪裡是你的本領能做到的呢？只是你的妻子已有身孕，你不要殺這個孩子，他將會遇上聖明天子，一定會光宗耀祖。」說完便斷氣了。

歐陽紇搜尋白猿藏的東西，發現許多寶物，各種美食擺滿桌子。凡人間所有的珍品，沒有一樣缺的，還有名貴香料幾斛，寶劍一對。婦人三十多個，個個漂亮無比。來得早的，已來了十年，據她們說，這裡的女人，到年老色衰時，必定被帶走，不知弄到哪裡去了。白猿在捕捉人獸、採摘花果時，都獨自一個，沒有任何同夥。早晨起來，洗漱一番，戴上帽子，罩上白夾衣，披上青色羅衣，不論寒暑，都是如此裝扮。牠全身長滿白毛，有幾寸長，住在洞裡，常讀著木簡。木簡上的字像符上畫的花紋，其他人一個字也無法認得。牠讀完後，便放在石磴下面。若是晴天，有時就揮舞雙劍，舞劍時，銀光閃閃，好像閃電

圍著牠飛轉，光華渾然一體，圓溜溜，光閃閃，彷彿一輪明月。牠的飲食沒有一定規律，愛吃果子，尤其喜歡吃狗肉，喝狗血。過了中午，就杳然不知去向。半天內能往返幾千里，一到傍晚，必定回來，這是牠的生活規律。牠需要什麼東西，馬上就可以得到。……今年初秋，白猿突然悲愴地說：「我被山神告發了，將要被判死罪。我會向眾神靈請求寬恕，或許可以免罪。」上個月初三，石磴忽然起火，牠的木簡全部被燒了。見到這個情景，牠愴然失意地說：「我已經一千歲了，卻一直沒有兒子。現在有了兒子，我的死期就到了呵！」說完牠看了看眾女人，許久還在那裡悲傷落淚，接著又說：「這座山險峻陡峭，從來沒有人來過，站在高處遠眺，連樵夫也見不到一個，山下又有許多虎豹豺狼等凶猛怪獸。如果真有人能夠來到這裡，若不是老天爺在幫他，又是什麼呢？」

當天，歐陽紇就取了白猿的珍寶，帶了那些女人回來了，有些女人還記得自己的家在哪兒。一周年後，歐陽紇的妻子生了一個兒子，模樣很像那隻白猿。後來歐陽紇被陳武帝 ③ 殺了。歐陽紇生前與江總交情很好，歐陽紇妻子生的這個孩子聰明過人，江總很喜歡他，把他收養下來，這孩子因此逃脫了這場大難。長大以後，果然學問文章都好，尤其擅長書法，在當時很有名氣。

說書人的話

這是一篇降伏妖魔型的故事。故事的主角歐陽紇和白猿都刻畫得虎虎生風，歐陽妻及其他被掠婦女雖著墨不多，也能恰到好處，故事情節和環境的描寫也都很出色。

林語堂曾將這個故事用英語改寫為〈白猿傳〉（見《中國傳奇小說》一書，張振玉翻譯），除了情節發展和結局作了改變，也重新刻畫人物性格，讀者如果對照閱讀，會得到更大的樂趣。

注釋

① 梁武帝年號，西元535年～546年在位。
② 梁代將軍，其子為唐代名臣及書法家歐陽詢。
③ 西元557年～560年在位。

原書介紹

《白猿傳》這是唐初的傳奇故事，作者不詳。

據考證，唐代著名書法家歐陽詢（西元557年～641年），容貌瘦削，不滿意他的人把他比做猿猴，並寫了這篇小說來譏笑他是猿妖所生的兒子。這當然是無稽之談，而且開了唐人以小說污蔑他人的風氣。然而，這篇故事在寫作上是成功的。原因在於漢魏以來民間早流傳著猿妖盜竊美婦的傳說，經過口耳相傳，藝術上已臻於成熟，作者把它記述下來，當然成了一篇好作品。宋代話本有《陳巡檢梅嶺失妻記》，其故事應是脫胎於本篇。

這篇故事，《唐書‧藝文誌》題為〈補江總白猿傳〉，似乎使人相信江總早已寫了一篇〈白猿傳〉，來記述他曾經撫養的孩子歐陽詢，這當然是小說家的狡獪手段。《太平廣記》則題為〈歐陽紇〉。

龍 女 招 親

出自：《大唐西域記》／玄奘

　　王城①東南方一百多里，有一條向西北方流去的大河。瞿薩旦那國的人民用它來灌溉田地，深受其益。後來大河卻斷了流。國王覺得這事很蹊蹺，於是親自出駕請教一位高僧，說：「我國人民歷來總是取用大河裡的水，現在忽然斷了流，原因出在哪裡呢？是我施政有不公正的地方，還是我的品德不合神的旨意？要不，上天降下的這個懲罰也太重了！」高僧說：「大王您治理國家，已使全國上下和諧、清明和順。至於河水斷流，是河裡的龍造成的。您必須趕快向龍祭祀祈求，過去河水給人的好處即可恢復了。」

　　於是國王返駕，在河邊祭祀河龍。忽然有一個女子，踩著水面飄然而至，說：「我的丈夫早已去世，沒個依靠的人可以發號施令，所以河水斷流，農民失去以往的便利。只要國王在您國內選一名尊貴的大臣配給我做丈夫，河水就會像過去那樣奔流了。」國王說：「謹聽您的吩咐，一切隨您的意願。」龍女於是表示自己喜歡某位大臣。

　　國王祭祀後回到王宮，對群臣說：「大臣呢，是國家的重要保障；農業呢，生產人民賴以活命的食糧。國家失去保障就會危殆，人民斷了糧食就會死亡。國危與民死這兩者，我選擇哪一方好呢？」大臣上前跪下，回答說：「我早已功虛才薄，不配擔任大臣這樣的重要職務，只是經常渴望能報效國家，可又未遇到機會。現在既然被選上了，我哪還敢推卸這個重責

呢？只要有益於萬千百姓，又何必捨不下一個大臣！其實為臣的只是國家的輔佐，百姓才是國家的根本。因此請大王不要再猶豫了。還希望大王能行善積德，建造一座供僧人住的佛寺。」國王答應大臣這些要求。

佛寺修好不久，大臣又請求讓他早入龍宮。於是全國的官員和百姓，都擂鼓奏樂為他設宴餞行。這位大臣穿白衣，騎上白馬，和國王辭別，又向送行的百姓們莊重致謝之後，揮鞭催馬下到河裡，馬蹄踏在水面上竟未沉下去。這樣直走到河的中間，大臣才揮馬鞭朝水面一劃，水就從正中分開。大臣就從分開的水縫裡消失了。

不一會，白馬單獨浮出水面，背上負著一面檀香木做的大鼓，還封著一封信。這信主要意思是說：「大王不遺棄我這個小臣，讓本不夠格的我進入了龍神的選擇中。我祝願大王多積善造福，以便能給國家和臣民帶來好處。請把這面大鼓懸掛在王城東南側，如果有敵寇來犯，這面鼓就會先發出聲音示警。」

從此河水又滔滔奔流了，它的好處被當地人享用至今。隨著年代漸漸久遠，那龍早已沒有了，只是原來懸掛龍鼓的地方，現在仍掛著一面鼓。河旁的佛寺已荒塌，裡邊沒有了和尚。

說書人的話

這是中國最早記錄的從印度傳入的龍女型故事，對後來的名作〈柳毅傳〉（見本書第108頁）有深遠的影響。它和傳統的「河伯娶妻」故事有所不同；龍女求夫，表現了異域風俗；大臣為了國家和百姓利益而主動進入龍宮，也具有佛教所倡導的犧牲精神。

注釋

① 指唐代西域瞿薩旦那國的王城。

原書介紹

《大唐西域記》唐代著名旅行筆記。由玄奘（西元602年～664年）口述，沙門辨機記錄編寫。全書十二卷，成書於唐太宗貞觀二十年（西元646年）。

玄奘西行求法，往返十七年（西元629年～645年），旅程五萬里，親身經歷一百一十個國家（地區），又聞知二十八個國家（地區），帶回佛典六百五十七部。他把沿途見聞寫成《大唐西域記》，記載了各地的山川地形、城邑交通、物產氣候、風土習俗、歷史傳說，尤重佛教古蹟。這部著作對研究印度史、中亞史、佛教史、中西交通史等皆有重要價值。此書又名《西域行傳》、《玄奘行傳》、《玄奘別傳》。

南 海 大 蟹

出自:《廣異記》／戴孚

　　近代有個波斯人①，常常說自己乘船漂洋過海，天竺國②就已經去了六、七次。最後一次航行時，船在海裡隨波逐流，不知道漂泊了幾千里，到了一個海島邊。在島上看見一個胡人③，穿著草葉綴成的衣服，同行的人都很害怕，上前問他，胡人說：「從前我與幾十個同伴被海水淹沒，只剩我順著流水，才到這裡。我採摘樹上的果實和挖掘草根為食，才不至於餓死。」大家都很同情他，於是讓他搭船。那胡人說：「島中有座大山，山上全是車渠玉④、瑪瑙、玻璃等各種珍寶，不可計數。」船上沒有人不丟掉自己的廉價貨物，而撿拾島上的珍寶。等到船已裝滿，胡人叫大家趕快出發，山神如果到了，一定會覺得痛惜。於是大家順風掛好船帆而去。船開了四十多里，遠遠看見山峰上有個赤紅色長蛇形狀的東西，慢慢地越來越大。胡人說：「這是山神保護他的珍寶，來追我們了，這可怎麼辦才好？」船上的人沒有不驚慌顫抖的。一會兒看見兩座山從海中浮現，高有幾百丈。胡人高興地說：「這兩座大山是大蟹的兩隻螯。這大蟹常常和山神爭鬥，山神多次被打敗，很怕牠。現在牠的螯一出現，就不用擔憂了。」大蛇不久就靠近了大蟹，兩者纏鬥了很久。蟹夾住了蛇頭，蛇死在水上，像連著的山一樣。船上的人因此得救了。

說書人的話

這是一個海上幻想故事，表現當時人們的好奇心，和追求財富的冒險精神。

注釋

① 古國名，今伊朗。此指僑居唐帝國的波斯人。
② 印度的古稱。
③ 古代對北方和西方外族人的泛稱。
④ 玉石之類，古稱西域七寶之一。

原書介紹

《廣異記》唐代筆記故事集。作者戴孚，一作戴君孚，生平不詳。

據顧況〈戴氏廣異記序〉（見《文苑英華》卷七三七）說，他是譙郡（在今安徽省）人，唐肅宗至德二年（西元757年）與顧況同時登科，擔任過校書、饒州錄事參軍；當時作者已有五十七歲。

其《廣異記》有二十卷，十餘萬言。此書記錄當時傳聞，今已散佚，《太平廣記》中保留了二百八十則故事。

張魚舟和老虎

出自：《廣異記》／戴孚

　　唐代建中①初年，青州府②北海縣北邊，有一座秦始皇設立的望海台。望海台的旁邊有個別灕泊。別灕泊邊有個打漁人叫張魚舟，他搭起一座小草屋住在裡面。有一隻老虎，夜裡突然闖進小草屋中，當時碰巧張魚舟才剛睡著。天快亮時，張魚舟才發現有人，一開始不知道是老虎。等到天亮的時候，張魚舟才看清楚是老虎，他十分害怕，躺著不敢動。老虎慢慢地用腳撫摸張魚舟。張魚舟心想這一定有緣故，便起身而坐，老虎便舉起左前腳給張魚舟看。張魚舟一看，見牠的腳掌上有一根約五六寸長的大刺，便替牠把刺拔掉。老虎高興地跳出草屋，作出伏地跪拜的樣子，然後身體靠近張魚舟，摩挲親熱了很久，才掉頭離去，時而還回頭張望。到了半夜，忽然聽到小草屋前「咚」一聲，掉下一件重物的聲音，張魚舟趕緊出來，只見一頭相當肥壯的野豬躺在那兒，足足有三百斤重。老虎在小屋前見到張魚舟，又把身體靠近他親熱，久久才離去。從此以後，每晚牠都送些東西來，或者是野豬，或者是麋鹿。村裡的人以為張魚舟是妖怪，便押送他到縣衙門。張魚舟陳述事情的經過，縣官便派遣差役隨他去，以便探察虛實。到了二更時分，老虎又送來一頭麋鹿，縣官這才無罪將他釋放。張魚舟給老虎做了一百零一天功德③，為牠齋戒祝福。那天晚上，老虎又為他銜來了一匹絹。有一天，張魚舟的小草屋忽然被老虎給拆掉了，意思是要張魚舟不要住在這裡了。張魚舟知道老虎的意思，便到別的地方找住處。從此，老虎也不再來了。

說書人的話

本篇寫人和虎的友誼，頗似古羅馬奴隸安德羅克魯斯與獅子的故事。因此，它可能是通過商人傳入的異域傳說，當然情節和人物已經完全中國化了。清代《虞初新志》中的〈義虎與樵夫〉（見本書第304頁），明顯受到這個故事的影響。

注釋

① 唐德宗年號。建中，西元780年～783年在位。

② 州府名，舊治在今山東省益都縣。

③ 指誦經、布施等事。

笛師與虎頭人

出自：《廣異記》／戴孚

　　唐代天寶 ① 末年，安祿山 ② 發動叛亂，潼關 ③ 失守。京都長安的人們，聽到消息便紛紛四散奔逃。梨園歌舞伎中有個吹笛子的師傅，也慌忙逃竄到終南山中，山中有一座破廟，他就暫且住在那裡。

　　夜晚，皓月當空，清爽非凡，笛師想到現在的離亂，心中很悲切，便吹奏笛子抒發自己的心懷。笛聲響亮而漫長，飄蕩在山谷之間。忽然見到一隻怪物，長著老虎的腦袋，人的身形，穿著白色夾衣，從門外進廟來。笛師顯出驚惶的神色，走下台階，吃驚地瞪眼望著怪物。這虎頭人卻說：「真好聽啊，這笛子的聲音。可以再吹吹吧？」笛師只得又吹奏了五、六支曲子。曲子快吹完時，虎頭人聽得久了，竟然睡著了，並發出很大的鼾聲。笛師怕他醒後出事，便悄悄地跑出廟門，爬到一棵高大的樹上，樹上枝葉濃密，能夠掩蔽人形。

　　虎頭人睡醒後，不見了笛師，十分懊悔，嘆惜說：「不早點吃掉他，反而讓他跑了。」於是站著仰天長嘯。不一會兒，便有十幾頭老虎飛奔而來，拜見虎頭人，樣子都像朝見皇帝那樣。虎頭人說：「剛才有個吹笛的傢伙，趁我睡覺的時候逃跑了，你們分四路去抓他回來。」話說完，老虎們都分散奔去了。

　　五更天後，老虎們奔回，都用人的話說，各自跑了四、五里，沒有找到此人。正好月亮西斜，忽然見到那棵高樹上的人影。虎頭人仰視高樹，哈哈大笑，說：「以為你能騰雲駕霧，哪想到你會躲

在這裡。」說完，就命令所有老虎，都來捉拿他，但都跳不到那麼高。虎頭人親自跳躍幾次，也達不到高度。最後只好各自散去。過沒多久，天亮了，廟前的行人逐漸增多，笛師才下樹跟著行人回家去。

說書人的話

人以音樂的魅力和機智勇敢，終於戰勝了比自己強大得多的鬼怪。

注 釋

① 唐玄宗年號。天寶，西元742年～756年。

② 唐代營州柳城（今河北省）胡人，本姓康。唐玄宗時任平盧、范陽、河東三鎮的節度使，天寶十四年舉兵造反，自稱「雄武皇帝」，國號「燕」。後來被他的兒子慶緒所殺。

③ 在今陝西省。

獵人與將軍象

出自：《廣異記》／戴孚

　　安南①人以打獵爲職業，每每把毒藥塗在箭頭上，用來射擊飛禽走獸，中箭的鳥獸無不立即斃命。

　　唐代開元②年間，有一位獵人曾經鑽入深山老林，在一棵大樹下小睡。忽然有什麼東西觸碰他，他驚醒一看，見是一頭白象，體形比其他象要大一倍。安南人稱這種象爲「將軍象」。大白象看著獵人，向他行禮，然後用鼻子捲住獵人送上象背，再捲取獵人的弓箭和藥筒等東西給獵人，接著便疾奔一百多里。進入深遠的山谷中，到了林間一塊大石坪，他回頭一望這山谷有十里多長。

　　山谷兩邊全是高大的樹木，連接起來就像巨大的房子；樹木叢生茂密，遮隱天空。大白象一到這林間石坪，便戰戰兢兢，一邊走一邊觀望。走了六、七里後，便靠近一棵大樹，舉起鼻子往上拂拭獵人，獵人懂得象的意思，就帶著弓箭藥筒爬到樹上。大白象在大樹下望著獵人。獵人約爬了二十幾丈高，想停下來，大白象用鼻直往上指，意思像是叫獵人繼續攀緣。獵人領會象的意思，又筆直攀緣六十丈高。大白象一看可以了，便跑開。

　　獵人晚上就住宿在大樹上。到天快亮時，見到林中石坪上有一對目光。過了很久，見是一頭十幾丈高的大野獸，毛色濃黑，一會兒天便大亮了。昨天見到的大白象，正領著一百多頭普通象，沿著山谷走來，趴在這頭巨大的野獸跟前。這頭巨獸跳起來吃掉兩頭象，大白象才引著其他的象離開。獵人便想起大白象的意思是要

他射箭，因此把毒藥塗在箭頭上，使盡全力射向巨獸。巨獸接連中了兩箭，牠望著箭痛得大聲咆哮，聲音震撼樹林。獵人也大聲呼叫招引巨獸，巨獸便來尋找獵人。獵人依附在樹上，當巨獸張口嚎叫時，又朝牠口中射一箭。巨獸邊吼叫，邊用力把身體摔在地上，過了很久才死。

一會兒，只見大白象從林間空地走過來，每走一步就抬頭一望，來到巨獸邊，確認牠已經死去，便用頭觸動牠，然後仰天放聲吼叫。頃刻間，五、六百頭大象雲集過來，歡樂的吼叫聲響徹幾十里。大白象走到那棵大樹下，屈膝行禮，用長鼻招呼獵人。獵人便爬下樹來，騎在象背上，大白象載著獵人在前面走，其餘的象都跟在後邊。不久來到一個地方，這裡樹木堆得像土丘。大白象用鼻子揭開堆積的雜木，所有象都來幫忙，到天黑時，雜木才被搬盡。這中間藏著幾萬枚象牙。大白象載著獵人前行，幾十步內，一定捲下一根樹枝放在地上，大概是做指路標誌。最後，又到了獵人昨晚睡覺的地方，大白象把獵人捲下地來，又跪拜兩次才離去。

那獵人把一切都告訴都護③。都護派些人跟隨獵人前去，運回幾萬枚象牙，嶺南的象牙因此變得不值錢了。都護又派人到林間空地的石坪，見那巨獸只剩下骨頭。都護取下一節骨頭，十個人才抬得回來。骨頭中間有洞，可以讓人來往通行。

說書人的話

這個故事表現扶弱抑強的思想。獵者的見義勇為和機智，將軍象的復仇和報恩，都寫得頗有特色。巨獸食象的故事也啟發後來的同類故事，如《聊齋誌異》中的〈黑獸〉。

注釋

① 古地名，今越南。唐代設六郡都護府之一。
② 唐玄宗年號。開元，西元713年～741年。
③ 官名。漢朝開始設置，都護邊遠諸國，所以稱都護。

城隍鬥河神

出自：《廣異記》／戴孚

　　唐代開元①年間，滑州②刺史韋秀莊，閒暇的時候來到城樓眺望黃河。城樓中忽然出現了一個人，三尺多高，身穿紫衣、頭戴紅冠，通報自己的名字前來拜見。秀莊知道他不是人類，便問他是何方神聖。他答說：「我是本城城隍。」又問他來幹什麼，他說：「黃河河神想毀掉本城，用來取直河道，我堅決不同意。約定五天之後，在河岸大戰。我怕我的力量不夠，所以來向大人求助。如果能派兩千人，手拿弓箭，看清陣勢相助，一定能克敵獲勝。滑州是大人的城池，請大人謀畫。」秀莊答應下來，城隍就不見了。

　　到了約定的那一天，韋秀莊率領兩千精兵登上城樓。只見河中忽然昏暗。一會兒，有團白氣直衝十餘丈高，城樓上有團青氣衝出，兩團氣互相纏繞在一起。韋秀莊命令士兵用弓箭對著白氣亂射，白氣團漸漸縮小，最後消逝了。唯有青氣獨存，透迤彎曲好像雲霧籠罩山峰一樣，最後回到城樓中。

　　開始時，黃河俯臨滑州城樓之下，之後水勢漸退，到現在離城已經有五、六里地了。

說書人的話

　　本篇原題〈韋秀莊〉。它用城隍和河神戰鬥的幻想故事，反映中國歷代為防治黃河水患所作的各種爭鬥。城隍神的形象很令人喜歡，他為民請命，敢於反抗河神，胸有成竹，穩操勝券。城隍鬥河神的情

節，又頗似《風俗通》中的〈李冰鬥江神〉（見本書第33頁）的故事。

注釋

① 唐玄宗年號。開元，西元713年～741年。
② 在今河南省滑縣。

柳　毅　傳

出自：《柳毅傳》／李朝威

　　唐代儀鳳① 年間，有位叫柳毅的讀書人，應考科舉，沒考上，打算回到湘江② 邊的老家。想起一個同鄉人客居在涇陽③ ，就到那兒去告別一下。走到離涇陽六、七里外的地方，路邊突然飛起一群鳥，馬吃了一驚，奔到岔路上。馬又狂奔了六、七里才停下來。柳毅看見一位女子在路旁牧羊，就好奇地上前一看，那女子非常漂亮。然而，那女子姣好的臉龐愁眉不展，衣服破舊，失神地站在那兒，若有所思的模樣。柳毅上前詢問：「妳有什麼不幸，以致屈辱成這樣？」那女子剛開始苦著臉拒絕說話，後來止住哭泣對柳毅說：「賤女子不幸，本不該向您訴說我的屈辱。但我的忿恨能穿透肌骨，何必還因羞恥而迴避呢？希望您聽我訴說。小女子是洞庭龍王的小女兒，父母將我許配給涇水龍王的次子。但是丈夫一味地放蕩，被婢女所迷惑，一天比一天對我厭惡薄情。後來將這些告訴公婆，公婆一味溺愛自己的兒子，沒能管束他。因為我告狀的次數多了，又得罪了公婆，他們也辱罵斥逐我，叫我在這兒放羊。」話剛說完，又抽抽泣泣，涕淚直流，悲憤得不能自制。龍女又說道：「洞庭離這兒，不知相距多麼遙遠？長天茫茫無際，不通音訊。我愁碎了心腸，望穿了雙眼，也無法使他們知道我的哀痛。聽說您要回南方去，那裡靠近洞庭湖。或者我寫封書信，託付您的僕人投遞，不知道可不可以？」柳毅說：「我是個講義氣的男子漢。聽了妳的訴說，氣血都在翻騰，恨自己不能生出翅膀奮飛，哪管什麼可不可以呢？但是洞庭湖是水很深的地方，我是在陸

地上行走的，怎麼傳遞消息呢？只怕人神相隔，不能相互通達，以致辜負妳誠心的託付，又違背自己誠懇的心願。妳有什麼法術，可以引導我呢？」龍女一邊哭泣，一邊道謝說：「您負著任務，要一路保重，我就不再多說了。倘若能得到回音，我就算捨上命也要報答您。您要是不應允，我還能說些什麼？既然您應允了，又詢問起這事，那麼去洞庭湖和到京城沒多少不同。」柳毅要求聽聽。龍女說：「洞庭湖南面，有一棵大橘樹，當地人叫社橘④。您到那兒就解下樹上的帶子，換其他的帶子繫上。然後敲樹三下，一定會有人出來應聲。就隨著那人進去，不會有任何阻礙。希望您除了我信上所說的以外，盡量將我向您講的心裡話一一傳達，千萬不要改變主意。」柳毅說：「恭敬地聽妳的吩咐。」龍女就在短襖中解下一封信，再次拜謝柳毅，雙手將信鄭重交給他，然後向東方遙望，憂愁地哭泣，情不自禁。柳毅也為她傷感，就將書信放在袋子裡，又再問：「我不知道妳牧羊幹什麼用？難道神祇也要宰殺牲畜麼？」

　　龍女說：「這不是羊，是雨工。」「雨工是什麼？」龍女說：「是管降雨的雷霆之神呀。」柳毅多次觀察牠們，見牠們望著天，大步行走的樣子，以及飲水吃草的模樣都很特別。而牠們的體形大小，渾身的毛與頭上的角，則與一般的羊沒什麼差別。柳毅又說：「我給妳當信使，他日妳若回了洞庭，可不要避而不見呀。」龍女說：「豈止是不迴避您，還要將您當親戚看待。」說完話，柳毅牽馬向東方走去。走不到十步，回頭一望，龍女和羊都消失不見了。這天晚上，柳毅進涇陽城向同鄉朋友告別辭行。

　　一個多月後，柳毅回到故鄉，就到洞庭湖尋訪。洞庭湖南面，果然有棵社橘。柳毅就換下樹上的帶子，面向橘樹敲擊了三下，便停下等候。一會兒，有一位武士從波浪中出現。武士行兩次拜禮，客氣地說：「尊貴的客人是從何方而來？」柳毅沒有告訴他實情，只說：「我來拜會大王。」武士分開水指出一條道路，引導柳毅進湖，並對柳毅說：「您將眼睛閉上一會兒，就能到達。」柳毅照他的話做，就到了龍宮。柳毅見到亭台樓閣一間對著一間，成千上萬的門戶，各種珍奇草木，什麼都有。武士要柳毅停

在一間大殿的一角，說：「請客人在這兒等一會兒。」柳毅說：「這是什麼地方？」武士回答：「這兒叫靈虛殿。」柳毅仔細一看，人間所有珍寶，這兒全都有。大殿用白璧作柱子，青玉砌台階，用珊瑚作座席，水晶作簾子。雕刻的琉璃裝點著翠綠的門楣，精美的琥珀裝飾著彩虹般的屋樑。各種奇特秀麗的景色，說也說不完。然而，等了很久龍王也沒來。柳毅問武士：「洞庭龍王在哪裡？」武士回答：「我們君王駕臨玄珠閣，同太陽道士談論《火經》，不多會兒就會結束。」柳毅又問：「什麼叫《火經》？」武士說：「我們君王是龍，龍以水為神聖之物，拿一滴水就可以淹沒丘陵山谷。道士是人類，人類以火為神聖之物，燃起一盞燈大的火苗可以燒光三百里的阿房宮⑤。然而神異的作用不同，玄妙的變化也不一樣。太陽道士精通人類用火的道理，我們君王邀請他來，並聽他講解。」話一說完，宮門就打開了。一大群侍衛簇擁著一個身穿紫色衣服，手執青玉的人。武士走上來說：「這是我們君王。」就上前向龍王報告。龍王望著柳毅說：「這不是人世間的人嗎？」柳毅答說：「正是。」就拜見龍王，龍王也以禮回拜，要他坐在靈虛殿下。龍王對柳毅說：「水府幽暗深遠，本人又少見無知，先生不遠千里而來，可有什麼事麼？」柳毅說：「我柳毅是大王鄉土的人氏。在洞庭一帶長大，到京城求取功名。前些日子考試不中，偶然騎馬經過涇水岸邊，遇見大王的愛女在野外牧羊，拋頭露面，風吹雨打，令人目不忍睹，我因而詢問她發生什麼事。她對我說：『被丈夫薄待，公婆不同情，所以成了這樣。』痛哭流涕的樣子，實在令人傷心。她託付書信給我，我答應她，今天就到了這兒。」柳毅就取出書信呈上去。洞庭龍王看完信，用衣袖掩住臉哭著說：「這全是我當父親的不是，不加考察就聽信他人的話。自己關在龍宮深處，像聾子瞎子一樣，使得柔弱的閨女在遠方遭受迫害。先生您只是一位陌生的路人，而能救人急難。我有幸生存在世間，怎麼能負了您的恩德？」說完，龍王又哀聲嘆氣了很久，左右侍從也都流下眼淚。

這時，龍王將書信交給最親近的宦官，要他將信送往宮中。一會兒，宮中之人都大聲痛哭。洞庭龍王大吃一驚，對左右的人說：「趕快告訴宮人們不要哭出聲來。被錢塘君知道就不好了。」柳毅

問：「錢塘君是什麼人？」龍王說：「他是我的弟弟，過去做過錢塘江⑥龍王，現今沒有做了。」柳毅說：「為什麼不讓他知道這事。」龍王說：「因為他勇猛過人。過去堯帝時代遭過九年大水災⑦，就是這人發了脾氣。最近他與天將鬧意見，就發大水淹沒了他們的五座山⑧。玉皇大帝因為我從古到今積了一些功德，就減輕我同胞兄弟的罪過，但還是將他拘禁在這裡。所以錢塘龍王的部下，天天盼著他。」話還沒說完，突然傳來一聲巨響，震得天崩地裂，龍宮搖擺不定，雲氣煙霧翻滾。一會兒，有一條長達千餘尺的赤龍，目光如電，舌頭血紅，渾身鱗片通紅，鬃毛像火一般，脖子上還拴著金鎖鏈，鏈端繫著白玉柱，成千上萬的雷霆閃電在他身邊亂竄，一時間雨雪冰雹紛紛而下。那龍衝破青天飛馳而去。柳毅嚇得跌倒在地。龍王親手將他扶起來，說：「不要怕，一定不會傷害你。」柳毅過了許久才稍微安定，清醒過來，他就向龍王告辭說：「希望能讓我回去，迴避他回來。」洞庭龍王說：「一定不會再這樣了。他走的時候是這般，回來時則不會如此。希望能略表我的深情厚意。」就下令舉杯飲酒，以盡款待客人之禮。

不一會兒，刮起了吉祥的和風，飄來了喜慶的雲彩，一派和樂氣氛。玲瓏的儀仗，伴隨著清雅的樂曲。在成千上萬的侍女的笑聲裡，有一位天生俏麗的美人，身上綴滿珠玉首飾，穿著飄曳的絲綢衣裳。走近一瞧，就是先前託付書信的女子。她那又喜又悲的樣子，臉上還流著幾行淚水。一會兒，紅煙紫氣遮蔽她的左右，香氣在她四周繚繞，一起進了宮中。洞庭龍王笑著對柳毅說：「在涇水受苦的人兒回來了。」就告辭走進宮中。一會兒，聽到宮中傳來一陣陣哀怨訴苦之聲，很久不停。又過了一段時間，龍王又出現了，與柳毅一起飲酒進食。又來了一個人，披著紫色服裝，手執青玉，相貌堂堂，神采飛揚，站在龍王左邊。龍王對柳毅說：「這就是錢塘君呀。」柳毅忙起身，上前行禮拜見。錢塘君也十分周全地回禮，對柳毅說：「我侄女身遭不幸，被那凶暴的小子羞辱。多虧您信義昭彰，傳達她在遠方受苦的冤情。要不然，她恐怕會變成涇陽的泥土呀！受了您的大恩大德，無法用言語表達我的心情。」柳毅謙虛地辭謝，而且謙恭地回應。然後，錢塘君

回頭告訴他哥哥說：「剛才辰時我從靈虛殿出發，巳時就到了涇陽，午時在那兒打了一仗，未時我趕回到這裡。這中間，我還趕到九重天報告玉皇大帝。玉皇大帝知道我侄女的冤情，不僅寬恕我的過失，甚至還將我以前的罪過也赦免了。只不過我先前暴烈性子發作，顧不上向你辭別，驚擾宮中，又衝撞客人，覺得非常慚愧惶恐，真不知道自己有多大的過錯啊！」說完，就退一步，拜倒在地上請罪。洞庭龍王問他：「這次殺了多少生靈？」答說：「六十萬。」「毀壞了莊稼沒有？」答說：「毀壞了周圍八百里。」「那個無情的傢伙現在在哪裡？」答說：「被我吃了。」龍王臉上不高興，說：「那凶暴的小子這般壞心眼，確實不可容忍。但是你行事也太草率魯莽。幸虧天帝聖心英明，考慮到你侄女的冤情。否則，我能幫你說什麼話呢？從此以後，你不要再這樣了。」錢塘君又拜了兩下。這天晚上，就讓柳毅留宿在凝光殿裡。

第二天，龍王又在凝碧宮設宴招待柳毅。會集眾多的朋友親戚，排開大規模的樂隊，備好各種美酒、許多珍貴佳餚。開始，軍樂齊奏，旌旗招展，劍戟揮動，眾多的武士在筵席右邊起舞。其中一位武士上前說：「這是《錢塘破陣樂》⑨。」只見武士們揮動旗幟兵器，眼光驃悍，動作迅猛，充滿豪傑氣概。在座觀看的客人們，個個毛髮直豎。這時，又響起了一片樂曲聲，成群的女子穿著華麗，在宴席左邊跳起舞來。其中有一位女子走上前來報告：「這是《貴主還宮樂》⑩。」樂曲清音宛轉，像訴說哀怨和表達愛慕之心，在座的客人們不知不覺流下了眼淚。兩處歌舞完畢，龍王大為高興，賜給跳舞的人綾羅綢緞。然後，將座席排在一起，一個緊挨一個，盡情地吃酒娛樂。喝到興頭上，洞庭龍王用手拍著席子唱起歌來：「老天蒼蒼啊，大地茫茫。人各有志啊，怎可思量？狐狸鼠輩充神聖啊，依附廟社城牆。雷霆一發啊，誰敢抵擋！幸虧正直的君子啊，講究信義，使我的骨肉啊，返回故鄉。非常慚愧啊，如此恩德何時敢忘！」洞庭龍王唱完，錢塘君拜了兩拜唱著：「是上天配合的呀，生死有定數。這個不該做他的妻子啊，那個不配做她的丈夫。我的心肝兒命苦啊，配在涇水一隅。風霜吹打她的鬢髮啊，雨雪沾滿她的衣裳。

多虧您呀捎來書信，使我骨肉啊團聚如初。永遠地感激您啊，無時無刻不為您祝福！」錢塘君唱完，便跟洞庭君一起站了起來，向柳毅敬酒。柳毅惶恐不安地接過酒杯，將酒飲盡，又斟了兩杯酒回敬兩位龍君，也作了歌唱著：「碧雲悠悠啊，涇水東流。可憐那美人兒啊，淚下如雨，花容憂愁。書信終於傳到了遠方啊，消解了她的憂愁。哀愁和冤屈終於昭雪了啊，以後的日子永遠樂悠悠。感激您的溫情雅意啊，還有那佳餚美酒。山野之家空曠寂寞啊，我不可在此久留。想要告辭歸去啊，情意纏綿難分手。」唱完了，大家一起高呼萬歲。洞庭龍王就拿出一隻碧玉箱子，裡面裝著能分開水路的犀角；錢塘龍君也拿出一隻紅琥珀盤子，盛著夜明珠，一起奉送給柳毅。柳毅推辭一番收下了。接著，龍宮中所有的人，都拿出一些絲綢珠玉，放到柳毅身邊，一層層光彩奪目，一會兒竟將柳毅前後都堆滿了。柳毅笑著四面應酬，不停地作揖，表示慚愧。等到大伙飲酒作樂盡興時，柳毅起身告辭，仍舊住宿在凝光殿裡。

第二天，洞庭龍王又在清光閣宴請柳毅。錢塘龍君借著酒勁，屈膝坐著傲慢地對柳毅說：「您沒聽說過堅硬的石頭可以斷裂而不能彎卷，重義氣的人可殺而不可侮辱嗎？在下有句心裡話，想直接向您講。如果肯答應，大家都幸運，像在天上一般；如果不答應，則一起滅為糞土。先生以為如何？」柳毅說：「很想聽聽。」錢塘龍君說：「涇陽小龍的妻子，也就是洞庭龍王的愛女，她性情賢淑、品德優秀，所有的親戚都很看重她。不幸受壞蛋的欺辱。現在已經與那壞小子斷絕關係。想將她託付給您這位高尚有義氣之人，結為親戚。這樣使得受人之恩者知道怎樣報恩，懷有仁愛之心的人知道如何施捨愛心。這豈不符合君子作事有始有終的道理嗎？」柳毅聽了臉色肅然一變，站起來，突然笑著說：「確實不知錢塘君見識如此低劣！我柳某聽說您橫跨九州、圍困五岳，發泄自己的憤怒；又看見您掙斷金鎖鏈、倒擊玉柱，奔赴救人急難。我以為講剛強、堅決、光明、直率，沒有誰能比得上您。對侵犯自己的人，不怕死而報仇；對施恩的人，不惜捨命而報德。這真是大丈夫的志氣。但是，您怎麼在這音樂奏得正和諧，賓主談得正融洽

時，不講道理，用威勢壓制他人呢？這種行為哪是我所料想的！如果我是在大風大浪中或在深谷之間遇到您，您只須抖動鱗甲鬍鬚、帶動雲雨，就可將我柳毅弄死，則我將您看作禽獸，死了有何遺憾！今天您身著衣冠，高談禮節義氣，完全符合道德標準，掌握各種德行的精妙道理，就是人世間的賢人豪傑，也有些比不上您，何況是江河中的靈物呢？但是，您想以笨重的身軀、強悍的氣性，藉著酒力，憑著氣勢，來逼迫他人，這算符合正理麼！柳毅的身體還比不上您的一片鱗甲，但我敢用我這不屈不撓的意志，戰勝大王無理的氣焰。希望大王好好考慮一下！」錢塘龍君聽了，就侷促不安地道歉說：「寡德之人生長在宮庭之中，沒聽過正確的道理。剛才我說話疏忽狂妄，輕率冒犯了您。回過來反覆思索，罪過大得已不能逃避責斥。希望先生不要因為這些而對我疏遠才好。」這天晚上，再次歡聚飲宴，還是像以前一樣親近無間。柳毅和錢塘龍君就成了知心好友。

第二天，柳毅向他們告辭回家。洞庭龍王的夫人在潛景殿設宴為柳毅送行。男男女女的僕從侍女都出來參加宴會。龍王夫人哭著對柳毅說：「我的女兒受先生的大恩大德，自恨不能報答，這就要分別了。」就讓以前柳毅在涇陽見到的女兒出來，在席間拜謝柳毅以示感謝。龍王夫人又說：「這一別哪還有相見的日子呢？」柳毅當初雖然沒有答應錢塘龍君的提議，然而在宴席上，也表現出後悔的神色。宴會結束後，柳毅告辭分手，滿宮的人神色淒然。他們贈送的珍奇異寶，稀奇得不能形容。柳毅就順著原來的水路出江岸。跟隨的人有十幾個，都擔著行李相送，到柳毅家才告辭而去。

柳毅到廣陵 ⑪ 的珠寶店賣掉他得到的珍寶。還沒賣掉珍寶的百分之一，所得財產已超出百萬，連淮西 ⑫ 那些富豪世家都認為比不上他。柳毅娶了張家的女子，不幸死了。他又娶韓姓的女子，不過幾個月，韓氏又死了。柳毅就將家搬到金陵 ⑬ 。他常常因為一個人獨居深感寂寞，打算再找一位配偶。有位媒人告訴他說：「有位姓盧的女子，是范陽人 ⑭ 。她父親名叫盧浩，曾作過清流縣 ⑮ 縣令，晚年喜好道術，獨自往深山中修煉，現在已不知到哪兒去了。她母親姓鄭。前年盧氏嫁給了清河縣 ⑯ 張家，不幸丈夫早亡。她母親可憐她年紀還

輕，嘆惜她聰明貌美，想要選擇一位有德的人相配。不知道你認爲怎麼樣？」柳毅就選擇吉日完成婚禮。因爲男女兩家都是豪門富族，婚禮上用的物品極其豐盛。金陵的人家，沒有一個不羨慕的。

　　過了一個多月，柳毅晚上進屋，端詳他的妻子，覺得她很像龍女，然而飄逸的神情和艷麗豐滿的姿態又超過龍女。他就講起過去的那段事情。他的妻子對他說：「人世間哪有這樣的事呢？」過了一年多，他們生了一個兒子，柳毅更加珍重她。生完小孩，到了滿月，妻子穿戴打扮起來，把柳毅喚到掛著簾幕的內房中，笑著對柳毅說：「您不記得我過去的情形了嗎？」柳毅說：「過去我爲洞庭龍王女兒傳遞書信，這事至今記憶猶新。」妻子說：「我正是洞庭龍王的女兒呀。在涇河的冤屈，是您才使我得以伸張。我記著您的恩情，在心中發誓要報答。自從錢塘叔父作媒不成，造成分手，天各一方，不能相問。我父母想將我嫁給濯錦江⑰龍王的兒子，我便關上門，剪掉頭髮，堅決表明自己不願意。我當初雖然被您拒絕，自料沒有再次相見的日子。但是，我當初對您的愛慕之心，至死也不會改變。後來父母同情我的想法，想再來對您訴說。正遇上您累次婚娶，開始娶了張姓女子，後來又娶了韓姓女子。等到張、韓相繼死去，您又遷居到這裡，所以我父母爲我能報答您而高興。今日我能夠服侍您，相親相愛一輩子，死了也沒有遺憾了。」說著就嗚嗚咽咽，涕淚交流。又對柳毅說：「開始我不講明這些，是知道您沒有重色求報之心。現在我講這些，是知道您有懷念我的情感。女人菲薄，不能牢固並加深那永久不變的感情，所以利用您的愛子來幫我與您永遠在一起。不知您心裡怎麼想？我心裡又擔心又害怕，自己無法解脫。您受託書信的那天，笑著對我說：『他日妳回了洞庭，可不要避而不見呀。』確實不知道當時那種情況下，您是否有想要今日這種關係的意思？後來，叔父向您提親，您堅決不同意。您是確實不同意呢，還是因爲對他態度的氣憤呢？您可講講呀！」柳毅說：「好像是命運的安排。我開始在涇水一角遇見妳時，看到妳冤屈受壓，形容憔悴，確實有打抱不平的志向。這種心情壓抑了愛慕妳的情感，除了傳達妳受屈的情況外，我沒有想到過別的。之所以說

不要避而不見的話，純屬偶然，哪有其他的意思呢？到錢塘龍君逼迫成親的時候，只是因爲他道理上不正確，而激起我的憤怒而已。我當初的行動是因爲見義勇爲，哪有殺掉別人的丈夫而納娶他的妻子的呢？這是第一個不可以。我柳某向來以堅持正義爲志向，哪有違背自己的心願而屈從別人的呢？這是第二個不可以。當時直率地剖露胸襟，對答的話很紛亂，只想堅持正理，不考慮迴避厲害。但在我們要分別時，我看見妳有依依不捨的樣子，心裡也很後悔。最後因爲人間事務束縛，無法回報妳的情誼。唉！今日，妳是盧家的女子，家在人間。看來我當初的做法還是沒有錯的。從此以後，我倆永遠恩愛歡好，心中沒有一丁點兒顧慮了。」龍女因此深深感動而嬌滴滴地哭起來，久久不止。又過了一會兒，她對柳毅說：「不要因爲我不是同類，就以爲我沒有人類的情感，我理所當然知道有恩必報。龍能長壽萬年，現在我與您一起共享這長壽，無論在水中陸地都可以自由來往。您不要認爲這是假的呀。」柳毅說：「我原先還不知道天姿國色的妻子，竟是使我成仙的引導。」夫妻倆就一起朝見洞庭龍王。到了那兒，賓主相見那盛大的場面，沒法一一記錄下來。

後來，柳毅和龍女遷居南海 ⑱ 。接近四十年的工夫，他們的府第、車馬、珍奇異寶、服飾和古玩，就是封了侯、伯的人家，也沒有超過的。柳毅的宗族也都受到他們的好處。隨著時光的推移，他們容顏體態都不見衰老，南海一帶的人，沒有不驚奇的。到了開元年間，皇帝追求長生不老的神仙之術，一個勁地索求道術。柳毅因此不得安寧，就與龍女一起回到洞庭湖中。十多年來，沒人知道他們的蹤跡。

到了開元 ⑲ 末年，柳毅的表弟薛嘏在京城周圍作縣令，後來被貶謫到東南一帶作官。途經洞庭湖時，一片萬里長空。一會兒，見一座青山在遠處的波浪中出現。船上的水手都嚇得沒法好好站著，他們說：「這個地方原本沒有山，恐怕是水怪所爲吧。」手指眼望之際，山和船相互逼近。有一條彩船從山那邊過來迎接薛嘏。彩船中有一人喊著：「柳老爺恭候大人。」薛嘏才回過神記起來，就趕忙來到山下，提起官袍快跑上山。只見山上有同人世間一樣的宮殿，柳毅

正站立在宮室之中，前面排著樂隊，後面擁著侍女，物品古玩眾多，大大地
超過人世間。柳毅說的話語更加玄妙，容顏益發年輕。柳毅一開始就在台階
上迎接薛嘏，握著他的手說：「分別不過瞬息之間，而表弟毛髮已黃。」薛
嘏笑著說：「老兄作了神仙，小弟我已接近枯骨，這都是命呀。」柳毅就拿
出五十顆藥丸送給表弟，說：「一粒這種藥丸可使人增添一年陽壽，年頭到
了就再來。表弟不要長住人世，使自己遭受困苦。」兄弟二人歡宴已畢，薛
嘏就告辭而行。從此以後，再也沒有柳毅的任何消息了。薛嘏經常將這件事
告訴人們。過了四十八年，連薛嘏也不知去向了。

　　隴西人李朝威敘述這個故事，並感嘆說：「五蟲的靈長，靈性一定高於
一般蟲類。人類是高等的裸蟲，對有鱗之蟲講求信義。而洞庭龍王度量寬
宏，非常正直；錢塘龍君行動敏捷，胸懷磊落。這些都應該記載下來傳於後
世。薛嘏是唯一能接近他們仙境的，他傳頌這個故事，卻又沒有用文字記
載。在下認為他們都很義氣，就寫了這篇文章。」

說書人的話

這是唐代傳奇中的名篇，也是龍女型童話中最優秀的作品。它大概受到六朝
故事〈河伯招婿〉（出自《搜神記》，見本書第45頁）、西域故事〈龍女招親〉
（出自《大唐西域記》，見本書第95頁）的影響，但情節豐富、人物形象鮮
明、描寫瑰麗，都大大超出了同類故事。龍女美麗多情，柳毅俠義誠信，洞
庭龍王寬厚大度，錢塘龍君轟烈磊落，皆躍然紙上。「雨工」化為群羊，揭
水進入龍宮，赤龍身長千尺，都表現出優美的想像力。元明時代的劇作家把
它改編為各種劇本，至今仍活躍於舞台。今洞庭湖君山有「柳毅
井」，是故事深入民心的一個證據。

注釋

① 唐高宗年號。儀鳳，西元676年～679年。
② 在湖南省境內，流入洞庭湖。

③ 唐代縣名，今陝西省三原縣。

④ 鄉人在樹下舉行社祭的那棵大橘樹。古時鄉間祭神，往往選擇大樹之下。

⑤ 秦始皇在渭南上林苑中修建的規模宏偉的宮殿。項羽破秦入關，將其燒毀，故址在今陝西省西安市西南阿房村。

⑥ 錢塘江是浙江省主要的河流之一，流入東海。

⑦ 《史記‧五帝本記》記堯時洪水氾濫成災，派鯀治水，九年沒有成功。

⑧ 東嶽泰山、西嶽華山、北嶽恆山、南嶽衡山、中嶽嵩山。

⑨ 北齊人歌頌蘭陵王高長恭有《蘭陵王入陣曲》，為代面舞樂；唐貞觀時又制《破陣樂》以歌頌秦王李世民。此模擬其名，虛構《錢塘破陣樂》以歌頌涇陽之戰的勝利。

⑩ 唐代教仿有《還京樂》。此模擬其名，虛構《貴主還宮樂》，以描寫龍女還宮。

⑪ 廣陵郡，唐代郡名，治所在今江蘇省揚州市。

⑫ 指安徽省奉縣淮河有一段是南北流向，此指南北流向的西岸。

⑬ 今江蘇省南京市。

⑭ 唐代郡名，治所在今北京市。

⑮ 今安徽省滁縣。清流，詞意雙關。

⑯ 唐代郡名，治所在今河北省南官縣。

⑰ 指流經四川省成都的錦江，因用江水濯錦可使顏色鮮豔而得名。

⑱ 唐代郡名，治所在今廣州市。

⑲ 唐玄宗年號。開元，西元713年～741年。

原書介紹

　　《柳毅傳》作者李朝威（生卒年不詳），唐代隴西（今甘肅省隴西縣）人。他只有一篇作品傳世，就是這聞名遐邇的《柳毅傳》。據傳中記事推理，作者大概是貞元、元和年間的人。柳毅傳大概是當時

一個盛傳的民間故事，作者掇拾舊聞，進行了精心的藝術加工。唐末的佚名傳奇《靈應傳》，明顯受到此文影響。《太平廣記》卷四百十九引用此文，題名〈柳毅〉，並說出於《異聞集》。《異聞集》是唐人傳奇的一個選編本，唐傳奇很多名篇皆收入其中，編者是陳翰。《柳毅傳》有不同文本，各本文字略有差異。

枕 中 記

出自：《枕中記》／沈既濟

　　唐代開元①七年，有個姓呂的老道士，學得了神仙法術，一次往邯鄲②的路上，在一旅舍歇息。他摘掉帽子解鬆腰帶，將袋子放下，坐著休息。一會兒看見一個旅行中的年輕人，名叫盧生。他穿著黑色短衣，騎一匹青駒馬，要到田間去，也在此旅舍歇息，與老道士坐在一起，談笑得很快活。過了很久，盧生看到自己衣著又破又髒，於是長長地嘆息說：「看來大丈夫生不逢時，竟然窮困到這個地步！」老道士說：「看你的樣子，好像沒有困苦和煩惱，正談笑得快活，怎麼感嘆起困苦來了？」盧生說：「我這是苟且偷生，怎麼可以說是快活呢？」老道士說：「這樣不叫快活，怎樣叫快活？」盧生說：「讀書人活在世上，應當建立功勛，樹立名望，出將入相，大擺筵席，聽歌賞樂，使家族越來越昌盛，使家庭越來越富裕，然後才可以說是快活！我曾經立志學習，精習禮樂射御，自想有朝一日可輕易得到高官厚祿。可是現在已到了三十歲，還在田間辛勤勞作，這不是困苦是什麼？」說完，就眼睛發昏想睡覺。當時店主正在蒸小米飯。老道士於是從袋子中拿出枕頭給他，對他說：「你枕著我的枕頭睡，它會令你榮耀地實現你的志向。」

　　那枕頭是青瓷做的，兩端開孔。盧生俯下頭去靠近它，只見那枕孔越來越大，漸漸地明朗起來。於是他起身鑽進去，就到了自己的家中。幾個月後，盧生娶了清河③姓崔的女子，那女子容貌很俏麗。後來盧生家產越來越豐厚。盧生大喜，從此穿著日用越發華

麗，僕人越來越多。第二年，盧生參加進士考試合格。他脫下平時穿的平民的衣裝，作了秘書省校書郎。又應皇帝命令寫作詩文，調任為渭南縣④縣尉；不久，遷升做了監察御史；又調任為起居舍人⑤，擔任知制誥⑥。三年時間，出任同州⑦長官，又遷升為陝州⑧長官。盧生一向對水利感興趣，就從陝縣以西鑿河八十里，解決那裡的交通問題。工程令當地人大受益處，刻了石碑紀念他的功德。盧生又被調任汴州⑨，兼任河南道採訪使⑩，又被命為京兆尹⑪。這年，神武皇帝⑫正同吐蕃發生軍事衝突，以圖奪取疆土，其時，吐蕃悉抹邏及燭龍山的莽布支⑬等攻陷瓜州⑭和沙州⑮，節度使⑯王君㚟剛剛被殺，黃河、湟水一帶大為震動。神武皇帝急需將帥之才，於是授盧生為御史中丞⑰與河西道節度使。盧生領兵大敗吐蕃族，斬殺七千餘人，奪得土地九百里，又築起三大城牆來屏蔽險要的地方。邊疆人在居延山立石碑歌頌他。盧生回到朝廷被記大功，皇恩禮遇極其盛大。轉任吏部侍郎⑱，遷升戶部尚書⑲兼御史大夫。當時他的清名聲望很高，受到大家愛戴。這種情況被當朝宰相所忌妒，就用流言蜚語中傷他，把他貶為端州⑳刺史。三年後，又調為常侍㉑。沒多久，又兼任宰相職務。與中書令蕭嵩、門下侍中裴光庭共同執掌大政十幾年。其間好策略與機密政令一天都有好幾回，且向皇帝進善言幫助皇帝免出過失，因此被稱為賢相。同僚嫉妒他，又誣陷他與邊防將領勾結，圖謀不軌，於是被皇帝下令定罪。府吏帶領兵卒迅速到他家逮捕他。盧生愴惶駭怕遭到不幸，對他妻子說：「我老家在太行山以東，有良田五頃，足可以防禦寒冷和飢餓，何苦謀求高官厚祿，以致今天到這個地步？想當初穿著黑色短衣，騎著青駒馬，在邯鄲道中行走，不能再有那種日子了。」於是拿刀自刎。他的妻子趕緊救他，使他免遭一死。受盧生牽連的人都死了，唯獨盧生被宦官保了下來，免去死罪，發配到歡州㉒。幾年後，皇帝知道冤屈了他，又趕緊任命他為中書令，並封為燕國公，對他的恩惠特別不同。盧生生了五個兒子，分別叫盧儉、盧傳、盧位、盧倜、盧倚，都有才華，成了大器。盧儉中進士，做考功員外㉓；盧傳做侍御史㉔；盧位做太常丞㉕；盧倜做萬年㉖尉；盧倚最賢

良，二十八歲，做了左袞 ㉗。他們的聯姻都是當時有名望的家族，盧家有孫子十幾人。盧生兩次被發配荒區，又兩次擔任宰相出入朝廷，活動於高層官吏之間，約五十多年，家族盛大，名望顯赫。盧生性情頗為奢侈放蕩，特別喜好安逸享樂，後院的歌妓美女，都是最美麗的。朝廷先後賜給盧生的良田、房產、佳人、名馬，數都數不清。後來一年年漸漸衰老，多次請求告老還鄉，皇上不許。後來有病了，皇帝派宦官來問候，一個緊跟一個，名醫和貴重藥材沒有不送來的。盧生快要死時，上奏章說：「我本來是太行山以東一介儒生，以種田為樂。偶然的機會遇到聖明的時代，得以進入官員行列，承蒙皇上過分獎勵，給予我特殊的俸祿和大恩，出朝擔任節度使，入朝封為宰相。在朝廷內外周旋，連續多年，自覺愧對皇恩，不能補償皇上的聖德教化。過日子就像背負著珍寶乘車，怕招致賊寇來劫；像在薄冰上行走，憂慮重重。一天擔心一天，不知不覺就老了。現在已過八十歲，身居國家要職，自己生命就要結束了，筋骨都老了，臨終之際昏沉疲困，等待時光耗盡。回想起來沒做出什麼成效，以仰答這美好清明的盛世，我白白辜負了皇上的大恩，將永遠告別聖明朝代。不勝感激留戀之至。謹此上奏，表明謝意。」皇帝下詔書說：「你以美德，作我的首要大臣。在外擁兵，成為保衛國家的屏障；在內主政，促進人民和睦安樂。天下太平二十多年，實在是仰仗愛卿。近來你被疾病糾纏，總以為不久就會痊癒，豈料竟成了大病，棟樑之才，真令人哀憐。現在命驃騎大將軍高力士 ㉘到府上問候探視。希望你盡力吃藥治療，多多保重，希望這無妄之災會有好轉的時候。」這晚上，盧生去世了。

盧生打個呵欠伸伸身子醒來了，看見自己正仰臥在旅舍裡，呂老道士坐在旁邊，店主蒸的小米飯還沒熟，其他東西依然如故。盧生猛然坐了起來，說：「難道這是一場夢嗎？」老道士說：「人生的快活，也只不過如此。」盧生一副失望的樣子呆了很久，答謝說：「得寵受辱的境遇，窮困或顯達的命運，得與失的情形，生與死的狀況，我都知道了，這是先生勸我不要貪欲啊。怎敢不受教。」說完，盧生跪下，叩頭至地，拜謝兩次就走了。

說書人的話

這篇故事把官場的升沉榮辱幻化為枕中夢境，通過夢幻體現當時官場的各種境況：娶妻名門，出將入相，勒石記功，子孫顯達，榮華到了極點；遭受誣陷，自殺不遂，流放邊地，屈辱也到了極點。這種看似繁華複雜的人生，卻被濃縮為一場短暫到黃粱未熟的夢境，雖有佛道思想影響，但是仍然不可不承認想像的出神入化。本篇是從《幽明錄》中的〈焦湖柏枕〉擴展而來的，後來被戲劇家馬致遠改編為《黃粱夢》雜劇，又被戲劇家湯顯祖改編為《邯鄲記》傳奇，影響極為深遠。

注釋

① 唐玄宗年號。開元，西元713年～741年。
② 在今河北省邯鄲市。
③ 唐代郡名，治所在今河北省清河縣。
④ 今陝西省渭南縣。
⑤ 官名，屬中書省，為編修皇帝言行的史官。
⑥ 官名，屬中書省，負責起草詔令。
⑦ 州名，治所在今陝西省大荔縣。
⑧ 州名，治所在今河南省陝縣。
⑨ 唐代屬河南道，治所在今開封市。
⑩ 官名，唐代時各道皆設此官，負責監察所屬州縣長官。
⑪ 京兆府的長官。京兆，唐代府名，治所在今長安。
⑫ 唐玄宗。
⑬ 吐蕃的兩名將領，見《舊唐書・吐蕃傳》。
⑭ 治所在今甘肅省安西東南。
⑮ 治所在敦煌。

⑯ 邊境沿海要區的軍政長官。

⑰ 御史台長官。御史台為國家最高監察機關。

⑱ 官名。吏部,掌管全國官吏的考核、升降、任免等。

⑲ 官名。戶部,掌管全國戶籍、土地、財政、賦稅等。

⑳ 治所在今高要縣,今廣東省肇慶市。

㉑ 常在皇帝左右的侍從官。

㉒ 在今越南北部。

㉓ 即編外考功。考功為負責官吏考績的官。員外即限額外的官。

㉔ 官名,御史台長官,負責糾察。

㉕ 官名,太常寺長官的佐官,負責宗廟祭祀。

㉖ 今陝西長安縣。

㉗ 左袞,左補袞,或稱左補闕,在唐代屬門下省,職司對皇帝的諫諍。

㉘ 唐玄宗的宦官。

原書介紹

《枕中記》 作者沈既濟(西元750年〜800年?),唐代傳奇重要作家,蘇州人。唐德宗時任史館修撰和吏部員外郎,撰《建中實錄》,被人稱道。他治史之餘,好傳奇志怪,留下著名的《枕中記》和《任氏傳》。

《枕中記》有鑒戒警世之意,以高度概括力描述作者所熟悉的官場情態。《任氏傳》以細膩筆觸寫出一位美麗溫柔的狐女形象,對後代同類作品特別是《聊齋誌異》中的狐女故事影響很大。

水 怪 無 支 祁

出自：《李公佐傳奇》／李公佐

　　唐代貞元丁丑①年間，隴西②人李公佐泛舟於瀟江、湘江，在蒼梧山③下，偶然遇到征南從事④弘農⑤人楊衡，他們將船停靠在岸邊，住在靠近江邊一所寺院裡。夜間望見一輪皓月懸浮在江面縹緲的夜空中，就談起了一些神奇怪異的話題。楊衡告訴公佐說：「永泰⑥年間，李湯任楚州⑦刺史⑧。那時有位漁人在龜山⑨下釣魚，不料魚鉤被東西掛住了，拽不出來。這漁人精於水性，他迅速潛入水下約五十丈，發現有一條大鐵鎖鏈，盤繞在山腳下，找不到起點。於是漁人就稟告李湯。李湯命令這漁人和幾十個會水的人一起打撈大鎖鏈，但根本撈不動。再加上五十多頭牛一起拖，鎖鏈才能移動，慢慢地被拖上岸來。當時，原本風平浪靜，突然間卻驚濤狂湧，圍觀的人心驚膽戰。只見大鐵鎖鏈的末端鎖著一頭形狀如猿猴的野獸，頭上長長的白毛，雪亮的牙齒，金色的爪子，衝衝撞撞上了岸。這獸有五丈來高，蹲踞的樣子像猿猴，只是兩隻眼睛睜不開，呆呆地像昏睡一般。怪獸的眼睛、鼻子裡像泉水般流著腥穢的涎沫，氣味逼人。過了一會兒，怪獸打著呵欠，伸展身體，雙眼忽然睜開了，目光像閃電般耀眼。那獸望了望人群，眼見要發怒了。圍觀的人沒命地奔跑。那獸卻轉過身去，慢慢地連鐵鎖帶牛群一起拽到水裡去，不再出來。當時楚州許多知名人士在場，與李湯一起目瞪口呆，嚇得打顫，不知道怎麼回事。那時在場的漁人都知道鎖怪獸的地方，只是那怪獸再也沒有出現過了。」

　　到了元和九年 ⑩ 春天，李公佐在東吳 ⑪ 一帶訪古，有一次和太守元公錫遊覽太湖，登上包山 ⑫ ，住在道人周焦君的房子裡。他們一行進山洞探求仙書，結果在石穴中得到《古嶽瀆經》第八卷。這經書文字古奇，而且穿經書的繩子已被蠹蟲毀壞，以致篇次散亂無法解讀。後來公佐和焦君一起詳細推敲，書上說：

　　「大禹治水時，三次到過桐柏山 ⑬ 。所到之處，狂風大作，雷鳴電閃，山石樹木呼呼發出叫聲。有五位河神不服治理，興風作浪。天老 ⑭ 領兵助禹，但也無法動工。大禹發怒，召集眾多神靈，命令夔、龍 ⑮ 共同作戰。桐柏千君長叩見大禹，願意領命效力。大戰之後，禹囚禁了鴻蒙氏、章商氏、兜盧氏、犁婁氏 ⑯ 幾位怪神，並捉住了淮水、渦水的水神，叫做無支祁。這無支祁精通言語，善於應對，熟悉江、淮水域各處深淺及地形。無支祁長相似猿猴，塌鼻子、高額頭，黑身軀、白腦袋，金光閃閃的雙目、雪亮的利齒，脖子可伸長到百多尺，力氣超過九頭大象，無論是搏擊、跳躍、奔跑都俐落迅速，只是聽力、視力不能耐久。大禹將它交給童律 ⑰ ，童律制伏不了它；交給烏木由 ⑱ ，也制伏不了它；交給庚辰 ⑲ ，庚辰將它制伏。當時，它勾結聚集鴟脾桓 ⑳ 、木魅、水靈、山妖、石怪等騷擾嚎叫，為害達幾千年之久。庚辰將它們戰敗驅逐。庚辰給無支祁的頸子鎖上大鐵鎖，鼻子間穿上金鈴，移到淮陽的龜山腳下，鎮治淮水，使淮水長期安流入海。庚辰以後的人，都畫上庚辰伏怪的圖形，可避免淮水的風濤狂雨所造成的災難。」

說書人的話

　　這是一篇征服妖魔型故事，原題名〈古嶽瀆經〉。文章分兩部分，前一部分是當時所親見的無支祁形象，後一部分引〈古嶽瀆經〉追述大禹命令庚辰征服無支祁的故事。古今相互印證，相互補充，加強了藝術效果。無支祁的形象，使人想起《西遊記》中被壓在五行山下的孫悟空形象，可能是悟空形象的來源之一。

注釋

① 西元797年。唐德宗年號，貞元，西元784年～804年。

② 郡名，治所在狄道，今江蘇省臨洮縣。

③ 即九嶷山，在今湖南省境內。

④ 征南將軍的僚屬。

⑤ 縣名，今山西省芮城以南。

⑥ 唐代宗年號。永泰，西元765年～766年。

⑦ 治所在今江蘇省淮安縣東。

⑧ 州長官，唐代刺史統州軍政大權。

⑨ 在今江蘇省盱眙縣境內的龜山。

⑩ 西元814年。元和是唐憲宗的年號。

⑪ 古代吳國的故地，今江蘇省南部。

⑫ 也叫夫椒山，即太湖中的西洞庭山。

⑬ 在今河南省桐柏縣西南。

⑭ 相傳為黃帝之臣。

⑮ 夔，傳說中的一種單足似龍的怪獸。後來夔、龍都演化為舜的大臣。

⑯ 水怪的名字。

⑰ 上古神明。

⑱ 上古神明。

⑲ 上古神明。傳說仙人雲華夫人，為了助禹治水，便傳授召鬼神的法術，並派童律、庚辰等協助。

⑳ 怪物名，可能是一種怪鳥

原書介紹

《李公佐傳奇》作者李公佐（西元770年～850年？）唐代傳奇的重要作家。字顓蒙，隴西（今甘肅東南）人。曾中進士，

　　唐憲宗時代任過鐘陵從事等官職。他喜歡漫遊江湖，與各種人士交往，採集怪異故事。他所作的傳奇小說，今尚存〈古嶽瀆經〉、〈南柯太守傳〉、〈謝小娥傳〉、〈盧江馮媼傳〉等四篇，皆有獨特藝術魅力。

南 柯 太 守 傳

出自：《李公佐傳奇》／李公佐

　　東平①地方有個叫淳于棼的人，是吳楚一帶浪跡江湖見義勇爲的書生。他喜歡喝酒，憑意氣用事，不大注意生活上的小節。家裡積累巨大的財富，養了一班豪俠仗義的人。他曾經憑武藝做淮南軍隊裡的副將。因爲喝醉酒觸犯主帥，遭到斥責和驅逐，以致落魄失意，只好靠縱情談論和飲酒解悶排遣。他的家住在離廣陵②約十里遠的地方，住宅南邊有一棵很大的古槐樹。這棵古槐樹的樹幹很長，枝葉茂盛，使好幾畝地上一片清蔭。淳于棼每天與一群豪俠仗義的人在樹蔭下大飲。

　　貞元七年③九月間，淳于棼因爲酒醉得厲害以致害病。這時他的兩個朋友便從座位攙扶他回家。他躺在廳堂周圍走廊上的一間屋子裡。淳于棼夢見兩個穿紫衣的使者向他跪拜行禮說：「槐安國王派遣我們兩人把他的吩咐轉達給您，邀請您到他那裡去。」淳于棼不由自主地從臥榻上下來，整理好衣裳，跟著兩個使者走到門邊。只見一輛塗飾青色油漆的小車子，套著四匹雄馬；左右跟著七、八個人。大家扶他上車。車子穿過大門，向著古槐樹下的一個洞穴走去。使者隨即把車子趕到洞穴裡邊。淳于棼感到十分奇怪，但又不敢向他們發問。忽然間，只見山脈河流，風光氣候，花草、樹木、道路，跟人間世界大不相同。向前走了數十里，那兒有城廓，城廓上面還有矮牆。道路上車輛、轎子、行人、物資絡繹不絕。淳于棼左右隨車的人，前傳後遞，發出吆喝，態度十分嚴肅。往來行人都爭著退避到道路兩

旁。隨後又進入一座大的城垣，紅漆的大門，重疊的樓閣，樓上有用金粉塗
飾的大字，寫著：「大槐安國」。守門的人跪拜行禮，往來奔走。一會兒，
有個人騎著馬跑來招呼說：「國王因為駙馬遠道而來，現在請暫且到東華館
休息。」說罷，便帶路向前走去。片刻，只見兩扇大門打開了，淳于棼便從
車上下來向裡面走去。四處是彩色的欄杆和雕刻花紋的屋柱；華美珍貴的果
木，成行地種植在廳堂前面；茶几、桌子、墊子、毯子、窗簾、帷帳，以及
菜餚、食物，都安置在廳堂上面。淳于棼看到這一切，心裡感到十分高興。
這時，又有人喊著：「右丞相馬上就要到了。」淳于棼走下台階，恭敬地上
前迎接。只見右丞相穿著紫衣，拿著象牙雕製的朝板，向前走來。淳于棼跟
他行賓主之禮，相見的禮節十分周到。右丞相說：「我們國君不因我國遙遠
偏僻而自揣冒昧，特地迎候您，希望跟您結上親戚。」淳于棼說：「我這種
卑賤的地位和低劣的才能，哪敢抱這種奢望！」右丞相因而邀請淳于棼到他
的住所。走了百步遠，進入一張紅漆大門。只見長矛、畫戟、殺人用的斧
子，排列在左右兩旁；軍士和官吏有好幾百人，都避讓在道路兩側。淳于棼
有個生平要好的酒友周弁，也走在裡面。淳于棼內心感到十分高興，但又不
敢上前詢問。右丞相帶著淳于棼登上一個寬敞高大的廳堂，兩邊排列著擔任
侍衛的隊伍，顯得十分嚴肅，好像是國王居住的所在。果然看到一個身材高
大的人，態度端正嚴肅，坐在國王的座位上，穿著白絹做的衣服，戴著紅艷
華美的帽子。淳于棼害怕得渾身發顫，不敢抬頭往上看。左右侍候的人叫淳
于棼下拜。那位國王說：「從前曾獲得你父親的同意，不因我們國家是一個
小國而嫌棄我們，允許讓我的第二個女兒瑤芳做你的妻子。」這時，淳于棼
伏在地上，只有低頭聽命，不敢說什麼話。國王說：「暫且到賓館裡住下
來，接著就舉行婚禮。」這時，國王下達旨意，叫右丞相也跟著淳于棼一
同回到賓館。淳于棼心裡思量著：早就知道父親在邊關擔任將
領，因打敗仗被北方鄰國俘虜了去，不知是死是活。現在，也許
父親還在人間，因為與北方鄰國和好，才促成目前這樁婚事吧！
但他的內心仍然感到迷惑。

　　這天夜晚，小羊、大雁、錢幣、布帛等各種禮品，以及那顯示

威儀和氣象的陳設，能歌善舞的女子，各種各樣的管弦樂器，葷菜、飲食、燈籠、蠟燭、車輛、馬匹等多種為舉行婚禮所必需的禮物，沒有不預備齊全的。另有一群女子，有的稱「華陽姑」，有的稱「青溪姑」，有的稱「上仙子」，有的稱「下仙子」，像這樣的有好幾群，每一群都有好幾千侍候她們的人。她們戴著用翡翠綴成的鳳冠，披著繡有金色雲霞的披肩。只見一片彩綢、金銀、碧玉的首飾，光輝四射，使人眼花撩亂。這些女人四處遊玩，嬉戲快樂，在門口進進出出，都爭著跟淳于棼開玩笑。她們的風采和姿色都非常妖艷美麗，言談也十分巧捷，淳于棼無法用恰當的話來回答她們。這時，有個女子對淳于棼說：「以前有次上巳節④，我跟著靈芝夫人經過禪智寺，到天竺院看石延⑤跳婆羅門舞⑥。我跟女伴們坐在北窗口的石榻上。那時，您這個年輕人也下馬前來觀看，您特地走過來跟我們親切款洽，縱情談論，歡笑戲謔。我跟窮英妹把一條大紅色的手巾打了個結子，掛在竹枝上面，您難道一點也不記得了嗎？又七月十六那天，我在孝感寺會晤上眞子，聽契玄法師講觀音經。我在講壇下面施捨金鳳釵兩隻，上眞子施捨水犀盒子一隻。那時，您也在講席中，向契玄法師要那兩隻金鳳釵與水犀盒子，仔細地觀看，讚嘆了一次又一次，稱奇好久。您回頭對我們說：『人和物，都不是人世間所有的。』您有時詢問我們的姓氏，有時詢問我們的籍貫，我們都沒有回答您。看您當時的心情是十分留戀我們的，您老是瞧著我們，不肯離開。您難道一點也不想念我們麼？」淳于棼說：「所有這些都深深地留在我的心底，有哪一天忘記過？」那些女郎們對淳于棼說：「沒想到今天我們竟能夠跟您結成親眷。」接著又有三個人，戴著帽子、繫著腰帶，顯得很魁偉，上前拜見淳于棼，並說：「我們奉國王的命令來做你的儐相。」其中有一個人跟淳于棼是老朋友，淳于棼指著那個人問說：「你不是馮翊⑦的田子華嗎？」田子華說：「正是。」淳于棼走上前，握著田子華的手，久久地談論著過去的情誼。淳于棼問說：「你怎麼會住到這兒來？」子華說：「我在外到處遊蕩，後來得到右丞相武成侯段公的賞識，因而靠著他在這裡安身。」淳于棼又問：「周弁也在這裡，你知道嗎？」子華說：「周弁已經

成了貴人。他擔任司隸 ⑧ 的職務，權勢很大，我曾經好幾次受他照顧。」
兩個人在一塊談談笑笑，十分歡洽。不久，有人傳話過來說：「駙馬可以進
來了。」那三個人把寶劍和禮服取過來，讓他換上新的服裝。子華說：「想
不到今天得以見到這隆重的禮儀，希望你以後不要忘記我們之間的深厚情
誼。」這時，有幾十個仙女，演奏著各種各樣從來沒有聽過的樂曲，悠揚婉
轉、清越嘹亮，曲調淒涼而又悲壯，不是人世間所能聽到的。手裡拿著蠟燭
在前面引路的也有好幾十人。道路兩旁都圍著遮蔽風塵的金黃或翠綠色的屏
幕，光彩耀目、碧綠如玉，十分精緻玲瓏，接連不斷了好幾里路。淳于棼端
坐在車裡，精神恍惚，心裡感到十分不安。田子華好幾次找他說笑，多方開
導他。先前那一群群稱姑道妹的女郎，各自坐著裝飾有鳳凰展翅圖樣的車
子，也在這裡來來往往。最後到達一個大門口，名叫「修儀宮」。那群仙女
般的女郎，紛紛排列在兩旁，大家叫淳于棼下車入內拜謁，舉行夫妻相見的
禮節，全都跟人世間一個樣。撤去屏幕，把宮扇移開，只見一個女子，大家
叫她「金枝公主」，年約十四、五歲，就像仙女似的。整個結婚的禮儀非常
隆重。從此，淳于棼和公主的情誼一天天融洽，聲望一天比一天崇高。出入
宮庭內外所用的車馬和服飾，出遊和宴會，以及所接見的賓客和所帶的隨
從，僅僅比國王次一等。國王吩咐淳于棼跟官吏們組織好武裝隊伍，在國土
西邊的靈龜山進行大規模的打獵。靈龜山高峻清秀，山下河流長遠，沼澤寬
闊，山上的樹木長得稠密而茂盛，飛禽走獸都隱藏在裡邊。打獵的隊伍收穫
很大，直到快天亮才回來。過後，有一天，淳于棼向國王請求說：「我跟公
主成婚時，您說這是根據我父親的吩咐所辦的。我父親前些時候，輔助邊關
的統帥領兵作戰，打敗仗，當了北方敵國的俘虜。近來斷絕書信已有十七、
八年。您既然知道他居住的所在，我請您允許我到那兒走一趟，以便看望
他。」國王急忙對他說：「親家翁的職責是守衛北方的國土，來
往書信和音訊一直沒有間斷。你只需要寫信把近來的情況告知他
就行了，用不著現在就到他那兒去。」於是，淳于棼就吩咐妻子代
他籌備許多禮品，把這些禮品一併帶去。過了幾晚，他父親託人捎
來回信。淳于棼細讀來信，談的都是他父親平生的事跡，信裡面表

達了深切的懷念和殷切的教誨，情意十分委婉曲折，都跟往年一樣。信中還詢問淳于棼近年來親戚的存亡，家鄉的變化，還提到路途遙遠，風塵煙景阻隔重重。信中所表達的意思非常淒切痛苦，語調哀傷。並且不叫淳于棼去看望他，還說：「等到丁丑年，將會跟你見面。」淳于棼捧著父親的來信，悲痛得無法抑制。另有一天，淳于棼的妻子對他說：「你難道不想做官嗎？」淳于棼說：「我放蕩慣了，沒有學過怎樣處理政事。」他的妻子說：「你只管做就是了，我會好好幫你的。」於是，他妻子就把這情況報告給國王。過了幾天，國王對淳于棼說：「我們南柯郡的行政事務沒有管理好，太守已被廢免。我想借重你的才能去擔當這一職務，你就委屈一點吧！現在就可以跟我女兒一同前往。」淳于棼恭謹地接受了國王的教誨和命令。國王於是吩咐主管官吏為太守準備行李。拿出大量的金銀、玉石、錦緞、刺繡、箱籠、梳妝用具，還派遣了許多僕人和婢妾、車輛、馬匹等，排列在通衢大道上，用來為公主送行。淳于棼從少年時代起四處遊歷行俠仗義，從來不敢有什麼非分的企望。現在一旦榮耀到這種地步，自然感到分外高興，因而向國王上表報告說：「我是個將門不中用的後代，本來就沒有什麼才華。勉強擔當治理南柯郡的重任，必將敗壞朝廷典章。自己感到身居要職，將會受人攻擊，或者因能力不勝任而把事情辦壞。現在我想廣泛選拔有品德和才學的人，用來幫助和彌補我能力上的不足。我私下了解擔任司隸職務的潁川 ⑨ 人周弁，為人忠實，心地光明，性情剛毅正直，遵守法紀而不循私情，具有輔佐的才能。另外，還有個具有才德而隱居不仕的馮翊人田子華，清廉謹慎，通曉權變，深刻了解政治和教化的本源。這兩個人都跟我有十年以上的交誼，我比較了解他們的才華和本領，可以委託他們擔當國家的大事。對於周弁，我請求您讓他擔任南柯郡的司憲 ⑩；田子華，請您讓他擔任司農 ⑪。這樣，或許能讓我在治理政事方面作出較顯著的成績，也不至於使朝廷的典章法度混亂。」國王對淳于棼的請求全部依允，派遣周弁、田子華跟他一道前往南柯郡。當晚，國王和他的夫人在國都南部的一個地方設宴為他們送行。國王對淳于棼說：「南柯是全國的一個大郡，土地肥沃，民情強悍，而

且人口眾多，不施行德政便無法把它治理好。何況還有周、田兩人作你的助手。希望你好好勉勵自己，從而符合國家對你的期望。」國王的夫人也告誡公主說：「淳于郎性情剛烈，喜歡喝酒，又加上年輕；做妻子所應該遵循的，就是以溫柔、和順最為可貴。妳能夠很好地侍奉他，我也就沒有什麼值得憂慮的了。南柯郡的封地雖然離我這裡不太遠，但是想要像以往一樣，讓妳早晚侍候身旁，已經是相隔兩地而無法辦到的了。今天彼此分離，怎能叫我不傷心淚下？」淳于棼和他的妻子向國王和他的夫人下拜叩頭作別，直向南方進發。他們登上車子，驅趕馬匹前進，一路上談談笑笑十分歡暢，走了幾天幾夜才到達郡城。那城裡的官吏、和尚、道士、老人，還有樂隊、衛士、車輛、馬匹，都爭先恐後擁上前來侍奉。人多物雜，匯成一片擾擾攘攘宏大的聲音，敲鐘擊鼓，陣陣喧嘩，前後延續達好幾十里。只見城牆上排列著齒形的城垛，又高又平的樓台，顯現出一派鬱鬱蔥蔥的好氣象。進入兩扇高大的城門，門上有一塊大榜，上面用金粉寫著四個大字：「南柯郡城」。官衙裡到處是朱紅漆窗檻的長廊，門旁陳列著形狀像戟似的儀仗。那氣派十分森嚴，幽深莫測。淳于棼到任後，深入了解民間風尚和習俗，治療民眾的疾病和救助人民的痛苦。政治大事委託周、田兩人協助辦理，把整個南柯郡治理得有條不紊。自從淳于棼擔任南柯郡的太守以來二十年，良好的社會風尚和對群眾的教化，影響十分深遠。老百姓用歌謠來頌揚他的恩惠；為他修建歌功頌德的碑坊；當他還健在的時候，就建立祭祀他的祠堂廟宇。國王也更加看重他，賜給他食祿的田邑，封給他官爵，讓他登上宰相的職位。周、田兩人也都因為管理政事有顯著成績而遠近聞名，依次遞升到很高的職位。淳于棼生了五個兒子和兩個女兒。兒子都靠著他的功績而按例獲得官職，女兒也都跟國王的宗族攀結婚姻。那地位的榮耀和聲名的顯赫，一時間達到登峰造極的地步，當代的人沒有能比得上他。

這一年，有個名叫檀蘿的國家，派兵來攻打南柯郡。國王命令淳于棼訓練將領和部隊，進行征討。於是淳于棼便報請國王任命周弁率領三萬士兵，在瑤台城一帶抵抗進犯的敵兵。周弁剛猛、勇敢、輕視敵兵，致使部隊打了大敗仗。周弁單人匹馬，光著身子，

私下逃亡，深夜才回到城裡。敵兵繳獲了許多器械、糧草、營帳、鎧甲，勝利回國。淳于棼因而把周弁囚禁起來，並向國王請罪。國王一併寬恕他們兩人。這一月，司憲周弁背上生疽，不久就逝世了。淳于棼的妻子也害了病，十天以後就死了。淳于棼因而請求免去太守職務，護送靈柩返回京師。國王允許他的請求，便叫司農田子華代理南柯太守職。淳于棼十分哀痛地護送柩車出發，自己執紼走在前面作引導。一路上威嚴肅穆，儀仗森嚴，男男女女，哀叫痛哭，人民官吏爭著用酒食進行祭奠，有的攀附著車轅，有的阻擋住前進的道路，人多得不可勝數，就這樣抵達國都。國王和夫人穿著白衣在城郊號啕痛哭，等候靈車到來。國王賜給公主謚號，叫「順儀公主」。特地設置儀仗、羽蓋、笙簫鼓樂，將公主安葬在國都東部十里外的盤龍岡。同是這一個月，已逝世的司憲周弁的兒子榮信，也護送他父親的靈柩回到京師。

淳于棼長期鎮守國家邊疆，又與政治中心所在的京師保持密切的聯繫，凡是豪門貴族，沒有不跟他要好的。他自從免去郡守職務回到國都，出入內外不受拘束，呼朋引伴到處遊逛，貴客嘉賓跟隨左右。他威望一天比一天崇高，享受一天比一天優厚。國王心裡對他產生了疑懼。當時國內有人向國王報告說：「天象顯示出凶災預兆，國家將會發生一場極大的恐怖：國都要遷移到別處，祖宗的廟堂會遭到傾毀。事情的端由來自別的族類，這禍患將發生在朝廷內部。」當時輿論都認為這必然應在淳于棼過度奢侈、超越本分上。國王於是撤走淳于棼的侍從和衛隊，禁止他跟朋友們四出遊逛，將他軟禁在住處。淳于棼自認擔任郡守多年，在政治措施上從來沒有壞過事；可是現在竟然流言四起，怨聲載道，又不合事實，因而感到鬱鬱不樂。國王也理解他的心情，因而對淳于棼說：「我們兩姓之間訂立婚姻已經二十餘年，不幸小女夭折，不能夠和你白頭偕老，這是非常悲痛的。」夫人因而把外孫們留下來親自撫養。國王又對淳于棼說：「你離開家鄉已有很長的時間，可以暫時返鄉，看看親戚和宗族。外孫們都留在我們這裡，你不必掛念。三年後，我將派人來迎接你。」淳于棼說：「這裡本來就是我的家，還叫我回到什麼地方去？」國王笑著說：「你本來是凡間的人，你的家並不在這裡。」

淳于棼忽然間好像糊糊塗塗要睡覺似的，煩悶疑惑了好一會兒，才想起從前的事，不由感傷得流下淚，請求國王讓他回家鄉。

國王向左右侍從示意，叫他們護送淳于棼還鄉。淳于棼向國王一再拜謝才離開。淳于棼又一次見到從前那兩位穿紫衣的使者跟從他。走到一扇大門外，只見自己所乘騎的車馬都很粗劣，身邊的親屬、使者、車夫、僕人，一個都沒有了，心裡感到十分奇怪，不由嗟嘆起來。淳于棼上車，走了好幾里路，又經過一座高大的城門，往年自己從東方來槐安國所走過的道路、山脈、河流、平原、田野，仍然像從前一樣。護送他的兩個使者很是無精打采。淳于棼更加感到鬱鬱不樂。他便問使者說：「廣陵郡，要什麼時候才能到達？」兩個使者自在地哼著歌曲，過了好久才回說：「很快就到了。」不久，從一個洞口走了出來，只見故鄉的村莊、街巷，都像從前一樣，一點兒改變也沒有，心裡一陣悲痛，不覺流下淚來。兩個使者引導淳于棼下車，走進自己的家門，從台階向上走。淳于棼看見自己的身子躺倒在對面廳堂東面的廊屋裡，十分驚恐，不敢向前走近。兩個使者因而大聲呼喊淳于棼的姓名，一連喊了好幾聲，淳于棼這才像從前一樣醒了過來。只見家裡的奴僕都拿著掃帚站在院子裡，先前的兩位客人正坐在床邊洗腳，斜陽還沒有落下西邊的牆垣，東窗下酒樽裡還盛著沒有吃完的酒。短短一場睡夢裡，好像度過了自己的一生。

淳于棼十分傷感地憶起夢中情景，再三嗟嘆。於是就招呼著客人，把夢中經歷一一告訴他們。兩位客人聽了，驚奇到極點。因而跟著淳于棼走出屋外，找到槐樹下那個洞穴。淳于棼指著洞穴說：「這就是我夢裡感到驚奇的入口。」兩個客人認為這可能是狐精樹魅所作的禍害。於是吩咐僕人拿著斧頭，斬掉粗大的樹根，折斷枝幹，尋找洞穴的最深處。近旁約一丈遠的地方，有一個大洞，洞底空曠而明朗，可容得下一張床。洞的上方有一堆累積起來的土壤，呈現出城廓、樓台和宮殿的模樣。有好幾十斗螞蟻隱伏聚集在裡面。中央有個小台，顏色紅得像朱砂似的，有兩隻大螞蟻伏在上面，長著白色的翅膀、朱紅的頭頂，全身約有三寸長。左右有幾十隻大螞蟻護衛著它們，其他所有的螞蟻都不

敢走近前去。這就是國王和他的夫人，這地方也就是槐安國的京城。接著，又找到了另一個洞穴的盡頭。那洞穴緣著槐樹南邊的那根枝椏直上約四丈遠，曲曲折折，呈方形。其中也有土築的城廓、小型的樓台，成群的螞蟻也都住在裡面。這就是淳于棼管理過的南柯郡。還有一個洞穴，向西離開兩丈遠，氣勢雄偉，四周空闊而光滑，現出各種玲瓏怪異的形狀。中間有一隻身體已經腐爛的烏龜，龜殼像斗那樣大。蓄積起來的雨水浸潤著它，上面長出一叢叢小草，繁盛茂密，鬱鬱蔥蔥，蔭蔽著龜殼。這就是淳于棼打獵時到過的靈龜山。此外，又找到了一個洞穴的盡頭：向東離開一丈遠近，古老的樹根盤結屈曲，像龍像蛇。中間有個小土堆，有一尺多高，這就是淳于棼在盤龍岡埋葬妻子的墳墓。他追想過去的事，心裡說不盡的感嘆。他逐一察看著周圍的環境，找盡從前經歷過的蹤跡，都符合夢中的情景。他不忍心讓兩位客人把洞穴毀壞了，立即叫他們把它掩蓋起來，仍讓它像先前一樣。這天夜晚，突然發生了一陣暴風雨，等到第二天一早，再去察看那洞穴，再也找不到那一群螞蟻了，不知都跑到哪兒去了。夢裡曾經有人說：「國家將會發生一場極大的恐怖，國都要遷移到別處。」目前的這種情景，就是應驗這說法吧！

　　淳于棼又想起了討伐檀蘿國的事情，並且請了兩位客人同到野外去尋訪有關的蹤跡。住宅東邊一里遠的地方有一條古老而又乾涸了的山澗，旁側有一棵很大的檀樹，上面纏織著又細又長的藤蘿，向上望去，連陽光也看不到。樹旁有一只小洞，也有一大群螞蟻隱聚在裡面。夢中所謂檀蘿國，難道不就是指這地方嗎？唉，螞蟻這種細小的生命所具有的靈異，尚且無法徹底了解，更何況那些隱藏在深山、潛伏在樹林的大動物所具有的千變萬化的本事呢？

　　這時，淳于棼的酒友周弁和田子華都住在六合縣⑫，沒有跟淳于棼往來已經整整十天了，淳于棼便立即叫家僮迅速前去探望他們。沒想到周弁得了暴病已經逝世，田子華也躺在床上養病。淳于棼深深感嘆南柯一夢的浮華和虛幻，省悟到一個人活在世界上是多麼短暫，於是就把心思集中在宗教上，斷絕

飲酒，拋棄女色。三年以後，恰巧遇上丁丑年，也死在家裡。當時才四十七歲，剛好符合南柯夢中他父親和槐安國王所說的年限。

貞元十八年秋八月，我李公佐從江浙一帶前往河南洛陽，臨時停泊在淮水岸旁，由於偶然的機會見到了淳于棼。我查訪他在南柯夢裡所經歷過的種種遺跡，經過再三查對，上面所敘述的事情都是實實在在的。於是就整理記錄下來，並寫成這篇傳記，提供給那些愛管閒事的人。這雖然是求神說怪，事實的本身也超出尋常，但對於那些竊居要位而活在世上的人來說，希望他們以此作為戒鑒。後世的君子，希望能把淳于棼在南柯夢裡所經歷的榮華富貴看做是偶然的事，不要在人世間用名望和地位來驕顯自己。

從前的華州 ⑬ 參軍 ⑭ 李肇 ⑮ 特地為這篇傳記寫了讚語說：「貴極祿位，權傾國都。達人識此，蟻聚何殊！」

說書人的話

本篇是一個有名的夢幻故事，和《枕中記》（見本書第120頁）一樣，深刻諷刺了封建社會人們孜孜追求的榮華富貴。但兩者也有差別：《枕中記》著重寫宦海風濤，文筆簡雋；《南柯太守傳》著重寫人生愛戀之情與離別之感，文筆工麗生動。更重要的是，此篇又是一個動物世界幻想故事，螞蟻群居，有王，有分工，是這篇幻想故事的想像基礎。明代戲劇家湯顯祖的《南柯記》，車任遠的《南柯夢》，現代沈雁冰的童話《大槐國》，都源於這篇故事。

注釋

① 古郡名，治所在今山東省東平縣西北。

② 古縣名，治所在今江蘇省揚州市。

③ 唐德宗年號。貞元，西元785年～805年。貞元七年，西元791年。

④ 節日名。古時以陽曆三月上旬巳日為「上巳」。魏晉以後改為三

月三日。

⑤ 舞蹈家名，可能是西域石國人。

⑥ 印度的一種古典舞蹈。

⑦ 唐代郡名，在今陝西大荔一帶。

⑧ 官名，掌糾察京師百官及所轄附近各郡，相當於州刺史。

⑨ 郡治在陽翟，今河南省禹州市。

⑩ 官名，掌管法令的制定、頒布和實施。

⑪ 官名，掌管農業生產。

⑫ 在今江蘇省西南部，長江北岸，鄰接安徽省。

⑬ 古郡名，治所在今陝西省華縣。

⑭ 官名。唐制，諸衛及王府官都有錄事參軍，外府州亦分別置司錄及錄事
　　參軍等，簡稱參軍。

⑮ 唐代作者，著有《唐國史補》，采遺文軼事，並涉及神怪。

鈕婆戲主

出自：《靈怪集》／張荐

　　山東鄆州①司法參軍②關某，家裡有個女佣姓鈕。關某給女佣衣食，來供自己驅使。後來女佣年歲大了，就叫她鈕婆，她有一個孫子，名叫萬兒，五、六歲的年紀，與祖母一起同住關家。這關某也有一個小男孩，名叫封六，與萬兒年紀差不多。關妻的男孩常與鈕婆的孫子一同玩耍，每當為封六縫製了新衣，必然把換下的舊衣給萬兒。有一天早晨，鈕婆忽然發怒說：「都是小孩子，誰貴誰賤？妳的兒子盡穿新衣服，而我的孫子卻總撿舊的穿！」心中憤憤不平。關某的妻子問說：「封六是我的兒子，妳的孫子只不過是奴僕的後代。我還是念他與我的兒子年齡相仿，所以才把衣服給他穿，妳怎麼就不知道這些身分上的差別？從此以後舊衣服也不再給了！」鈕婆笑著說：「這兩個小孩子有什麼不同？」關妻又說：「奴僕怎麼能與主人相同？」鈕婆說：「確實不相同嗎？我來試試看。」於是她把封六及孫子萬兒都覆蓋在裙下，按在地上。關妻吃驚地站起來去奪兒子，發現兩個孩子都是鈕婆的孫子，相貌、衣服都一個樣，不可分辨。鈕婆說：「這就是一個樣啊！」關妻非常害怕，馬上和關司法一同到鈕婆面前懇切地請求，並說：「沒想到有神人在這裡。」從此，一家人對鈕婆恭恭敬敬，不敢再以舊禮相待。過了很久，又將兩個小孩子按在裙子裡面，馬上各自恢復本來的模樣。關家忙換另外的房間給鈕婆居住，寬厚地對待她，不再役使她幹活。

　　過了一年，關家非常厭惡鈕婆，而且對她變得怠慢了，私下裡商議著想害死她。關某要妻子用酒灌醉鈕婆，關司法自己埋伏在門

後，用大鋤猛擊鈕婆，正擊中她的腦袋，鈕婆應聲倒地。一看，原來是一根長數尺的栗木。夫妻二人非常高興，用斧子砍碎並焚燒了這段栗木。剛燒完，鈕婆從房中走出來，說：「爲什麼郎君對我開這麼殘酷的玩笑啊？」說笑如往常一樣，毫不介意。鄆州的人都知道這件事。關司法不得已，準備稟報觀察使 ③ 。到了觀察使住所，忽然看見另一個關司法，已先拜見觀察使並稟報了這件事，模樣與自己沒有區別。關司法於是返回，走到家裡，堂前已有一位關司法先到家。妻子無法辨認真假，又懇切地哀求鈕婆，哭哭啼啼地跪地央求，過了很久，兩個關司法漸漸靠近，合爲一人。從此，關家不敢再有加害的想法。過了數十年，鈕婆仍然住在關家，也不再有禍患。

說書人的話

本文寫一個老僕婦與主人的故事。她不亢不卑，有理有節，憑自己奇妙的幻術，使主人不敢輕視她，也無法加害她，官府更奈何不了她；她追求主僕平等，適可而止，其思想境界是可貴的。

注釋

① 治所在鄆城，今山東省鄆城縣。

② 官名，主管州的刑法。

③ 官名，唐代諸道均設觀察使，位次於節度使，管轄一道或數州的兵甲財賦民俗。

原書介紹

《靈怪集》中唐傳奇故事集。作者張荐，字孝舉。他是張鷟的孫子，唐代宗和德宗時代曾擔任史館修撰，官至御史中丞，《唐書》有傳。《靈怪集》原書已散佚，有些篇章收錄在《太平廣記》中。

棄 家 救 友
出自：《紀聞》／牛肅

　　吳保安，字永固，黃河北方人，在遂州方義縣①擔任縣尉。

　　他的同鄉郭仲翔，是當朝宰相郭元振②的侄兒。郭仲翔有才學，郭元振想栽培這個侄兒取得名望和官位。這時正逢雲南蠻族造反，朝廷委任李蒙為姚州③都督，率領部隊征討南蠻。李蒙出發前，來向郭元振辭行。郭元振就叫郭仲翔出來拜見李蒙，並對李蒙說：「這是我弟弟的獨子，還無職無名，您暫且帶著他走。如能破賊立功，我在政壇上會接引你們，讓他也得個官職。」李蒙答應了。郭仲翔很有才幹，李蒙就安排他當判官④，將軍機大事委託給他。於是李、郭率部到達四川境內。

　　吳保安寄信給郭仲翔說：「本人榮幸地與您同出生於一個地方，早就知道您的風采才華卓越超群。雖然我從來沒拜見過您，但心中常懷對您的仰慕。……我年幼時就好讀書，長大後對經書有深入鑽研，才幹名望也有過人處。做官呢，只得到縣尉這一微職，而且這縣處在劍門關以南的偏遠之地，接近蠻族聚居之處，離我們的家鄉幾千里，交通不便。況且我任官的期限已滿，以後如何安排我難以預料。……曾聽說您能夠急人之所急，不忘同鄉的情誼，所以希望您特別給予我關照，讓我能在貴部中謀個差事，以供您調遣。」

　　郭仲翔收到信，深受感動，馬上說通了李將軍，叫吳保安來軍中擔任書記。但吳保安還未趕來赴任，南蠻軍隊又加緊進犯了。李蒙將軍率部挺進姚州，與南蠻打了一仗，擊破了蠻軍，正乘勝追擊

深入蠻軍腹地，不料蠻軍埋伏反攻過來，將李蒙軍隊擊敗。李蒙戰死，全軍覆沒，郭仲翔則被活捉。南蠻人貪圖漢人的財物，凡被他們俘獲的漢人，都向這些俘虜的家人發消息，叫家人來贖。贖出一個，要三十匹絹。

吳保安已經到達姚州，但正碰到他要投奔的李蒙軍隊覆沒，他只得滯留姚州，不能立刻返回。

郭仲翔在南蠻敵營中，輾轉將一封信寄給了吳保安，信中說：「永固兄您好！不久前榮幸收到您的大札，還來不及覆信，大軍就向前開了，深入蠻賊腹地。不幸忽遭失敗，李將軍陣亡了，我成了俘虜，如今我是在苟延殘喘，拖延生命，與您如隔天涯海角了。……我現在身處厄境中，自己毫無掙脫的力量和辦法。而南蠻有規定，凡被他們俘獲的，允許漢人親屬用財物來贖。由於我是宰相的侄兒，不同於一般俘虜，他們就要高價，贖出我需要一千匹絹。我寫這信時又懇求過他們減點價，但他們仍然要一百匹縑。因此我只好請您迅速附上說明我情況的信件，告訴我伯父，請他能把握時機把我贖回去，使我遊魂一般的生命得以回歸故土，枯死了的骨頭上重長出新肉，這事就全寄希望於您了。這信說的事，懇請您不要推辭。如果我伯父已離開朝廷失了權柄，無法問及的話，就希望您親自設法贖我，像管仲解下自己的馬贖石父一樣⑤，像宋人贖華元一樣⑥。幫助別人這一條，古人做起來也犯難，我只是因為您素來崇尚道義，名譽節操特別突出，所以才這麼毫不遲疑地請求您。如果您不同情可憐我，同一般俗人一樣胸懷的話，那麼我活著只會是個可恥的俘虜，死了也只是個死在南蠻異地的鬼魂，還能有什麼希望呵！我要說的都說完了，永固君，求您莫忘了我託您的事！」

吳保安收到信，十分同情郭仲翔的境遇。這時郭仲翔的伯父郭元振已經去世，無法贖他這位侄兒。吳保安就請人通報南蠻方面，答應由他來贖郭仲翔。於是他變賣全部家當，換得二百匹絹；又為這事前往嶲州⑦，十年沒有回去，都忙於經商攢錢，前後賺得絹七百匹。但還是不夠贖人所需的絹數。

吳保安的家素來清貧，妻子兒女又在遂州，他一心只想贖出郭仲翔，就完全棄家不顧。每當從別人手裡得到點東

西，即使只是一尺布、一升粟，也都積蓄起來。後來他老婆孩子受餓挨凍，在逐州實在生活不下去了，他妻子就帶了年幼的孩子，騎一頭驢到瀘南一帶尋找吳保安。在途中糧食吃光了，而距離姚州還有幾百里。吳保安的妻子想不出法子，於是在路旁痛哭，她悲哀的樣子使過路人都產生同情。

這時姚州新任都督楊安居正乘著車馬到郡府去，見吳保安的妻子在路旁哭，覺得奇怪，就問她為什麼哭。吳保安的妻子說：「我丈夫是逐州方義縣尉吳保安，因為朋友被南蠻俘虜，請求我丈夫去贖他，因此我丈夫就去了姚州，拋開我們母子不管，十年來音訊都沒有了。我如今貧苦得過不下去了，只得去尋找吳保安。但糧食吃完了，路還這麼遠，所以忍不住傷心痛哭。」楊安居大為驚奇，對她說：「我先到前邊驛站去，在那兒等候夫人您，然後送您一些正缺乏的東西。」

到驛站後，楊安居賜給保安妻子幾千文錢，還給匹馬叫她母子騎著走。楊安居催車趕到郡府，第一件事就是尋找吳保安。見到吳保安，握著吳的手一起升堂，對吳保安說：「我曾讀古人的書，讀到過只有古人才做得到的善行美事，沒想到今天親眼看到您也做到了。您是怎麼能做到把朋友情分看得這麼重，妻子兒女看得這麼輕，以致拋棄自己家室，只求救贖朋友，而達到這種境地的呢？我遇見您妻子來尋找您，我敬佩您有道德守信義，心中時時盼望著能見到您。我現在剛剛到任，自身沒什麼東西可幫您，暫時就在官庫借出公家的絹四百匹，幫您派上用場。等把您的朋友贖出來後，我再慢慢填還官庫。」

吳保安驚喜不已，取了這些絹，叫南蠻送信的人帶去。過了兩百天，郭仲翔終於回到了姚州，那副憔悴模樣，已差不多不像個人了。到這時，郭仲翔與吳保安才第一次見面，交談中都不禁潸然淚下。

楊安居曾在郭尚書手下做過事，就安排郭仲翔洗了澡，送一套得體衣服讓他穿上，帶他與自己坐在一起，設宴奏樂招待他。楊安居同時敬重吳保安的所作所為，十分喜歡他。

於是楊安居叫郭仲翔擔任手下的尉官。郭仲翔在蠻族中生活多年，知道蠻族中的各種詳情，就派人到南蠻那裡買來十名漂亮的姑

娘。十個姑娘到達姚州府後，郭仲翔就向楊安居告辭，說要回北方家鄉去，並且將十名蠻人姑娘送給楊安居。楊安居不肯接受，說：「我不是市井小人，難道想得到您的報答嗎？僅僅是由於欽佩吳先生他那一股對朋友的情義，所以全靠他才做成這件事的。您有家人老母在北方要供養，這十名僕人您帶去作為供養老人的資本吧！」郭仲翔辭謝說：「我這把骨頭能夠回來，是靠了大人您的恩典呵；我的小命得以保全，是靠了大人您的恩賜呵。我郭仲翔即使到死的那天，也不敢忘記您重給我生命的恩情！只是這些蠻族僕人，本意是為大人您找來的，現在大人您不肯要，我就只好以死來請您接受了！」楊安居覺得難以拒絕，於是叫出他自己的小女兒，對郭仲翔說：「您既然講了多次，我也不好再拒絕您的好意。我這個女兒，是我的孩子中最小的，也是我特別喜歡的一個。現在就為了我這女兒，收下您十個僕人中的那個小姑娘吧。」於是辭退另外的九個。吳保安也被楊安居招待得很好，得到很多財物糧食才離去。

郭仲翔回到家，離開家人已十五年了。又辭家到了京城，因有功而被任命為蔚州錄事參軍。他接家人到任官的地方一起生活。兩年後，又因幹得出色而升任為代州戶曹參軍，任期滿時正碰上他母親去世。安葬完母親，他依俗在墓旁守墓服喪，於是反思說：「我是靠了吳保安贖出我，才得以得到官職並奉養老母的。現在老母已去世，守喪已結束，我可以按我的心願去報恩了。」於是出發去尋訪吳保安。而吳保安已經從遂州方義縣尉調任眉州彭山縣丞。郭仲翔就到蜀地去尋訪他。

但吳保安在彭山的縣丞任期早已屆滿，又不能回家鄉，他和妻子同在那個地方去世了，被人暫時用棺木擱葬在寺廟裡。

郭仲翔聽到這個消息，哭得很傷心。於是製了粗麻喪服，腰繫麻帶，手拄哭喪棍，打了赤腳，從蜀郡一路哭著走來。到了彭山擱屍的寺內，先擺好香蠟、紙錢、酒食祭奠亡魂，祭奠完後，再取出吳保安的骨頭，每節骨頭都用筆作了記錄，並在骨節上用墨作上記號，寫明它們的順序，以防日後下葬時放錯位置，然後用精布口袋裝好。又取出吳保安妻子的骨頭，也

作了墨記，放進竹籠裡。赤著腳親自背著兩人骨頭，步行幾千里，到了他們的故鄉魏郡。吳保安遺留下一個兒子，郭仲翔將他當作弟弟般愛護，並耗盡家財二十萬厚葬吳保安，還樹石刻碑頌揚吳保安的爲人品行。又在墓旁建一間草廬，親自在草廬中守墓服喪三年。

這之後，朝廷任命他爲嵐州長史，又升爲朝散大夫。他帶了吳保安的兒子赴任，給這年輕人娶了妻子，關懷養育得極其周到。郭仲翔覺得這樣還不足以報答吳保安的救命之恩。唐玄宗天寶十二年他朝見皇上，把自己的級別和官位讓給了吳保安的兒子，以此報答吳保安。當時人們十分推崇他的品行和舉動。

當初郭仲翔剛被俘的時候，被轉賜給南蠻某部族首領做奴隸，這個首領倒還喜歡他，讓郭仲翔吃與他同等的食物。過了一年，郭仲翔想念北邊故國，於是往回逃，被追上抓了回去，轉賣給南洞。南洞洞主嚴厲凶惡，得到郭仲翔便支派他幹苦力，還狠狠鞭打他。郭仲翔離開洞主逃走，又被追獲，再轉賣到另一個南洞裡。這個洞名稱叫「菩薩蠻」。郭仲翔生活在裡邊，一年到頭困苦不堪，就又逃走。南蠻人又追捕到了他，又再賣他到另外的洞。這一洞的洞主得到郭仲翔，發怒說：「你這奴隸，眞有這麼會跑，就禁止不住你嗎？」於是就拿來兩塊木板，各有幾尺長，叫郭仲翔站在木板上，用鐵釘從腳背釘下去，直釘進木板裡。每次派郭仲翔幹活，都要他帶上這兩塊木板走，夜裡不幹活時就把他關進地牢，並親自動手鎖門關閉。郭仲翔的兩隻腳，過了好幾年傷口才癒合。腳釘木板坐地牢的生活，他過了七年，他尤其忍受不了這種折磨。吳保安派人去贖郭仲翔時，是先找到郭仲翔爲奴後的第一個主人，依次層層打聽才找到的，這樣郭仲翔才得以返回故國家鄉。

說書人的話

這是一篇震撼人們心靈的友情故事。吳保安爲了救助了解自己而身陷絕境的朋友，竟拋棄家產妻兒，慘淡經營十年之久，不達目的決不休止；郭仲翔也能忠於友情，始終不渝。讀了這篇故事，使人的

品德不能不得到昇華，使人不得不佩服故事催人淚下的魅力。這篇故事是以真人真事為基礎寫成的，《新唐書‧忠義傳》曾採錄其事。明代文學家馮夢龍曾將它改寫成〈吳保安棄家贖友〉，收入白話小說集〈古今小說〉中。茅盾先生根據這個故事分別寫了兩篇童話：〈千匹絹〉寫吳保安贖友；〈負骨報恩〉寫郭仲翔報答逝世的友人。

注釋

① 今四川省遂寧縣。

② 郭元振（西元656年～713年），名震，字元振，唐代魏州貴鄉（今河北省大名東南）人。歷唐高宗、中宗、睿宗及武后時代，因積有戰功，歷任安西大都護，朔方大總管等職。睿宗時官至吏部、兵部尚書，同中書門下（宰相），封代國公。玄宗時因罪放逐新州，遷饒州司馬，死途中。

③ 唐代置姚州都督府，故城在今雲南姚安縣。

④ 都督府的僚屬，相當於參謀。

⑤ 這裡作者用典有誤，解馬贖石父的應是晏嬰而非管仲。

⑥ 華元，是春秋時宋國大臣。《左傳‧宣公二年》華元與鄭軍作戰，大敗，被俘；宋人以兵車百乘、文馬百駟把他贖回。

⑦ 唐代屬劍南道，今四川省西昌縣。

原書介紹

《紀聞》唐代傳奇故事集。作者牛肅，生平不詳。據《紀聞》所記故事多發生在唐玄宗、肅宗時代，可推斷作者大約是唐德宗或憲宗時代人。

《紀聞》原書十卷，今已散佚，僅《太平廣記》中保留了若干條。書中有人物故事，也有神怪異聞。前者如〈棄家救友〉，後者如〈新羅長人〉。

新　羅　長　人

出自：《紀聞》／牛肅

　　唐朝永徽①年間，新羅國②、日本國都與中國友好往來，朝廷派使臣同時回訪兩國。使臣訪問新羅國後，乘船準備去日本國，海中遇上大風，波濤洶湧，幾十天沒有停息。船隻隨波漂流，不知漂到何處。忽然，風平浪靜，抵達一處海邊。當時太陽已快下沉，幾隻船上的人共同繫船登岸，共約一百多人。海岸有二、三十丈高。爬上岸後，望見有房屋，大家爭著向那裡奔去。屋中有長人走出來，身高兩丈，身上也穿著衣服，但言語不通。長人見到唐朝使者們，非常高興。他們邊攔邊趕，叫使者們進了房屋，然後用石頭把門堵住，長人們便出去了。一會兒，來了一百多個同一種類的長人。於是他們挑選長得豐滿肥胖的唐人，一共挑出了五十多個，全部煮了。長人們一起吃人肉，同時拿出醇酒，舉行宴會，盡情歡樂。

　　夜深了，長人們都醉了，被捉的人們乘機走到各處院落察看。到了後院，發現三十個婦女，都是前前後後被風漂到這裡而被捕獲來的。她們說，被捕獲的男子都被吃了，只留下婦女為長人們製造衣服。她們說：「現在趁他們醉了，你們為什麼不逃走呢？我們可以給你們引路。」眾人都很高興。婦女們便拿出幾百匹白綢，叫大家背上；然後取刀，把喝醉了的長人腦袋全砍下。於是大家走到岸邊。海岸太高，昏黑看不清，無法下去。大家都用白綢繫著身子，將自己垂掛到下面去，一個個都相繼到了海邊，進到船中。等到天亮便開船。他們在船上聽到山頭有叫聲，回頭一看，有一千多個長人正從路上趕來。長人們

絡繹不絕下了山，一會兒便到達海岸邊。他們已經趕不到海船，就發出猛虎般的吼叫，憤怒跳躍。唐朝的使者及那些婦女都得以生還。

說書人的話

這是一則和食人巨人有關的海外奇遇故事，這類故事是神話與童話常用的題材。荷馬史詩《奧德賽》中，寫奧德賽及其伙伴在海上航行，有一次到了巨人島，被獨眼巨人捉住關進山洞，接連吃掉了好幾個伙伴；後來奧德賽設計用酒灌醉巨人，燒瞎了他的眼，躲在羊群肚子底下才混出洞逃走。新羅長人的故事與它非常相似。《天方夜譚》與《格林童話》中也有相近似的故事。

注釋

① 唐高宗年號。永徽，西元650年～655年。
② 西元一世紀在朝鮮南部立國，七世紀統一朝鮮半島，與唐王朝關係親密。

杜子春護爐

出自：《玄怪錄》／牛僧孺

　　杜子春，是北周、隋朝之間的人。從小性情放蕩，不治理家產，而又胸無大志，縱酒行樂，把財產都耗盡了。他去投奔親戚故舊，他們都因他不務正業而唾棄他。

　　正值隆冬，杜子春衣裳破爛，肚裡空空，徒步行走在長安街頭。天晚了還沒吃上飯，轉來轉去不知到哪裡去好。他在東市西門之間徘徊，又餓又冷，神色大變，只得仰天長嘆。這時，有一個老人拄著拐杖來到他跟前，問：「你為什麼嘆息呀？」杜子春訴說自己的心事，又怪親戚們欺貧嫌窮，疏遠薄待自己，越說越氣，不禁怒形於色。老人說：「你要多少錢才夠用？」杜子春說：「有三、五萬我就可以活命了。」老人說：「不夠用的，你再說多一點。」「十萬。」老人說：「也不夠用的。」杜子春便說：「一百萬。」老人又說：「還是不夠用的。」杜子春說：「三百萬！」老人才說：「這還差不多。」於是，從袖中掏出一貫錢來，說：「先拿這點錢給你今晚用。明天中午，我在西市波斯①館裡等你，千萬不要遲到。」到時間，杜子春去了，老人果然給了他三百萬貫錢，連姓名都沒留下便走了。杜子春一旦暴富，尋歡作樂的欲望又重新燃燒，自以為終身再也不會流浪外鄉了。便騎著駿馬，穿著綢緞，召集酒徒，請來樂工琴師，天天耽在妓院裡沉緬於輕歌曼舞，再也不想以治理產業為念。不過一兩年光景，錢財就漸漸消耗完了。衣服車馬，又只能以貴易賤。先賣馬換驢，後來連驢也被迫賣掉，只好徒步而行，很快就和當初一樣

了。

　　杜子春又一次走投無路，獨自在市門前嘆氣。剛嘆了幾聲，老人就到了，拉著他的手說：「你又落到這等地步，真叫人驚奇！我要再一次接濟你，多少錢才夠用呢？」杜子春羞愧得低頭不語。老人又逼著問他，他只是再三表示慚愧，表示感謝。老人說：「明天午時，到上次碰頭的地方去吧。」杜子春只得忍著羞愧前去，又接受了一千萬貫錢。沒拿到錢的時候，他發憤立志，決心從此好好經營產業，發家致富，即使石崇、猗頓②這樣的巨富也不在話下。等錢到了手裡，卻又推翻了原先的想法，縱情享樂，仍然和以往一樣。不到三、四年，竟比舊時還要窮。

　　杜子春又一次在老地方碰見老人。他慚愧得無地自容，雙手捂著臉轉身就逃。老人拉著他的衣襟叫他站住，對他說：「唉，躲開我可是個笨主意呀！」又贈給他三千萬貫錢，並說：「如果這一次還不醒悟，那你的貧窮就不可救藥了。」杜子春心想：「我縱情享樂，花天酒地，把生路都斷絕了，親戚宗族沒有一個肯看顧我，獨獨這個老人三次慷慨饋贈，我怎麼承當得起呢？」便對老人說：「得到您這筆錢，我在人世間的事便可以妥善安排，族裡孤兒寡婦的衣食有了保障，對於倫理名教也可算圓滿了。我感謝您老人家的深恩大德，一旦安排好我的事，就一切聽從您的使喚。」老人說：「這正是我的心願。你把人間俗事辦理好，明年七月十五中元節，到老君祠前那兩株檜樹下見我。」杜子春因為家族的孤兒寡婦多住在淮南，便把資金轉到揚州去，買下百頃良田，又在城裡蓋起寬大的住宅，還在大路口設置了百多間客房，把族裡的孤兒寡婦都召來，分給他們住房。資助甥侄們婚嫁成家，幫助族人親戚遷棺合葬。以前對他施過恩惠的報恩，有過怨仇的捐棄前嫌恢復關係。辦妥了這些事後，杜子春及時趕到那裡。

　　老人正在兩株大檜樹的樹蔭下悠閒地吟嘯。杜子春便跟著他登上華山③雲台峰，再進去四十多里，看見一處房屋異常整潔，不像平常人的住處。彩雲在高空覆蓋，鸞鶴在附近迴翔。上面有正堂，中間有煉藥爐，高九尺多，紫色火焰發出奇異的光輝，映照著門窗。九個玉女，環繞煉藥爐站立；青龍和白

虎盤踞在爐前爐後。這時天近黃昏，老人不再穿俗人的衣裳，而是黃帽紅帔，一身道士裝束。他手拿三丸白石，一盅酒，遞給杜子春，叫他即刻吃下。吃完，老人又拿出一張虎皮鋪在室內西牆旁邊，叫他朝東坐下。告誡他：「千萬不要說一句話，即使出現尊神、惡鬼、夜叉、猛獸、地獄，甚至你的親屬被捆縛受盡萬般痛楚，一概不是真實的。你只要不動彈、不作聲，內心平靜，毫不懼怕，便不會受到傷害。你要一心記住我的話！」說完就走了。

杜子春看看庭院裡，只有一只巨大的缸，貯滿了清水。道士剛離去，便見軍旗刀槍鎧甲爭輝，成千上萬的騎兵遍布山谷，吶喊衝殺的聲音驚天動地。有一個稱為大將軍的，身高一丈多，人和馬都披著金甲，光芒四射。帶著數百個親兵近衛，一個個拔出利劍，拉滿強弓，直奔堂前呵責道：「你是什麼人，竟敢不迴避大將軍！」左右親兵挺劍向前，逼問他的姓名，又問他在幹什麼，杜子春都置之不理。問話的人大怒，催促斬首、爭相射箭的聲音如巨雷轟響，杜子春還是一聲不吭。大將軍怒氣沖沖地走了。

一會兒，猛虎、毒龍、狻猊 ④ 、毒蛇、蠍子數以萬計，咆哮吼叫，又抓又撲，爭著衝上前來，要把他吞吃掉，有的還在他頭上跳來跳去。杜子春不動聲色，牠們鬧了一陣也就散了。

接著，大雨滂沱，雷電交加，天昏地暗，火輪在他左右滾動，電光在他前後閃鳴，連眼睛也睜不開。一會兒，庭院裡積水一丈多深，電閃雷鳴，彷彿高山大川頓時破裂，勢不可當。頃刻之間，波浪淹沒了他的座位。杜子春仍然端坐著，看也不看。

沒過片刻，那個將軍又來了。帶著牛頭馬面的獄卒，奇形怪狀的鬼神，把盛滿滾湯的大鍋放在杜子春面前。獄卒舉著長槍鋼叉，布滿四周。將軍傳令說：「肯說出姓名，就放了你。再不肯說，就用鋼叉刺穿心腔，拋到大鍋裡。」杜子春還是不作聲。獄卒便把他的妻子綁來，扭到石階下，指著她說：「你講出姓名就饒了她。」杜子春還是不答應。於是，他們就用皮鞭打得她遍體流血，又是箭射，又是刀砍，還用湯煮，用火燒，痛苦得實在受不住了。他的妻子哭喊著

說：「我雖然又醜又笨，配不上你。可是有幸做你的妻子，服侍你十多年了。現在被惡鬼捉住，無法忍受他們的毒刑。我也不敢指望你替我跪拜求情，只希望你說句話，我就可以保全性命了。哪個人沒有一點憐憫之心，你就這樣忍心不肯說一句話嗎！」她在庭中淚下如雨，邊咒邊罵。杜子春始終不理她。將軍就說：「難道我就不能對你的妻子用酷刑嗎？」下令取來銼刀和石碓，把她從腳跟起一寸寸地銼成粉末。杜妻號哭得愈來愈急，杜子春還是不理睬。

將軍說：「這傢伙妖術已經練成，不可以讓他久在人世間！」下令左右將杜子春斬首。斬首以後，他的魂魄被領著去見閻羅王。閻王說：「這不是雲台峰的妖民嗎？」下令馬上交給監獄。於是，用熔化的銅汁灌、用鐵棍拷打、用石碓搗、用石磨磨、推入火坑、扔進湯鍋、進刀山、入劍林，讓他嘗遍各種酷刑的痛苦。可是杜子春心裡記住道士的囑咐，痛苦似乎也就可以忍住，竟然一聲都不呻吟。

獄卒報告各種刑罰都已用完。閻王說：「這傢伙陰險狡猾，不能讓他投生變男人，只能叫他做個女子。」於是發配他生在宋州 ⑤ 單父 ⑥ 縣丞王勤家裡。她生下來就多病多難，針灸醫藥，從來沒有停歇過。又曾經掉進火裡，跌下床來，遍歷種種痛苦，可是始終不哼一聲。不久她長大了，姿色美麗得無與倫比，只是口不發聲，家裡人都把她看作啞女。親戚中有些輕佻的人，想方設法戲弄侮辱她，她就是不開口。

同鄉有一個進士叫盧珪的，聽說她容貌美麗而心生愛慕，請媒人來求婚。王家因為她是啞女不敢允婚。盧珪說：「假若做妻子的很賢慧，又何必會講話呢？這反倒足以警誡那些長舌婦哩！」王家便答應了。盧珪辦完了六禮，親自迎娶她做妻子。過了幾年，夫妻感情很深厚。生了一個男孩，剛剛兩歲就聰明出眾。盧珪抱著兒子跟她說話，她不答應；想方設法引誘她開口，到底沒說一句話。盧珪大怒，說：「從前賈大夫的妻子因為鄙薄丈夫，才不說笑，可是看他射中了野雞，也就不再有遺憾了 ⑦。如今我連賈大夫都比不上，可是我的學問卻不是射野雞能比的，而妳竟閉口不言。大丈夫被

妻子所鄙視，還留著兒子幹什麼！」便提起孩子的雙腳，將他的頭往石頭上使勁撞過去，孩子的頭顱應手就碎了，鮮血濺出好幾步遠。杜子春愛子之心油然而生，一時忘了道士的囑咐，不覺失聲嘆息：「唉！」嘆息聲還未消失，就發覺自身仍然坐在原地，道士也站在他面前，時間不過剛交五更。杜子春看到紫色的火焰燒穿屋樑，大火從四面合攏來，所有的房屋都在燃燒。

道士嘆息道：「窮措大⑧，竟耽誤我的事到這等地步！」便抓住杜子春的頭髮把他投到水缸中。沒過多久，火熄滅了。道士走上前說：「出來吧。在你心裡，喜、怒、哀、懼、惡、欲等情感都能忘掉，所沒有完全忘懷的，只有愛了。倘若你不嘆息一聲，我的丹藥便可以煉成，你也成神仙了。唉，成仙之材真是難得呀！我的藥可以重煉，而你的身子卻不得不留在塵世上。好生努力吧！」給他遠遠指點出歸路，叫他回家。杜子春勉強登上廟基看去，只見煉藥爐已經毀壞，爐中有一根如手臂粗細的鐵柱，長好幾尺。道士脫去衣服，正用刀子刮削鐵柱。

杜子春回家以後，很慚愧自己忘了誓言，便痛責自己，並想登門向道士謝罪。走到雲台峰，卻一點也看不到人的蹤跡，只得感嘆悔恨地回去。

說書人的話

這是唐代非常流行的一個守護丹爐的故事。《河東記》中的〈蕭洞玄〉，《傳奇》中的〈韋自東〉，《酉陽雜俎》中提到的〈顧玄績〉，都是同一類型的故事。據《酉陽雜俎‧貶誤》考證，這類故事都受到玄奘《大唐西域記》中〈烈士〉故事的影響，說明它的本土是在印度。不過，〈杜子春護爐〉等已經比原作豐滿得多。這個故事說明要破盡七情六欲才能悟道成仙，但在客觀上表達要歷盡艱辛才能成就大事業，關鍵時刻決不可功虧一簣。

注釋

①古國名，今伊朗。唐時有很多波斯商人到中國經商。

② 石崇，字季倫，西晉渤海南皮（今河北省南皮）人，著名的豪富。猗
　頓，戰國時的大商人，靠經營池鹽致富。

③ 西嶽，也叫太華山。在今陝西省渭南縣。

④ 神話傳說中類似獅子的動物，是龍所生的第八子，愛好煙火，所以他的
　塑像常立在香爐旁。

⑤ 州名，隋開皇十六年（西元596年）設置，治所在睢陽（今河南省商
　丘）。

⑥ 宋州屬縣，今山東省單縣。

⑦ 賈大夫事見《左傳・昭公二十八年》

⑧ 舊時對貧苦的讀書人輕慢的稱呼。

原書介紹

《玄怪錄》唐代著名的傳奇故事集。牛僧孺編撰。牛僧孺（西元779年～848
年），字思黯。唐憲宗永貞元年（西元805年）進士。穆宗時，累官御史中
丞、戶部侍郎，直至同中書門下平章事。因為跟李德裕一派有矛盾，史家稱
為「牛李黨爭」。

《玄怪錄》原本十卷。魯迅《中國小說史略》說：「選傳奇之文，薈萃為一
集者，在唐代多有，而煊赫莫如牛僧孺之《玄怪錄》。」此書今存五十多
篇。〈杜子春護爐〉、〈烏將軍娶妻〉、〈冥府雪冤〉等都是廣為傳誦的故
事。李復言作《續玄怪錄》，張讀作《宣室記》，薛漁思作《河東記》，皆蒙
受《玄怪錄》影響。至於《周秦行紀》雖託名牛僧孺所作，實為政敵的陷害
之作。

烏將軍娶妻

出自：《玄怪錄》／牛僧孺

代國公郭元振①，開元②年間科舉考試落第③。他從晉州④到汾州⑤去，一天走夜路因為黑暗而迷路，很久以後才看到遠遠有燈火的光芒，以為是人居住的地方，便直接投奔到那裡去。走了八、九里路，便看見有住宅，房屋很高大。進門後，只見廂房下面和堂屋下面，燈火燭光明亮輝煌，各種祭祀的牲畜及鮮美的酒食排列在一起，像是嫁女的人家一樣，但卻靜悄悄地沒有一人。郭元振將馬拴在西廂房前面，沿著石級而上，在堂屋前走來走去，卻不知道這是何處。

一會兒聽到東邊的屋裡有女子的哭聲，嗚咽抽泣連續不斷。郭元振問：「屋子裡哭的，是人呢？是鬼呢？為什麼陳設這個樣子，沒有人卻唯獨妳在哭泣？」那女子答說：「這鄉裡的祠堂中有一個叫烏將軍的，能使人遭禍或得福。每年都要向鄉裡的人求娶一個妻子，鄉裡的人會挑選一位漂亮的女子嫁給他。我雖然醜陋笨拙，但父親卻想得到鄉人的五百貫錢，暗地裡送我接受挑選。今天晚上，鄉裡一起遊玩的姑娘們來到這兒，她們在這房子裡把我灌醉，將我鎖上便離開了，目的是要把我嫁給將軍呵。現在父母親拋棄我讓我去死，因而使我悲哀恐懼。您如果是好人，並且能夠救我免除禍患，我願一輩子作您打掃清潔的僕婦，聽從您的使喚。」郭元振憤怒地說：「那烏將軍什麼時候會來？」女子答說：「夜晚二更。」郭元振說：「我有愧為一個男子漢啊，我一定盡力救妳。如果不能夠，我就陪妳一道去死，也終究不讓妳冤死在淫鬼的手裡。」

女子的哭泣慢慢停止了。郭元振於是坐在西邊的台階上，將他的馬牽到堂屋北面，並叫僕人站在自己前面，像是一位儐相等待著一樣。

　　不一會兒，火光照耀，車馬來來往往，十分熱鬧，兩個穿紫衣的官吏進門後又重新出來，說：「相國公在這兒。」很快的，兩個穿黃衣的官吏進門又出來，也說：「相國公在這兒。」郭元振暗自歡喜：我該是可以當上宰相的，一定能夠戰勝這個鬼呢。一會兒烏將軍慢慢地下車，引導的官吏重新把相國公在這兒的話告訴他。烏將軍說：「進去。」有一些拿著戈、劍、弓箭的士兵排列在兩側引導他進去。靠近東邊的台階時烏將軍從車上下來。郭元振叫一個僕人上前說：「郭秀才求見將軍。」郭元振於是向將軍拱手行禮。將軍說：「秀才怎麼來到這裡？」郭元振回答說：「聽說烏將軍今晚舉行婚禮，我願意來做主持婚禮的司儀。」那將軍高興起來，並請郭元振坐下來，與他相對吃起飯來，言談笑聲都顯示出歡喜的樣子。郭元振的口袋中有鋒利的刀，正謀畫著取出來刺殺烏將軍。於是他便問烏將軍說：「將軍您曾經吃過乾鹿肉嗎？」烏將軍答說：「這個地方很難遇到有乾鹿肉。」郭元振說：「我有少量精美的乾鹿肉，是從御廚那裡得來的，願意割一些獻給將軍您。」那烏將軍十分高興，郭元振於是取出乾鹿肉和小刀，便割了起來，並把肉放在一個小盤子裡，讓烏將軍自己拿。烏將軍高興地伸手去拿乾鹿肉，不懷疑會有其它事發生。郭元振趁他沒有防備，把乾鹿肉一拋，抓住他的手腕將它砍斷。烏將軍驚叫跑走。那些跟從他的官吏，一時間也驚慌散去。郭元振拿著烏將軍的手，脫下衣服包裹起來，叫僕人出去看了看，外面安靜得什麼也見不到了。郭元振於是打開門對那哭泣的女子說：「烏將軍的手腕已經在這裡了。追尋他的血跡去鏟除他，他離死不會很久了。妳已經得救，可以出來吃點東西了。」哭泣的女子於是出來，年紀大約在十七、八歲左右，並且長得很美麗。她在郭元振前下拜說：「我發誓要作您的女僕。」郭元振勸勉了她。天剛一亮，郭元振打開看烏將軍的手，卻是一隻豬蹄。

　　不久，聽到哭泣的聲音慢慢地由遠而近，原來是這女子的父母兄弟和鄉里的老人們，他們抬著棺材一道走來，要收

這女子的屍首，準備裝殮埋葬。他們見到郭元振和這女子是活生生的人，都驚奇地問他們倆，郭元振詳細告訴他們始末。鄉里的老人們對郭元振殺害他們的神靈都十分惱怒，他們說：「烏將軍是這鄉里的鎮守神，鄉人進獻供養他很久了，每年把一名姑娘配給他，才沒有其他的禍患。這個禮品稍微晚一點，便有風雨雷電冰雹殘害我們。為什麼你這個迷路的客人，要傷害我們英明的神靈？你招來暴虐禍害人，這鄉里怎麼承受得起！現在我們應該把你殺了來祭奠烏將軍，不這樣的話，也要把你捆起來押送到縣衙門聽候發落。」說著揮手命令青年人來拿郭元振。郭元振告訴他們：「你們活了這麼一大把歲數，對於事理卻這麼沒有經驗。我是天下通情達理的人，你們請聽我講。神靈，是承受天命而來鎮守的，不也正像諸侯受命於天子來治理國家嗎？」他們回答說：「正是這樣的。」郭元振又說：「假使諸侯們在其領地中用不正當的手段奪取漂亮的女子，天子能不發怒嗎？殘害人民，天子能不討伐攻打他們嗎？假使你們稱為將軍的人，真是神明，神明本來就沒有豬蹄啊，上天怎麼會派遣奸淫的妖畜來啊？況且奸淫的妖畜，是天地間有罪的啊，我為伸張正義而誅殺牠，難道不可以嗎？你們沒有正直的人，使你們的年輕姑娘年年橫死在這妖畜之手，這畜牲累積的罪行已經驚動上天，怎麼知道不正是上天派我來為無辜死去的少女們昭雪沉冤啊？請你們聽從我的話，我當替你們除掉這畜牲，以便永遠沒有這種禍患，你們看怎麼樣？」鄉里人聽後恍然大悟並高興地說：「願意聽從您的命令。」

　　郭元振於是命令好幾百人，拿著弓箭、刀槍、鐵鍬和大鐵鋤之類的兵器和農具，跟隨自己追尋血跡而去。才走了二十里，血跡進入一個大墓穴中。他們於是圍著挖了起來，剛一動手挖，墓穴便漸漸變得有甕口那麼大。郭元振命令綁一捆柴，點燃投進去照一照，裡面像一間大房子，只見一頭大豬，已經沒有左前蹄，渾身是血睡在地上。牠衝出煙火跑了出來，被圍著的人們打死了。

　　鄉里的人們都十分高興，互相慶賀，他們聚集錢財酒食酬謝郭元振。郭元振不肯接受，說：「我是為百姓除害，並不是以打獵為生的人。」得救的那女子向她的父親、親戚、族人辭別說：「我幸

而爲人，託身於父母，沒出閨門，本來就沒有可殺的罪名。現在父母卻貪圖五百貫錢，把我嫁給妖畜，忍心把我鎖起來並拋棄我，這難道是人所應該做的事麼？假如沒有郭先生的仁慈和勇敢，我怎能還有今天？這樣看來，我是被父母所害死，而被郭先生所救活的。請讓我跟從郭先生，不再掛念過去的家鄉了。」她哭著拜辭親人，而要跟隨郭元振。郭元振多方說服開導她，都不能阻止，於是便納她爲妾，後來生了好幾個兒女。

說書人的話

讀完這個故事，很容易讓人想起《史記》中的〈西門豹治鄴〉來。兩者該有些承傳關係，但又不完全是，顯著的一點就是，〈西門豹治鄴〉是巫婆、三老興風作浪，以河伯娶妻為藉口搜括民脂民膏；〈烏將軍娶妻〉則是豬妖作怪，而百姓奉若神明，表現得愚不可及。故事歌頌郭元振扶弱抑強，勇於任事的俠義精神，讚揚他的超人膽識。後世很多降魔故事，如《西遊記》中三打白骨精，收伏豬八戒等等，大概都受到這個故事的啟發。

注釋

① 郭元振（西元656年～713年），名震，字元振，唐代魏州貴鄉（今河北省大名東南）人。（見本書第142頁）
② 唐玄宗年號。開元，西元713年～741年。
③ 郭元振為咸亨（唐高宗年號）進士，而開元元年為西元713年，正是郭去世的一年，這裡記述有誤。
④ 治所在今山西省臨汾縣。
⑤ 治所在今山西省汾陽縣。

冥府雪冤

出自：《玄怪錄》／牛僧孺

　　饒州① 刺史② 齊推的女兒，嫁給湖州③ 參軍④ 韋會爲妻。長慶⑤ 三年，韋會將去吏部參加調選，因妻子正好懷有身孕，送她回到饒州的府治鄱陽後，韋會便前往京都長安。

　　十一月，妻子即將分娩的晚上，忽然看見一人，高一丈多，穿著堅硬的鎧甲，手拿斧鉞。他憤怒說：「我是梁朝的陳將軍，久住在這屋裡，你是什麼人，敢在此污染房子！」舉起斧鉞就要殺她。齊氏叫著乞求說：「凡眼有限，不知道將軍您在這兒，現在承蒙指教，求您允許我搬走。」陳將軍說：「不搬走便要處死！」左右的人都聽到了齊氏苦苦哀求之聲，一個個嚇得起來看她。見齊氏汗流浹背，精神恍惚。人們圍著她問，她慢慢地述說所見到的人。

　　等到天亮，侍婢把此事稟告了刺史，請求搬到另外的房子。齊推向來正直，持無鬼論，沒有聽從請求。到這夜三更，陳將軍又來了，大怒說：「上次不知道，從道理上講應當寬恕；知道了而不離開，豈可再容妳這樣！」於是就要舉起斧鉞砍下。齊氏哀求說：「刺史性子倔強，不聽從我的請求。我只是一個女子，難道敢抵抗神靈？容許我待到天亮，到時不等您來命令就搬走。這次還不搬走，甘心死一萬次。」

　　天還未亮，齊氏便叫侍婢打掃另外的房子，準備搬床進去。正要搬運時，刺史下班回來，詢問搬移的緣故，侍婢稟告原因。刺史非常氣憤，將侍婢杖責數十下，並說：「分娩虛弱，正氣不足，妖

蘖因此而興，怎能夠相信！」女兒齊氏哭著請求，刺史始終還是不許搬移。夜裡，刺史親自睡在女兒門前，以身子作爲抵擋，堂屋中增加值夜的人，並多點蠟燭以求安全。半夜裡，刺史突然聽到齊氏驚叫聲，開門進去一看，齊氏已頭破而死了。

刺史痛悔至極，超出了常情百倍，自己認爲就是抽刀自殺，也不足以向女兒謝罪。只好把靈柩停放在另外的屋子裡，然後派善跑的僕役給韋會報信。

韋會因爲辦理文書簿籍稍有差誤，被吏部降職處分，從另一條路回家，沒有遇到報喪的僕人，因此不知妻子的凶訊。在離饒州百餘里的地方，忽然看到有一個女人站在一座房屋門前，她的容貌舉止，與齊氏十分相像。韋會便拉了一把僕人，指著那人說：「你看到那人了嗎？怎麼好像是我的妻子呢？」僕人回答說：「夫人是刺史的愛女，怎麼會到這裡來呢？或許是其他女子有長得相像的吧。」韋會仔細看了看，愈是覺得像自己的妻子，便躍馬走近她前面。那女子卻走進門裡，斜關著門。韋會又以爲她是別人，於是便走過去，然而卻忍不住回頭看。齊氏從門裡出來叫喚：「韋君，忍心不管我了麼？」韋會急忙下馬來看她，眞的竟是自己的妻子，驚奇地問她在這兒的原因。齊氏把被陳將軍所殺一事全說了出來。

齊氏接著哭訴說：「我誠然愚蠢淺陋，幸而還能盡侍奉丈夫之道，說話做事，於情於禮，都未曾得罪仁人君子，正想在閨門克盡貞節，善守婦道，一直到老，但卻白白地被狂鬼殺害。我自己查驗生死簿，還應該有二十八年壽命。現在有一件事可以救我，你能爲我去哀求麼？」韋會回答說：「夫妻之情，道理上是一體的。我現在就好像比翼鳥墜落了翅膀，比目魚失掉了另一半的眼睛，此身孤單，何去何從？假如有辦法，就是赴湯蹈火，我也敢進入。只是生死異路，難以了解冥界的事，果眞可以竭盡誠心，很願聽聽這個計策。」齊氏說道：「這村以東幾里遠的地方，有一座草堂，裡面住著一個叫田先生的人，教導一些村童讀書。這人奇特怪異，不能急忙對他說起這事。你要棄馬步行到他那裡，到門邊後遞上名帖，像拜訪大官一樣，

並低眉垂首哭訴冤情。他一定會十分惱怒，甚至於對你詬罵侮辱，並捶打拖拉，吐唾沫弄髒你。你一定要全數承受。一切結束後才顯得你哀求懇切，那麼我一定得以生還。田先生的容貌看起來好像很不相稱，但陰間的事他不會不重視的。」

於是二人同行，韋會牽馬讓妻子騎。齊氏哭著說：「我這身子本來已不同往日了，你即使騎馬，也難以趕上我。事情很緊急，你不要推辭禮讓了。」韋會趕著馬緊隨妻子，常常跟不上她。走了幾里路，遠遠看見了路北的草堂，齊氏指著說：「那就是田先生居住的房子。救我之心一定要誠懇堅定，不管多麼痛苦也不要退卻。他對你如有凌辱，我就一定能生還。不要有憤怒，以使我們永遠分離，好好努力吧！我告辭了！」說完灑淚離開，幾步之後便消失了。

韋會收住眼淚前往草堂，在離草堂還有數百步遠，便下馬，穿上官服，叫僕人拿著名帖在前面引路。到草堂門前，田先生的學生說：「先生出去吃飯尚未回來。」韋會恭敬地捧著笏板等候。很久之後，見一人戴著破帽，踏著木屐而來，相貌很是醜陋。問那些學生，他們回答說：「這就是先生。」韋會命令僕人呈上名帖，自己向前小跑迎接拜見。田先生回拜說：「我是一個村翁，教授牧童以求得一碗飯吃，官人為何突然這樣，很使人驚奇。」韋會拱手訴說：「我的妻子享年還未過半，便白白地被梁朝陳將軍殺害，請救她回來，以終其餘年。」於是以頭叩地哭拜。田先生說：「我只是村野中一個淺薄愚蠢的人，學生們互相爭鬥，尚且不能公斷，何況陰間的事情呢？官人莫不是患了瘋病發狂罷？務請趕快離開，不要隨意講這些妖言！」田先生不管韋會便進屋了。

韋會跟著田先生進去，在田先生座位前拜說：「我訴說所受的深冤，希望能給以憐憫寬恕。」先生回頭對他的學生說：「這人患了瘋病，來這裡吵鬧，拖他出去！再進來的話，你們都向他吐唾沫。」村童數十人都爭著朝他臉上吐唾沫，其污穢可想而知。韋會也不敢擦。等他們吐夠了又向田先生下拜請求，言辭誠摯懇切。田先生說：「我聽說有瘋病而癲狂的人，打了也不會痛，各位為我打

他，不要打斷四肢毀壞面容就是了！」村童重新回來一同打他，疼痛難常。韋會拿著笏板拱手而立，任他們揮拳擊打。打完後又上前哀求。田先生又叫自己的學生將韋會推倒，抓住腳把他拖出去。如此拖出又進來，反覆多次。

田先生對自己的學生們說：「這人確實知道我有法術，所以這樣來拜訪我。你們現在回去，我當救他的妻子！」眾村童散去後，田先生對韋會說：「官人真是誠心的男子漢呵，為了妻子的冤屈，甘心受屈辱，我已為你的誠懇所感動。然而這事我也知道很久了，只是沒有人早早地來申訴，現在你妻子的屍體已經腐壞，來不及整理好了。我剛才拒絕你，是沒有想出辦法呵，現在請讓我為你作個安排。」於是叫韋會進入房裡，房裡鋪著席子。席上有張矮長桌，上放一個香爐，香爐前又鋪上席子。田先生坐下後，叫韋會跪在桌前。

一會兒便見一個穿黃衣衫的人帶領他朝北走數百里，進入城中，只見居民們居住的地方十分熱鬧，如同州郡首府一樣。在城的北面有一座小城，城中的樓閣殿宇，雄偉高大，像是皇宮一樣。衛士們拿著兵器，站立的和坐著的各有幾百人。到城門前，守門官吏通報說：「前任湖州參軍韋某到。」隨著通報韋會便進去了。正北有九間正殿，這些殿堂中有一間捲著簾子，擺設有長條桌，有一個穿著紫紅色衣服的人面南而坐。

韋會進去，向坐著的那個人下拜，抬起頭來一看，原來是田先生。韋會再次訴說冤情。田先生左右的人說：「到西邊通道的桌邊來。」韋會走進西邊的通道，有一個人把筆硯交給他。韋會於是寫了申訴狀。韋會問這個理事的人是什麼官職，他回答說：「是王。」官吏收了申訴狀走上殿去。王判決說：「追查陳將軍，照往常一樣查驗狀紙上所列的過失。」狀紙傳出，瞬息間通報說：「拿陳將軍來！」照舊查驗狀紙上所列的過失，果然如齊氏所言。王責備陳將軍說：「是什麼原因要枉殺平民百姓？」陳將軍說：「我居住在這房子裡至今已有幾百年，而齊氏卻擅自污染它，兩次寬恕她後仍不搬走，因此憤而殺她，她是罪該萬死。」王判決說：「陽間陰間各自有路，依理是兩不相干的。久被囚禁之鬼，蠻橫強佔活人的住室，不自己反

省，反殺無罪之人，可拷打幾十板，流放到東海南邊。」

　　案吏審看案卷後說：「齊氏的壽命確實還有二十八年。」王命令說：「叫齊氏來。」「陽壽未完，道理上應該讓妳返回，現在要放妳回去，妳心裡願意嗎？」齊氏回答：「真心願意回去。」王又判決說：「交給案吏，判令放回。」案吏啓奏說：「齊氏的身子已經腐壞，她的魂魄回去無所歸依。」王說：「派人修補好。」案吏說：「屍體全已敗壞，無法修補。」王說：「齊氏壽命還很長，若不讓她再生，從道理上說不過去，難以令人悅服。你們所見如何？」

　　有個年老的官吏上前啓奏說：「東晉時鄴下 ⑥ 有個人出乎意料地死去，正好與這事差不多，前負責理事的官員葛真君 ⑦ 判決用具魂的辦法造出原來的身體，返歸生路後，飲食、言語、嗜好、欲望、追逐、遊玩等，一切與常人沒有兩樣。只是到壽終正寢時，不見形體罷了。」王說：「什麼叫具魂呢？」這官吏說：「活人有三魂七魄，死後則分散在草木之中，所以沒有歸依之處。如果將它們收攏聚合在一起，再用續弦膠 ⑧ 塗在上面。大王您在大堂上發令收回它們，那麼她就與原來的身子相同了。」王說：「好。」召來韋會說：「使魂魄生還爲人只有這個差異，就作這樣的處置可以嗎？」韋會回答說：「太幸運了。」

　　一會兒看見一個官吏領著另外七、八個女人前來，與齊氏一個樣子，便推攏她們，合爲一個。又有一個人，拿來一罐藥水，形狀像糖漿一樣，便在齊氏身上塗起來，塗完後，王便叫韋會與齊氏一同返回陽間。

　　這時那穿黃衣衫的人重又帶著韋會往南行走，出了城後，便好像行走在懸崖上或山谷中，忽然像是從上往下跌落。睜開眼睛才發現仍舊跪在草堂裡的矮桌前，田先生仍是靠著桌子坐著。

　　田先生說：「這事很神秘，不是你誠懇，是不可能達到這樣的效果。然而賢夫人還沒有埋葬，尚須掩埋好原來的屍體，現在應該火速傳遞一封快信叫家裡人下葬。夫人回去才沒有痛苦和不快。千萬不要在州郡裡說起這事，哪怕透露出一點點讓別人知道，就會對刺史不利。賢夫人已在門前，你出去便可與她一同回去了。」

　　韋會拜謝出來，他的妻子已站在馬前了。這時還魂變成活人，不再輕盈快捷。韋會去掉馬馱的行李衣物，讓妻子乘馬，自己騎上驢子跟著。

　　韋會同時送了一封快信給刺史，請求下葬妻子。刺史聽說韋會將到，設立儀館布置靈帳等待他。等收到信，很是吃驚，非常不相信，但也只好勉強下葬，然後叫他的兒子用轎子去迎接。刺史見到齊氏後更加納悶，想方設法問他們，他們只是不說真實情況。

　　一個夏天，刺史用酒把韋會灌醉，追問他這件事，韋會不覺全講了出來。刺史聽到後感到噁心，不久就得病，幾個月後便死了。

　　韋會暗地裡派人窺察田先生，卻也不知道他在何處了。齊氏的飲食生育，沒有與常人不同，只是抬她的轎夫們不感覺有人罷了。

　　我聽說這事已經很久，不敢十分相信。太和 ⑨ 二年秋，富平 ⑩ 縣尉宋堅因舉辦酒席，在座的人談論各種奇怪的事，客人中有一位鄜王府 ⑪ 的參軍，名叫張奇，他就是韋會的表弟，便講述了齊氏的事，與我過去聽到的沒有什麼差別。他還說：「齊嫂現在還活著，自從陰間生還以來，精神、容貌、裝飾等方面，更是超過了往日。冥界的官吏在陰間理事，哪會有假呢！」

說書人的話

人們在生活中往往碰到兩個最難解決的問題：一是強暴欺凌弱小，弱小者無處申訴；一是死者不能復生，留給親人無限的悲痛。本篇即從此展開幻想。故事中的田先生，陽間以教書為業，卻同時擔任陰間（冥府）的王者，主持公道，昭雪沉冤。這是包公「日斷陽來夜斷陰」故事的濫觴。故事主角之一韋會，為救妻子重生，忍辱負詬，堅貞不移，終於獲得成功，這可能受佛教故事〈目蓮救母〉的影響，而又影響了後來的同類故事。如韋會訴冤忍辱一節，即後來被《聊齋誌異・畫皮》所模仿。

注釋

① 唐代州郡名，治所在今江西省波陽一帶。

② 一州的行政長官。

③ 唐代州郡名，治所在今浙江省吳興一帶。

④ 唐代州郡參謀軍務的官員。

⑤ 唐穆宗年號。長慶，西元821年～824年。

⑥ 三國魏的都城，在今河南省臨彰縣。

⑦ 葛真君，疑指東晉葛洪，號抱朴子，好神仙導養之術。

⑧ 古代神話中以鳳喙麟角合煮的一種膠，可黏合弓弦、琴弦、刀劍。

⑨ 唐文宗年號。太和，西元827年～835年。

⑩ 今陝西省富平縣。

⑪ 鄜王名李憬，唐憲宗之子。

葉天師救龍

出自：《玄怪錄》／牛僧孺

　　唐代開元①年間，道士葉靜能②在明州③奉化縣的興唐觀講經。自從登壇講經以來，就有一個身穿白衣、長滿鬍鬚的老翁，常常最先到，最後離開，而且總是遲遲疑疑，像有什麼要說又沒能說的樣子。整個講經快要結束了，他更顯得要久久停留。其他聽講的人全都走了，葉天師便叫這老翁來問話。這老翁流著淚上前拜見天師，他自稱爲鱗類。他說：「我本專門來向您請求憐憫，但又不敢直說，現在既蒙您問我，我怎還敢不把自己的眞心告訴您呢？我並不是凡間之人，而是守寶藏的龍，就守在這道觀南面的小海中。必須千年沒有差錯，才能稍微得到一點升遷；如果偶然有點失誤，就要受被炎沙掩埋的刑罰。我已經在這裡守了九百多年了，不料有個印度來的和尙修煉咒術已近三十年，這個和尙潛心修煉，他的咒語大有法力。現在最擔心的是這個月午日午時，他的咒術就會修成，他會到我所守的小海施咒，讓海水乾涸，使寶物無法隱藏。弟子我即使死，也不敢希望得到升遷，但千年炎沙乾海的刑罰，確實無法忍受，只望先師您能可憐我，千萬讓我逃脫這場大難，我永遠不會忘記您的恩德。」葉天師答應了他，他才流著淚，道完謝，離觀而去。

　　葉天師擔心到時忘記這件事，便在道觀的柱子上寫了這麼幾個大字：「午日午時救龍。」到了午日這一天，他恰好到同縣的朋友家吃飯，回來後正在休息，門人忽然讀柱子上的字說：「『午日午時救龍』，現在快到午時了，師父卻在休

息，他老人家該不會忘了這件事吧？」剛準備進去稟告，天師已經聽到了，馬上問說：「現在什麼時候？」那弟子答說：「只差一會兒就到午時了。」天師立即派一個身分較低、身穿青衣④的門人，拿著墨色符籙跑向道觀南面的小海。還隔海一里多遠，只見天空烏雲慘淡，毒風四起，一個印度和尚身佩寶劍，站立雲端，手握咒符，正在海上連連大聲念咒，海水立即乾了一半。天師派去的青衣門人也隨著咒語聲倒地不起。天師又趕派一個身分稍高、身穿黃衣的門人，拿著朱紅色符籙，騎著快馬跑去，離海還一百多步，那和尚又大聲念咒，黃衣門人也立即從馬上摔了下來。海水乾了十分之七、八，一條白龍在淺波中翻滾跳躍，氣喘吁吁。天師再趕派身分最高、身穿朱紅服裝的門人，手拿黃色符籙趕去。那和尚又大聲念咒，但這次連連念咒卻都沒有咒倒朱衣門人。等朱衣門人趕到海邊，海水僅剩一兩尺深了，那條白龍正抖動龍鬚，在沙中張開大口，呼吸艱難。朱衣門人立即將符籙拋入海中，海水隨即漲了起來。那印度和尚撫劍長嘆一聲，說：「三十年精修苦練，不料今天使盡渾身解數也無法達到目的。為什麼道士這麼有能耐呵！」於是只好強忍怒氣，悻悻然走了。不久，海面風平浪靜，前面倒下的青衣、黃衣兩位門人，也慢慢能起來，互相攙扶著回到觀中，將情況一一稟告天師。話未說完，以前那位身穿白衣、長滿鬍鬚的老翁也趕來了。他流淚跪拜說：「剛才差一點死在那印度和尚的咒語下，若不是仙師法力無邊，簡直無法倖免！我們鱗類屬於野獸，恐怕無法完全報答您的恩德，但我願意永遠依附於您，做您的門人，供您使喚。如果您下命令，即使如秦、越兩地相隔遙遠，水路陸路殊異，只要您一念相召，我會立即侍奉在您的左右。」從此以後，這老翁早晚前來探視問安，服侍天師，真像天師的門人那樣。

天師因為道觀建在高地上，無法鑿井取水，年幼的門人取水，總要跑到十里之外，全觀上下都深感麻煩。有一天，天師就對那老翁說：「我在這裡住了很多日子了，弟子們取水跑得太遠，令人同情，希望能有泉水圍繞道觀，以解決取水的困難。你可以引來泉水嗎？」老翁說：「泉水的流布是由上天安排，並不是靠人力可以隨便引來的。不過仙師您救了我的命，又使我脫離千年炎沙的苦刑，

我怎麼能夠推辭呢？只是並非靠人力可以得來的東西而要勉強得來，會遭到地方神的拒絕，必須先打敗他們才行。請您將觀中各人暫時遷到其他地方。到了那一天，等天空三次忽明忽暗之後才能回來，這樣也許有可能引來泉水。」於是全觀的人聽從他的安排，按約定時間回觀一看，只見一條石渠圍繞道觀，清冽的渠水潺潺流淌，繞觀一周，向南流到海裡。全觀道士的飲水都依靠這條石渠。於是便將這石渠題名為「仙師渠」。葉天師的法術之所以能廣傳天下，大概是由於白龍的幫助吧。

說書人的話

本篇渲染唐代著名法師葉靜能的高妙法術。以白龍的求救、獲救、報恩為線索組織全篇，既顯得結構嚴謹，又富於神幻色彩和浪漫氣息。描寫雙方鬥爭的逐步升級，有聲有色，緊張激烈。故事雖短，人物表現卻各有特色：印度和尚的氣勢、葉天師的從容，躍然紙上；尤其白龍的形象，求救時的欲言又止，受咒時的困苦難堪，獲救後的知恩必報，都寫得細膩傳神。這種寫法對後來的神魔小說影響很大。這個故事還曲折反映了唐代佛道鬥爭的激烈狀況。

注 釋

① 唐玄宗年號。開元，西元713年～741年。

② 葉靜能，唐代明州人，善道術符籙。一作葉靜。

③ 唐代州名，因境內有四明山而得名，在今浙江省境內。

④ 與下文的「黃衣」、「朱衣」分別表明派出的三個門人低、中、高三個等級的不同身分。古時以青衣為卑賤者的服裝，黃衣為士大夫覆在狐裘外的服裝，朱衣為四、五品以上的官員的服裝。

魚 服 記

出自：《續玄怪錄》／李復言

　　薛偉在乾元①二年擔任蜀州青城縣②主簿③，同時為官的有縣丞④鄒
滂、縣尉⑤雷濟和裴察。這年秋天，薛偉病了七天，忽然奄奄一息，就像
死人一樣，連聲叫他已經沒有反應，不過胸口還微有餘溫，家人不忍心立刻
收殮，就在身旁侍奉。過了二十天，薛偉忽然長長地噓了一口氣，坐起來，
對人說：「我不知道人間過了幾天？」別人告訴他說：「二十天了。」他
說：「幫我去看一下同僚們是不是正在吃魚膾？告訴他們我醒過來了，有些
稀奇的事情，請他們幾位放下筷子來聽聽吧。」僕人跑去一看，各位官員確
實準備吃魚膾，就將薛偉交代的事說了，同僚們都停餐前來。

　　薛偉說：「諸位派司戶⑥的僕役張弼去弄魚了吧？」大家說：「對
呀。」薛偉又問張弼說：「漁夫趙干把大鯉魚藏起來，用小魚交差。你們在
蘆葦叢中找到他藏的大魚，就將魚帶回來。正要進縣衙，看見有個司戶吏坐
在衙門東邊，有個糾曹吏坐在衙門西邊，正在下棋。到了階下，鄒大人和雷
大人正在博局，裴大人在吃桃子。張弼講趙干將大魚藏起來的事，各位說：
『用鞭子抽他。』就將大魚交給廚師王士良。王士良很高興，將魚殺了。
都對吧？」大家說：「你怎麼知道的？」薛偉說：「剛才殺的大
鯉魚就是我呀！」大家驚恐地說：「想聽你仔細講講。」

　　薛偉說：「我開始發病時，熱得難受。忽然覺得很悶，忘了自
己正在生病，怕熱求涼快。拄著手杖就走，不知道是在夢中。出了
城牆，我心裡舒暢極了，就算籠中鳥和欄中獸放出來，心境也不如

我。我慢慢地走到山裡，越走越悶，索性下了山，在江邊散步。只見江潭深邃幽靜，滿目秋色宜人，水面沒有一絲微瀾，像明鏡般映照長空。忽然我生了一個意念，就將衣服脫在岸上，跳入水中。我從小喜歡玩水，成年後，再也沒有下水游泳。這次放縱適意地玩水，實現了多年的心願。我一邊游水一邊說：『人游泳到底趕不上魚戲水的快樂，怎樣才能夠暫時變成魚而痛痛快快地暢游一番呢？』身旁有條魚說：『恐怕你不願意而已。真正變成魚也很容易，何況只想暫時代替一下。我給你想辦法吧。』很快地游走了。不一會兒，有個長魚頭的人，高約數尺，騎著一條雌鯨而來，幾十條魚作先導和跟從。那個人宣讀河伯的詔書說：『在城裡居住和在水中游，生活的方式不同。人如果不是十分愛好，是不會熟悉水性的。薛偉心裡希望在深水中暢游，嚮往幽閒空曠的地方。喜歡遼闊的水域，醉心清澈的江河。厭惡官場的複雜變化，想棄官離開塵世。想暫時變成魚類，不是永遠脫離人形，可權充東潭的紅鯉魚。啊，如果掀起波濤而弄翻船隻，就會犯下罪孽；如果認不清釣鉤而吞吃魚餌，就會被釣上岸，受人宰割。請你小心謹慎，不要失足，不要給同類帶來羞恥。你自勉吧！』聽完詔書再一看自己，已穿上魚的服裝了。於是，放開身子游泳，想到哪兒就到哪兒。在波上跳躍，在潭底潛伏，到處從從容容；三江五湖，沒有不去游個夠的。但因為分配留在東潭，每到傍晚必須回來。不久，我餓得厲害，找不到吃的，就跟著船游。忽然看見趙干垂下釣鉤，他的魚餌很芳香誘人，雖然心裡清楚應該戒備，但不知不覺就將嘴靠近了。我想：『我是人啊，暫時作為魚，不能找到吃的，難道就吞釣鉤麼？』便放棄魚餌離開了。一會兒，餓得更厲害了，想著：『我是官員，開個玩笑穿上魚服，縱使吞食魚鉤，趙干豈能殺我？一定會送我回縣衙的。』就吞食了釣餌。趙干收釣線將我帶出水面。當他的手快捉到我時，我連聲呼叫他，可趙干不聽，反而用繩子穿了我的鰓，然後把我繫在蘆葦間。接著張弼走來說：『裴縣尉要買魚，要大的。』趙干說：『沒有釣到大魚，小魚倒有十來斤。』張弼說：『奉命弄大魚，怎能要小的？』就自己動手在蘆葦間找到我，並提了出來。我又對張弼說：『我是你們縣的主

薄，變化外形成魚，在江河中遊玩，你怎麼能不拜見我？』張弼沒反應，提著我就走，怎麼罵也不理睬。進了縣衙門，看見幾位縣吏坐著下棋。我大聲呼叫，卻沒有一個答應的，只是笑著說：『了不起，這魚怕有三、四尺長。』後來上了台階，看到鄒、雷兩位正在博局，裴大人在吃桃子。幾位都喜歡魚這般大，趕緊吩咐送到廚房。張弼講起趙干將大鯉魚藏起來，而用小魚交差。裴大人很氣憤，鞭打趙干。我對各位大人呼叫說：『我是各位的同僚，今天我被捉住了，竟然不放了我，還催著殺我，這算仁義嗎？』我大叫著哭起來，三位一點也不管，把我交付廚師王士良。王士良拿著刀，高高興興地將我扔在砧板上，我又叫：『王士良，你是我經常使喚的廚師，憑什麼殺我？爲什麼不帶我向官老爺講清楚？』王士良就像什麼也沒聽見似的，按著我的脖子在砧板上就砍。那魚頭一落，我這邊也就醒了。於是，就叫大家過來。」

　　在場的人沒有不大吃一驚的，並產生了愛憐惻隱之心。當時，趙干釣上魚，張弼提起魚，縣衙下棋的人和三位官老爺在台階上看到魚，王士良準備殺魚時，都曾看見魚嘴一張一合，但確實沒聽見什麼。因此，三位官老爺都拋棄那些魚膾，並且終身不再吃魚。薛偉從此康復。後來經多次升官，做到了華陽⑦縣丞才去世。

說書人的話

本篇選自《續玄怪錄》卷二。描寫人變化成魚的故事。寫魚游江湖的快樂自由，寫魚吞餌被釣的經過，都體察入微，極為細膩生動，而且能巧妙結合人的心理動態，使讀者有身臨其境的感受。除了表現對魚兒的深切同情，也可能有勸誡人們不要貪利喪生的意旨。

注釋

① 唐肅宗年號。乾元，西元758年～760年。

② 蜀州，州名，轄境在今四川省成都、溫江一帶。青城，縣名，故

址在今四川省灌縣東南。

③縣主簿負責縣文書簿籍，掌管印鑑。

④縣令的行政副手。

⑤縣軍事長官。

⑥縣衙管戶籍的官員。

⑦縣名，四川省成都附近。

原書介紹

《續玄怪錄》 唐代著名傳奇故事集。李復言撰。李復言即李諒（西元755年～833年），唐德宗貞元十六年（西元800年）進士。早年曾參加王叔文的變法，任度支鹽鐵巡官、拾遺等職。憲宗時被貶為地方官，歷任泗州、蘇州、汝州刺史等職。文宗時曾任大理卿、京兆尹，終於嶺南節度使任內。他與《玄怪錄》作者牛僧孺交誼很深，曾共同採集各類故事，所以把自己的書取名《續玄怪錄》。

《續玄怪錄》五卷，今存故事近三十篇。〈魚服記〉、〈李靖行雨〉、〈定婚店〉（月下老人）等都是膾炙人口的佳作。

李 靖 行 雨

出自：《續玄怪錄》／李復言

　　衛國公李靖① 在他尚未顯達的時候，常常在山西的霍山打獵，在一個山村中寄宿。村裡的老人認為他奇特不凡，常送給他許多食物，時間越久，交情越深。

　　一次，李靖打獵時忽然遇到一群鹿，便追趕過去，恰好暮色漸起，想放棄又心有不甘。不久，天色陰暗下來，李靖迷失方向，茫茫然不知從哪條路回山村，心緒惆悵，漫步而行，越走越感到倦煩。正當這時，放眼望去，只見遠處燈光閃爍，便快馬加鞭向燈光處趕去。到那兒一看，原來是一戶大戶人家，朱紅大門，圍牆高峻，屋宇軒昂。李靖敲了很久的門，才有一個人出來問話。李靖告訴他，自己迷了路，並且請求在這裡借住一宿。那個人回答說：「公子們都已出門去了，只有太夫人在家，按理借宿怕是不行的。」李靖說：「請試試替我詢問稟報一下吧。」那人進去稟報之後又出來說：「夫人起初不願答應，只是因為天色暗黑，客人您又說迷了路，就不能不留客了。」李靖便同他進入廳中。隔了一會兒，一個侍女出來說：「夫人到。」夫人年紀大約五十多歲，穿著青色裙子，素白短襖，神氣清朗高雅，很像士大夫家的貴婦人風度。李靖上前拜見夫人，夫人也回拜說：「我的幾個兒子都不在家，按理不應當留客侍奉。只是現在天色已晚，又陰沉黑暗，您迷了路，不留您在這兒，又讓您到什麼地方去呢？不過，我們這裡是山野住所，兒子們來來往往，也許晚上這裡會有些喧鬧，請您不要害怕才好。」李靖說：「不敢當。」接

著，便吩咐擺上飯菜。菜餚鮮美可口，不過魚特別多。吃完飯，夫人便退入內堂，兩個侍女送來了被褥、墊席等臥具，被子乾乾淨淨，香氣襲人，鋪設得很講究。兩個侍女開完鋪，關上門，扣上門扣之後便離開了。

李靖私下裡想著：在這野外荒山之中，深夜到來而喧鬧的會是什麼呢？因而感到害怕，不敢安睡，便正襟危坐，細聽動靜。快到半夜時，忽然傳來緊急的敲門聲，又聽見有一個人出來答應。敲門的人說：「上天指示：通知大郎子應當行雨了。圍繞這座山方圓七百里的地方，到五更時雨必須下足，不能拖延，也不能過猛造成傷害！」那開門出來答應的人接了天符進屋呈給夫人。只聽夫人說：「兩個兒子都沒有回來，行雨的天符卻到了。不能強行推辭，拖延時辰又要受罰。即使派人去通知兩個兒子，也已遲了。又沒有讓僕人代理要職的道理。該怎麼辦呵？」一個小侍女說：「剛才見到廳中那位客人，不像是平凡的人，何不請他幫忙呢？」夫人聽了大喜，便親自來敲著廳門問：「年輕人醒著嗎？請您出來一會兒。」李靖答說：「好。」便走下台階來見夫人。夫人說：「這裡不是凡人住的地方，而是龍宮。我的大兒子到東海參加婚禮去了，小兒子送他妹妹出外也還沒回家。剛才接到天符，天符上指示我們住的這一帶必須下雨。估計從這兒到兩個兒子那裡，這兩處的路程都超過萬里，去通知他們已經來不及了，找其他人代理又有困難，想麻煩您片刻時間，怎麼樣？」李靖說：「我是凡夫俗子，並不是能騰雲駕霧的神仙，怎麼行雨呢？您能把仙家乘雲行雨之術教給我，那我才可以接受命令。」夫人說：「如果您能按我的話去做，沒有不行的。」夫人便吩咐一名龍宮水兵為青驄馬配好馬鞍，牽到廳外，又命人取來雨器，原來只是一只小瓶子，把它繫在馬鞍前。夫人告誡李靖說：「公子您騎在馬上，不要勒緊馬韁，隨馬自己任意而行，當馬在原地跳躍盤旋、嘶鳴不已時，您便從瓶中取一滴水，滴在馬的鬃毛上，千萬不要滴多了。」

於是李靖跨上馬，馬縱躍前行，馬腳越行越高，李靖只是驚訝馬跑得又穩又快，卻並不知道自己和馬都已在雲端之上了。風聲呼呼，急如飛箭；馬蹄踏處，雷聲轟隆。這樣，李靖等到馬在原地跳躍盤旋時，便從瓶中取出水滴在馬鬃上。不久

電光閃射、雲霧散開，李靖在雲端向下一望，看到了自己打獵時寄食的山村，便想到：「我打擾這個村子很多了，正感激村人的恩德，卻苦於沒什麼可報答的。這裡乾旱已久，禾苗莊稼將要枯死，現在雨在我的手裡，怎麼可以吝惜呢？」他以為一滴水不足以滋潤那裡的莊稼，便接連從瓶中取了二十滴水。不一會兒行雨完畢，便騎馬回到了龍宮。

夫人正在廳堂上哭泣說：「您誤了我的大事呵！本來約好只取一滴水，您為什麼因為私自感恩就連下二十滴呢？天上這麼一滴水，就是地上一尺雨呵。這個村莊半夜裡忽然平地水深兩丈，哪裡還有人在？我已經受到懲罰，被杖責八十下。」夫人露出背，血痕遍布。「我兒子受到株連，怎麼辦才好？」李靖深感慚愧，又害怕，不知如何回答，夫人又說：「公子是凡間的人，不懂得天上雲雨變化，我自然不會怨恨您。就擔心龍官來尋人，會驚嚇您，您必須立即離開這裡。只是麻煩了您，而我還不曾報答。住在這山村裡沒有什麼貴重物品，只有兩個奴僕送給您，您全部帶走也可以，只要一個也可以，隨您的意願來選擇。」於是便叫兩個奴僕出來。一個奴僕從東廂房出來，容貌溫和，儀態愉悅，一副安樂自在的樣子。另一個奴僕從西廂房出來，氣勢洶洶，強忍著勃然怒氣站在那兒。李靖心想：「我是個打獵的人，以勇猛爭鬥為業，如果選那溫和愉悅的，人們難免會把我當作懦夫吧。」於是便說：「兩個人都要，那我不敢當。夫人既然要送給我，我想選那個滿臉怒容的。」夫人微笑說：「公子的要求也只是如此呵。」李靖便作揖與夫人告別，那面帶怒容的奴僕也同他一起離開。出門走了幾步，李靖回頭一看，那房子便已消失，再掉轉頭來問自己的奴僕，不料那奴僕也不見了。他便獨自一人尋路回來。等到天亮，遠望那個村莊，滿眼一遍茫茫大水，只有一些大樹僅僅露出一點樹梢而已，再也看不到一個人了。

後來李靖手握兵權平定戰亂，軍功天下第一，可是最終沒有做到丞相，不就是由於沒有把那個容貌和悅的奴僕一起要來的緣故嗎？人們相傳：「關東出丞相，關西出大將。」② 不就是東廂悅奴和西廂怒奴這兩個比喻的涵義嗎？之所以把從東廂房和西廂房出來的兩個人都說成是奴僕，也是用來作為臣下的暗示。假使當時李

靖把西廂東廂的兩個奴僕都要了來，那他就一身兼任將相，當上極品高官了。

【說書人的話】

本篇原題為〈李衛公靖行雨〉，《太平廣記》卷四一八題為〈李靖〉。《說海》、《舊小說》收作單篇，題為〈李衛公別傳〉。

本篇原為民間傳說，經文人加工整理而成，反映古代人民對下雨這一自然現象的神話幻想。小說對行雨的方法和過程的描寫，想像奇特，形象生動；而細節和人物的刻畫又具有人間生活情趣。二者結合使故事既富浪漫色彩，又有較強的真實感，增強了感染力。小說著力刻畫的李靖，他既有風塵異人的神異之氣，又不乏常人的人情味。故事以李靖寄食山村起，以水漫山村結，突出李靖感恩行雨，好心辦壞事這一動機與效果的矛盾，不僅無損於李靖的俠士形象，更給人以哲理的啟迪。

這個故事後來又在民間廣為流傳，李靖更成為雨神的形象。宋代溫州有李衛公廟，明代安吉州（今浙江安吉縣）不僅有李公廟，每年八月十八日，民間還舉行盛大的李王會，禱神祈雨。

【注釋】

① 李靖（西元571年～649年），本名藥師，唐初軍事家，雍州三原（今陝西省山原縣）人。精通兵法，曾輔佐唐高祖平定天下。唐太宗時，歷任兵部上書，尚書右僕射等職，屢建軍功，封衛國公。著有《李衛公兵法》，原書今佚，《通典》中保留了部分內容。

② 語出《後漢書‧虞詡傳》。李靖是陝西人，屬關西。

一行捉北斗

出自：《酉陽雜俎》／段成式

　　高僧一行①，博覽群書，沒有不知道的事，尤其擅長算術。他的學識深奧廣博，當時的學者沒有能測度他的。一行小時候，家中貧困，鄰居有位王婆婆經常救濟他家，前後共幾十萬錢。到了開元②年間，一行承皇帝敬重禮遇，可以在皇帝面前隨意說話。一行常常想報答王婆婆。不久，王婆婆的兒子犯了殺人罪，官事還沒有了結，王婆婆就找到一行求救。一行說：「婆婆若是要金銀細軟，理當十倍報答您。當今是明君執法，難以請求，這可怎麼辦呢？」王婆婆用手直指一行大罵說：「何必結識你這和尚！」一行趕緊跟著王婆婆向她道歉，王婆婆沒回頭看他一眼。

　　一行心裡算計，渾天寺③中有數百名工人僕役。一行要他們將他的房間搬空，又搬來一口大甕。然後，又秘密地挑選了兩名僕人，交給他們一個布袋，對他們說：「在某街坊某角落，有一座荒廢的園子，你們到那兒潛伏守候，從午時到黃昏，一定會有東西進園裡來，一共有七隻。要乘其不備盡數捕獲，跑了一隻就要杖打你們。」僕人依照他的話去了。到了黃昏時分，果然有一群豬進了園子，兩個僕人就將牠們盡數捕獲回來。一行看了大喜，下令放在甕中，用木蓋蓋上，用泥封好。然後用朱砂在上面寫了幾十個梵文。他的弟子們猜不到他要做什麼。

　　第二天一早，宮中派出的使者叩門，緊急召一行進宮。到了便殿，唐玄宗迎著問話說：「太史上奏說昨天夜裡北斗星不見了，這是什麼兆頭呢？大師可有什麼辦法能去邪除惡嗎？」一行回答說：

「後魏之時，曾失去火星。而現在，北斗星不見了，這是從來沒有過的事情，是上天給陛下的嚴厲示警呀！一般的老百姓不能夠安居樂業，天就會大降霜凍或赤旱千里。如有盛大德行感應，則星體又會移位復出。能最深切感應上天的事，大概就是使死去的人得到安葬，使關押的人獲得釋放吧？佛門認為瞋怒之心能毀壞一切善果，慈悲之心能降伏一切邪魔。照臣下的偏拙之見，不如大赦天下。」玄宗聽從他的主意。當天晚上，太史上奏說北斗七星中出現了一顆。一連七天，北斗星全部復原了。

說書人的話

這是一則很有趣的民間故事，卻依附到了著名的天文曆數學家一行的名下。虛虛實實，本來就是說故事常用的手法。一行報恩的手法很別緻，他不僅報答了自己的恩人，而且也挽救其他遭受苦難的人，給皇帝開了一點玩笑。北斗七星變成七隻豬，又被一行封在甕中，這個情節奇特而帶有巫術的色彩。

注釋

① 一行，西元683年～727年，唐代高僧，著名天文學家。
② 唐玄宗年號。開元，西元713年～747年。
③ 觀察天文星象的場所。

《酉陽雜俎》唐代段成式寫的筆記故事集。段成式（西元803年～863年），字柯古，臨淄鄒平人，官至大常少卿。能文善詩，詩與李商隱、溫庭筠齊名，因三人皆排行十六，當時號「三十六體」。他學問淵博，喜搜羅故事軼聞，寫成了《酉陽雜俎》一書。
《酉陽雜俎》有前集二十卷，續集十卷。酉陽是地名，在湖南沅陵縣西北，相傳其小酉山中有石穴，藏書千卷。段成式用這個傳說命名。書的內容很廣博，標目也新奇，大體可分博物與志怪兩類。此書在童話史上有突出地位，〈葉限姑娘〉是

世界最早的灰姑娘型童話，〈旁㐌兄弟〉是世界最早的兩兄弟型童話，〈龜茲國王降毒龍〉、〈魯般奇工〉、〈長鬚國〉、〈胡人失寶〉、〈盜俠〉等故事亦膾炙人口，影響深遠。

龜茲國王降毒龍
出自：《酉陽雜俎》／段成式

　　古代龜茲①國王阿主兒，有神奇的本領，能夠降伏毒龍。當時，有位商人在街上買了別人的金銀財寶，到了夜裡，全部變成灰。境內有幾百戶人家也都丟失了金銀財寶。國王有個兒子，早先出家修行，成了阿羅漢②。國王詢問阿羅漢，阿羅漢說：「這事是龍幹的。這龍藏在北面山上，牠的頭長得像虎頭。現在龍正在某個地方睡覺。」國王就換了衣服，帶上寶劍，悄悄地出發到龍住的地方。他見龍正躺著睡覺，正要殺牠，又自言自語地說：「我殺一條睡覺的龍，誰能知道我有神力！」於是，大聲呵斥那龍，龍被驚起，變成獅子，國王隨即跨到牠背上。龍大怒，咆哮如雷，騰空而起，飛到了城北二十里處。國王對龍說：「你再不投降，我就砍了你的頭。」龍畏懼國王的神力，就用人的聲音說：「不要殺我，我願意讓國王乘騎，您想到什麼地方，就能到什麼地方。」國王同意了。後來，龜茲國王常常乘龍而行。

說書人的話

這是一篇征服龍魔的故事。印度和西方故事中常有征服毒龍的故事，如：〈聖喬治屠龍〉、印度〈因陀羅戰勝巨龍的故事〉，德國的〈尼伯龍根之歌〉等等。這個故事明顯受到印度佛教故事的影響。

注 釋

① 位於天山南麓。唐初內附,設置龜茲都護府。

② 俗稱「羅漢」,佛教修行果位,也用以稱釋門弟子中具備這種果位的人。

長 鬚 國

出自：《酉陽雜俎》／段成式

　　則天皇帝大足元年①，有個讀書人隨同外交使節到朝鮮半島上的新羅國。海上遇大風，將船吹到一個地方，這裡所有的人都長著長長的鬍鬚，說話同唐人一樣，叫長鬚國。此地人口眾多，房屋和衣服式樣同中國稍微有點差別。這個地方叫扶桑洲②。衙門的官品有正長、戢波、目沒、島邏等稱號。這個讀書人依次晉見了幾處官府，到處受到當地人的歡迎和敬重。

　　有一天，忽然來了幾十輛車馬，來人聲言大王要召見客人。走了兩天，才到一座大城，戴盔穿甲的士兵守衛城門。使者引導讀書人進城拜見。這裡宮殿高大敞亮，儀仗威風，衛士隊伍浩大，儼然同國王一樣。讀書人跪下拜見，國王稍微欠了欠身，於是封讀書人為司風長並招為駙馬。公主長得很美，只是臉上長著幾十根長鬚。於是這位讀書人就變成了威勢顯赫的皇親，家裡有許多珍珠、瑪瑙、玉石。然而，他每次退朝回來看到妻子的長鬚就很不高興。國王每逢十五月圓之夜就舉行宴會。他赴宴看到王宮的妃嬪全都長有長鬚，因而賦詩一首：「花無蕊不妍，女有鬚亦醜。丈人試遣總無，未必不如總有。」國王大笑說：「駙馬對公主面頰和下巴長有長鬚，怎麼總是耿耿於懷？」過了十幾年，讀書人有了一兒二女。

　　忽然有一天，國王和大臣都愁眉深鎖，讀書人驚訝詢問原因，國王哭泣著說：「我國將有災難，很快就要大禍臨頭，除了駙馬，別人都救不了。」讀書人吃驚地說：「假如能夠消除災難，赴湯蹈火在所不辭！」國王命令準備船隻，派兩個使者

陪他前往，並對他說：「煩駙馬前去拜見海龍王，就說東海第三海汊第七島長鬚國有難求助。我國非常小，必須再三講明。」哭哭啼啼地握手告別。

讀書人登上船，沒多久功夫就靠了岸。岸上的沙子全都是寶物，人們的衣帽又長又大。他上前要求拜見龍王。那龍宮的樣子就像佛寺內所畫的天宮一般，光線十分明亮，不斷猛烈閃動，晃得眼睛都睜不開。龍王走下宮殿的台階迎接，讀書人沿階梯一步步上殿。龍王詢問來意，他便一一講明。龍王派人趕快調查。等了好半天，一人在殿外說：「境內沒有這個國家。」讀書人苦苦哀求，並說明長鬚國在東海第三海汊第七島。龍王再次叱責他的使者，命令仔細尋找查勘，火速上報。等了頓飯的功夫，使者回來報告說：「這個島上的蝦應該作大王這個月的食料，前天已經全部捉到了。」龍王笑著說：「客人一定是被蝦魅惑了。我雖是龍王，但吃什麼要秉承上天的旨意，不得隨意亂吃。現在，我只得爲你減食。」於是命令領客人看看。讀書人看到幾十口像房屋那麼大的鐵鍋，裡邊滿滿地裝著蝦。有五、六頭紅色的蝦，像人的胳膊那麼大。一見到他就開始跳躍，好像求救似的。引路的人說：「這就是蝦王。」他不知不覺哭泣起來。龍王命令把盛有蝦王的這一鍋蝦全都放了，又派兩個使者送讀書人回中國，一個晚上就到了山東登州。他回頭看兩個使者，原來是兩條巨龍。

說書人的話

這是一篇蝦國的故事。寫蝦化為人，但又有鬚，具有蝦的特點。故事以海外奇遇的框架出現，反映出唐代海外交通蓬勃發展後拓展了人們的幻想視野。讀書人救助蝦國脫險，則反映出唐人講究俠義、具有自信的精神風貌。

注釋

① 唐代武則天的年號，西元701年。
② 我國古代對日本的代稱。本篇純屬虛構，地名係借用，並非指日本而言。

旁㐌兄弟

出自：《酉陽雜俎》／段成式

　　朝鮮半島新羅國的第一貴族叫金哥，他的遠祖名叫旁㐌。旁㐌有一個弟弟，很有些家產。兄長旁㐌和弟弟分了家，很窮，過著行乞的日子。國內有人給他一畝空閒地，旁㐌向他的弟弟討些蠶種和穀種，弟弟就將蠶種和穀種蒸過再給他，他卻不知道。到了出蠶的時候，只生出一條蠶。不過這條蠶一天能長一寸多長，過了十幾天，竟像牛一般大，吃光了好幾棵樹的葉子還不夠。旁㐌的弟弟知道了，找機會將他的蠶殺死了。但是，只過了一天，四周百里內的蠶，都很快地聚集到旁家。國中的人把那條被殺死的蠶叫「巨蠶」，認為它是蠶王。由於蠶都聚集到旁家結繭，鄰居們一起幫忙繅蠶絲，都還忙不過來。

　　旁㐌種的穀也僅有一株生長，它的穗有一尺多長。旁㐌經常守在它邊上。突然來了一隻鳥將穀穗折斷銜走。旁㐌就追趕鳥兒。跑上山約五、六里地，鳥鑽進了一條石縫中。這時太陽下山了，路看不見了，於是旁㐌只好在石頭邊待著。到了半夜時分，月光明朗，他看見一群穿紅衣的小孩在嬉戲。有個小孩說：「你們要什麼東西？」一個說：「要酒。」那問話的小孩亮出一把金錐子，敲了一下石頭，酒和酒杯都備好了。另一個說：「要食物。」又用金錐子敲擊石頭，各種糕餅食品、紅燒肉、烤肉就排列在石頭上。小孩們又吃又喝，過了很久才散去。小孩把金錐子插在石頭縫中。旁㐌高興極了，拿起那把錐子就跑回家。旁㐌所想要的東西，用金錐子一敲

就有了，因此他家的財富和國家財力相當。

　　旁㐌常常把各種珠寶送給他弟弟，他弟弟這才後悔以前將蒸過的蠶種和穀種給他的事，多次對旁㐌說：「你試著用蒸過的蠶種和穀種來欺騙我，我或許也會像哥哥一樣得到金錐子。」旁㐌知道他弟弟的想法很愚蠢，但怎麼勸說也不行，就只好照弟弟說的去辦。弟弟孵化蒸過的蠶種，也只孵出一條蠶，可這蠶與普通蠶相比沒什麼兩樣；將蒸過的穀種種下，也只有一株生長。這株穀穗快要成熟時，又來了一隻鳥將穀穗銜走。弟弟可高興壞了，跟著鳥兒就往山裡跑。到了那鳥兒鑽入石縫的地方，遇到一群魔鬼，魔鬼很憤怒地說：「這傢伙就是偷走我金錐子的人。」就將弟弟捉起來，對他說：「你願意給我修三個夾板高的糠牆呢？還是願意讓你的鼻子變成一丈長？」旁的弟弟要求修築三個夾板高的糠牆。因為糠不易凝聚，弟弟忙了三天，又餓又累，還是沒築成。弟弟只好苦苦向魔鬼哀求。魔鬼就使勁拔他的鼻子，拔得他的鼻子跟象鼻一般長才放他回家。

　　弟弟回來後，城裡的人都感到很奇怪，聚集過來圍觀他。弟弟又慚愧又惱恨，竟給氣死了。後來，旁㐌家的小孩們鬧著玩，敲擊金錐子要狼糞，結果雷聲震耳，金錐子就不見了。

說書人的話

這是最早也最典型的兩兄弟型故事。兄弟中的強橫者迫害善良者，善良者因對方迫害而獲得意外奇遇（探聽到鬼怪的秘密，獲得寶物或金銀，或者進入龍宮之類）；強橫者起而效尤，受到懲處。中國後來的同類故事，多為哥哥或嫂嫂迫害弟弟，這與中國的宗法制度有關。這個故事的主人公是新羅人，新羅與唐朝關係密切，經常友好往來。因此，這故事是中國和朝鮮文化交會的產物。

葉 限 姑 娘
出自：《酉陽雜俎》／段成式

　　南方人中流傳這樣一個故事：秦漢以前，有個洞主①姓吳，當地人稱他爲吳洞。他娶了兩個妻子，有個妻子死了，留下個女兒，名叫葉限。葉限從小就聰明能幹，很會淘金，父親吳洞很喜歡她。後來，吳洞死了，後母虐待葉限，她常常叫葉限到危險的山上砍柴，到深深的溪邊取水。

　　一天，葉限取水時撈到一條兩寸多長的小魚。這條魚長著紅色的鰭，金黃的眼睛，很好看。葉限就偷偷地用盆子將牠養了起來。魚一天天長大，換過幾次容器。最後長得裝不下牠了，葉限就將魚放養到屋後的池塘中。葉限總是將餘下的食物投到池塘中餵魚。每當葉限一到池邊，魚就露出水面，把頭靠在岸邊。其他人來水邊，魚從不肯出來。葉限的後母發現了，多次來池塘偷看，魚就是不肯出來。葉限的後母就狡猾地對葉限說：「妳不是很辛苦嗎？我給妳做件新衣穿吧。」她把葉限的舊衣換下來。後來，她讓葉限到一個非常遠的泉邊打水，自己穿上葉限的衣服，在袖子裡藏一把利刃，走到池邊向魚呼喚。魚一露出頭來，她就一刀將魚砍死。那條魚已經長到一丈多長。她把魚肉做成菜，味道比一般的魚好很多。後母又把魚骨頭埋在糞土堆裡。過了一天，葉限來到池塘邊，卻再也見不到魚了。她很傷心，就跑到野外大哭起來。突然，從天上降下一個披散著頭髮、穿粗布衣服的人，安慰葉限說：「妳不要哭了，魚已經被妳後母殺了。她把魚骨頭丟在糞土中。妳快回去，把魚骨頭藏在房子裡，妳需要什麼東西，只管求它，它會滿

足妳的要求。」葉限照那人的話去作，不管是金銀珠寶還是衣物食品，想要什麼，就有什麼。

　　洞人們的節日到了，後母去趕節，卻叫葉限看守庭院裡的果子。葉限看到後母走遠了，就穿上綴有翡翠的服裝，踩著金色的鞋子，也去參加洞節。後母的親生女兒認出了葉限，對母親說：「這人很像大姊。」後母也懷疑是葉限。葉限一察覺到，便匆忙往家裡趕，結果丟了一隻鞋。這隻鞋被當地人撿著了。後母回到家，只見葉限正抱著一棵樹睡覺，就不懷疑了。

　　與此地相鄰有個海島，島上有個陀汗國，國勢強大，統治幾十個島嶼，控制幾千里海域。撿鞋的洞人將鞋賣到陀汗國。國王得到鞋，命令他周圍的人試穿，結果鞋比眾人中最小的腳還小一寸。於是國王下令要全國的女人來試鞋，最終卻沒有一人穿著合適。這隻鞋比毛還要輕，踩在石頭上也不出聲。國王認為那個洞人的鞋來路不正，就把他監禁起來，拷問他，他卻始終說不出來歷。因為這鞋是丟在路邊的，國王就下令在附近各家各戶搜捕，若誰家有女子能穿這種鞋，就抓起來報告。後來在葉限家找到了另一隻鞋，國王很覺得奇怪，就搜查她們的房子，找到了葉限，讓她穿上鞋子證實。於是葉限就穿上綴翡翠的衣服，踩著金鞋見國王，美麗得像天仙一般。葉限將事情原原本本向國王陳述，國王就帶葉限及魚骨一起回到王國。後母和她的女兒當即被飛石打死了。洞人們可憐她們，把她們的屍首埋在石坑中，取名為「懊女冢」。洞人們把她們當作媒神，祈求都很靈驗。

　　陀汗國王回國後，封葉限為王妃。頭一年，國王向魚骨貪求了無數的玉石寶貝。過了一年，魚骨再也不應驗了。國王就將魚骨埋在海岸邊，用了一百斛珠寶和許多金銀圍在魚骨四周。後來，徵召來的士兵造反，將領把金銀珠寶挖出來供給軍隊。有天晚上，海潮沖沒了埋藏的魚骨。

　　這個故事是我段成式的老僕人李士元講的。李士元是邕州②的洞人，記得南方的很多稀奇古怪事情。

說書人的話

法國童話家貝洛（西元1628年～1703年）的《鵝媽媽的故事》和德國格林兄弟十九世紀初編的《格林童話》中，都有〈灰姑娘〉故事，它曾經打動了許多人的心靈。但這個故事，早在公元九世紀便被段成式記錄下來了，中國才是它的濫觴。段成式明確記載這個故事出於廣西少數民族地區。今天在壯族地區還流行這個故事，名叫〈達架和達侖〉（女主人公叫達架，其妹叫達侖）。「達」是女子名的冠詞，「架」是孤兒的意思。「達架」與「葉限」，古代語音相近；有人說德文中的「灰」（Ascnhn）也與「葉限」音近。

注釋

① 洞又作「峒」，中國古代南方山區少數民族的一種基層單位。
② 古代地名，治所在今廣西省南寧市。

崔玄微護花

出自：《酉陽雜俎》／段成式

　　唐代天寶①年間，隱士崔玄微在洛陽城東有一所住宅。崔玄微崇尚道術，服食白朮、蒼朮和茯苓②有三十年了。有一次因爲藥物用光了，他率領道童與僕人到嵩山③採靈芝④，一年後才回來。住宅中長期無人，長滿了荒草。

　　當時，正值春末的一個夜晚，風清月朗，崔玄微沒有睡覺，一個人待在一處院子裡，要家裡人沒事不要進來。三更後，有一位青衣女子說：「您在院中呀。我們今天正好和幾位女伴路過，到上東門⑤表姨那兒去，暫借此處歇息，可以嗎？」玄微允許了。一會兒，有十幾個人，由那青衣女子引進來。其中，有個穿綠色衣裳的人上前說：「我姓楊。」指著一人說：「她姓李。」再指著一人說：「她姓陶。」又指著一位穿大紅衣裳的少女說：「她姓石，名叫阿措。」她們各自都有侍女。崔玄微與她們相見已畢，就坐在月光下，問她們出行的原因。她們答說：「要到封十八姨那裡去，早幾天她說要來看我們，但沒有來。今晚我們大伙去看她。」大家還未坐定，門外報信說：「封家姨來了。」在座的都又驚又喜出迎。楊氏說：「這家主人很好。這地方又寬敞，又優美，沒有比這兒更好的地方了。」玄微又出來與封氏相見，封氏言語清朗，態度沉靜大方。於是揖讓入座。各位女子都是絕色天姿，滿座芬芳，香氣濃郁撲人。行令時，都作歌送酒，玄微只記得其中兩首。有一首是穿紅衣裳的人爲穿白衣裳的送酒時作的歌，歌詞是：「皎潔玉顏勝白雪，況乃當年對芳

月。沉吟不敢怨春風，自嘆容華暗消歇。」又有一首是白衣人作的送酒歌，歌詞是：「絳衣披拂露盈盈，淡染胭脂一朵輕。自恨紅顏留不住，莫怨春風道薄情。」輪到十八姨持盞勸酒時，她舉止輕佻，將酒弄翻，染污了阿措的衣裳。阿措變了臉色說：「別人奉承哀求妳，我可不會奉承哀求。」拂衣而起。十八姨說：「小女子發酒瘋！」結果都起了身，在院門外分手。十八姨往南走了，其他人往西到花苑中各自分開。崔玄微並未察覺怪異。

第二天夜裡，女子們又來了，說要去十八姨處。石阿措氣憤地說：「何必再到封老媽家去！有什麼事只管求崔處士。不知大家可同意？」各位女子都說：「可以。」阿措就走上來說：「各位女伴都住在花苑中，每年經常被惡風騷擾，居住不安，常常請求十八姨庇護。昨天，我阿措沒能順從奉迎，怕是再難得到她的幫助。處士您倘若不拒絕庇護我們，我們也會略微報答您。」崔玄微說：「我有什麼能力，能幫助各位女郎？」阿措說：「只要處士每年正月初一那天，作一面朱紅色旗子，旗上面畫日、月和金、木、水、火、土五星的圖案，在花苑東面豎起，就可使我們免於災難了。今年已過了時間，但請您在本月二十一日早上，微微有東風時，就立上旗子，大約可以免去我們的災難。」崔玄微同意了。各位女子齊聲答謝說：「不敢忘記您的恩德。」然後各自拜謝而去。玄微在月色中跟著相送，越過了花苑圍牆，進入苑中，女子們就都不見了。崔玄微就照阿措的話去做，到時候立上了旗子。

這天，東風大作，震得地都動了。洛陽以南一帶，飛沙走石，樹木也折倒了。但崔家花苑中盛開的花朵動也沒動一下。玄微這才醒悟，各位女子說姓楊或姓李，姿色出眾，衣服奇異，原來她們都是花的精靈。穿大紅衣裳的叫阿措，那就是石榴。封十八姨，原來就是風神。幾天後的夜晚，姓楊的她們一群人再來院裡深表感謝。各自帶了桃花、李花等好幾斗，勸崔玄微說：「吃這些花可以延年益壽，防止衰老。希望您長期這樣住著，護衛我們。您也可以長生。」

到了元和⑥初年，崔玄微還在世上，看上去像三十多歲的人。

說書人的話

這是一篇寫百花精靈的故事。後代著名的白話小說《醒世恆言》中的〈灌園
叟晚逢仙女〉和《鏡花緣》中百花仙子的故事，特別是《聊齋誌異》中關於
花精木怪的故事，都受到此篇的影響。崔玄微護衛百花不受狂風侵襲，反映
了人們對美的愛惜。

注釋

① 唐玄宗年號。天寶，西元742年～756年。
② 古人認為服食該類藥材可以輕身延年，得道成仙。
③ 中嶽，在今河南省登峰縣北。
④ 古人認為靈芝是仙草。
⑤ 唐代時洛陽城東三座城門之一。
⑥ 唐憲宗年號。元和，西元806年～820年。

魯 般 奇 工

出自：《酉陽雜俎》／段成式

　　現在的人一看到房屋造得精巧華麗，必定牽強附會地說是魯般① 的奇工。以致連長安、洛陽的寺廟，也往往僞託爲魯般所造。居然如此的不考證古代的事情。

　　據《朝野僉載》② 記載：魯般，肅州③ 敦煌人，年代不詳，技術高超，巧奪天工。他曾遠在涼州④ 建造佛塔。爲了回家方便，就做了一只木鳶。只要敲擊木鳶上的楔子三下，就可以乘上它回家。不久，魯般的妻子有了身孕，父母盤問她，妻子就講出原因。後來，魯般的父親找機會得到木鳶，敲擊楔子十幾下，乘上後就到了吳會⑤。吳地的人們以爲是妖怪，就將他殺掉了。魯般又做了只木鳶，乘往吳會，得到父親的屍首。魯般怨恨吳地人殺死他的父親，就在肅州城南做了個木仙人，仙人的手指向東南方。結果吳地大旱三年。吳地人占卜，說：「這是魯般幹的。」吳地的人們就送了成千的財物向魯般謝罪。魯般就斷掉木仙人的一隻手。當天，吳中就下了大雨。本朝初年⑥，土人們還向那木仙人祈禱。六國時期，公輸般也曾經做過木鳶，用來窺探宋國的城池。

說書人的話

魯般是中國巧匠的典型，至今還被木匠們奉爲祖師。魯般本是
一個真實歷史人物（即魯國人公輸般），以善於製造出名，

人們於是把很多巧匠故事都依託到他的名下，成了一個藝術典型。

注釋

① 又作魯班，即公輸般。這個故事把魯般與公輸般當作兩人。

② 舊題唐朝張鷟所作。多記載隋唐兩代朝廷軼聞和民間故事。

③ 古地名，治所在今甘肅省酒泉市。

④ 古州名，轄地相當於今甘肅、寧夏、青海湟水流域。

⑤ 地名，在今蘇州市一帶。

⑥ 指作者所在的朝代初年，即唐初。

趙生與人參精

出自：《宣室志》／張讀

　　唐代天寶①年間，有一位姓趙的讀書人。他的先祖以文章才學而顯貴，趙生的幾個兄弟，也都因為考取進士或明經②而做了官。唯獨趙生頭腦遲鈍，雖然讀書多年，卻還不能斷句和理解文義，因此雖然三十歲了還不能成為郡貢③。趙生曾經與他的兄弟和學友們參加宴會，滿座都是穿著紅色和綠色官服的人，只有趙生一個人穿著普通的白衣，他很不高興。等喝到酒興正濃時，有人嘲笑他，趙生更加慚愧，氣急了。後來有一天，趙生離家出走，隱居在晉陽山④中，用茅草蓋屋居住。趙生有百餘冊書，他用書箱背到山中，白天讀書晚上休息。雖然冷熱侵害身體，吃小米飯穿麻布衣，趙生仍然不辭勞苦。然而趙生天資愚鈍，力氣花得越多功效卻越少。趙生更加氣憤，但是始終沒有改變他的志向。

　　十多天後，有一位老人穿著粗布衣服來拜訪趙生，對他說：「你在山中深居簡出，讀古人的書，難道是有志於做官嗎？即使學了這麼久，也還不能斷句和理解文義，何必如此固執地鑽在裡面呢？」趙生答謝說：「在下不敏捷，自認為老而無用，因此進入深山，讀書自賞，雖然不能明瞭書中精微之處，但決心投身於我的志業，不辱沒先人，又何嘗是為了當官受祿？」老人說：「你的志向很堅定，老夫我雖然沒有什麼方法能幫你，但是希望你能來見我。」於是趙生詢問老人的住處，老人說：「我叫段氏子，家在此山西面的大樹下。」說完，忽然消失了。

　　趙生覺得奇怪，以為老人是妖怪，於是逕直到山西面尋找他的蹤跡，果然看見有棵椵樹很繁茂。趙生說：「這不是段氏子嗎？」於是拿鍤在椵樹下挖掘，得到一根長一尺多的人參，形狀很像遇到的那位老人。趙生說：「我聽說能變化成精的人參吃了可以治病。」於是洗淨煮了吃下。從此頭腦猛醒，聰明覺悟，所看過的書，都能通曉深奧的道理。一年多後，便考取了明經，做了好幾任官才去世。

說書人的話

　　這是一則關於人參精的故事。這個故事想像奇特而樸實，反映了人們希望使自己變得聰明的願望。人參是中國珍貴藥材，民間流行不少關於人參成精的傳說，這可能是最早見於書面記載的一個。自唐代興科舉取士以來，讀書考試一直是困擾知識界的謎團，本篇用幻想形式反映了讀書人的一種心理狀態。

注 釋

① 唐玄宗年號。天寶，西元742年～756年。
② 唐代科舉分兩種科目，以詩賦取者為進士，以經義取者為明經。經義是指儒家經典《易經》、《詩經》、《書經》、《禮記》、《春秋》的義理。
③ 唐制，每年各州郡貢舉一至三人去京都參加科舉考試。
④ 今山西省太原市附近．。

原書介紹

　　《宣室志》唐代傳奇故事集。作者張讀（生卒不詳），字聖明（或作「聖用」），是唐初作家張鷟的後裔，又是宰相《玄怪錄》作者牛僧孺的外孫。唐宣宗大中年間（西元847年～859年）進士，官吏部侍郎，尚書左丞。《宣室志》十卷，記仙鬼靈怪故事，頗似《玄怪錄》。宣室是漢代宮殿名，漢文帝曾在此召見賈誼詢問鬼怪之事，所以作者用這個典故作書的名稱。

三隻妖狐

出自：《宣室志》／張讀

　　唐代貞元① 年間，江陵縣② 有個姓裴的少尹③ 。已不記得他叫什麼名字了。他有個兒子十幾歲，聰明敏捷，有文才學識，風姿容貌清秀，裴少尹很喜歡他。後來他患了病，十多天後病更加嚴重，求醫吃藥都沒用。裴少尹四處尋找術士，想用咒語驅退病魔，減輕他的痛苦。

　　有個人來叩門，自稱叫高氏子，以驅鬼召神的法術為業。裴少尹就請他進來，讓他看看兒子。高生說：「你的孩子不是什麼別的病，只是因為妖狐作怪罷了，然而我有法術能治好他。」裴少尹立即謝過高生並且請求他。高生於是用法術打鬼召神，近一頓飯的功夫，他的兒子忽然坐起來說：「我的病現在好了。」裴少尹非常高興，稱高生是真正的術士。準備好酒菜招待，又送給高生很多錢和織錦，十分感謝地把他送走了。高生說：「我從此會每天來看看。」於是離去了。裴少尹的兒子病雖然好了，但是魂不守舍，往往口出狂語，有時哭，有時笑，不能控制。高生每次來，裴少尹就向他請求。高生說：「這孩子的精魂已被妖魔纏住，現在還沒有回來。不到十天就會好了，希望你不要為此擔憂。」裴少尹聽信了他的話。

　　過了幾天，又有一個姓王的，自稱有神符，能用法術驅退因妖魔引起的疾病，他來拜見裴少尹。裴少尹和他說話，他對裴少尹說：「我聽說你的愛子患了病，並且還未好轉，我想見一見他。」裴少尹就讓他見了他的兒子。王生大驚說：「這孩子的病是妖狐造成的，如果不趕快治，會加重的。」裴少

尹因此對王生講起了高生，王生笑著說：「你怎麼知道高生不是狐狸？」於是坐下來，正擺好案席準備用咒語爲孩子驅病時，高生突然來了。一進來，就破口大罵說：「難怪這個孩子病難治好！原來把一隻狐狸請進家裡，這就是生病的原因。」王生見高生來了，也罵他：「好一隻妖狐，現在果然來了，何必再花力氣去尋找呢？」兩人都很忿怒的樣子，互相辱罵不止。裴家正非常驚駭時，忽然有一個道士進門來，私下對家僮說：「聽說裴公有個兒子因妖狐而患病，我善於看鬼，你只管通報主人，說我請求拜會。」家僮趕忙跑進去告訴裴少尹，裴少尹出門向道士講了這件事。道士說：「這很容易對付。」進屋來看見那兩人，那兩人又罵他：「這也是妖狐，怎麼能夠變成道士來迷惑人？」道士也罵他們說：「狐狸應當回到郊野墓墟中去，爲什麼來打擾人？」說完關上門互相鬥毆。鬥了幾頓飯的功夫，裴少尹更加恐懼，他的家僮也惶惶惑惑，想不出什麼計策。到了晚上，房中寂靜無聲，打開門一看，三個狐狸都臥在地上喘息，不能動彈，裴少尹把牠們都殺死了。他的兒子十幾天後就痊癒了。

說書人的話

這是三隻妖狐爲了漁利而假裝有道術爲人治的故事。三隻妖狐依次以正人君子面目出現，並說作祟者是妖狐，最後相互鬥毆，原形畢露。這可能是作者對晚唐官場和社會風氣的諷刺。故事寫得很熱鬧、滑稽，富於喜劇色彩。情節層層推進，造成懸疑，頗能引人入勝。

注 釋

① 唐德宗年號。貞元，西元785年～805年。
② 今湖北省江陵縣。
③ 州郡行政長官的佐官。

聶　隱　娘

出自：《傳奇》／裴鉶

　　聶隱娘是唐代貞元①年間魏博②大將聶鋒的女兒。她剛十歲時，有個尼姑到她家來討吃的，見了她，很喜歡，對她父親說：「我要向您討這女孩子帶去教養。」聶鋒很生氣，叫尼姑快滾。尼姑說：「任隨您用鐵櫃藏起來，我也會偷走她的。」到天黑，隱娘果然失蹤了。聶鋒很驚慌，派人搜尋，卻不見半點蹤影。做父母的每每想起女兒，只能相對流淚而已。

　　五年後，尼姑送隱娘回來，告訴聶鋒說：「我已將您女兒教好了，您卻只要白白領取。」尼姑說完一閃身就不見了。一家人圍著失而復得的隱娘又驚又喜，問她在尼姑那兒學了什麼，隱娘說：「開始只是讀讀經，學念咒語，此外沒學其他的。」聶鋒不信，懇切追問，隱娘說：「說真的又怕你們不信，怎麼辦呢？」聶鋒說：「妳只管說真的。」隱娘才說：「我剛離家時被尼姑牽著手，不曉得走了多少里路。天亮時，來到一個大岩穴的洞口邊，裡邊有幾十步的空間。有很多猴子在那兒，到處蔓延著藤蘿草木。裡邊已先有了兩個女孩子，也都是十歲，聰明秀氣，整日不吃東西，能在峭壁上飛一般行走，像敏捷的猴子一樣爬樹，而不會摔倒失足。尼姑給我一粒藥丸，還叫我經常握著一柄寶劍，劍有二尺來長，極鋒利，攔一撮毛髮在鋒口上，吹口氣，毛髮就全斷了。她命令我專跟著那兩個女孩兒在峭壁和樹梢上攀援行走，慢慢地我感到身體變敏捷了，行動起來輕得像風。一年以後，我揮劍追刺那些猴子，已百無一失；再練習追刺虎豹，每次也都能砍下

虎豹的腦袋回交師傅。三年以後我能飛起來了，叫我刺天空中掠過的鷹，也沒有刺不中的。辛勤的磨練使劍口逐漸縮短到五寸以下，飛鳥在這劍刺到時，很難察覺到。第四年，尼姑留下那兩個女孩子守穴，將我帶到一座大城裡，弄不清那是什麼地方。尼姑將一個人指給我看，向我一一歷數他的罪狀，說：『給我砍下他的頭來，砍時不能讓旁人察覺。放開膽幹吧，就像鳥飛過去一樣容易。』說時給我一把羊角匕首，只三寸大小。於是我就在光天化日之下把那個人殺死在街上了，沒有人看到是我幹的。我將人頭裝入袋子，帶回尼姑的住處，用藥將它化爲水。到第五年，她又說：『有個當大官的罪惡累累，無故害死許多人，妳夜裡去他家，砍下他的頭來！』我就帶著匕首到這個大官家，毫無阻礙地從他家的門縫進到室內，伏在高處的屋樑上。黃昏時，帶著砍下的腦袋回到岩穴。尼姑很生氣地質問我：『怎麼要這麼久？』我說：『我伏在屋樑上，看見這人在戲逗他家的小孩兒，那場面很可愛，我不忍心立即下手。』尼姑教訓我：『以後遇到這種情況，就先殺掉他懷裡的小孩，再殺掉他。』我跪下感謝她的指教。尼姑說：『讓我來把妳的後腦勺開個口，把匕首藏在裡面，不會受傷的，要用時把它抽出來就是了。』後來尼姑說：『妳的功夫已經成熟了，可以回家去。』於是她送我回來，還說：『二十年後，妳才可跟我見一面。』」

聶鋒聽了這番敘述，對自己的女兒感到很畏懼。此後每到天黑，聶隱娘就不見了，天快亮時才回家。聶鋒不敢管束她、追問她，因之心裡對她也就不大疼愛。這時忽然有個幹磨鏡活的小伙子到聶鋒家門前叫喚，隱娘說：「這個人可以給我做丈夫。」並把這個意思告訴父親，父親不敢不依，就把女兒嫁給磨鏡匠。隱娘這丈夫只會磨鏡技術，其他什麼也不會。岳父聶鋒就給他很多衣物和食物，讓他和女兒住在自家偏房裡。幾年後，聶鋒去世了。

魏帥（魏博這個地區的軍事首領，聶鋒的上司）略微知道了聶隱娘的奇異本領，就以金錢財帛相招，委任隱娘夫婦爲身邊隨從。這樣又過了幾年，到元和③年間，魏帥與統管陳州、許州④的節度使劉昌裔⑤關係不好，就叫聶隱娘去行刺，取劉的頭。於是隱

娘夫婦辭別魏帥去許州。

　　劉昌裔會算卦，知道隱娘正來許州，忙召來府中的武將，命令說：「明天你早早趕到城北，等候一位丈夫、一位女子，他倆分別騎著白的和黑的驢子，到城門邊時，會有隻喜鵲在他倆前面喳喳叫，丈夫拿彈弓射喜鵲，射不中；做妻子的一把奪過丈夫的彈弓，一射就把喜鵲擊斃了。你就對他倆行禮，並說我劉某人想與他們相見，所以派你代我來遠遠地恭迎。」武將按命令做了。雙方相見之後，隱娘夫婦說：「劉僕射果真是神人哪！不然，怎麼會知道我們來了呢？我們願與劉公見面。」劉昌裔熱情款待他倆。隱娘夫婦受到感動，跪下說：「我們原想謀害僕射大人，罪該萬死！」劉昌裔說：「不要這樣說。一個人親近他的主人，按主人的旨意辦事，這是人之常情。不過魏州與我許州有什麼不同呢？希望你倆就留在我這兒，不必有什麼疑慮。」隱娘很感激，說：「僕射大人身邊少人手，我們願意脫離魏帥，投入您門下。我們佩服大人如神一般的英明！」心中明白魏帥比不上劉節度使。劉問隱娘有什麼要求，隱娘回答：「每天只要有兩百文錢就足夠了。」劉當然答應了這個要求。忽然發覺隱娘夫婦來時所騎的兩匹驢子不見了，劉昌裔派人尋找，卻弄不清哪兒去了。後來偷偷檢查隱娘的布袋，才看見裡邊有兩隻紙剪的驢子，正好一黑一白。

　　一個多月後，隱娘告訴劉昌裔：「對方不會罷休，一定會派人接著來。請同意我今夜剪下頭髮，用紅絲綢捆了，送到魏帥枕前，以表示我絕不回去的決心。」劉昌裔同意了。到晚上四更，隱娘就回來了，說：「信物送到了。明天夜裡魏帥一定會派精精兒來殺我，並取僕射大人的腦袋。現在他們正絞盡腦汁策畫如何殺掉我們。不過我請大人不必憂慮。」劉昌裔豁達大度，也毫無懼色。

　　這個晚上，劉昌裔不熄燈燭以候刺客。半夜過後，果然有一紅一白兩面小旗子，颯颯抖動著，在他床頭四角飄來飄去，好像是在互相打鬥。很久後，劉昌裔看見一個人在空中斜身跌倒，身體和腦袋分成兩處。隱娘這時也現出原形說：「精精兒已被我擊斃。」說著將精精兒的屍首拋到大廳，用藥化為

水，連毛髮都化盡不見了。

隱娘又對劉昌裔說：「明天晚上魏帥會派高手空空兒接著來！空空兒的法術真神哪，沒有人能知道他到底有哪些能力，連鬼怪也追不上他的蹤影。他可以上達太虛，而又潛入地府，不顯形象，連影子也沒有。我的功力，自然達不到他的境界。這就全靠僕射大人自身的福氣了！可用于闐⑥產的美玉圍住您的脖子，再用棉被罩住，隱娘我就變成一隻蠛蠓，藏進僕射大人的腸子裡，此外再沒別的逃避處了。」劉昌裔照隱娘的話做了。

到晚上三更，劉昌裔正閉眼假寐，果然脖子上鏗然一震，聲音很大。隱娘從他口中一躍而出，欣喜地說：「僕射大人，您的危險過去了！這個人性格像高傲的鷹，一擊不中，就翻然而去，為自己的一擊不中感到可恥，不願再擊了。他離開的時間還不足一更，就遠去千里之外了！」事後劉昌裔檢視護住脖子的玉片，果然上邊有匕首劃過的深痕。

從此以後劉昌裔更加厚待聶隱娘。元和八年，劉昌裔從許州調任京城的高職，隱娘不願跟從，她說：「從此以後，我要一個人尋找靈山秀水，拜訪得道的高人。請您給個掛名的官職與我丈夫，讓他有口飯吃。」劉昌裔答應她。後來就漸漸不知道隱娘的行蹤了。

等到劉昌裔在統軍任上去世時，隱娘也曾趕著驢到過一次京城，在劉昌裔靈柩前慟哭一番後又走了。開成⑦年間，劉昌裔的兒子劉縱被任命為陵州⑧刺史，上任途經蜀地棧道時，碰見隱娘，容貌一如當年。隱娘很高興地與劉縱相見，仍和以前一樣騎著一匹白驢子。對劉縱說：「少爺有大災厄，不宜擔任官職。」又拿出藥丸一粒，叫劉縱吞下去，還說：「明年以前您必須趕緊拋棄官位回到洛陽，才能夠擺脫災禍。我的藥丸只能保您一年無患。」劉縱也不大相信她這一套。劉縱想送些華美的絲綢給她，她一件也不要，痛飲幾杯酒就走了。過了一年，劉縱沒有拋棄官位，果然在陵州死掉了。

此後再也沒有人看到過隱娘了。

說書人的話

有人說武俠故事是成人的童話，童話與俠義故事在情節結構和大膽幻想等方面，的確有許多相類似的地方。唐代傳奇中有很多著名的武俠故事，如〈虯髯客傳〉、〈崑崙奴〉、〈紅線〉等，而〈聶隱娘〉尤以情節曲折奇妙取勝，並富有童話色彩。故事中除暴安良、擇主而事的思想，女尼擇徒、深山習武、入市懲貪、剪紙為驢、深夜鬥劍、化蟲入腹等情節都被後來的武俠和神魔故事所繼承。作者把劍俠與真實歷史人物劉昌裔（見《舊唐書‧列傳第一百一》）掛在一起，也為後世武俠作家所模仿。

注釋

① 唐德宗年號。貞元，西元785年～805年。
② 唐代藩鎮名，在今河北省邯鄲至河南省安陽一帶。
③ 唐憲宗年號。元和，西元806年～820年。
④ 陳州、許州，唐代郡名，都在河南。
⑤ 字光後，唐憲宗元和時曾任陳州刺史等職。
⑥ 古時西域國名，以盛產美玉著稱，在今新疆省和田縣境。
⑦ 唐文宗年號。開成，西元836年～840年。
⑧ 唐代郡名，又稱仁壽郡，治所在今四川省仁壽縣。

原書介紹

《傳奇》唐代傳奇故事集。唐人「傳奇」得名，蓋與此書有關。作者裴鉶（生卒不詳），唐末文學家。唐懿宗咸通年間（西元860年～874年），任靜海軍節度使高駢的從事，主管書記，加侍御史內供奉；僖宗乾符五年（西元878年），任成都節度使副使，加御史大夫。
原書三卷，今已散佚，僅存二十多篇，主要是神仙劍俠故

事。名篇如〈崑崙奴〉、〈聶隱娘〉、〈裴航遇仙〉、〈孫恪與袁氏〉、〈陳鸞鳳鬥雷〉、〈韋自東〉等。

孫恪與袁氏

出自：《傳奇》／裴鉶

　　唐代廣德①年間，有個叫孫恪的秀才，因科舉沒考中，在洛陽遊歷。到魏王池的池邊時，忽然見到一個很大的院落，牆院與木樓的顏色都顯得很新。路上有人指著說：「這是袁氏的院子。」孫恪走上前去叩門，沒有人答應。正房旁有小房，門簾很乾淨，好像是待客的地方。孫恪就掀開簾子進到裡邊。

　　過了很久，忽然聽到開門的聲音，一個女子走出來，容光照人，十分艷麗，像剛被洗過露出熠熠光輝的珍珠，像翠嫩柔美的新柳，像蘭花般芳香，神靈般聖潔，玉一般晶瑩，毫無一點塵俗氣。孫恪以爲是房主的女兒，只敢躲在簾後偷看。女子摘庭院中的萱草，沉思著站了良久，後來吟詩說：「彼見是忘憂，此看同腐草。青山與白雲，方展我懷抱。」吟完了詩，神色慘然。接著走過來掀開簾子，忽然發現了孫恪，大吃一驚，紅著臉進正房去了，只派婢女來詢問孫恪：「您是什麼人？竟然傍晚時還過來這裡？」孫恪就說自己是想租房過夜的旅客，說：「沒想到會突然撞見妳家小姐，我爲自己的魯莽無禮羞愧莫及，請向小姐轉達我的歉意。」婢女將他這番話轉告小姐。小姐又傳話說：「我又醜又笨，又沒有收拾打扮。先生在門簾後一定看了很久，醜樣子都被看去了，哪裡還敢迴避先生哪！希望先生在廳裡稍等一會兒，我會草草化一下妝再出來。」孫恪愛慕她的美麗，高興得不行，問婢女：「小姐她是誰的女兒？」婢女回答說：「已故袁長官的女

兒，小時候就成了孤兒，也沒有什麼親戚，只和三、五個我這種做婢女的住
在這座院子裡。小姐至今尚未嫁人，還待字閨中哩。」

過了很久，袁小姐才出來接見孫恪，比剛才看到過的模樣更顯漂亮了。
袁小姐邊叫侍女給客人端茶進果邊對孫恪說：「先生既然沒個住處，可以把
行李帶來住在我家院裡。」又指著婢女對孫恪說：「有什麼需要，對她講就
行了。」孫恪只是慚愧地連聲稱謝，表示接受這番好意。

孫恪還沒有娶妻，又見這位小姐如此漂亮，就請媒向她求婚。袁小姐也
欣然表示同意，於是孫恪娶她做妻子。

袁氏很富有，金錢和布帛很多。孫恪向來貧困，忽然間他的車馬煥然一
新，服飾和所攜帶的消遣玩器也變得華貴漂亮了，使親友們十分驚訝，都來
向他打聽是怎麼回事。但孫恪不以實相告。

孫恪因此鄙薄功名了，不再想參加科舉求取功名，整日間只與豪門貴族
交遊，縱酒狂歌。就這樣過了三、四年，沒離開過洛陽。

一天，孫恪忽然遇到表兄張閒雲處士 ②。孫恪對表兄說：「好久不見
了，真想和你從容地敘談。希望你帶被褥來，我倆說它個通宵。」張生按約
來了。到夜深快睡的時候，張生握住孫恪的手，悄聲對他說：「愚兄我曾在
道教門下學過些東西，剛才觀察弟弟的言談和神色，妖氣很重，不知道弟弟
另還遇到了什麼？希望弟弟不管大小，都一一說給我聽。不然的話，會災禍
臨頭呵！」孫恪說：「沒遇到過什麼。」張生又說：「人哪，生出後具有屬
陽的精神；鬼怪呢，卻只有屬陰的氣息。屬陽的魄佔上風，而屬陰的魄佔下
風的話，這個人就能長壽；反過來，屬陰的魄佔上風，而陽魂離體不歸，這
個人就會馬上死掉。所以呀，沒有形影的鬼怪全部屬陰，沒有形影的仙人呢
則完全屬陽。陰與陽的盛衰變化，魂與魄的此消彼長，在人的身上稍微有
一點失去平衡，無不在人的氣色上顯現出來。我來後就觀察弟弟
的神色，發現陰侵陽位，邪干正腑，真精已遭損耗，耳目已失聰
少神，精津玉液兜底外泄，命根在飄搖浮動，骨頭已快成土渣，
面色無半點紅潤了，一定是有妖怪在吸耗你的生命精氣，你為什麼還
死死隱瞞不說出原因來呢？」孫恪才猛然有所悟，於是敘說了娶袁

氏爲妻的過程。

張生大爲驚駭，說：「就是這個導致的！但現在拿她怎麼辦呢？」孫恪說：「我忖度她沒有不正常的地方。」張生說：「袁氏一家人怎麼可能普天之下無一個半個親戚呢？你又說她聰明多能，這就足可作不正常的證據了。」

於是孫恪請教張生說：「我素來貧困，在飢寒中過了這些年，只因娶了她，才好起來。我又不能違背道義，這該怎麼辦才好呢？」張生生氣地回答：「大丈夫沒有效力於人類，倒要效忠於鬼怪嗎？古書上說：『妖由人興，人無過失，妖不自作。』況且道義與你自身，哪個與你關係密切？自身就要災禍臨頭了，還考慮什麼鬼怪的恩義。即使三尺高的小孩也會覺得不可，虧了你是個大男人！」張生又說：「我有一柄寶劍，和古代干將 ③ 那樣的名劍不相上下，凡是鬼怪妖魅，見了就會消滅，屢試不爽，說不清它已滅了多少妖鬼了。明天我拿來借給你，只要你帶到睡房裡，就肯定能看到她原形畢露的狼狽樣子，不下於過去王度帶寶鏡照出婢女鸚鵡 ④ 是老狐狸的情形。你如果不這樣的話，你就斷絕不了與她的關係。」

第二天，孫恪接了寶劍，張生告辭，握孫恪的手囑咐：「好好把握時機。」孫恪就把劍帶進內室藏好，但臉上到底顯得不自然。袁氏馬上發覺了，很生氣，斥責孫恪說：「你原本窮愁到那樣子，是我使你舒泰富足。你竟然不顧恩義而想下毒手，這樣的黑心爛肺，豬狗畜牲都不吃你的渣，還怎麼能在人世上樹立節操品德！」孫恪挨了罵，滿面慚紅，心中畏懼，磕頭說：「這是表兄教我這麼做的，不是我的本心。我願意喝血酒發誓，再不敢有對你不忠的念頭了！」說時冷汗淋漓，匍伏在地上。袁氏搜到那柄寶劍，用手一寸一寸地折，像折斷嫩藕一樣容易。孫恪更加害怕，幾乎想爬起來逃竄。袁氏這才露出一絲笑意說：「張生這小子，不用道義教育自己的表弟，卻叫表弟行凶殺人，他來了我會給他難看的。不過看你的內心，的確應當不是這樣的人。況且我跟著你已好幾年了，你還不信任我嗎？」孫恪這才安穩了一點。

幾天以後，孫恪外出碰上張生，說：「你爲什麼叫我

去撩虎鬚，幾乎使我落入虎口出不來了！」張生問劍哪裡去了，孫恪以實相告。張生大吃一驚說：「這就不是我能料理的怪物了！」從此深懷恐懼，不敢再來袁氏宅院拜見。

十幾年之後，袁氏已經生育了兩個兒子，治家很嚴，不喜歡別人打擾。後來孫恪到長安，拜見擔任相國的老友王縉，王縉就將孫恪推薦給南康⑤的張萬頃大夫，被任命為經略判官⑥，於是孫恪帶家人赴任。袁氏在途中每當看到有青松和高山，就要久久地凝視，好像很不快樂。到端州⑦時，袁氏說：「離這裡五里，江邊有個峽山寺⑧，我家過去供養的惠幽和尚，就住在這座寺裡，分別幾十年了。惠幽和尚的道行和年紀都極高，能夠不為形骸牽累，滌盡塵世污濁。如果經過他那兒時能備食進餐，就會增添這次南行的福氣。」孫恪說：「好的。」於是預備齋米蔬菜，當到達峽山寺時，袁氏顯得很高興，換了衣服理了妝，帶兩個兒子造訪老僧的內院，像個很熟悉這裡路徑的人。孫恪對此很感奇怪。袁氏將她自己的一個碧玉環獻到老和尚面前，說：「這是您寺院裡的舊物。」老和尚也不明白是怎麼回事。等大家吃完齋飯，有幾十隻野猿，挽臂連膀從高松上下來，吃桌上的齋食。後來猿猴們發出悲嘯，攀著樹藤盪著鞦韆離去。袁氏很傷感，即提筆在寺院牆壁上題詩說：「剛被恩情役此心，無端變化幾湮沉。不如逐伴歸山去，長嘯一聲煙雲深。」於是擲筆在地，撫摸兩個孩子抽泣了幾聲，對孫恪說：「好好保重，我要與你們永別了！」於是撕開衣服變成一隻老猿，在樹上騰跳，追向長嘯遠去了的猿群，快進深山時又再回了回頭。孫恪感到驚恐，好像魂飛魄散了。過了很久，才抱著兩個孩子一起慟哭。再詢問老和尚，老和尚才醒悟過來，說：「這隻猿是貧僧還在做小沙彌的時候養的。開元⑨年間，天子的使者高力士經過這裡，喜歡牠的聰明機靈，以一捆布和我換了去。聽說被帶到東都洛陽，獻給天子。我這裡常有朝廷使者路過，都說牠比人還聰明，平時被馴養在上陽宮裡。安史之亂發生後，就不知牠到哪兒去了。唉，沒料到今天看到了更奇異的事！這個碧玉環，本來是訶陵國⑩的人送的，當時套在猿頸上一起被帶走。現在才明白呵。」

孫恪很惆悵，停船等了六、七天，就帶兩個孩子掉轉船頭往回走，他悲傷得不能上任當什麼官了。

說書人的話

這是一則猿猴精靈的故事。故事中的袁氏美麗多情，才華煥發，明於事理，是一個動人的婦女形象；她又愛好青山白雲，不離猿猴本色，最後撕裂衣裳，回歸到自然的懷抱。這個形象很像後世《白蛇傳》中的白素貞形象，孫恪與張閒雲則使人想起《白蛇傳》中的許仙與法海。《白蛇傳》的原始故事可能出於唐代谷神子所著《博異志》中的〈李黃袁氏〉，但害人的蛇妖一變而為美麗多情的白娘子，則大概受到本則故事的陶冶昇華。

注　釋

① 唐代宗年號。廣德，西元763年～764年。
② 古時候對有才德而隱居不仕者的一種稱法。
③ 古代著名的一把寶劍名稱。
④ 隋代王度得古鏡，能照出妖異。程雄有個名叫鸚鵡的婢女被這古鏡一照，知為千年老狸所化。見唐傳奇《古鏡記》。
⑤ 州名，治所在今廣東省德慶縣。
⑥ 經略使下的判官。唐貞觀二年開始於邊界重要地區置經略使，為邊防之軍事長官，後多由節度使兼任。
⑦ 州名，治所在今廣東省高要縣。
⑧ 在今廣東省高要縣峽山頂上。
⑨ 唐玄宗年號。開元，西元713年～741年。
⑩ 唐代南方海中的島國。《新唐書·地理志》：「廣州東南海中有訶陵國。」

陳鸞鳳鬥雷

出自：《傳奇》／裴鉶

　　唐代元和①年間，海康②有個叫陳鸞鳳的人，憑著自己有俠義之氣，而不懼鬼神，鄉鄰們都稱他為「後來周處」。海康有座雷公廟，城鎮的人們都很虔誠地祭祀。祈禱祝願得過了頭，妖邪妄誕之事也跟著來了。城鎮的人每年聽到第一聲雷，就得記住這一天的天干地支，每十天之內再逢到干支相同的日子，各行各業的工匠就不敢做事。不信邪的人過不了當夜，必定遭雷擊而死，報應就像回聲般靈驗。當時正逢海康大旱，當地人祈禱祭祀也不管用。陳鸞鳳怒氣沖沖地說：「我們家鄉是雷鄉，當神仙的不降福鄉土，卻享受如此豐富的祭祀酒食。莊稼烤焦了，池塘乾涸了，牲畜也享受盡了，還要這廟幹什麼？」就放火將廟燒了。當地還有個風俗：不能將黃魚和豬肉混在一起吃，否則也要被雷擊死。

　　那天，陳鸞鳳拿著柴刀站在田野中，大吃大嚼忌諱的黃魚拌豬肉，等著來事。果然怪雲橫生，惡風四起，迅雷急雨撲面而來。陳鸞鳳舉起柴刀往上一揮，果然一刀砍斷雷公的左腿，雷公墜地。它的外形像熊、豬，渾身是毛，頭上長角，長著青色的肉質雙翼，手握短柄的堅硬石斧，斷腿處鮮血淋漓。這時雲散雨收。陳鸞鳳才知道雷公並不神奇，於是趕快跑回家，告訴親屬們說：「我把雷公的腿砍斷了，你們快去看吧！」他們懷著驚恐的心情一起去看，果然見到斷腿的雷公。陳鸞鳳舉刀要砍掉雷公的頭，吃它的肉，大家一起拖住他，說：「雷公是天上的靈物，你是下界凡人，你敢殺害雷公，一定會連累全鄉的。」大

家一起拉住他的衣袖，使他不能施展。不一會兒，陰雲密布，雷聲轟鳴，雲層將受傷的雷公和斷腿一起裹去。傾盆大雨從中午下到傍晚，乾枯的禾苗都挺立起來。

陳鸞鳳因此被全村驅逐，不許回家。他只好拿著刀走二十多里，到妻兒家借宿。到晚上，霹靂不停，天火燒掉了房屋。陳鸞鳳又持刀站在庭院中，雷公不敢擊他。不久有人將他砍傷雷公的事告訴他的妻兄，結果他又被趕出來。陳鸞鳳只好到和尚住的廟裡避難，結果廟也被雷擊燒毀。他知道無處可以容身，就舉著火把，鑽進一個鐘乳石洞安身，雷就再也無法震到他了。三個夜晚後他平安回家。從此以後，海康一有旱情，當地人就湊錢給陳鸞鳳，請他同以前一樣手持柴刀，在田野裡吃黃魚拌豬肉。每次都是大雨滂沱，雷卻始終震不到他。就這樣過了二十多年，大家都稱陳鸞鳳為「雨師」。

到了大和③年間，刺史林緒得知此事，在州裡召見陳鸞鳳，詢問他事情的來龍去脈。陳鸞鳳說：「我年輕的時候，內心堅定如鐵石，鬼神雷電根本不放在心上。我願捨棄一條性命，搭救千家萬戶。即使天帝也不會讓雷鬼為所欲為呀！」並把自己的那把柴刀獻給林緒。林緒重重賞賜了他。

說書人的話

這個故事描寫一位敢與雷神征戰的壯士形象。這個雷神只知享受百姓的血汗，作威作福，卻不給百姓辦好事；陳鸞鳳為了千家萬戶而奮起燒雷廟，砍雷神，具有「捨得一身剮，敢把皇帝拖下馬」的精神和氣概。在老百姓不覺悟時，他遭到驅逐，孤獨寂寞；老百姓一旦覺悟，就會重視這種人物。

注釋

① 唐憲宗年號。元和，西元806年～820年。

② 縣名，位於廣東省雷州半島。

③ 唐文宗年號。大和（即太和），西元827年～835年。

裴 航 遇 仙
出自：《傳奇》／裴鉶

　　唐代長慶①年間，有個叫裴航的秀才，因考場失利就到鄂州②一帶遊覽解悶，在那裡拜訪了舊友崔相國③。崔相國贈送他二十萬錢，裴航帶了這些錢又從這遙遠的地方回京城去。他搭乘一艘很大的船，船行於湘水、漢水之上，同船的還有一位樊夫人。這樊夫人國色天香，裴航就和她攀談起來，雖然彼此談得融洽，遺憾的是中間隔著帳幔。裴航苦於無法當面向她表達愛慕之心。那樊夫人身邊有個叫嫋煙的下人，他就送了些財物給她，請她轉交一首詩給樊夫人，詩中寫道：「同爲胡越猶懷想，況遇天仙隔錦屏。倘若玉京朝會去，願隨鸞鶴入青雲。」這首情詩遞過去之後，很久都沒有動靜。裴航多次盤問嫋煙，嫋煙說：「娘子見到詩並沒有什麼反應，怎麼辦？」裴航沒有辦法，就在路邊買一些好酒和鮮貴的果子送給樊夫人，樊夫人這才叫嫋煙通知他見面，互相認識一下。

　　裴航把帳幔撩起來，看到樊夫人皮膚柔潤光滑，面龐像花朵一樣美麗，黑油油的頭髮，彎彎的眉毛，一舉一動彷彿神仙。裴航想：「像這樣的人怎麼會肯與自己配成一對呢？」裴航一而再的行禮致意，他被樊夫人的美麗驚呆了，痴痴地站在那裡看了很久。那夫人說：「我已經有丈夫了，他在漢南④做官，不久將辭官到深谷中隱居，現在叫我去和他話別。我內心悲痛煩亂到極點，唯恐不能及時趕到，哪裡會閒情逸致和別的男人相好呢？只是因爲有您同船作伴，心中舒坦一些，請不要心存戲弄的想法。」裴航說：「我不敢。」這樊夫人堅

守節操，十分嚴肅，裴航始終不敢冒犯她，只得喝完酒就回到自己的地方。

夫人後來回贈了一首詩，讓裊煙送過來給裴航。詩是這樣寫的：「一飲瓊漿百感生，玄霜搗盡見雲英。藍橋便是神仙窟，何必崎嶇上玉清。」裴航看了之後，並不十分明白詩中的含意，心中只留下羞慚和永遠不能忘懷的遺憾。從那以後，樊夫人再也不和裴航見面了，只是派裊煙過來噓寒問暖，講一些客套話罷了。船行到了襄漢 ⑤ ，她讓婢女提了梳妝箱子，也不和裴航告別，就上岸走了。周圍的人也都不知道她要去哪裡。裴航到處尋找她，一點蹤跡也沒，不知到哪兒去了。裴航沒有辦法，就收拾了一下行裝，仍舊往京城裡去。

路過藍橋驛附近，裴航口渴得很，就到路邊人家去討水喝。路邊那三、四間茅屋又低又小，看見裡面有一個老太太正在績麻 ⑥ 。裴航走過去向她作了揖，然後討水喝。老太太呼喚說：「喂，雲英！端一碗水來，這位少爺要喝。」裴航暗自吃了一驚，憶起樊夫人的詩曾提過「雲英」二字，自己很不理解。一會兒，蘆葦簾子底下伸出一雙白嫩的手，捧了一個瓷杯。裴航接過來一飲而盡。那真是玉液啊，只覺得室內有一股濃郁的芬芳洋溢到屋外。裴航借還杯子的機會，急忙把簾子揭開，看見裡面有一個妙齡女子，像帶露的鮮花那樣美，像春雪將融那樣嫩，細膩光滑的臉比溫潤的美玉還要好，頭髮高捲像天上的濃雲。她以手掩面，半側身子，更顯得嬌羞無比，即使紅色的蘭花開在幽深的山谷，也沒有這麼香這麼美。

驚人的美貌使裴航的腳都移不動了，也不願意再離開了。於是他對老太太說：「我的僕人餓了，馬也餓了，希望能在您這兒歇息，我一定重重地酬謝您，請不要拒絕。」老太太說：「隨你的便吧！」於是就讓僕人在這裡吃飯，馬也添上了料。過了很久，裴航對老太太說：「剛才有幸親眼看到您家小女兒，她美麗驚人，這樣的花容月貌世上沒有，所以使我遲疑留戀，捨不得離去。希望您能收下我的厚禮，讓我娶她為妻，您同意嗎？」老太太說：「她已經許配給一個人了，只因為沒有約好婚期，還沒有嫁出去。我現在又老又有病，身邊只有這個孫女兒。昨天有位神仙送我一匙靈丹，

但是必須用玉杵玉臼舂搗一百天後才可吞食，吃這丹藥能長生不老。你如果定要娶我孫女做妻子，就必須把玉杵玉臼弄到手，我會把她嫁給你的。至於別的什麼金銀綢緞都不要，我拿了也沒有什麼用處。」裴航感激不盡，連忙行禮，說：「只求您給我一百天的期限，我一定千方百計把玉杵玉臼帶來，您可再不能把她許配給別人。」那老太太說：「行！」裴航只得戀戀不捨地暫時離開。

　　到了京都，對於科舉求仕之事，裴航一點兒也不放在心上。每天跑到熱鬧繁華的地方大聲喊要買玉杵玉臼，可是連影子都尋不到。由於他心急火燎，專心尋訪玉杵玉臼，路上遇見朋友，也忘記打招呼，好像不認識。裴航像著魔似的，人們都說他是狂人。過了幾個月，偶然碰到的一位賣玉器的老頭告訴他說：「近來我接到虢州 ⑦ 開藥鋪的卞老先生的信，信上說他那裡有玉杵玉臼出賣。像您這樣誠心誠意地求購，使我深受感動，理當寫信給他介紹一下。」裴航真是感激不盡，按照他的介紹，果然找到了玉杵玉臼。卞老先生說：「我這個玉杵玉臼非兩百貫錢 ⑧ 不能賣。」裴航只好把口袋裡的錢全部倒了出來，可是還不夠數，又把僕人和馬都賣掉了，才正好湊滿。

　　僕人沒有了，馬也騎不成了，裴航就一個人背著玉杵玉臼急急忙忙走著，終於到了藍橋。上次見到的那位老太太見了裴航和玉杵玉臼，呵呵大笑，說：「世界上居然有這樣誠信的人啊！為了酬答他的千辛萬苦，我怎能捨不得把孫女兒嫁給他呢？」那女子也微笑說：「雖然你已把玉杵玉臼買來了，但是還必須幫我們搗一百天藥，才能夠確定婚事。」老太太從腰帶上把藥解下來，裴航接過去就開始搗，每天都是白日工作晚上休息。每到夜裡，老太太就把藥連同杵臼一起收進裡屋。裴航在夜裡聽到搗藥的聲音，於是爬起來悄悄地偷看，只看見一隻白兔抱著玉杵在那裡搗藥，那白兔身上泛出的銀光照亮整個房子，室內的一切東西都看得清清楚楚。這樣一來，裴航的意念更加堅定了。就這樣，一百天終於滿了。老太太把藥吞服下去，說：「我要去洞裡告訴各位親戚，讓他們為迎接裴郎收拾房子，準備床榻。」於是她領著孫女兒進山去了，臨行時對裴航說：「你在這裡稍微等一下。」

　　沒過多久，一群僕人駕著車馬前來迎接裴航。走到那裡，看見一座很大的府第，房子又多又高，簡直連到天上去了。在太陽照射下，珠寶裝飾的門扉燦爛生光。走到裡面一看，到處都安置著各種各樣的帳幔圍屏，珠寶翡翠，珍奇古玩，無所不有，很像地位顯赫的皇親國戚之家。仙童侍女們領著裴航進入帳幕，舉行見面的禮儀。裴航跪在老太太面前，感激得熱淚盈眶。老太太說：「裴郎，你本是清冷裴眞人 ⑨ 的後代，命中應該出世成仙，沒有必要過分地謝我。」接著帶領他見各位嘉賓，這些賓客大多是神仙。後來見到一位仙女，梳著高高的頭髮，穿著彩色的衣裳，說是自己妻子的姊姊。裴航拜見之後，那女人說：「裴郎，你不認識我了嗎？」裴航說：「過去我們不是親戚好友，不記得是否見過妳。」那女子說：「你怎麼不記得了，我們不是從鄂州一同乘船到達襄陽嗎？」裴航聽了更是誠惶誠恐，非常懇切地表達自己的感激之情。後來他問旁邊的人，別人告訴他說：「這個女人是你妻子的姊姊，叫雲翹夫人，是仙君劉綱的妻子，已經是高等神仙了，做了玉皇大帝的女官。」老太太要裴航帶妻子進入玉峰洞，在那兒住的是珠鑲玉砌的樓閣，吃的是絳雪瓊英之類的仙丹。裴航漸漸變得心清體輕，頭髮轉爲深青色，出神入化自由自在，超度成爲神仙。

　　到了太和 ⑩ 年間，裴航的朋友盧顥在藍橋驛西面遇見他。他於是講了自己如何得道成仙的經過，並且贈送盧顥十斤美玉，一粒神仙用的靈丹，和他談了整整一天，叫他給至親好友捎去書信。盧顥向他叩頭，說：「你爲兄的既然已經得道成仙，那麼能不能送一句話來指點我呢？」裴航說：「老子講過：『虛其心，實其腹。』現在的人，腦子裡裝滿欲望，那怎麼能得道成仙呢？」盧先生不懂他講的道理，裴航又告訴他：「心中胡思亂想太多了，腹中的元氣精華就會漏出來，還談什麼虛心實腹。話說到這份上，你就該懂得爲什麼不能成仙的道理了。世上凡人本有長生不老和燒煉仙丹的方法，你不一定學得會，以後再說吧。」盧顥知道再請求也沒有用，只好宴會結束就離開他。後來，世上再也沒有人遇到過裴航了。

說書人的話

這是一篇很著名的人神戀愛故事，原名〈藍橋玉杵〉。裴航、雲翹夫人（樊夫人）、雲英、老嫗都寫得很有特色。裴航專心尋找玉杵玉臼、破產購買玉杵玉臼、百日搗藥不辭辛勞，都說明他用情誠摯，所以終諧良緣。明代戲劇家龍膺的〈藍橋記〉傳奇、楊之炯的〈藍橋玉杵記〉傳奇，都以這篇故事為本。

注 釋

① 唐穆宗年號。長慶，西元821年～824年。
② 地名，在今天的湖北省武昌縣。
③ 或說即崔群，唐憲宗時官至同中書門下平章事。
④ 唐代縣名，現在的湖北省宜城縣。
⑤ 即現在的湖北省襄陽縣。
⑥ 把麻折斷，捻成細繩。
⑦ 唐代州名，治所在弘農（今河南省靈寶縣）。
⑧ 古代一千文銅錢用繩穿成串，相當於一貫。
⑨ 道教稱得道成仙的人為真人。而真人是玉帝的仙官，都有號位。這裡的「清冷」就是裴真人的號位。
⑩ 唐文宗年號。太和，西元827年～835年。

板橋三娘子

出自：《河東記》／薛漁思

　　唐代汴州①的西部有個板橋旅店，店娘叫三娘子，誰也不知道她是從什麼地方來的。她一個人住在店中，三十多歲，無丈夫兒女，也不見有其他親戚。三娘子有房屋幾間，靠開飯鋪為業，可是家裡卻很富足，畜養很多驢子。對於來來往往乘車騎馬的官差和私商等各色旅客，凡是盤纏不夠的，三娘子就降低食宿價格予以周濟。人們都稱她人品好，所以遠近來往的旅客，都喜歡到她這兒落腳。

　　元和②年間，許州③有個叫趙季和的客人，要到東都洛陽去，路過這裡落宿在板橋店中。先到店的旅客有六、七個，都佔了方便好睡的床位。趙季和後到，只得到最靠裡的一張床，這張床隔牆緊挨著店主的住房。

　　安排完住宿後，三娘子招待旅客們吃飯，飯菜很豐盛。夜深了她還給大家勸酒，並且一起飲酒談笑，十分快樂。趙季和從來不喝酒，也摻在中間說說笑笑。這樣直到二更時分，旅客們已醉了，困倦了，都各自就寢。三娘子也回到自己的房裡，關了門，熄了燭。人人都睡熟了，只有趙季和翻來覆去睡不著。他聽到隔壁房裡有窸窸窣窣的聲音，好像是三娘子在搬動什麼東西。他就偶然從壁縫往裡窺看，正看見三娘子從罩子下取出燈燭，把燈光挑大後，從衣箱裡取出一副犁，一頭木牛及一個木偶人，各六、七寸大小。她把這些玩藝兒放在灶前，含水朝它們一噴，木牛、木偶人就行走起來。木偶人牽木牛套好犁，就在三娘子床前一塊席子般大的地上耕種起來，

來來去去耕了幾個來回。三娘子又從箱子裡拿出一小包蕎麥種，交給木偶人種進土裡，轉眼就生芽，開花、麥粒成熟。三娘子叫木偶人將蕎麥收割、打麥，大約獲得七、八升麥子。三娘子擺出一副小磨子，讓木偶人將麥子磨成麵粉後，才將木偶人等玩藝兒收回箱中。她就用麵粉做了幾個燒餅。

又過了一會兒，雞叫了，旅客們準備出發。三娘子先起來點亮燈，把剛做出的燒餅端上桌，給旅客們做早起充飢的點心。趙季和心生疑懼，馬上告辭，開門離店後，隨即又潛回到窗外暗中觀察。只見旅客們圍著餐桌吃燒餅，燒餅沒吃完，忽一下子都撲倒在地上作驢叫，轉眼間旅客全變成驢子了。三娘子將這些驢子全趕入店後的驢圈裡，又反身將這些人的財物全收歸己有。趙季和也不把這事告訴別人，只心中羨慕她的法術。

一個多月後，趙季和從洛陽回來，快到板橋店時，自己預先做了些蕎麥燒餅，大小和先前三娘子做的一樣。

到了板橋店，又在這裡住宿。三娘子像過去那樣熱情，因這一晚再沒來其他旅客，主人的招待就更加豐厚。夜深時，三娘子殷勤地問客人有什麼要求。趙季和說：「明天早晨出發時，請隨即給我些點心吧！」三娘子說：「這事不用您費心，您只管安安穩穩睡覺就是了。」半夜之後，趙季和又窺視到她的行動，和前次見到的一模一樣。

天亮了，三娘子端上食盤，果然食盤裡盛滿了燒餅。擺好後，三娘子又拿其他東西去了。趙季和乘機拿出預先準備的燒餅，換了她盤中的一個，而三娘子沒有察覺。趙季和將要出發，就開始用餐，對三娘子說：「碰巧我自己還剩些燒餅，請把你做的燒餅收起來，留著款待其他客人吧！」說著拿出自己的燒餅吃。正吃著，三娘子送茶出來。趙季和說：「請主人也嘗一嘗客人帶的一片燒餅。」於是挑出換來的那個給三娘子吃。三娘子剛把燒餅送入口中，就四肢趴在地上發出驢叫聲，並立即變成一頭驢子，很健壯。趙季和就騎著這頭驢子出發，並將木偶人、木牛、種子等法具全收到自己手中，但是沒學得三娘子那種法術。他雖然試著讓木偶人、木牛去耕地種麥，卻不能成功。

趙季和騎著趕著這匹三娘子變的驢，周遊各地，從不知什麼叫

做阻礙，也從未失足誤過事，每天走的路程可達百里。四年後，乘著牠進函谷關，到華岳廟東邊五、六里處，路旁忽然出現一個老人。老人拍手大笑說：「板橋三娘子呀，妳怎麼變作這副畜牲模樣了？」說著牽住驢子對趙季和說：「她雖有過錯，但受你的懲罰也夠厲害的了，可憐可憐她，讓我就在這裡把她放了吧。」於是老人就從驢的口鼻邊開始，用兩手將驢皮撕開。三娘子從驢皮中跳出來，仍然恢復過去那個模樣，她向老人拜謝後就跑開了。從此再也不知道她去哪兒了。

說書人的話

這是一則巫術變形的故事。這種巫婆將人變成動物、而最終自己受到懲罰的故事，廣泛流傳於歐洲和阿拉伯各國。古希臘史詩《奧德賽》第十卷中便有女巫用麵餅把人變成豬的故事；古羅馬作家阿普留斯《金驢記》則寫人誤中巫術後變成了一隻驢。阿拉伯也有類似的故事。板橋是當時的一個商業口岸，因此，這個故事有可能是通過阿拉伯人傳入中國而衍生的。這個故事也見於孫頠《幻異志》，後被錄入《太平廣記》。

注釋

① 今河南省開封市。
② 唐憲宗年號。元和，西元806年～820年。
③ 今河南省許昌市。

原書介紹

《河東記》唐代傳奇故事集。作者薛漁思，生平不詳，約生活於唐穆宗至懿宗年間。原書三卷，今已散佚，僅存於《太平廣記》中。《郡齋讀書誌》說：此書「亦記譎怪事，序云續牛僧孺之書」，可見它受到《玄怪錄》的影響。

天使與夜叉

出自：《博異志》／谷神子

　　進士薛淙在元和①年間，到河北衛州②地方村裡的古寺遊玩。傍晚想投宿，與幾個同伴一起去找主管寺院的僧人，主管的僧人恰巧不在，只聽得西房暗室中有呻吟聲。走近一看，見一位老病僧人，鬍鬚、頭髮沒有修剪過，雪白雪白，相貌可怕。薛淙不禁對同伴驚呼說：「這病僧眞奇怪！」老僧發怒說：「有什麼奇怪的！你們這幫小伙子要聽奇怪的故事嗎？病僧爲你們簡單地講點。」薛淙等說：「好，好。」於是病僧說：「我二十歲時，喜好周遊遠方。只服藥而不吃五穀，往北到達居延縣③，離居延海還有三、五十里。這天清晨，我已經行走了十多里路，太陽剛要露臉時，忽然看見一棵立著的枯樹，高約三百多丈，幾十圍粗，空心。我走到樹根底下看看，樹幹筆直挺拔。從窟窿眼兒往上一看能見藍天，可容納人。我又向北行走數里路，遠遠看見一個女人，穿著紅色的裙子，赤腳，光著膀子，披頭散髮向我走來，腳步快如風。漸漸走近了，那女人對我說：『救我一命好嗎？』我回答說：『是爲什麼呢？』她說：『後面有人追我，你只說沒有看見，你的恩情就重於泰山了。』一會兒，她便隱入枯樹中。我再向北走了三、五里，忽然看見一個人，騎著馬，穿金色鎧甲，身背寶劍，手拿弓箭。奔跑如閃電般迅速，每步可躍過三十多丈。一會兒在空中，一會兒在地上，步子一樣均勻。他躍到我面前說：『看見某種樣子的人嗎？』我說：『沒有看見。』他又說：『不要藏她，她不是人，是一個飛天夜叉啊。她們的黨徒有好幾千，連續在上天各界傷害人，已八十萬了。現在絕大部分黨徒已經被

捉住殺掉，獨有這一個厲害些，還未抓獲。昨天晚上接到天帝三道命令，從沙吒天 ④ 追來，到這裡已有八萬四千里。像我這樣的使者有八千人到處捉拿，她已經在上天犯罪，望師父不要包庇她。』我便照實說了。一會兒，天使便到了枯樹邊。我就返回幾步想看個明白。天使躍下馬，進到枯樹中察看。後來又退去，騎上馬，繞枯樹騰空盤旋而上，人馬剛飛到枯樹的半腰時，看見枯樹上一個紅點跑出來，人馬緊追，追了約莫七、八丈遠，漸漸進入九天雲霄，隱沒在碧空中。過了很久，落下好幾十點血，想必是飛天夜叉已經中箭身亡了。這件事才叫奇怪。你們這群年輕人以爲病僧奇怪，實在淺陋啊！」

說書人的話

本文描寫天使與夜叉的形象頗為細膩，肖像和神態都很突出，做到了繪聲繪色。夜叉化為美女的情節，給後代故事影響很大。

注釋

① 唐憲宗年號。元和，西元806年～820年。

② 今河南省汲縣、淇縣地區。

③ 故城在今甘肅省額濟納旗西北。

④ 佛教稱欲界十天，色界十八天，無色界四天，加上仞利天共三十三天，合稱諸天。沙吒天即為其中的一天。

原書介紹

《博異志》晚唐傳奇故事集。一作《博異記》。《郡齋讀書志》云：「題曰谷神子纂。序稱其書頗箴規時事，故隱姓名。或曰名還古，而竟不知其姓。志怪之書也。」余嘉錫《四庫提要辯證》考定，谷神子是詩人鄭還谷的筆名，鄭還谷是元和年間進士。一說，谷神子是馮廓的筆名。

吳堪與螺女

出自：《原化記》／皇甫氏

　　常州義興縣①，有一位獨身男子吳堪，很小的時候就成了孤兒，又無兄弟。他性情恭順，在縣裡當差。他的家挨著荊溪，所以他常在門前用東西遮護溪水，使得溪水從沒被穢污。吳堪每次從縣府回家，總是到溪水邊看看玩玩，真誠愛護這溪水。經過多年，忽然在水邊拾到一個白螺，於是把它拿回家，用水養著。

　　有一天吳堪從縣府回來，見家中茶水飯食都已備好，就把它吃了。這樣經過了十多天。吳堪總以為是鄰家老母可憐他一人獨居，因此為他燒茶煮飯，就去感謝鄰家老母。老母說：「何必說這些客氣話？你最近得到美麗的妻子為你料理家務，卻為何謝我？」吳堪說：「沒有這事。」順勢向老母詢問這件事。老母說：「每當你到縣府去後，便看見一個女子，約十七、八歲，容顏端莊美麗，衣裳飄逸鮮艷；燒茶做飯完，就立即回房。」吳堪猜疑是白螺所為，就悄悄對鄰舍老母說：「我明天就假說去縣府，請讓我在您家裡從壁縫偷看，可以嗎？」老母說：「可以。」第二天早晨，吳堪假裝出門。一出門便看見女子從吳堪的房間出來，進廚房燒飯。吳堪馬上從門外走進來，那個女子沒來得及躲進房間。吳堪向她作揖致謝。女子說：「上天知道您恭敬愛護泉源，忠於職守，可憐您獨居，叫我來做您的妻子。希望您了解，免得疑惑阻攔。」吳堪恭敬地謝她。從此，夫妻相敬如賓，非常融洽。這件事在鄉里間廣泛流傳，人人感到驚異。

　　那裡的縣令是一個豪強稱霸的人，聽說吳堪有一個美麗的妻子，便企圖得到她。吳堪當差恭順謹慎，找不到懲罰的理由。於是縣令便對吳堪說：「你擔任縣吏很久了，能夠辦事。現在我要蝦蟆毛和鬼臂兩樣東西，今晚坐堂時須向我交納。不辦齊這兩樣東西，罪責不輕！」吳堪答應著走出來。他想人間沒有這兩件東西，是找不到的，因此面色悽慘沮喪，回家向妻子敘述，並說：「我今晚要死了！」妻子笑著說：「您擔心別的東西找不到，我不敢承命。而這兩件東西，我能辦到。」吳堪聽說後，憂慮的臉色稍稍緩和。妻子又說：「我出門去取。」只一會兒就回來了。吳堪得以交納給縣令。縣令看到那兩件東西，微笑著說：「你回去。」然而終究還想害他。

　　後來有一天，縣令又召見吳堪說：「我要一個蝸斗，你最好是快點找到這種東西。如果找不到，禍就在你身上！」吳堪受命，奔回家，又將這事告知妻子，妻子說：「我家有這種東西，拿來不難。」便為吳堪去取。過了很久，牽一頭野獸來，像狗一般大，樣子也像狗。妻子說：「這就是蝸斗。」吳堪說：「牠有什麼能耐？」妻子說：「能吃火，是頭奇特的獸。您快送去。」吳堪將這獸送到縣令那兒。縣令見到這獸，發怒說：「我要蝸斗，這是狗啊！」又說：「牠有什麼能耐？」吳堪說：「能吃火，牠的大便也是火。」縣令於是拿炭燒火，給牠吃；吃完，屙糞在地上，盡是火。縣令發怒說：「要這東西有什麼用！」命令滅火掃屎。才剛想陷害吳堪，縣吏們用東西掃糞，一觸到糞卻空空的，好像沒有東西一樣。忽然火焰暴起，焚燒牆壁屋頂，煙焰從四方合攏，彌漫城門，縣令和他一家都被燒成灰燼。於是吳堪和他的妻子都不知去向了。這個縣從此往西遷移了幾里，就是今天的縣城。

說書人的話

《搜神後記》中的〈白水素女〉（見本書第64頁），是我國最早的「田螺姑娘」故事。這個故事大大豐富了〈白水素女〉，寫她與惡霸縣令巧妙鬥法，並且懲罰了這個惡霸。縣令故出難題，螺女巧妙應付，又具有巧媳婦型故事的特色。

注 釋

① 唐代常州的屬縣，今江蘇省宜興縣。

原書介紹

《原化記》 唐代傳奇故事集。作者皇甫氏，生卒不詳，唐末人。

《原化記》所寫的多為作者所聽到的一些傳聞，有生活故事，也有神怪俠義故事。

畫 中 眞 眞

出自：《聞奇錄》／佚名

　　唐代進士趙顏在畫工那兒得到一幅軟屏障，上面畫著一位非常漂亮的女子。趙顏對畫工說：「世上可沒有如此漂亮的人兒，要是能想法使她成爲活人，我眞願意娶她。」畫工說：「我的畫是有神靈的。這女子也是眞有其名，叫眞眞，畫夜不停地叫她的名字，叫上一百天，她就會答應。她一答應，就用百家彩灰酒①餵她，一定能活過來。」趙顏就照畫工的話去做，畫夜不停地呼叫眞眞，叫了一百天，畫上的女子應聲：「欸。」趙顏急忙用百家彩灰酒餵她，果然變成活生生的了。眞眞下地行走，言談笑容、飲食生活都如常人。眞眞對趙顏說：「承蒙你召喚，我願意作你的妻子。」過了快一年，他們生了一個兒子。小孩長到兩歲時，趙顏的一位友人說：「那是妖怪呀！一定會給你造成災難的。我有一把神劍，可以將她殺了。」那天晚上，友人將劍送到趙顏那裡。劍剛到趙顏房間，眞眞就哭著說：「我是南岳②的地仙，無緣無故被人畫了外貌，你又總呼喚我的名字，我不想使你失望，才與你共同生活。現在你懷疑我，我再也不住在這兒了。」說完，帶著她兒子退到軟屏障上，並嘔出了先前所飲的百家彩灰酒。再一看那屏障，還是原來的圖畫，只是添上了一個小孩。

說書人的話

這個故事又見於唐末詩人杜荀鶴的《松窗雜記》。其想像非

常奇特：寫畫的神奇，畫中人可以獲得生命，頗似馬總《大唐奇事》中的
〈神筆廉廣〉（見本書第227頁）；而畫中人又回到畫中，並添了一個孩子，
則為《聊齋誌異》中的〈畫壁〉所本。畫中仙女，被人懷疑而與男主人公訣
別，頗似裴鉶《傳奇》中的孫恪，又開了《白蛇傳》白娘子與法海故事的先
河。「真真」形象為後世文學家所樂道。宋代名詩人范成大詩云：「花定有
情堪索笑，自憐無術喚真真。」這個故事說明，相互信任是感情長久的基
礎。

注釋

① 可能指蒐集百家彩綢燒成灰後所泡的酒。
② 衡山，五岳之一，在今湖南省境內。

原書介紹

《聞奇錄》唐代傳奇故事集，三卷，宋代陳振孫《直齋書錄解題》說：「不
著名氏，當是唐末人。」近人考證約成書於唐僖宗、昭宗時代，作者姓名無
從知道。書中的「畫工」故事，反映了唐代高超的書畫藝術，塑造出「真真」
這個有名的藝術形象。

神 筆 廉 廣

出自：《大唐奇事》／馬總

　　廉廣，是山東地方人。因爲在泰山採藥遇上大風雨，就躲到一棵大樹下避一避。一直等到半夜雨停天晴，因爲是黑夜辨不清方向，只得憑感覺向前走。走了一會兒遇到一個人，看樣子這人像個隱士。他問廉廣：「你爲什麼深夜還在這裡？」說著就和廉廣一起坐在樹林下，二人談了一會兒，忽然他對廉廣說：「我會畫畫，可以把繪畫的技術傳授給你。」廉廣不知他意圖是什麼，只是恭順地連連點頭。那人說：「我送你一支筆，只是你要好好地藏起來。當你想要什麼的時候就畫什麼，一定會靈驗。」於是那人從懷裡拿出一支五色彩筆給他。當廉廣低頭拜謝完，那人忽然不見了。拿回來後他試了試，還挺靈驗的，只是因爲此事要瞞著他人，所以不敢隨便畫。

　　後來，廉廣因爲有事到了中都縣①，那姓李的縣令生來就愛好繪畫，不知怎的，他居然知道廉廣的秘密。他把廉廣叫來，設酒招待，酒間慢慢地談起此事。廉廣哪裡肯說出來，這姓李的就苦苦地請求他。廉廣被他纏得沒辦法，就在他的牆壁上畫一百多個鬼兵，那些鬼兵都像準備去打仗的樣子。中都縣姓趙的縣尉知道了，也堅決要求廉廣替他作畫。廉廣又在姓趙的官舍牆壁上畫了一百多個鬼兵，這些鬼兵的樣子也像準備去打仗。那天晚上，兩個地方畫的鬼兵都打起仗來了。李、趙二人見了這種怪事，不敢讓鬼兵再留在牆上，就把那些鬼兵全部毀掉。廉廣也很害怕，就逃到下邳縣②。

　　下邳縣的縣令得知這個消息，又極力要求廉廣爲他作

畫。廉廣於是告訴他說：「我偶然間在夜裡遇到神仙，他傳授我繪畫的方法。但是我常常不敢下筆，因爲畫出來的東西往往產生怪異的現象，希望您明察我的難處。」那個縣令根本不聽廉廣的話，對他說：「畫鬼兵即有鬼戰，畫其他的東西一定不會有鬼打仗。」於是命令他畫一條龍。廉廣迫不得已只得去畫，才畫完最後一筆，只見烏雲翻滾，霧氣彌漫，刹那間狂風驟起，畫上的那條龍騰空而飛，直上雲端，隨即大雨滂沱，一連幾天下個不停。縣令擔心城裡的住房被雨水泡壞，又懷疑廉廣有妖術，於是把他抓起來關進監獄，刨根究柢地審他。廉廣一再表白自己沒有妖法。由於暴雨下個不停，縣令對廉廣大發雷霆。廉廣在監獄裡放聲大哭，向山神禱告。這天夜裡，夢見神仙對他說：「你要畫一隻大鳥，對著牠大聲吆喝，你就能夠乘上牠飛走，逃脫這場災難。」廉廣等到天剛亮，就偷畫一隻大鳥，試著吆喝牠，那鳥果然搧動翅膀飛了起來。廉廣坐上去，一直遠遠地飛到泰山腳下才從鳥背上下來。

　　不久，又見到了那位神仙。神仙對廉廣說：「你因爲向人間洩露了機密，所以才有這場災難，我送你一支小小的筆，本希望它能爲你帶來幸福，誰知道你反而因它招來災禍，你還是把那支筆還給我好了。」廉廣就從懷裡摸出那支筆來還給他，那神仙忽然不見了。廉廣因此再也不能畫那樣的畫了。下邳畫的那條龍，也被泥巴塗沒，永遠看不見了。

說書人的話

本篇寫了一支神奇的畫筆，曲折反映了唐代繪畫藝術的高超水準。畫筆得而復失，又屬於得寶與寶物失靈型故事。《南史》記載著名詩人江淹，夢見郭璞授以五色筆，文思大進；後來又夢筆被索回，從此再無佳句，人稱「江郎才盡」。本故事可能受其啓發。現代著名童話故事〈神筆馬良〉（洪汛濤作），又與此篇極爲相似。

注釋

① 唐代縣名，在今山東省汶上縣。

② 唐代縣名，在今江蘇省睢寧縣西北。

原書介紹

《大唐奇事》 唐代筆記故事集。作者馬總（生卒不詳），祖籍扶風（今屬陝西省），字會元（一作「元會」）。唐憲宗元和年間，歷任安南都護等職，官至戶部尚書，贈右僕射，諡「懿」。性嗜學，著述頗多。所編《意林》一書，輯錄周秦魏晉諸家雜記，為學林所重。

《大唐奇事》，《新唐書·藝文志》作《大唐奇事記》十卷。今佚，《太平廣記》收錄了一部分。宋人洪邁認為，此書即《瀟湘錄》，作者或題為李隱，或題為柳祥。

海外六異國

出自：《嶺表錄異》／劉恂

陵州①刺史周遇，不吃葷腥帶血的食物。他曾經對我講他的航海經歷。說他近年從青社航海回福建，途中遇上暴風，漂泊了五天五夜，也不知漂流了幾千里。其間共經歷了六個國家。

第一是狗國。同船上有一個新羅②人，他告訴大家說這是狗國。片刻便看見狗國人，像人一樣卻裸露著形體，抱著狗出來，見到船便驚慌逃走。

接著經過毛人國。毛人形體矮小，全是披著頭髮，渾身長著長毛，像黑色的長尾猿一樣。

隨後又到了夜叉國。船觸著暗礁損毀了，只好將人和物都搬上岸。等到潮落的時候，把船擱在岸上修理。開始並不曉得到了這個國家。有幾個同伴一起到深林採野果蔬菜，忽然被夜叉追趕，有一人被抓，其餘的人驚恐逃跑。回頭一看，看見一群夜叉，一起吃被抓的人。同船的人驚恐萬分，卻無計可施。頃刻間又有百多個夜叉，都是紅髮裸體，張著嘴瞪著眼趕來。其中有手執木槍的，還有帶著兒子的母夜叉。船工、商人共五十多人，一齊用弓弩槍劍來抵擋他們，果然射倒兩名夜叉。夜叉立即抬著死屍成群喊叫著逃跑了。夜叉離開後，船上人就伐木紮成寨子，以防夜叉再來。夜叉畏懼弓弩，也不敢再來。住了兩天，船剛修好，即隨風漂行離開。

又經過大人國。那裡的人全部又高又大又野蠻，看見船上的人鼓噪，被嚇得逃走不再出來。

又經過流國。那個國家的人很矮小，一概都穿麻布，而且講究禮貌，他們爭著用食物換取鐵釘。新羅人把他們說話的大意翻譯給大家聽，打發船上人快走，說這個國家遇上華人漂泊航行到來，都擔心會有災禍發生。

隨後又航經小人國，那裡的人也全都裸體，形體小如五、六歲的小孩。船上的人食物吃完了，便相率尋找他們住的巢穴。一會兒見到果子，便採了三、四十枚回來，分給大家充飢。

隨後又航行了兩天，遇見一個島嶼便去取水。忽然有群山羊，見到人只是站著看，都不知要逃避，而且長得既大又肥。剛開始大家懷疑是島民放牧的，但島上絕無人跡。於是捕捉山羊，幾乎捕獲了一百頭，作為航行的食物。

說書人的話

本文反映了唐人對海外的幻想和冒險精神。它上承《山海經》，下啟《鏡花緣》關於海外異域的描寫。

注釋

① 唐代郡名，又稱仁壽郡，治所在今四川省仁壽縣。
② 西元一世紀在朝鮮南部立國，七世紀統一朝鮮半島，與唐王朝關係親密。

原書介紹

《嶺表錄異》唐代筆記書。作者劉恂（生平不詳）。宋僧贊寧《譜》說，劉恂是唐昭宗時人，曾任廣州司馬，官職滿期後，正當中原地區戰亂，於是寓居南海，寫作《嶺表錄異》。此書今存三卷，記載嶺南風俗見聞，頗有文獻價值。此書或稱《嶺表錄》、《嶺表記》、《嶺南錄異》。

燕子告黃雀

出自：敦煌變文《燕子賦》／佚名

　　仲春二月，一雙燕子在空中翱翔，牠們正商量建造一所住宅。爲了得福免禍，避開太歲大將軍①，牠們東南西北各處測量，仔細觀察選擇住處。終於找到一個安全的地方，就在那高高的屋樑上，有根短柱可以依託。牠們銜來泥土，壘作巢穴；又找來軟軟的乾草鋪上，當作新床。牠們選擇好住地，不愁有什麼危險。忙完了一切，燕子飛到堤岸邊取食。

　　有隻黃雀，尖頭尖腦的樣子，住在街邊的小巷裡。這隻慣於恃強凌弱的黃雀，一看燕子不在，就乘機飛來奪取財物。黃雀看燕子的新房乾淨鮮明，就決定鑽空子侵佔。黃雀妻子兒女全家一起住了進來，高興得不得了。黃雀自誇能耐不小，白得他人便宜，說：「耕田人打兔，穿靴人吃肉。這句古話明明白白，果然不錯。你燕子來要房子，老子挽起胳膊，挺出鐵拳，用棒子捅你的腳。燕子單身獨手，哪經得起我這幾下，再要敢嘮嘮叨叨，我給你從頭到腳撒泡尿。」

　　黃雀話音未落，燕子飛回家來，一看新屋被人侵佔，氣得跳腳叫喚。黃雀衝將出來，不問好歹，揮拳就打。一家幾口一起上陣，左推右擠，拳打腳踢。小黃雀拖腳，母黃雀用嘴咬。燕子夫婦被打得那個慘樣：頭不能抬，眼不能睜。燕子夫婦相對哭泣，哀聲嘆氣說：「又不曾觸犯豹尾，卻無緣無故橫遭這鳥災。」

　　燕子就找鳳凰評判是非，呈交的訟狀上寫著：「小民燕子，孤單貧寒，好不容易辛苦造了一屋，卻被黃雀強奪，而且還恐嚇說：

『現今朝廷明令搜查隱匿戶口，而且已載入本朝正式法律之中。你這傢伙無戶無籍，逃亡流竄，又不曾應承王役，必定會被官府問罪杖脊，流放南方邊遠荒蠻之地。』又說：『野鵲是我表丈人，鴝鵒②是我家伯，州縣的長官也與我沾親帶故。你要呈狀告我，對你沒有好處。趕緊離開我家門前，否則你只會吃耳光。』我燕子不服氣，仍然據理索回房屋。黃雀父子數人，蠻不講理，一湧而上，揪頭的揪頭，拖扯的拖扯，將我的衣服撕爛，又一頓亂拳腳圍攻。我燕子被打得羽毛墮落，翅膀受傷，不能起飛，生命垂危。懇請大王驗傷，現有累累傷痕作證。我燕子有數不盡的冤屈，望大王能判罪責罰黃雀。」鳳凰說：「燕子的訟狀，言辭懇切，理由充分，雀兒豪強橫蠻，真不像話。但必須兩家在一起當面對質，辨明是非，才可以斷定判決。」特令鷂飛往燕宅提取黃雀。

鷂得令，不敢久留，一路飛奔，快如流星。到了燕宅門外，鷂悄悄在門邊聽了很久，剛好聽到黃雀在屋裡說話。黃雀說：「我昨夜作了惡夢，今天早晨眼皮又跳，恐怕不是私下打鬥就是被官府問罪。近來的勞役已多次應徵完畢，不會有其他事，多半是燕子告狀打官司。你要管好兒女，一定不要開門。有人來找我，就說到東村去了。」鷂隔門大喊：「你別再白白玩花招躲藏了，你說的話我早已聽見。趕快出來與我說說，為什麼強奪他人房舍，而且還將人打傷？鳳凰派我來追捕你，自己作事自己當。你就是鑽進縫裡也不得逃脫，你再有上百種主意也不管用。」

黃雀害怕極了，全家大小，也是驚慌忙亂。於是出來跪下拜倒在鷂前，大爺長二爺短，說：「您奉差遠來，路上一定受了熱，暫且進屋納涼。俗話說：只有倉猝之客，沒有倉猝主人。暫坐一會兒，容我準備家常便飯。」鷂說：「這漢子太不像話，好不懂道理。剛剛對你客氣點兒，你就只圖拖延時間。準備飯食也白搭，我也不餓。這是十萬火急之事，一定要快去，否則恐怕大王責怪。」黃雀愁壞了，只想留下拖延時光，以求脫身。死乞白賴地沒話找話，千萬般求情說：「望通融到明日，還有些許禮物相送。」鷂發怒了，當腰揪住黃雀。黃雀無計可施，愁眉苦臉地被抓走了，不一會兒就到

了州府。

鳳凰遠遠看見了他們，詢問是什麼人。黃雀趕緊低頭跪拜，說：「我是您治下的百姓雀兒，被燕子誹謗強奪牠宅。昨天接受大王下令追捕，急急忙忙跑來，不敢遲到。那燕子的訟狀上，都是些虛言假語，蒙騙您和周圍的人。懇請大王當面追究。」鳳凰說：「這賊子太無賴，眼窩淺，嫉妒害人。你憑哪般能耐，竟想將我捉弄？將你的毛抒掉，亮出脊背，拔掉你的左腿，揭掉你的腦殼蓋！」雀兒被嚇得膽都破了，一口一聲死罪，請求大王喚燕子來對質。燕子忽然站了出來，對著鳳凰躬身分辯說：「雀兒強奪房子，現今正在居住；我被牠毆打致傷，也不是亂說，眼見為實，怎麼說是虛假？」雀兒自忖是騙人，心裡發虛，面孔到底不自然。只有一味多生口舌，發誓立咒：「假如我真的強奪燕子的宅舍，願意一輩子貧窮苦寒，早上被鷹抓獲，晚上遭鷗加害，飛行時落入羅網，停下來就被弓彈，辦事沒有進展，居處不安，一天死一口人，全家一個不剩。」咒語雖然講了無數種，鳳凰卻不好欺騙。燕子說：「人急燒香，狗急跳牆，只有依照你的起誓，使你長疔瘡、生癩病，葬身黃土！你總是變著法子立咒，以圖誑惑大王。」鳳凰大怒，在訟狀後立即判決：「雀兒之罪，不容置疑。推問其根由，仍拒不認錯。根據案情先且重打五下，枷上脖子關起來審問罪行。」

燕子直叫好，喜慰不已，說：「強奪我的房舍又將我打傷。總認為你走運到底，何曾想老天報應你！如今看這情形，打五下還只算開玩笑。」當時鶺鴒在旁，牠與雀兒兄弟相稱，頗有急人之難，不離左右看顧。牠見到燕子叫好，就上前責備說：「我兄弟冒犯了你，在下確實深感慚愧。私下聽說狐死兔悲，物傷其類。四海之內皆兄弟，何況我們都是同類。今天只管爭論是非，讓官府處理。何必落井下石，再接著嘲罵？」

雀兒的老婆聽到雀兒挨了棍子，精神很沮喪，只知道捶胸頓腳，披頭散髮，回想過去種種。她兩步併作一步，跑到獄中探望。正好看見雀兒倒臥地上，面如土色，背上腫得像背了個尺多高的包袱。雀婦看見黃雀困苦的樣子，淚如雨下，趕忙給牠灌小便治傷，又在創口上貼陳年舊紙，說：「當時盡力勸你，你倔強不聽勸

阻。無故招惹爭端，現在果然吃了官司。尤其是被枷禁關押，對自身有什麼好處？這是自招的禍，怨不得他人作怪。」

雀兒還想充硬漢，出口胡言亂語：「男子漢大丈夫，做錯了事，背上受了點傷，有什麼可怕的？人生不過一回，死也沒有兩次。俗話說：寧可遇到十狼九虎，也不願碰到一個豁出性命的人。如今遭到這般誣陷，一定是那黑小子作怪。我現今身在獄中，寧死不屈。你要早早回去，叫來鴟鴞，他路子多，靠他走門路，攀上權勢要人，在鳳凰邊遮攔囑託一下。只要不再使我挨打，送他些東西作謝禮。」

黃雀被囚禁了幾天，懇求獄吏脫下頭枷。獄子一再拒絕，黃雀美言相求：「官不容針私容車③，我叩頭求您只將頭枷脫下，到晚上收審前為止。您不必固執地相阻擋，送飯的人會帶金釵相贈。」獄子說：「你如今罪名未清，所以留在牢獄。我現在是主管的官吏，豈能受你賄賂為你遮攔？否則一旦傳進大王耳目，會將我碎成芝麻。怎可跟著你一起受煩惱？不要再讓我為你脫枷。」黃雀嘆息說：「聽說舊時三位大官被獄卒為難，我今天可是親身體驗了。」只好口中念佛，心中發願：「若能使官事了結，一定抄寫一卷《多心經》④。」於是黃雀用話糾纏主管本案的官吏，以圖減輕罪名，說：「官署上下都說您精明能幹。今天這種情況，請給點兒方便。我可以立字據日後報償，免得您認為我不知回報。」官吏說：「你想裝傻以圖蒙混過關，還是願意安分守法？強奪牠人房宅，不知退讓，卻幹那橫暴的事，將對方打傷。你是犯王法的罪人，鳳凰命我責問。明日一早就要提審，一定會再打一頓。你要挨上十下就是進了鬼門關，離死也不過半寸。不要再囉囉嗦嗦爭論了，讓脊背做好準備挨打吧！」

黃雀被嚇得氣都喘不上來，拿著審問的傳單，更加心慌氣悶。傳單上寫道：「問：燕子建造房宅，是為了自身生計，你為何粗魯強奪？請回答！」「雀兒本來頭腦清楚，只因被老烏鴉追急了，慌不擇路，逢孔即入，暫且進了燕子的宅舍，以免被烏鴉捉住。實在是因為避難，事出緊急，並不是強奪他宅，願大王體察。」「又問：既然說是避難，為什麼恐嚇燕子？尤

其是拳打腳踢，使之翅膀受傷。國家有明文刑法，該打你一百鞭。你還有什麼別的理由用來洗刷自己？請回答！」「雀兒滿腦子只想著避難，暫時就留在燕子舍中。一看有時間，就暫且休息一會兒。燕子一回來，我就準備上前致謝。那燕子不問原因，無端惡罵。從我們父子到地方小官，一直罵到大王。我憤怒中沒顧後果，就和他打了起來。燕子既然自稱傷了翅膀，我雀兒現今腿也跛了。兩家所受的損失彼此相當。若是真要判我強奪他宅之罪，希望能償還他的房價。現在要依法治罪，在下實在不敢頂嘴。我現有上柱國勛⑤，請作為贖罪的代價收回。」又問：「奪宅恐嚇，罪不可容。既然你有最高功勛，以前在何處立功？請回答！」「雀兒過去在貞觀十九年⑥，大將軍征討遼東時，投軍幕下當了個武官，當時編入先鋒。我既不騎馬，又不彎弓，而是口銜艾製的火種，順風送進敵營。高麗國因此滅亡，我以此立功，依例受封上柱國勛，現在授勛的憑據數張。如果必須檢驗核實，請查看《山海經》一書⑦。」鳳凰判決說：「雀兒橫暴，強奪燕子房屋，推問根由，乃自己所為，沒人指使。既然有上柱國勛，不可久留獄中，應立即釋放，不必要仔細審問。」

雀兒得以出獄，喜不自勝，於是喚來燕子，一起痛飲一頓。雀兒說：「先前冒犯了你，請你大人大量。從今以後，我懂得為人處事之理。無論人前背後，不再喋喋不休。」黃雀和燕子已經和解，就搬到一起做鄰居。有一隻好管閒事的鴻鵠，對他們兩位說：「以前兩位相爭，雀兒不安分守己，明知故犯，違背刑法。承蒙鳳凰恩澤，放了你一條小命。假如鷂子捉到你，小命當時就完了。」又罵燕子說：「你也很愚蠢，些許小事，何必爭論不休？一直想危及他人性命，做得如此不仁不義。兩個都沒什麼遠見，不可與我同群。」燕子黃雀異口同聲說：「憑什麼鳳凰不怪我們，卻被這多事的鴻鵠責備、數落？你又不能評判是非，到底沒什麼話說。你必定是自倚才高，那就請你題一首詩吧。」鴻鵠一片好心，卻被譏笑諷刺，就作了一首詩，交給兩位：「鴻鵠宿心有遠志，燕雀由來故不知。一朝直到青雲上，三歲飛鳴當此時。」燕子黃雀同作一詩對答：「大鵬信圖南，鷦鷯巢一枝。逍遙各自得，何在二蟲知？」

說書人的話

這原是一篇賦體動物故事。故事想像豐富，情節有趣，通過雙燕築巢、雀兒奪宅、燕子告狀、鵒捉犯、鳳凰初審、雀婦探監、獄卒拒賄、官吏責問、雀兒狡辯、軍功抵罪、燕雀和好等一系列情節，曲折反映了那個時代的社會風貌與人情世態。燕與雀的形象都比較豐滿，特別是雀兒，蠻橫撒賴，欺軟怕硬，代表著社會上某類人物的特殊性格。敦煌俗賦中有兩篇〈燕子賦〉本故事原文以四言為主，句式活脫，語言生動；另一篇純為五言賦。

注釋

① 即太歲，古代假想星名。

② 俗名八哥鳥。

③ 當時俗語。比喻官法雖嚴，私下卻大可通融。

④ 即《心經》，全稱《般若波羅密多心經》。

⑤ 唐代武官被授與的最高功勳。

⑥ 唐太宗年號。貞觀十九年，西元645年。

⑦ 《山海經》，古地理神話書。但此句無據，可能是雀兒信口開河的話。

原書介紹

《敦煌變文》變文是唐代的一種說唱文學。它最早是演唱佛經故事的，後來成了演唱民間故事的重要文體。敦煌從漢武帝時代建郡之後，一直是貫通歐亞絲綢之路的中心集散地之一。僧人們在這裡開了很多石窟，供奉佛像。北宋仁宗時代，西夏兵進襲敦煌，僧人逃難他鄉，將大批佛經及其他書籍文物密閉藏進一個洞窟的復室裡。直到九百年後（西元1900年），這批寶物才被偶然發現。其中包括了大量變文、俗賦、話本。本書所選的〈燕子告黃雀〉、〈韓朋與貞夫〉及〈田昆侖與天女〉，都是敦煌民間故事中的精華之作。

韓 朋 與 貞 夫

出自：敦煌變文《韓朋賦》／佚名

　　從前曾有個賢良的人，名叫韓朋。他從小就孤零零一人，因失去了父親，只好獨自奉養老母，非常孝順。韓朋的母親做主要他到遠方求官，他擔心母親一人有所不便，想娶一位賢慧的妻子。韓朋如願的娶回了一名十七歲叫做貞夫的女子。那貞夫賢良聰明，絕無僅有，而且窈窕美麗，天下無雙。雖然貞夫是個女子，卻對經書有透徹的理解，所寫的文辭，都符合天意。貞夫嫁入韓家三天，與韓朋情投意合，難分難捨。兩人一起立下誓言，發誓彼此各守其身：丈夫不再另娶，要像魚離不開水一樣依戀妻子；妻子也不再改嫁，到死都從一而終。

　　韓朋四處遊歷，在宋國做了官。他原本預定外出三年，可是過了六年還沒有回家。他的母親很想念他，在心裡煩惱埋怨。他的妻子很思念他，發自內心的情感，使她不由自主拿起筆來，一字一字寫開了信。那信寫得麻麻密密，文辭華美，字字如珠似玉。寫完了信，想將信託付他人，但恐怕人多嘴雜；想將信託付給鳥，鳥又總在高處飛行；想將信託付給風，但風虛空無形。她只有求助於上天：信若和韓朋有感應，會到韓朋面前；若無感應，就會丟失在草叢間。結果她的信與韓朋有了感應，直接到了他面前。韓朋接到信，閱讀上面的文字。信上寫著：「浩瀚白茫的水呀，帶著迴蕩的波濤流去。皎潔的明月，浮雲將它蒙蔽。清清的水，隨季節而變。錯過播種的時間，禾苗豆秧不能滋長。萬物的生長，不可違背天時。很久沒有與你相見了，內心深深的思念。希望

與你百年相守，心中盼著那美好的一刻來到。你不惦記母親，老母心中悲切。而身為妻子的我孤單無助，夜裡獨自一人，經常內心擔憂害怕。聽說鳥類失去了伙伴，牠的叫聲就變得悲哀。夜晚獨自而宿，那黑夜漫長淒涼。泰山剛形成時，起伏巍峨。山上有一雙鳥，山下有神龜。日夜一同出去遊戲玩耍，也總是一同回家。我今日是遭受何種罪孽，落得孤獨失去了光彩。海水浩浩蕩蕩，無風也能起浪。成人之美的人少，壞人之事的人多。南山有鳥，就算北山張開網羅，鳥自管高飛，網羅又能如何？只要夫君平安，我也沒有別的要求。」韓朋看了信，心中感到非常悲傷，三天沒有進食，也不覺得飢餓。他打算回家，又一時找不到機會。懷裡藏著信，一不小心，遺落在宋王殿前。宋王拾到信，很喜愛上面的文字。馬上召集群臣以及太史官，說誰能將韓朋的妻子弄來，就賜成千的金銀，且封給他萬戶的采邑。梁伯對宋王說：「臣下能將她弄來。」宋王就很高興，調出八輪大車，並配上名種良馬，前後的侍從就有三千多人。這支隊伍在大路上行進，速度快得像疾風暴雨。

　經過三天三夜，大隊人馬到了韓朋家。宋王的使者下了馬車，拍打屋門叫喚。韓朋的母親出來察看，心裡又驚又怕，趕忙問叫門的人說：「您是誰派來的使者？」使者回答：「我是宋國派來的，與韓朋是朋友。韓朋做了官，我是他的同僚。韓朋有私人信件，要給他的妻子。」韓母回話給兒媳說：「照這位客人所說，韓朋如今做了官，而且官運很好。」貞夫說：「我昨天做了惡夢，夢境奇特。見到一條黃蛇，在我的床腳下絞纏。又有三隻鳥一起飛，其中兩隻鳥相互搏鬥。一隻鳥的頭破了，牙齒掉了下來，羽毛紛紛飄落，鮮血不斷流下。現在馬蹄聲踏踏，眾位使臣威風赫赫，但我連鄰里的人都不接見了，更何況這些千里遠來的外客！這些從遠方而來的客人，是不可信的，因為他們使用花言巧語，偽造韓朋有信來，引誘我出外觀看。」於是婆婆回報客人，只說兒媳臥病在床，只能不斷求醫吃藥，同時辭謝客人，有勞他們辛苦遠來。使者回說：「做妻子的聽說丈夫來了信，為何不高興呢？必定另有情人，而且就在這鄰里之中。」韓朋的母親年事已高，

不能察覺使者說話別有用心，於是傳了使者的話給兒媳。貞夫聽到使者說的話，面目轉為鐵青，又變得焦黃，說：「照客人的話，說我另有情人。去盤問他的意思，反而顯得理虧；派兒媳招待客人，必定會使母親失去好兒子。從今以後，婆婆會失去兒媳，兒媳也會失去婆婆。」於是走下紡織機，卸下梭子，決意千年萬年也不再紡織。她心裡想著：「那清湛的井水，何時再來取你？井然有序的鍋和灶，何時再用你們煮食？園中綠油油的蔬菜，何時再來採摘？」貞夫在屋裡走進走出，大聲悲哭，鄰里們聽了心中酸楚。貞夫低頭行走，眼中淚如雨下。她走入廳堂拜見來客，使者扶她上車。貞夫一上車，車就快如風雨的啓程了。韓朋的母親跟在車後，呼天喚地，號啕大哭，鄰里們吃驚地聚攏過來。貞夫在車上喊：「呼天有什麼好處，喚地又能避免什麼？我被馬車載走，哪還能再回來？」

梁伯一群人行動快速，一天天遠去。剛進宋國邊境，在九千多里的長空中，有束光線直直射進宋王宮殿。宋王對此感到奇怪，馬上召集群臣，並召來太史官。官員打開卜書占卦，想弄清怪事的原由，他說：「今日甲子到明日乙丑這段時間，各位大臣會聚集一堂，因大王將得到一個出色的美人。」話還沒說完，貞夫就到了。那貞夫面如凝脂，腰肢纖細，又有好文采。宮中的美女，沒人比得上她。宋王見了她，非常歡喜，三天三夜高興個沒完。宋王就拜貞夫為后。前前後後的侍從們將她擁進宮中。

貞夫入宮後，身形憔悴，鬱鬱不樂，終於臥病不起。宋王說：「妳原來只不過是老百姓的妻子，今日做了一國的皇后，有什麼不高興的？妳穿的是綾羅綢緞，吃的也隨心所欲。宮中侍從，不離左右。妳有什麼不快活的，為何從不見妳歡喜？」貞夫回答說：「離開家裡，告別雙親，嫁給韓朋。生與死各有不同的地方，貴與賤也有所分別。蘆葦有長蘆葦地，荊棘有生荊棘處，豺狼有豺狼的伙伴，野雞和野兔各自成雙。魚鱉有水即可生存，並不喜歡高樓華屋。燕子麻雀成群飛翔，並不喜歡與鳳凰作伴。小女子是百姓的妻子，不喜歡做您宋王的皇后。」宋王看到皇后憂愁不樂，說：「皇后憂愁思慮，誰能勸她？」梁伯回說：「臣下能勸她。那韓朋年齡未滿三十，才二十多歲，頭髮黑，皮膚白，

牙齒整齊美觀如同排列的玉石，耳垂飽滿像懸掛的珍珠。所以皇后很思念他，不樂意與您有感情。只須趕快傷害韓朋的身體，將他囚禁起來。」宋王聽從了梁伯的話，將韓朋的兩顆門牙打落，並且讓他穿上破舊衣裳，派他去修築清陵台。貞夫聽說了這件事，痛入肝腸，心中煩惱怨恨，無時無刻不想著韓朋。她對宋王說：「既然清陵台已築完，希望出去觀看。」宋王允許了，就賜給她八輪大馬車，良種名馬，前呼後擁的侍從有三千多人。到了清陵台下，貞夫看到了韓朋，他正在切草餵馬。韓朋一見貞夫，心裡羞愧，用草遮住臉孔。貞夫見了，淚如雨下。她說：「宋王所有的衣服，我不願意穿；宋王所有的食物，我不願意嚐。我思念你，就像口渴的人想喝湯水。看見你受苦受難，就像割了我的心和腸。我形容憔悴，一定要報復宋王。你何必自認為羞恥，用草遮住面孔，來迴避我呢？」韓朋說：「南山有一種樹木，叫做荊棘，一枝上有兩根莖，樹葉小而葉心平。我形容憔悴，心裡沒想著什麼。聽說東流的水，西海的魚，都是離開低賤的地方，往高貴的地方去。妳覺得怎麼樣？」貞夫聽了這話，低著頭向後退，眼中淚如雨下。她撕下裙子前邊一條三寸多寬的絲綢，敲打牙齒沾上血，寫了一封信，繫在箭頭上，射給韓朋。韓朋得到信，讀完就自盡了。

宋王聽說這件事，心中驚愕，就問眾位臣子：「韓朋是自己死的呢？還是他人殺死的？」梁伯回答說：「韓朋死的時候，身上沒有損傷。只有三寸來寬一條白綢寫的信纏在脖子上。」宋王就取信來讀。貞夫的信上寫著：「天雨霖霖，魚游池中，大鼓無聲，小鼓無音。」宋王問：「誰能分辨信的意思？」梁伯說：「臣下能辨別。天雨霖霖是形容貞夫的眼淚，魚游池中是是形容她的處境，大鼓無聲是形容她的怒氣，小鼓無音是形容她的思念。天下都認為她的話是對的，這意義可是很大的呀。」貞夫說：「韓朋已經死了，何必再說什麼？只願大王能開恩，按一定的禮儀安葬他。這樣做豈不讓您的後人得福嗎？」宋王就派人在城東掘了一處方圓百丈的大墓穴，用大官才能享有的禮儀安葬韓朋。貞夫請求到墓地觀看，並且保證不待很久，宋王就允許了。宋王讓貞夫乘上白色的車輛，前呼後擁的侍從有三千多人。

到了墓地，貞夫下車，繞著墳墓轉了三周，大聲呼叫悲哭，聲音直入雲中。貞夫面對墓穴呼叫丈夫，但她丈夫再也聽不見了。貞夫回頭對隨從百官說：「老天一定會回報這樣的恩怨。聽說一馬不被二鞍，一女不事二夫。」話沒說完，就立即跳進墓室。她預先用苦酒浸濕衣裳，布質變得像蔥一般脆嫩，隨從的人用手去拉她，衣裳隨手就碎了。百官一陣忙亂，害怕極了，一個個都捶胸頓足。他們趕忙派遣使者，跑去報告宋王。

宋王聽了這些，勃然大怒，從床頭取下寶劍，隨手殺了四、五個臣子。然後，宋王飛車趕來，文武百官齊聚一處。天空下起了大雨，雨水流進墓穴中，很難撈到人。梁伯對宋王說：「貞夫只有萬死，難有一線生機了。」宋王就派人挖掘。但是，並沒有挖出貞夫，只是得到了兩塊石頭，一塊青色，一塊白色。宋王看了，就下令將青石埋在道路東面，白石埋在道路西面。結果，道路東面長出一株桂花樹，道路西面長出一株梧桐樹。兩株樹枝枝相對，葉葉相疊，樹根也在地下絞纏。樹下有一股清泉，橫過道路，把路隔斷。一天，宋王出遊時見到了，就問：「這是什麼樹？」梁伯說：「這是韓朋樹。」「誰能解釋這種現象？」梁伯回說：「臣下能解釋。兩棵樹枝枝相對是他們的情意，葉葉相覆是他們的思念，根下相連是他們的氣息，樹下流泉是他們的眼淚。」宋王就派人砍伐這兩棵樹。結果連續三天三夜兩棵樹血流汪汪。有兩塊木片落入水中，變成一對鴛鴦，展翅高高飛走了，飛回了他們的故鄉。只留下一根羽毛，非常漂亮。宋王得到了，就用它摩擦身體，結果身上大放光彩，只有脖子上沒有光彩。宋王就用羽毛摩娑脖子，結果他的頭一下子就斷掉了。因為活生生強奪老百姓的妻子，冤枉殺害賢良的人，結果不到三年，宋國就滅亡了。梁伯父子都發配到邊疆受罪。行善就能得福，做惡一定會遭殃。

說書人的話

這個故事大概在民間流傳了很久，在《搜神記》卷十一〈韓朋夫婦〉最早記錄了這個故事，據說是發生在宋康王時代（西元前328年～前

286年）。敦煌俗賦《韓朋賦》是民間的一個手抄本，加入大量具有濃郁抒情色彩的細節，又增添了奸臣梁伯，最後附上一個鳥羽復仇的結尾。這些細節豐富了原來的故事，使之具有動人的藝術魅力。

注釋

① 掌管天文曆法的官員。

田昆侖與天女

出自：敦煌變文《田昆侖與天女》／佚名

　　從前有一個人叫田昆侖，因家境很貧寒，沒有娶親成家。在他家田地裡有一口池塘，水極深極清。到了莊稼快成熟的時候，他在田間行走，竟然發現三個年輕貌美的女人在池塘洗澡。田昆侖很想湊近看一看，走到離她們約百步遠的地方，三個美女就變成三隻白鶴，有兩隻飛到塘邊的樹上蹲著，另一隻還在塘裡洗澡。他於是鑽到禾苗底下往前爬行，反反覆覆想看個仔細。原來那些美女本是天女下凡，那兩個大一點的抱著天衣騰空而去，而那個小的留在塘內不敢出來。這個天女就只得向田昆侖吐出實情說：「我們天女三姊妹，剛才一起出來在池塘裡玩一玩，沒想到被您這位池塘的主人看見了，兩個姊姊迅速拿起天衣飛走了，我不能赤身露體地從池水裡出來。請您開恩，把天衣還給我，好穿上它讓我從池塘裡出來，和您結爲夫妻。」田昆侖反覆考慮，假如把這件天衣還給她，又恐怕她立即飛走。田昆侖告訴天女說：「小娘子如果要討回這件天衣，無論如何是討不到的。不如我把衣裳脫下來，暫且給妳遮蔽一下身體，好不好呢？」那個天女開始的時候不肯從池塘裡出來，說是要等天黑再走。天女拖延時間，卻又要不到天衣，越拖形勢越糟糕，才不得不對田昆侖說：「就按您的意思辦，請您把衣裳脫下來，遞過來讓我蓋在身上。我從池塘裡出來，和您做夫妻。」那田昆侖聽了心花怒放，急急忙忙捲起天衣，就嚴嚴實實地把它藏了起來。然後脫下自己的衣衫給了天女，天女走出池塘對田昆侖說：「您擔心我走掉時，就馬上抓住我的衣服。天衣還是還給

我好了，我一定會跟著您的。」隨天女怎麼糾纏，田昆侖死活不肯把天衣還給她，他就和天女一起回家見母親。母親喜歡得沒法說，馬上做酒擺宴，請了許多親戚朋友來慶賀，告訴他們稱天女爲新娘子。雖然新娘是天女，卻頗通世情，也懂得夫妻間的感情生活，和凡人一樣與田昆侖一家住在一起。歲月飛逝，不久天女就生了一個兒子，長得面目端正，取名叫田章。那田昆侖被徵召到西方服役，一去就杳無音訊。

　　天女自從丈夫離家之後，把兒子帶養到三歲，才開口對婆婆說：「我本來是天女，當初來的時候身體還瘦小，穿著我爸爸給我做的天衣凌空而來。如今我想看看天衣，不知大小是否還合身，如果能夠暫時借給我看一看，就是死了也甘願。」當初田昆侖臨行一再叮囑他的母親說：「這是天女的衣服，您要藏得很嚴密，千萬不要讓新娘看見了，不然的話，她一定會穿上騰空飛走，那就再也見不到她了。」母親問田昆侖：「天衣往哪藏才能安穩？」田昆侖和母親一起商量，認爲除了臥房之外，再沒有可靠的地方了。只有在母親睡的床腳下打個洞，把天衣放在中間，因爲母親總是每晚睡在床上，難道新娘還能拿得到？於是他們就把天衣藏妥了，田昆侖也就西征去了。自從田昆侖走後，天女掛念著天衣，悲傷至極，以致每天愁眉不展。她對婆婆說：「請您把天衣借給我一會兒，讓我穿穿看。」婆婆由於接二連三被新婦叮在耳邊講，不好過於違背她的心意，就讓她到門外待一會兒，再從容地走回房裡。她婆婆於是從床腳下把天衣取了出來，就叫她進去看。那新娘看到這件天衣，內心淒楚傷痛，眼淚像雨一樣滾落下來，她用手撫摸著，審視著，恨不得就穿上它乘空飛去。只因爲沒有得到方便的機會，她又把天衣還給婆婆，吩咐她收藏好。不到十天後，她又對婆婆說：「請再將天衣借給我看一會兒。」婆婆對新娘說：「假如妳穿上天衣拋下我飛走了，我怎麼辦呢？」新娘說：「我以前是天女，現今和婆婆的兒子結爲了夫妻，還生了一個小孩，哪裡會捨得離開你們呢？絕不會有這樣的事。」婆婆擔心新婦飛走，只得牢牢地守好大門。天女穿好天衣後，就飛起來，從窗戶飛了出去。那位老母親急得捶胸頓足，後悔莫及，急急忙忙跑到門外看她，只見到天

女在天空中向遠處飛去。婆婆思念媳婦，哭聲直達上天，淚如雨下，恨不得自己去死，悲痛之極肝腸寸斷，終日水米不進。

天女在凡間已經生活了五年多，而天上才過兩天。那天女得以擺脫凡間回到天堂，被她的兩個姊姊罵作大笨蛋：「妳和他在人間結爲夫妻，竟然如此哭哭啼啼捨不得他的父母。」兩個姊姊對小妹說：「妳不必這樣悲傷，明天我們姊妹三人一道又去那裡玩，一定能見到妳的兒子。」那田章才五歲，正在家裡啼哭，喊著要爸爸，要媽媽，又跑到田裡哭個不停。當時正好有個叫董仲的先生到這裡來閒逛，發現這小孩是天女的兒子，又推算出天女將來下界，就對小孩說：「到太陽正中的時候，你就到池塘邊去看，有三個女人穿著白絹做的裙子走過來，有兩個會抬頭看你，那個低頭不看你的就是你媽媽。」田章於是按照董仲先生的話，在太陽正中的時候，看見池塘那邊有三個天女，都穿著白絹做的裙子在池塘邊割茭。田章朝前看著她們，那些天女遠遠就看見田章，知道是天女所生的孩子來了，兩個姊姊對小妹說：「妳的兒子來了。」田章聽了馬上哭著喊：「媽媽！」那小天女雖然感到羞慚不敢看孩子，但到底是親生骨肉，就忍不住頓時哭開了。於是三個天女就一起用天衣裹著這個小孩上天去。天公看見小孩來了，知道是自己的外孫，就非常憐愛他，教他學習各種各樣的仙術和技能。小孩子到天上過了四、五天，就如同在人世間過了十五年以上，學到了很多學問。天公對小孩說：「你把我的八卷文書帶走，你可以得到一輩子的榮華富貴。倘若入朝做官，只須牢記說話要謹慎。」小孩隨後就下凡來到人間。天下所有的知識學問他全都懂得，上通天文，下曉地理，又知人事。皇上知道了，就召見他，拜他爲宰相。後來田章在宮內犯了罪，就被發配流放到西方荒遠的地方。

後來，皇上與朝中百官出宮狩獵，在田野裡射到了一隻鶴，吩咐廚師拿去煮了吃。廚師割開那隻鶴的嗉囊，居然挖出一個身高只有三寸二分長的小人，身穿鎧甲，頭戴盔帽，嘴裡不停地叫罵。廚師把這件事情稟奏皇上，皇帝當即召集文武百官和左右侍從，並詢問他們，但他們一個個都回答不知道。皇帝又一次到外面狩獵，這回撿到一顆大門牙，有三寸二分長，把它帶回宮中，怎樣搗也搗不

碎。皇上又向朝中百官詢問此事，大臣們也都說不知道。於是皇上向天下頒
布詔書，聲稱有誰能識別這兩件東西，就賞賜黃金千斤，封萬戶侯，各種職
位任意挑選。雖有如此重賞，還是全都無人能識別。這時朝中百官就商量，
認為只有田章一人能識別，其他的人全都不能。皇上於是派出使者騎上驛站
的快馬，連忙把田章召回來。皇上問他：「向來都聽人說你很聰明，見識廣
博，什麼事情都知道。現在我問你：天下有沒有異常大的人？」田章回答
說：「有。」「既然有，那是誰？」田章說：「古時候有個人叫秦故彥，是
皇帝的兒子，曾經為以前的魯家去戰鬥，被打落了一顆門牙，不知掉到哪裡
去了。如果有誰拾得這顆門牙，可以交給皇上驗證一下，就知道是不是。」
皇帝又緩緩地問說：「天下是不是有異常小的人呢？」田章回答說：「有。」
「既然有，那麼又是誰呢？」「從前有一個叫李子敖的人，身長才三寸二分，
身披鎧甲，頭戴盔帽，在田野裡被一隻鶴吞下去了，他還能夠在鶴的嗉囊裡
玩耍。此事除非有人獵到這隻鶴，檢查一下就能得到驗證。」皇上稱讚他說
得好。接著問他：「天下有沒有特別大的聲音？」田章回答說：「有。」
「要是有的話，那又是什麼呢？」「雷聲一震，響徹七百里遠；霹靂一聲能達
一百七十里。這都屬於大的聲音。」「天下有沒有最小的聲音？」田章回答
說：「有。」「如果有，那又是什麼呢？」「三個人一起走，其中一個人耳
鳴，另外兩個人聽不到，這就是最小的聲音。」皇上又問道：「天地之間，
有最大的鳥嗎？」回答說：「有。」「有，那又是什麼呢？」「大鵬的翅膀一
張就到了西天王母娘娘那裡，向上一飛就達到一萬九千里高空，然後才開始
吃東西，這才算是大鳥。」又問：「天底下有沒有最小的小鳥呢？」田章
說：「有。」「有，那是什麼鳥呢？」「沒有比鷦鷯更小的鳥了。那種鳥曾經
在蚊子的角上生了七個孩子，還覺得未免地廣人稀。那隻蚊子也
還不知道頭上有鳥哩，這就是最小的鳥。」皇帝於是封田章做
了僕射官。自此以後，皇帝和普天下的人民，才知道田章是天
女的兒子。

說書人的話

這是毛衣女型的故事。故事分兩部分，前一部分寫田昆侖與天女的婚姻故事，後一部分寫天女之子田章的故事。後一部分與前一部分聯繫不夠緊密，顯得中心零亂而結構鬆散，文字較粗糙，這都是民間作者素樸的表現。這故事的情節曲折變化，已超過了《玄中記》和《搜神記》中的毛衣女故事。「田章」部分，也具有民間特有的粗獷氣息。

異　魚　記

出自：《青瑣高議》／劉斧

　　嘉祐①年間，廣州有個漁人在夜間網到一條大魚，重達百斤。漁人用船將大魚裝回來。到天明一看，那魚長著人的臉，海龜的身體，腹部下有幾十條腿，頸部以下有兩隻像人類的手，魚的背和龜相似。細看，脖子上有濃密的短髮，腦袋後面還長著一隻眼睛。魚的胸腹五彩斑斕，且黑裡透紅，很好看。漁人們圍著看，沒有誰能叫出魚的名字；向其他的漁人打聽，也沒有人認識這種魚。大家都說殺掉這條怪魚不吉利，那漁人就用自己的夾衣將魚扛回家，想找人辨認。他把魚放在院子，並用破席子蓋上。

　　夜裡，有細細的聲音作響。漁人從床上起來，尋找聲音來源。那聲音出自破席子下，雖然細小，卻清晰可辨，是魚發出來的。漁人輕手輕腳地走近，附耳一聽，魚說：「因爭閒事離天界，卻被漁人網取歸。」漁人大吃一驚，不覺失聲驚叫，魚就再也不說話了。漁人認爲這魚是怪物，打算弄走牠，就向別人講起這件事。

　　管市場的官員蔣慶知道後，向漁人要走了這條怪魚。用特大竹簍將魚裝回，將魚放在堂前長廊裡，用東西蓋上。到了半夜，蔣慶悄悄地走過去竊聽，魚說：「不合洩漏閒言語，今又移來別一家。」一直到天明沒有再說些什麼。

　　第二天，蔣慶有事外出。他老婆孩子就圍著看魚，魚又說：「渴死我了。」他們趕緊跑開，找到蔣慶並告訴他。蔣慶說：「去用一個特大的盆子裝牠，再抽井水澆灌。」到了傍晚，魚又說：「這不是我

吃的東西。」蔣慶詢問打漁人，才知道魚是從海裡打撈來的，海水很鹹，蔣慶趕緊派僕人取來海水養魚。

當天夜裡，蔣慶和妻子一起又偷聽，魚說：「放我者生，留我者死。」蔣慶的妻子很害怕，就對蔣慶說：「趕快將魚放了，不要招禍。」蔣慶說：「我可不比別人，怕什麼？」硬是沒放。

過了兩天，蔣慶乘著酒力拿一把刀到魚面前祝禱，說：「你既然能講話，定是魚類中有靈性的。你今天實話告訴我，我會把你放回大海。你要不作聲，我就用刀殺了你。」魚立刻說：「我是龍的妻子，因為小事和龍爭吵，我就賭氣離家，游到近海，不料誤入漁網被捉住。你殺了我，沒什麼好處；要是放了我，我會重重報答你。」蔣慶就用小船將怪魚載到大海，在水深的地方將牠放了。

半年後的一天，蔣慶正在市場漫步，有人拿著上品的珍珠出賣。蔣慶很喜歡那珍珠就問價，賣珠人說：「五百貫錢。」蔣慶認為相當便宜，便還了半價。賣珠人說：「我認得你，你先把珍珠拿回去，我明天到你府上取錢。」就走了。後來那人並沒有來取錢。蔣慶在家裡想：「這珍珠價值數千金，我買得夠便宜了，他還不來拿錢，是什麼道理呢？」後來，蔣慶又遇見那個賣珠人，蔣慶要他來取錢。那人說：「龍的妻子要我拿珍珠來報答你不殺之恩。」說完，那人就走遠了。

傳講這怪事的人很多。後來我見到蔣慶的兒子，了解實際情況後，便將這件事記錄下來。

說書人的話

本篇選自《青瑣高議》後集卷三，副題是〈龍女以珠報蔣慶〉。這是報恩獸型與龍女型結合的故事，龍女和蔣慶寫得頗有個性。

注釋

① 宋仁宗年號。嘉祐，西元1056年～1063年。

原書介紹

《青瑣高議》 宋代筆記故事集。作者可能是劉斧。劉斧，生平不詳。據《青瑣高議》中的片斷記述和資政殿大學士孫副樞的序言推斷，他生活於北宋仁宗至哲宗時代，其先人做過通州獄官，自己是一位秀才，曾漫遊華北、江南。他愛好傳奇故事，除本書外還編有《翰府名談》二十五卷（今僅存十五則）。

《青瑣高議》今本有前集十卷，後集十卷，別集七卷。書中故事或自己寫定，或採自他書（有的標明了原作者）。此書在筆記小說發展史上有承前啟後作用，正如王漁洋在後集跋尾中所評價的那樣，「此《剪燈新話》之前茅也。」書中的一些幻想故事，如〈烏衣國〉、〈異魚記〉、〈朱蛇記〉、〈仁鹿記〉等，皆為優美的童話故事。

仁 鹿 記

出自：《青瑣高議》／劉斧

　　楚元王 ① 在郁林 ② 凱旋歸來，在雲夢澤 ③ 大舉圍獵。有一群約一萬多隻的鹿跑到山背去，楚王帶著軍隊緊追不放。到了晚上，這群鹿被圍困在一條大山谷裡，四面聳立著似牆壁一般陡峭的山崖，中間只有一條狹窄的山路通向山凹處。楚王說：「很晚了，留下些部隊堵塞牠們的退路，明天將這群鹿全捉了，這是上天賜給我慰勞軍隊的啊。」天一亮，楚王命令集中兵力環繞著谷口，他自己也手持弓箭，做好圍獵的準備。

　　忽然，有一隻巨鹿突破重圍跑到楚王面前，牠跪下前膝好像朝拜一樣，口裡說著人話：「我是這群鹿的首領，被大王追捕而奔逃，已走投無路，現又陷入這險惡的山谷裡。大王想要全數捕來慰勞軍隊，我請求大王赦免牠們，並希望您聽聽我一些想當然耳的言論，請大王裁決。」楚王說：「你有什麼話想說？」鹿王說：「我聽說古時候的人不放乾池水捉魚，不燒光山林捕獸，不取鳥巢裡的卵，不殺幼小的獸。由於這樣的仁愛施及飛禽走獸，所以鳥獸得以繁殖生息。舜積仁義招鳳凰築巢於樓閣，商湯撤去捕鳥的網而德行最高。人與鹿雖然不同，但他們愛惜自己性命的道理卻是一樣的呀！我每天送一隻鹿給大王，大王的廚房就不會空虛，這樣，我們得以繁衍生息，大王也就能經常吃到美味佳餚了。假若大王將這群鹿全數捕獲，我們絕種了，大王以後吃什麼呢？這樣做對大王有什麼好處呢？請大王考慮！」

　　聽完這席話，楚王就把弓箭扔到地上，說：「你也是王，我也是王，

你愛你的同類，跟我愛我的臣民，有什麼不同呢？傷害你的同類，就是傷害我的臣民啊！」楚王於是下令：「有敢殺鹿的，與殺人的罪一樣！」楚王又告訴鹿王說：「回去告訴你的同類，我將看著你們走出山谷。」就讓鹿王先走，楚王登上山頂觀望。巨鹿回到鹿群中，把楚王的意思告訴牠們。接著，巨鹿在前面引導，其他的鹿緊緊跟隨，發出呦呦叫聲走出山谷。楚王感嘆不已，率軍返回都城。

後來楚國討伐吳國沒有取勝，只好撤回。為了報復，所以吳軍乘機大舉侵略楚國，楚軍奮起抵抗，又失利。楚王只好深挖戰壕，加高堡壘、加固城牆，力圖挫敵銳氣，衰退吳軍的鬥志。楚國又到處部署疑兵以迷惑敵人，但吳軍鬥志還是很旺盛，楚王深感憂慮。有一天晚上，吳軍回到營房，忽然聽到外面沸沸揚揚，好像萬馬奔馳。吳軍以為鄰國援楚的救兵到了，趕緊連夜撤退。楚王很驚奇，第二天環繞著吳營一看，只見地下到處都是鹿的蹄痕。

說書人的話

本篇出自《青瑣高議》後集卷九。它讚揚鹿王挺身救助同類的大仁大勇精神，以及知恩圖報的高貴品德。這個故事實際上受佛經故事〈九色鹿〉（見《佛說九色鹿經》）的影響。

注釋

① 漢高祖弟劉交封楚元王。但本篇故事情節似不發生在漢代，而像發生在春秋時代。
② 地名，在今廣西省境內。
③ 古澤藪名，在今湖北省境內。此處是春秋戰國時楚國的游獵區。

烏 衣 國

出自：《青瑣高議》／劉斧

唐代的王榭是金陵①人，家境很富有，祖祖輩輩以航海經商爲業。

某一天，王榭準備好一艘大船，想開到大食國②去。航行了一個多月，突然海風大作，驚濤拍天，陰雲黑得像濃墨一般。在山一般高大的巨浪中，鯨鰲出沒，魚龍隱現，掀波鼓浪，不計其數。後來風勢更大了，巨浪上湧，人就像上了天一般；巨浪下跌，整個船就像到了海底，全船的人，被拋得坐立不穩，顛撲翻滾。不久，船破了，僅王榭一人抓著一塊木板伏在上面，隨波逐流。王榭睜眼一看，各種海獸怪魚環繞四周，全瞪著眼，張著大嘴，想吃人的樣子，王榭只好閉目等死。

過了三天，遇到一片陸洲，王榭就捨棄木板登岸。走了百來步，看見一男一女兩位老人，都穿了一身黑衣，年約七十多歲。那兩位老人高興地說：「這位正是我家年輕的主人呀！您怎麼到這兒來的？」王榭將情況講了一遍。兩位老人將他領到家中，沒坐上一會兒，老人說：「主人遠道而來，一定餓了吧。」就拿出食物，都是些海產品。過了一個多月，王榭才完全康復，飲食正常。老人說：「到我國的人，應該先晉見國王。以前您的身體虛弱沒有去，今天該可以去了。」王榭同意。老頭子就帶他走了約三里路，經過的街道和住宅相當繁華。過了一座長橋後，才見到宮庭台榭，屋宇連延相接，像是王公大人的住所。到了一座大殿門口，守門人進去通報。不久，一位衣著華麗的女子出來，傳達說：「國王召見你。」進去一看，國王坐在大殿上，左右全站著宮女。國王穿著黑色衣

服，戴著黑色王冠。王榭走到殿階叩拜。國王說：「你是北方外邦人士，不必拘守我國的禮，不用拜了。」王榭說：「既然到了貴國，哪能不叩拜呢？」國王也躬身作謝。國王很高興，召王榭上殿，賜坐，並說：「敝國弱小而遙遠，先生因何而來？」王榭講了因遇風濤毀壞船舶才無意到達此地，只希望國王同情。國王又問：「你住在哪兒？」王榭回答：「現在住在老人家裡。」國王下令速召老人進殿。老人進來，跪著說：「這是我本鄉的主人，凡事我都要使他滿意。」國王說：「有什麼要求只管講。」仍然讓王榭回到老人家。

老人有一個女兒，長得很漂亮。有時進些茶點，她就在門簾、窗口邊偷看，也無迴避之意。有一天，老人和王榭飲酒，到酒興正濃時，王榭對老人說：「我王某離鄉背井，靠您二老得以生活，而且就像在家裡一般。您老人家的功德真是太厚了。可是畢竟離家萬里，孤身一人，夜不能寐，食不甘味，心情鬱悶，只怕會憂鬱成疾，一旦臥床不起，又得連累您老人家了。」老翁說：「小老兒正要提到此事，又怕輕冒您。我家有小女，才十七歲，是在主人家生的。我想跟您家結為親戚，使您在外生活略有情趣，如何？」王榭回答：「真是太好了。」老人就擇吉日舉行婚禮，國王也賜美酒佳餚和彩禮，幫助王榭成婚。

成親後，王榭仔細端詳老人的女兒，她有漂亮的眼睛，細長的腰肢；臉龐像杏花般，秀髮烏亮；而且體態輕盈，像要起飛般婀娜多姿。王榭詢問她這個國家的名字，她說：「叫烏衣國。」王榭又問：「老人常常稱我為主人，而我又不認識他，也沒有使喚過他，怎麼有主人這一說呢？」女子說：「以後你就明白了。」後來常常飲酒開宴，但坐臥間女子多是淚眼相看，愁容滿面，王榭問：「是什麼緣故呢？」女子回答：「恐怕我們不久要分離了。」王榭說：「我雖說是萍寄他鄉，但有了妳就樂不思歸。妳為何提起離別的事？」女子說：「萬事皆在冥冥中注定了，由不得人。」

國王召見王榭，在寶墨殿設宴，各種陳設器皿都是黑色，連亭下的樂器也是如此。喝酒時亭下樂隊伴奏，樂曲清脆婉轉，只是不知曲名。國王下令用玄玉杯勸酒，說：「到我國的外邦人，從古至今只有

兩人，在漢代有梅成③，今天又有足下。希望你能寫篇佳作，日後傳爲美談。」送上紙墨，王樹作詩道：

「基業祖來興大舶，萬里梯航貫爲客。今年歲運頓衰零，中道偶然罹此厄。
巨風迅急若追兵，千疊雲陰如墨色。魚龍吹浪灑面腥，全舟盡葬魚龍宅。
陰火連空紫焰飛，直疑浪與天相拍。鯨目光連半海紅，鰲頭波湧掀天白。
桅檣倒折海底開，聲若雷霆以分別。隨我神助不沉淪，一板漂來此岸側。
君恩雖重賜宴頻，無奈旅人自悽惻。引領鄉原涕淚零，恨不此身生羽翼。」

國王瀏覽詩篇，很是讚賞，說：「先生的詩很不錯。不須苦苦思歸，不久就會讓你回家。雖說不能使你長上翅膀，也能使你騰雲駕霧。」宴罷回家，各人又作詩唱和一番。女子對王樹說：「你的詩最後一句爲何譏笑我們呢？」王樹還是沒有領會。

不久，海上風和日暖。女子哭著說：「你有回家的時機了。」國王派人來說：「你應該於某日回家，與家人敘別吧。」女子置酒餞別，只是悲泣，說不出話，好比雨水淋洗嬌嫩的花朵，露水沾濕柔弱的柳枝，綠慘紅愁，形容消瘦。王樹也倍感悲凄。女子作送別詩道：

「從來歡會唯憂少，自古恩情到底稀。此夕孤幃千載恨，夢魂應逐北風飛。」

又說：「從此我再也不到北方去了。否則讓你見到我異於今日的面貌，會起憎惡之心，哪有憐愛可說呢？而我看見你的生活也會起嫉妒之情。從今不再北往，老死在這兒罷了。此地所有的一切，你是無法帶去的，並不是我們小氣。」她叫婢女取來一丸靈丹，說：「這種靈丹可以召人的神魂，只要死亡不超過一個月，都可以使他死而復生。使用方法是在死者的胸前放一塊明鏡，將靈丹放在頸項上，用長在東南方的艾枝作灸柱，點燃溫灸，立刻能活。這種靈丹，海神十分珍惜，秘不外傳，若不用崑崙山玉石做的盒子盛著，就不能過海。」剛好有個玉盒，便和靈丹一起，給王樹繫在左臂。全家痛哭告別。國王說：「本國沒有什麼值得一送。」取來紙箋，作詩道：

「昔向南溟浮大舶，漂流偶作吾鄉客。從茲相見不復期，萬里風煙雲

水隔。」

王榭拜謝告辭。國王命令取「飛雲軒」來。取來一看，是一輛黑氈轎子。國王叫王榭躺在轎中，又叫取「化羽池」水來，灑在轎子上。又召喚老人夫婦來扶轎。王榭回頭告辭。國王告誡王榭說：「只能閉上眼睛，一會兒就會到家，一開眼就會墮入大海。」

王榭閉上眼睛，只聽見耳邊風聲呼呼，怒濤滾滾。過了很久，睜眼一看，到自己家了。他坐在大堂裡，看看四周，空無一人，只見屋樑上雙燕呢喃。王榭抬頭看了一會兒，才想到所到之處是燕子國。一會兒，家人出來慰問他，都說：「聽說你因風濤毀船而死，怎麼突然回來了？」王榭說：「只有我一人靠一塊船板活了下來。」也不告訴他們自己到的國家。王榭只有一個兒子，他離家時小孩正好三歲。他不見小兒，就問家人，家人告訴他：「已經死了半個來月了。」王榭傷心大哭。想起有關靈丹的話，便叫人開棺取屍，依法救治，果然復生。到了秋天，兩隻燕子將要南歸，在庭院門戶間悲鳴。王榭召喚牠們，燕子就飛到手臂上。王榭就取紙細細的寫了一首絕句，繫在燕尾上，詩中寫道：

「誤到華胥國④裡來，玉人終日重憐才。雲軒飄去無消息，淚灑臨風幾百回。」

第二年春天，燕子回來了，逕直落到王榭手臂上，燕尾有小信箋，取下一看，是一首絕句：

「昔日相逢真數合，而今睽隔是生離。來春縱有相思字，三月天南無燕飛。」

王榭很惆悵。第二年，那燕子也沒來。這事當時廣為人傳，就稱王榭所居之地叫烏衣巷。詩人劉禹錫⑤《金陵五題》中有首〈烏衣巷〉寫道：

「朱雀橋⑥邊野草花，烏衣巷⑦口夕陽斜。舊時王榭⑧堂前燕，飛入尋常百姓家。」

由此可知王榭的事不是編造的。

說書人的話

這是一篇關於燕子國的故事，故事緊扣燕子的特點，如：黑色的羽毛，體態輕盈，春來築巢等，展開描繪，把人帶入一個優美的境界。引用〈烏衣巷〉詩，以虛證實，亦頗有意趣。本篇是宋人筆記故事的代表作。

注 釋

① 今南京市。

② 古代阿拉伯帝國。

③ 梅成，杜撰的人名。諧「枚乘」的音。枚乘是漢景帝時著名的辭賦家，所作《七發》中有描寫遨遊海外的文字，故作者加以攀附。

④ 傳說中的理想國，指太平安樂之鄉。

⑤ 唐代詩人。

⑥ 六朝時金陵地名。

⑦ 亦為地名。

⑧ 禹錫詩作「王謝」，指東晉王、謝兩大士族。小說中化作「王榭」，為附會敷衍。

天寶山三道人

出自：《可書》／張知甫

　　天寶山① 有三個道人，採藥時，無意中挖到別人埋在土裡頭的錢。這時天色已晚，三個人商定：先拿一、二千去市場打酒買肉，待天亮後繼續挖掘。於是要其中一個道人去市場。剩下的兩個道人悄悄謀畫著：待打酒的道人回來，殺掉他，將所挖的錢分作兩分。而打酒的那個道人將毒藥放入酒肉中，想毒死這兩人而獨吞這筆錢。

　　當買酒的道人將帶回來的酒肉拿給那兩個道人時，那兩人忽然舉起斧頭殺死他，並將他棄屍於斷崖深澗。這兩個道人高高興興地飲酒吃肉，於是都中毒而死。這件事是從張道人那裡聽來的。

《說書人的話》

這三個道人為了貪財而巧設毒計，加害同伴，最終皆自食惡果。它揭發世態險惡，對害人者給以當頭棒喝。故事中彼此相害的情節，後來廣泛被人用於其他長篇故事之中。

注 釋

① 在今福建省龍溪縣西北。

原書介紹

《可書》 宋代筆記故事集。作者張知甫，北宋末年人。

《可書》的取名意義是這些故事值得記錄傳世。全書僅一卷，主要記述宋徽宗時期的遺聞軼事，還有神仙鬼怪故事，風格詼諧幽默。

為 義 不 終

出自：《夷堅志》／洪邁

永嘉① 人蔣教授② ，紹興二年③ 考中進士，分派到處州④ 縉雲縣⑤ 任主簿⑥ ，後又調任信州⑦ 教授。他回家鄉等待補官，在離家途中百多里處的山道上，聽到嶺上有兩個人悲傷地哭。到跟前一看，原來是一個老頭兒扶著個梳著雙環髮髻的年輕女子在路中間痛哭。蔣同情地問他們悲哭的原因。老頭兒說：「我在軍隊裡幹了二十年才得到升遷的機會，不幸碰上盜賊搶走了我的就職令，現在要去吏部打點補辦，沒有五十萬錢是不可能辦成的。我很喜愛這個女兒，但沒有法子，只好忍痛賣掉她。離行期沒幾天了，所以痛哭不忍分離。」蔣說：「我口袋的財物給您老以稍緩一下這個主意，怎麼樣？」隨即將剩餘的行裝送給他，但一共才值十萬錢。老頭兒說：「感謝您的高義，但您這樣做於事無補啊。」蔣說：「您老如果不疑慮我，可以把女兒交給我帶回家。您姑且帶這些錢去臨安辦事，事情如果沒辦成，回頭到我家接走她。我會好好照料您的女兒，不敢以她作小妾，您不必擔憂。」老頭兒連聲道謝：「好！」並約定明年晚春再相見，就把女兒交給蔣教授，擦了擦眼淚就走了。

蔣下車讓女子坐上去，自己拄著拐杖跟在後面。快到家時，將女子安置在外面的房舍，然後獨自入內見母親和妻子。他的妻子周氏迎上來說：「聽說有一個同車的人，現在哪裡去了？」蔣只好據實相告。妻子說：「這其實是大好事呀，你這樣做有什麼不好呢？」於是派人叫女子搬進來住。蔣的母親柯氏喜歡她，就像疼自己的女兒一樣，晚

上要她同自己睡。女子有時到外面的房舍與蔣嬉戲，或調侃笑鬧，他們日漸親近隨便。蔣當初見到她時還是一個平常女子，到這時她的容貌越來越艷麗，變得很美。一天晚上，蔣喝醉酒把持不住自己，竟把她留下來同宿。而老頭兒也一直沒有來。臨到要去赴任時，蔣的妻子不肯同去，說：「你自有麗人陪伴，我去幹什麼？」他母親柯夫人也說：「別人把孩子託付給你，而現在卻弄成這樣，你的前程可想而知了！我老了，要死也死在本鄉本土，不隨你去了。」蔣再三請求也無濟於事，終於獨自與女子到信州去了。

　　在任上過了幾個月，一天傍晚蔣喊女子來梳頭髮。女子手持梳子流淚不止，問她也不回答，蔣生氣了，大聲呵叱，說：「想妳的父親了嗎？想離開這裡嗎？」女子說：「我倒沒有什麼可悲傷的，我是悲傷你呀。人的壽命不可意料，現在你的壽數將盡，希望趕快寫信告訴你的夫人。」蔣很憤怒，罵她說：「黃毛丫頭，怎敢說這些不吉利的話！」女子說：「事情已經很緊急了，再過一會兒就寫不成了，我的話不敢有半點假。」示意公堂下的衙役取來紙筆。女子倉促收拾好梳子，拿筆強迫蔣書寫。蔣又好氣又好笑，說：「信上應該說些什麼？」女子說：「就說得急病在今天死去。」蔣不得已，寫十多個字又問說：「妳從哪裡知道的？」女子忽然變色，厲聲說：「你記得縉雲的鬼仙英華⑧嗎？我就是。」於是一拍手就不見了，蔣隨即倒地而死。耳朵、鼻子、口裡、眼睛裡都流出血來。衙役看見一隻狐狸從室中穿過窗戶、跳上屋頂，飛也似地跑了。

　　人們都說是蔣是爲義不終，好事沒做到底才會導致這種結局。

說書人的話

　　本篇故事見於《夷堅乙志》卷二。在古代幻想故事中往往有兩種相對立的故事，一是做了很多壞事的人，後來覺悟變成好人；一是有人開始做了好事，但中途變異，於是受到懲罰。本篇屬於後一類型。它告誡人們應該信守諾言，不可乘人之危。故事中的女郎英華是一位愛惡作劇的精靈，曾多次出現在《夷堅志》故事中。

注釋

① 地名，南宋時為溫州州治，即今浙江省溫州市。

② 學官名，宋時於各路、府、州諸學皆置教授，居提督學事司之下，職責是督理學政。

③ 南宋高宗南號，紹興二年，西元1132年。

④ 屬兩浙東路，州治麗水（今浙江省麗水附近）。

⑤ 處州轄縣，今浙江省縉雲。

⑥ 這裡指縣主簿，為知縣屬官。

⑦ 州名，屬江南東路，州治在上饒（今江西省上饒市）。

⑧ 縉雲的一位鬼仙，出沒無常，好惡作劇。《夷堅志》多次寫到她。

原書介紹

《夷堅志》宋人洪邁所編的一部規模巨大的筆記故事集。洪邁（西元1123年～1202年）字景廬，號野處，鄱陽人。南宋高宗紹興間進士，官至端明殿學士。他從30歲左右開始即寫作《夷堅志》，直到晚年才寫成。

《夷堅志》分初志、支志、三志、四志；每志又按天干分十集。原有四百二十卷，約故事五、六千篇；今存二百零六卷，有故事兩千七百多篇。「夷堅」兩字來源於《列子》「夷堅聞而志之」。故事包括傳聞軼事、民間故事，今存的故事竟載有七百多人為其提供素材。

藍姐抓強盜

出自：《夷堅志》／洪邁

　　紹興十二①年，京東人王知軍寓居在臨江②新淦縣③的青泥寺。這個地方遠離城鎮，因地處偏遠，以致盜賊很多。而王又以家產豐饒聞名。有一天他與客人飲宴，深夜才散，夫婦又醉了，睡得很沉。

　　不一會兒，一伙盜賊入門，差不多有三十人，把王的子女和婢女都捆起來。婢女叫說：「當家理財的只有藍姐一個人，我們哪裡參與過？」原來藍姐是王寵愛的人，這時馬上從人群中走出來，說：「主人家裡的所有財物都由我管理，各位想要拿去，我不敢吝惜，只是主公主母才熟睡，希望不要驚嚇他們。」說完，她拿過桌上的大蠟燭，領著盜賊來到西邊的一間偏房裡，指著床上的箱籠說：「這裡面是酒器，這裡面是各色絲綢，這裡面是衣服被子。」並把鑰匙交出去，讓盜賊隨意拿取。盜賊把被套拆下，做成一個大包袱，取出金屬器皿踩扁裝在裡面。蠟燭燃完了，藍姐又點上一支。盜賊喜出望外，從容搜刮，大約過了十刻④之久才離去。

　　盜賊去了很久，王老也醒來了，藍姐這才告訴他剛才發生的事，並且全部解開捆綁眾人的繩索。天一亮就到縣裡報案，縣裡又把案情報給郡。王老又急又氣，鬱鬱成疾。藍姐偷偷地告訴他：「您哪用得著擔憂？盜賊不難捕獲呀。」王怒罵說：「妳女人家懂什麼？已經把家財盡數交給盜賊，又說盜賊容易捕獲，到底是什麼意思？」藍姐說：「三十個盜賊都穿白布袍，我持蠟燭時都以燭淚滴在他們的背上，只要以背上是否有燭淚去查驗，盜賊就會暴露出來。」王把她的話告訴追捕盜賊的

捕快，果然沒幾天就從賣牛商場中抓到七人，順藤摸瓜，四處搜查，沒有漏掉一個。所劫去的財物也都追了回來，一樣都沒失去。

說書人的話

本篇選自《夷堅丙誌》卷十三。它寫一個女子臨危不懼，制伏群盜的故事，使人想起《天方夜譚》中〈阿里巴巴和四十大盜〉。雖然情節不及後者豐滿曲折，但藍姐的機警沉著是毫不遜色於女奴馬爾基娜的。

注 釋

① 南宋高宗南號。紹興十二年，西元1142年。
② 南宋時屬江南西路，治所在清江（今江西省清江）。
③ 臨江轄縣，治所在新淦（今江西省新干）。
④ 我國古代計時單位，以漏刻計時，一晝夜為百刻。

汪大郎的馬

出自:《夷堅志》／洪邁

　　宋代崇寧① 年間，婺源縣② 的商人汪大郎，得到一匹好馬。那馬毛色明亮，筋骨有神，高昂駿秀，出類拔萃。汪大郎讓一個牧童照料牠，那牧童善於調理馬，馬依時起居，越來越健壯。外縣有一個雕塑匠來到這裡，縣民們出錢，請他為當地的五侯廟③ 塑一匹馬。有人戲謔對他說：「如果你能塑得像汪大郎的馬一樣，就可稱為高手，那麼答謝的酬金就會增加。」那雕塑匠正想顯示他的技藝，就馬上去拜訪那個牧童，拿果子給他吃，慢慢地與他親近。雕塑匠每天到馬廄去偷偷觀察汪大郎的馬；他又不時請牧童喝酒，把他引到山上，乘喝醉昏睡時，用線量馬的高矮肥瘦，以致耳目口鼻和鬃毛等細小之處，也都弄得清清楚楚；連那牧童也一樣。雕塑匠已完全得到馬和牧童的眞形，才到祠堂下雕塑。完工後，那雕塑活靈活現地像汪大郎的馬和他的牧童。雕塑匠選了一天要給馬和人畫上眼睛，才畫上眼睛，汪大郎的馬忽然狂奔逃跑，牧童追逐著乘上馬，那馬逕直往城南的杉木潭奔去，一起淹死在潭中。自那以後，廟前的馬每晚都到西湖去喝水，或者到鄰近的村莊去吃莊稼。第二天湖畔與田間就會印有馬的蹤跡，而廟前泥馬的唇邊還沾著浮萍和泥漿，禾穗零落丟在道路上。那牧童也有神靈感應，人們到廟裡祈禱，牧童都託夢報給他們。直到宣和④ 年初，方臘⑤ 來進攻，廟遭焚燒，泥馬和牧童的怪事才滅跡。現在老一輩的人還能談起這事。

說書人的話

我國有很多關於繪畫高手的神奇傳說，如〈畫龍點睛〉以及本書中的〈神筆廉廣〉（見本書第227頁）、〈畫中真真〉（見本書第225頁）。這個故事則是用幻想形式寫了一個雕塑家的神奇技巧，塑工為了做到逼真和神似，便與牧童交遊，深入馬廄，「以線度馬之低昂大小，至於耳目口鼻，鬃鬣微芒，無不曲盡」。這可以給人不少藝術啟示。

注 釋

① 宋徽宗年號。崇寧，西元1102年～1106年。
② 今江西省婺源縣。
③ 兩漢時有同時封五人為侯的做法，後泛稱權貴之家為五侯家。這裡說的五侯廟是當地的一種神廟。
④ 宋徽宗年號。宣和，西元1119年～1125年。
⑤ 北宋末年農民起義軍的首領。

猩 猩 八 郎

出自：《夷堅志》／洪邁

　　猩猩的名字在《爾雅》、《禮記》、《荀子》、《呂氏春秋》、《淮南子》等書中出現過。唐代小說中也記載過焦封與猩猩化成的孫夫人的愛情故事①。建炎②年間，李捧太尉③曾獲得一隻雌猩猩，將牠從海島帶回家，並納為妾，生了小孩。此外不再有遇到過猩猩的。

　　金陵④有位生意人叫富小二，在紹興⑤年間出海到大洋。有一天，發覺快要起大風暴了，忙叫船工拋錨，收拾桅杆、風帆做防備。還不等做完，船就在風暴中沉溺了。富小二正好站在篷頂，就和船篷一起掉入大海。他急忙抓住船篷，漂抵極遠的海岸，上岸走了幾十步，到處都是起伏的山巒，根本沒有住戶。富小二又餓又累，正好看到一片結滿桃李的果林，壓得樹枝低垂，他趕忙採來充飢。

　　一會兒，有披頭散髮形體似人的猩猩，一個接一個的跑來。猩猩遍身長滿了毛髮，僅以少量的樹葉遮體。牠們看到生人都很高興，架著富小二回居地。猩猩的言語就像鳥叫一般，但也能明白其意思。牠們還過著沒有火的生活，天天吃野果。整個島上有成百上千的洞穴，都生存著同一種類的猩猩。牠們雖然生活在高山深谷，但仍有倫理秩序，過著固定配偶的生活，而不是混配雜居。牠們一起選擇了一位年輕漂亮的女性做富小二的配偶，不久他們生了一個兒子。富小二早就聽船上的老人講過，知道這裡是猩猩國。生下來的小孩像父親，只是略有些長毛而已。以前，富小二的配偶總怕富小二逃跑，一出洞，就用大石頭將洞口堵得緊緊

的，或者請其他猩猩看守。生了這小孩後，就不怎麼看管富小二了，讓他自由行動，還經常一起到深山老林裡採摘果實。富小二自己料想今生今世是不可能回家了，但因妻子漂亮，也很安慰。

大約過了三年，有一天富小二獨自帶著兒子散步遊逛，看到林間樹梢後露出高高的桅杆，急忙跑下島，對船主講了滯留島上的原因，並請求他帶自己走。船主答應了。富小二立即抱著兒子登船，沒有發現追趕過來的猩猩，因此他得以回歸故土。

兒子長大了，富小二在市面上開了家茶館，讓兒子經營。兒子的性情極為馴和，人們稱他為猩猩八郎。到現在茶館還經營順利。富小二直到慶元⑥年間還活著，有位叫安國了祥的長老認得他。

說書人的話

本篇選自《夷堅志補》卷二十一。這是一篇海外奇遇故事。作者把「猩猩國」寫得極富人情味，曲折反映了古代中國與海外各國人民友好往來的情形。

注釋

① 唐代李隱傳奇小說集《瀟湘錄》中，所載焦封與猩猩化成的孫夫人相戀的故事。
② 南宋高宗年號。建炎，西元1127年～1130年。
③ 宋代武官之首。李捧，不詳，可能是虛構的人物。
④ 即今南京市。
⑤ 南宋高宗年號。紹興，西元1131年～1162年。
⑥ 南宋寧宗年號。慶元，西元1195年～1200年。

茶 肆 高 風

出自:《摭青雜說》／王明清

汴京①的樊樓②旁,有一個小茶館,室內雅緻整潔,所有的茶具都很考究,桌椅也都整齊俐落,所以生意興旺,每天賣出的茶水很多。

熙寧、元豐③年間,有一個讀書人,姓李,是邵武④人。有一天,他在這家茶館前遇到一位老朋友,於是相邀進茶館,暢敘別後的思念之情。他原先有黃金幾十兩,另外裝成一袋繫在貼身的地方,用來預防遇到水火災害和盜賊。當時正值春日融融,天氣忽然轉暖,李生於是脫掉外衣,同時順手將這袋金子放在茶桌上,未及時收拾。不一會兒,便前往樊樓聚會飲酒,竟忘記將金子拿走。兩人出來後,酒喝得很痛快。快到半夜,熄了燈,李生才猛然記起那袋金子。他認為茶館來來往往的人群像穿梭似的,追查也不會有結果,就乾脆不去詢問了。

過了幾年,李生又經過這家茶館。想起以前的事,就對同行的人說:「我往年在這裡曾丟失一包金子,自己當時想也許會很狼狽,挨餓受凍,有家也回不去。沒料到今天能與你幸運地再到這裡!」店主聽到這席話,恭敬地作揖問:「您說的是什麼事?」李生回答說:「我三、四年前,曾在貴店喝茶,遺下一包金子。當時被朋友拉去喝酒,所以沒有告訴您。」店主想了一想說:「您那時穿毛衫在裡邊坐嗎?」李生說:「是的。」又問:「那次與您同坐的人穿黑皮襖嗎?」李生又回答說:「正是。」店主說:「這包東西是我撿到的。當時也隨即趕去送還,但您走得很快,在人稠廣眾之中不好辨認,於是就代為保管了。心想您第二天一定

會來取去，我也沒有打開，只是覺得很重，想來是金銀之類的東西吧。您只要說的塊數、重量相同，就可馬上領走。」李生說：「如果真是您收去了，我願意與您對半分。」店主笑而不答。

　　茶館上有一個小棚樓，店主拿來一架小樓梯爬上去，李生也跟到樓上。只見上面收藏很多客人所遺失的東西，如傘、鞋、衣服、器皿之類，上面各有標籤，寫明哪年哪月哪日什麼人所遺留的。和尚、道士、婦女，就寫明和尚、道士、婦女；雜色人等，就寫明某人像商人、像官員、像秀才、像公吏；不知道，就寫上不知其人。在樓角上尋出一個小包袱，封記依舊，上面標著：「某年某月某日一官人所遺留下。」接著兩人先後下樓，店主邀集眾人再問李生塊數、重量。李生憑記憶報出若干塊、若干兩。店主打開袋子，與李生所說相符，當下全部交還李生。李生依諾要分一半與店主。店主說：「您想必也讀過書，怎麼如此不了解人？義理和利益之分，古人看得很重，我如果重利輕義，就會將這些金子隱瞞下來而不告訴別人，您能拿我怎麼辦？又不可以把我繩之以法。我之所以這樣做，是怕有愧於心的緣故呀。」李這才知道他真心不受，只覺得慚愧，也不好再提，更加謙恭地向他表示感謝，並邀請他去樊樓喝酒。店主也堅決推辭不去。當時茶館中有五十多人，大家都舉手拍額嘖嘖讚嘆，說這真是世上少見的事。

說書人的話

本篇寫茶館主人明於義利之分的高風亮節。人應追求正當的利益，決不可見利忘義，即使在今天的商戰中不也應該如此。這故事看似平淡，實際上很奇特；原文的行文老練自然，無懈可擊。

注釋

① 今開封市。
② 當時汴京的一座著名酒樓。
③ 都是宋神宗年號。熙寧，西元1068年～1077年。元豐，西元1078年

　　～1085年。

④ 北宋時屬福建路，相當於今福建省邵武、泰寧一帶地方。

原書介紹

《摭青雜說》 本書是南宋初期的一本筆記故事集。作者王明清（西元1127年
～1202年以後），字仲言，南宋初潁州汝陰（今安徽阜陽）人。曾官泰州通
判、浙西參議等。著述有《投轄錄》、《玉照新志》、《揮塵錄》、《摭青雜
說》等。

《摭青雜說》今存不到十篇，〈茶肆高風〉、〈全州佳偶〉、〈鹽商義嫁〉等
皆其中著名故事。

群 神 爭 強

出自：《止齋文集》／陳傅良

太陽中有一隻三腳烏鴉，月亮中有一隻蟾蜍。有一天蟾蜍與烏鴉碰面了，烏鴉戲弄蟾蜍說：「你不過像一塊肉團。跳起來，高不過一尺，又能幹什麼呢？」蟾蜍說：「我已經很不錯了，你不要嘲弄我！」烏鴉說：「你竟然也會發怒？」蟾蜍說：「我鼓起肚皮，能夠遮住月光；我張開口，能夠吞食月亮的土壤；我瞪大眼睛，群星便顯現不出光芒，我怎麼不能發怒呢！你如果不相信我，本月十五日，我就發怒給你看。」那個月十五，月亮果然沒有光輝。

又有一天，蟾蜍遇見烏鴉，便說：「前不久我發怒，你難道不恐懼嗎？」烏鴉說：「你怎能讓我恐懼呢？我搧動翅膀，能掩蓋太陽光；我張開口啄太陽的土壤，慢慢地用三隻腳踐踏太陽，天下人都會嚇得不敢安居。我看你發的怒，太微不足道了，又怎麼會恐懼呢！你如果不相信我，本月初一，我發怒給你看。」那個月初一，太陽果然沒有光輝。農民們敲著鼓①，在太陽下驚恐地奔走。

又過了幾天，烏鴉遇見蟾蜍，說：「我發怒怎麼樣啊？」蟾蜍說：「剛開始我自認為威風到極點，卻不知道你的威風蓋過了我。」太陽的車夫羲和②在一旁聽了說：「嚇，這算什麼威風！我快速地驅趕六條龍奔馳，那六條龍不敢稍微拖延偷懶；我施放熾盛的光焰，雲不敢聚集，雨不敢落下，風不敢吹拂；四面八方的莽莽大地，我能把它烤得熾熱；成千上萬的幽深峽谷，我也能烤得它草木枯死，光禿禿一片；

奔騰的各條江河，我也能烤得它水流枯竭。你們兩個竟敢炫耀發怒嗎？你們如果不相信，我便發怒給你們看。」於是果然發生了半年旱災，生活在天地間的生物都受了苦。

幾天後，義和遇見烏鴉，說：「我發怒怎麼樣啊？」烏鴉誠惶誠恐地說：「剛開始我自認為威風到極點，卻不知道你的威風大大超過了我。」風神飛廉、雷神豐隆、雨神屏翳聽到後，結伴到義和那裡去，責備他說：「你誇耀你發怒的威風嗎！我們應該向你顯示一下威風。我們三個，吐出雲氣，足可把整個天地完全覆蓋；噴出水沫，足可淹沒嵩山、華山 ③ ；發出呼嘯，足可使四海翻騰、九州 ④ 掀覆。這是明擺著的嘛，你有什麼威風！」話沒說完，豐隆便吐出雲氣，屏翳便噴出水沫，飛廉便大聲呼嘯。雲雨風雷彌漫山谷，連晝夜也分不清了，就這樣一直鬧了半年。

哎，這些主掌造化大權的先生們，竟然私下反目而比賽發怒，百姓和萬物有什麼罪而要遭受此害呢！

說書人的話

這個故事寫天神們相互比法鬥狠，卻使生靈萬物受災。大概是譴責人間作威作福、勾心鬥角的官僚們。故事以神話傳說為基礎，寫得生動而幽默，寓莊重的主旨於詼諧的風格之中。

注釋

① 發生日蝕時，人們往往擊鼓敲鑼。

② 神話傳說中太陽神的車夫，他每天駕著六條龍為太陽神拉車。

③ 中嶽嵩山、西嶽華山，泛指所有大山。

④ 泛指中國。

原書介紹

《止齋文集》 這是宋代著名學者陳傅良的文集。陳傅良（西元1136年～1203年），浙江瑞安人，字君舉，號止齋。少時為文即自成一家，後來師事鄭伯熊、薛季宣，成為永嘉學派傳人。孝宗乾道年間登進士，累遷起居舍人，以忠直切諫著稱。宋寧宗時召為中書舍人，兼侍讀，寧宗嘉泰年間為泉州知州，進寶謨閣待制，卒諡文節。

太虛司法傳

出自：《剪燈新話》／瞿佑

　　馮大異，名奇，是吳、楚故地的狂士，恃才傲物，不信鬼神。所有那些依附草木興風作浪，使世俗之人驚駭的妖邪，他必定挺身上前對付，遇上了就凌辱詆毀一番才罷手。有時放火燒掉它們的祠廟，有時把它們的塑像沉入水中，他勇往直前，毫無顧忌。因為這樣，人們也稱許他有膽量有氣魄。

　　元惠宗至元三年①，他僑居上蔡②的東門，有點事情到附近村子去。當時兵災過後，四處空蕩蕩無人居住，黃沙上瞠瞠白骨，一望而不能窮盡。還沒到目的地太陽就已西沉，陰慘慘的雲霧四處彌漫。既然沒有旅店，可怎麼安歇才好？他見道旁有一片古柏林，當即投身而入，倚著樹幹稍稍休息。貓頭鷹在前頭鳴叫，豺狼狐狸在身後噪哮。很快，有群烏鴉接翅飛下，有的縮著一隻腳鳴啼，有的鼓動雙翼飛舞，叫聲古怪險惡，組成圓陣飛舞不定。又出來八、九個死屍，直挺挺地僵臥在自己左右。陰風颯颯，飛雨驟至，猛聽得一聲疾雷，死屍一齊立起，看到馮大異在樹下，便爭先踴躍著撲過來，馮大異急忙爬上樹躲避，群屍在他下面包圍，有的狂嘯，有的喝罵，有的坐地，有的僵立，相互大聲說話：「今夜一定要抓到這傢伙！不然，我們將有麻煩！」過會兒雲收雨止，月光穿射而下，只見有一個夜叉惡鬼由遠處走來，頭上生兩角，全身青色，邊喊邊跑，很快到了林子裡，用手揪住死屍，摘下屍頭來吃，好像吃瓜一樣。吃完之後，飽腹而睡，打鼾的聲音驚天動地。馮大異心想不能久待，乘他正熟睡，下樹疾逃。跑不到百步，那夜叉已在身後追來。他不顧性命狂奔，差點就被追

上。碰到一座廢寺，急忙躲進去。寺內東西兩側廊房均已傾塌，只有殿上有一尊佛像，形貌很雄偉，發現佛像背上有一個洞，馮大異沒辦法，竄身入洞內，躲在佛像腹中。自認為找到好地方，可以不用擔心了。忽聽得佛像拍著肚子笑說：「那夜叉求之而不得，我卻不求而自己送上門來，今天晚上有這頓好點心，不用吃齋食啦！」馬上振身而起，行走步伐很沉重，快走到十步時，卻被門檻擋住，絆倒在地，泥土木片一片狼籍，泥胎骨架早已粉碎。馮大異總算出來了，口裡猶自大言不慚說：「胡鬼還想害你爺爺，還不是自取其禍！」當即出寺而行。遠遠地望見田野之中，燈火閃亮，幾個人正謙讓著坐下。他心裡非常高興，向那兒奔去，到那兒一看，都是些無頭的傢伙，有腦袋的就沒有一條臂膀，或缺隻腿，馮大異掉頭便跑。那些鬼大怒，叫著：「我們正玩得酣暢，這人大膽，竟敢來攪亂場子，正好抓他當肉塊點心！」馬上就狂呼亂喊，舉步追來。有的鬼撿了牛糞投過來，有的拈了人骨頭甩來，沒腦袋的鬼則提著頭逼過來。前頭有一條河水攔路，馮大異橫流游過去，眾鬼到了水邊，不敢過去。不覺已跑了半里遠，馮大異才敢回頭看，還能聽到眾鬼喧嘩叫嚷之聲不絕於耳。

　　不一會兒，月亮落下，辨不清路徑，失足墜入一個坑中，坑深不見底，正是鬼谷。寒風飛沙使人睜不開眼，陰森森地寒氣徹骨，群鬼都聚集在此處。有的頭髮通紅又長著雙角，有的通體綠毛又生著雙翼，有的鳥嘴獠牙，有的牛頭獸面，都是渾身青藍色，口裡吐著火焰。看到馮大異來了，相互祝賀說：「仇人可來啦！」馬上用鐵鏈繫著他的脖頸，皮帶拴著腰部，被驅趕到鬼王的寶座下。鬼稟告說：「這就是那位在世上不信鬼神、凌辱我們的狂妄之人。」鬼王怒責他說：「你五體俱全又有知識，難道沒聽說鬼神的功德有多麼大嗎？孔子是位聖人，尚且說『敬而遠之。』深遠博大的《周易》說過『載鬼一車』③，《小雅》說過『為鬼為蜮』④。其他諸如《左傳》所記載，晉景公夢鬼⑤和伯有作鬼報仇⑥的故事，說的都是鬼神之事。你算什麼人，獨獨說沒有鬼？我受你的欺辱可太久啦！現在幸好相遇，否則我怎能甘心呢！」當即命眾鬼剝下馮大異的衣服帽子，用木棍荊條痛打，流血淋漓，馮大異求死不能。鬼王於是對他說：「你

願意把泥土調成醬呢？還是願意身體長達三丈？」馮大異心想泥土怎能調成醬，於是表示願身長三丈。眾鬼便把他捺到一張石床上，如同搓麵粉似的，翻來覆去地用手一齊按摩他，不覺間身體漸漸加長，搓完了扶他起來，果然已有三丈高了，纖細得像根竹竿。眾鬼哄笑污辱他，叫他「長竿怪」。鬼王又對他說：「你想把石頭煮成水呢？還是願意身體僅一尺長？」馮大異正因身太長不能站立而發愁，就願身長僅一尺。眾鬼又把他趕到石床上，如同揉麵一樣，極力一捺，體內骨節礫礫作響，隨即又把他抬起來，果然只有一尺長了。他身體圓圓如同大螃蟹，眾鬼又哄笑污辱他，叫他「彭蜞怪」。馮大異在地上蹣跚爬動，苦不堪言。旁邊有個一老鬼，拍掌大笑說：「你平日不相信鬼怪，今天怎麼又這副模樣啊？」於是向眾鬼懇求說：「他雖然無禮，可是受到的羞辱也夠啦，可憐可憐，就請寬恕他吧！」用兩手提起馮大異，抖動幾下，一會兒身體就復原了。馮大異請求回家，眾鬼說：「你既然到了這兒，不能白白地回去，我們各有一件東西相贈，以便讓人間知道有我們存在。」老鬼說：「那麼，有什麼東西贈給他呢？」一鬼說：「我贈他撥雲角吧。」當即把兩隻角放在馮大異的額頭上，對稱地放置。又一鬼說：「我贈送這嘯風嘴。」即用一枚鐵嘴加在馮大異的唇上，像鳥嘴般尖銳。一鬼說：「我贈他一頭赤髮。」即用紅水染了馮大異的頭髮，頭髮因此如野草般雜亂直立，顏色如火。一鬼說：「我贈給你發綠光的眼。」隨即用兩顆青色珠子嵌入馮大異的眼睛，發出湛湛綠光。老鬼於是送他出鬼谷，並說：「好好珍重，先前那群小人侮辱你，最好別記在心上。」

　　馮大異雖得以出來，然而頭上生著撥雲雙角，口戴嘯風嘴，滿頭紅髮，眼睛發綠光，儼然是一個奇鬼。回到家，妻子兒女不敢相認；走到街上，眾人圍堵聚觀，當成怪物；小孩們更嚇得驚叫啼哭，四散逃避。於是躲在家裡，閉門不吃飯，因氣憤惱怒，鬱鬱而死。馮大異臨死時，對他的家人說：「我被那群鬼所害，現在要死了，定要在棺木中多多放入紙張筆墨，我要到天帝那兒上訴。幾天之內，蔡州 ⑦ 如果發生一件奇異之事，那就是我上訴成功的時候啦。你們要給我備酒相賀。」話說完就死了。三天之後，大白天忽然風雨大作，雲霧四處彌漫，雷霆霹靂之聲

響天動地，屋瓦都飛了下來，大樹均被連根拔起，過了整整一夜才消歇放晴。馮大異先前掉下去的那口大鬼坑，變成了一片沼澤，方圓有數里之大，澤水都是紅色。忽聽到棺木中有說話聲：「上訴已成功了，群鬼都被斬盡殺絕！天帝因爲我很正直，任命我爲太虛殿的司法官，職務很重要，我不會再回到人世啦。」他的家人祭奠後便葬了他。神靈感應的事，當眞是靈驗的啊。

說書人的話

本篇寫了一個倔強而敢於與鬼怪作對的人物形象。夜叉、大佛像、鬼谷群鬼與鬼王，實際上象徵著人間種種黑暗勢力，而天府勝訴則表現了人們的理想與樂觀精神。這篇小說對《聊齋誌異》的影響是非常明顯的。主人翁馮大異與《聊齋誌異》中的席方平基本屬於同一類型的人物；故事中夜叉吃人的情節，頗似《聊齋誌異》中〈野狗〉的情節。

注釋

① 元惠宗至元三年，西元1337年。

② 今河南省上蔡縣。

③ 見《易·睽》上九：「見豕負涂，載鬼一車。」

④ 見《詩·小雅·何人斯》：「為鬼為蜮，則不可得。」蜮，傳說是一種水中怪物，它含沙射水中人影，其人因而得病。

⑤ 據《左傳》成公十年載：晉景公夢見一大鬼找他報仇，因而得病，後桑田巫為他推算，說：「恐怕等不到新麥成熟，你就不行了。」景公不信。麥熟之時，讓人做了麥飯，把桑田巫召來，當場殺死。他剛要吃飯，覺得肚子漲痛，急忙走進廁所，結果摔死在茅坑中。

⑥ 據《左傳》襄公三十年及昭公七年載：春秋時鄭國大夫良霄，字伯有，被子晰和駟帶攻殺。伯有死後為厲鬼，託夢要在某天先後殺死駟帶和公孫段，後兩人按期而死。子產安置好伯有的兒子，才

平息。

⑦今河南省汝南縣。

原書介紹

《剪燈新話》 明代著名筆記故事集。作者瞿佑（西元1341年～1427年），字宗吉，號存齋，明初錢塘（今浙江杭州）人。早年便以文才知名，但懷才不遇，只擔任過教諭、訓導、長史之類的小官。著有《存齋詩集》、《歸田詩話》、《閱史管見》等，而傳世之作是這本《剪燈新話》。

此書成於明代洪武年間，有四卷二十篇。題材以婚戀、鬼怪為主，藝術上追蹤唐傳奇，描述委婉，文辭華艷，一反宋人傳奇的樸拙枯淡的風格，為明清文言作品所摹仿，對《聊齋誌異》等皆有良好影響，因此在古代文言小說與童話發展史上有重要地位。作者搜集古今故事，很多同道把故事告訴他，前後花了多年時間。這與《聊齋誌異》的編寫方法也頗相似。

中 山 狼 傳

出自：《東田文集》／馬中錫

　　趙簡子①在中山②大規模地打獵。狩獵的官員在前面做嚮導，獵鷹獵犬成群跟在後面。靈敏的飛鳥和凶猛的野獸，弓弦一響就被射倒的，不計其數。突然，有一隻狼在路中間，像人一樣站著叫喚。趙簡子見了，從容地登上車子，手拉烏號良弓③，搭上肅愼名箭④，一箭射去，連箭末的羽毛都射進狼的肉體裡去了。狼痛得大叫一聲，拼命逃跑。趙簡子大怒，連忙驅車追狼。車馬揚起的塵土遮蔽了天空，奔跑的腳步聲像雷鳴一般，在十步以外的地方，就分辨不出人和馬了。

　　正在這時，有一個信仰墨子學說⑤的東郭先生⑥，要到北方的中山找官做。他趕著一頭跛腳的驢子，驢背上馱著一袋書，清晨趕路迷失了方向，望著飛揚的塵土，嚇得心驚膽戰。狼突然跑來，伸著頭看著東郭先生說：「先生不是有救助萬物的志向嗎？從前毛寶將一隻白龜放生，後來因爲白龜的幫助得以渡江逃命⑦；隋侯也因爲救活了一條受傷的大蛇而得到一顆寶珠⑧。要知道，蛇和龜的靈性本來不比狼呀！今天這樣的情況，怎麼不讓我趕緊躲進您的書袋裡，使垂危的生命得以延續呢？將來倘若我有出頭之日，先生的恩德，眞是使死者復生，使白骨長肉啊！我怎敢不努力仿效龜蛇的誠意呢？」東郭先生說：「唉，偷偷地庇護你這隻狼，可能因此冒犯大官，觸怒有權勢的貴族，禍患尚且不能預料，還敢指望你報恩嗎？然而墨家的主張，以『兼愛』⑨爲根本，我總要想法子救你的命。即使有災禍，也當在所不辭啊！」於是取出書籍，倒空口

袋，慢慢地把狼裝進去。可是袋子小，往前裝擔心狼的腳爪踩著牠自己的下巴肉，往後裝又怕狼的屁股壓著牠自己的尾巴，裝了好幾次都沒有裝好。東郭先生遲疑不決動作緩慢，而追趕的人越來越近了。狼請求說：「事情危急了，您難道真要慢悠悠地打躬作揖去搶救火燒水淹的人、響著車鈴來躲避盜賊嗎？希望先生趕快想辦法！」狼於是蜷縮四條腿，讓東郭先生用繩子捆起來，把頭彎下來湊到尾巴上、弓著脊梁、遮住下巴肉，像刺蝟那樣縮成一團、像尺蠖那樣彎著身體、像蛇一樣捲成盤、像龜一樣縮進殼，屏住呼吸，聽憑東郭先生擺布。東郭先生按照牠的意思，把狼裝進口袋，紮緊袋口，用肩扛起放到驢背上，然後躲在路旁，等待趙簡子的人馬經過。

　　一會兒趙簡子到了。他因為找不到狼，非常生氣，就拔劍砍掉車轅的一頭，警告東郭先生，罵著說：「誰敢隱瞞狼的去向，就叫他跟這斷轅一樣！」東郭先生慌忙趴伏在地上，爬到趙簡子跟前，跪著說：「我雖是個愚蠢的人，但打算給世上做點事。可是我在遠方奔走，連自己都迷失了路，又怎能發現狼的蹤跡，來指引您的獵鷹獵犬呢？但我曾聽說過『大道以多歧亡羊』⑩，羊啊，一個小孩就可以制伏牠，像牠這樣馴服，尚且因為岔道多而丟失。但是狼不是羊能比的，而中山可以丟失羊的岔道又哪能數得清呢？現在您僅僅沿著大路來追牠，豈不等於『守株待兔』⑪、『緣木求魚』⑫嗎？況且打獵是狩獵官員所管的事情，請您去問問他們吧。趕路的人有什麼罪過呢？再說，我雖然愚蠢，難道連狼也認不清楚嗎？狼的本性又貪婪又狠毒，跟豺結伙害人，您能除掉牠，我本來應當盡一點微小的力量，又怎會隱瞞牠的去向不告訴您呢！」趙簡子聽了，默不作聲，掉頭走了。東郭先生也趕著驢子，用加倍的速度往前走。

　　過了很久，趙簡子一行人的影子逐漸消失，車馬的聲音也聽不到了。狼估計趙簡子走遠了，就在口袋裡說：「先生該留心了。把我從口袋裡放出來，解開我身上的繩子，拔掉我胳膊上的箭，我要走了。」東郭先生動手把狼放了出來。狼吼叫著對東郭先生說：「剛才我被獵人追趕，他們來得非常迅速，幸虧先生救了我。可是現在我餓極了，餓了得不到吃的東西，也終歸是死路一條罷了。與其餓死在路上，被其他

野獸吃掉，還不如被獵人打死，供貴族作食品。先生既然是墨家學說的信徒，勞碌奔波受盡辛苦，爲天下謀福利，您又何必捨不得把身體送給我吃，讓我保全這條小命呢？」說著，就張牙舞爪，向東郭先生撲去。東郭先生急忙赤手空拳地跟牠格鬥，邊打邊退，用驢子作掩護，圍著驢子打轉。狼始終佔不著東郭先生的上風，東郭先生也盡力抵抗，雙方都很疲倦，隔著驢子喘氣。東郭先生說：「狼對不起我！狼對不起我！」狼說：「我也不是一定要對不起你，只是老天生下你們這樣的人，本來就是要給我們吃的啊！」雙方僵持了很長時間，太陽漸漸西斜。東郭先生心裡盤算著：天色漸漸地晚了，如果狼再成群結隊地跑來，那我就死定了！因而騙狼說：「按照民間的習慣，有疑難事一定要請教三位老者。我們現在去找三位老者問問這件事，如果他們認爲我該被吃，你就把我吃掉；如果他們認爲我不該吃，那你就不要吃了。」狼聽了非常高興，就跟東郭先生一同往前走。

　　走了一會兒，路上看不見行人。狼口饞得要命，看見路旁有一棵老樹，就對東郭先生說：「可以問問這位老者。」東郭先生說：「草木什麼也不懂，問它有什麼用！」狼說：「只管去問，它一定有話說的。」東郭先生沒有辦法，只得恭恭敬敬地對老樹作了一個揖，將事情從頭到尾述說一遍，然後問它：「像這樣，狼應當吃我嗎？」只聽見老樹的樹幹裡發出轟轟的聲音，對東郭先生說：「我是一棵杏樹啊。從前老園丁種我時，只花費一顆杏核罷了。過了一年開了花，再過一年結了果，三年的時間就長得有兩把那麼粗，十年的時間就有兩手合抱那麼粗，到現在已經二十年了。這些年來，老園丁吃我的果實，他的老婆、孩子吃我的果實。外至賓客，下至佣人，都吃我的果實。還把我的果實拿到市上去賣，獲取利潤。我對老園丁的功勞確實很大。現在我老了，光開花不能結果了，使得老園丁大發脾氣，砍掉我的枝幹，剪去我的枝葉，還打算把我賣到木工鋪裡去換錢呢。唉，像我這樣，沒有用了，到了晚年，要求免遭大斧的砍伐也不可能了。你對狼有什麼恩德，卻妄想地放過你呢？照這樣看來，狼應當吃掉你！」聽了老杏樹這番話，狼又張牙舞爪，衝向東郭先生。東郭先生急忙說：「喂，你失信啊！當初約定請教三位老者，現在還只遇到一棵老

杏，為什麼就馬上逼迫我呢？」狼只得再跟東郭先生一道往前走。

狼越發性急了，看見一頭老母牛在破牆中曬太陽，就對東郭先生說：「可問問這位老者。」東郭先生說：「剛才草木不懂道理，胡說一通，險些壞了大事。如今這頭牛只不過是畜生罷了，又去問牠做什麼？！」狼說：「只管去問牠，不問，我就要吃掉你。」東郭先生沒有辦法，只得很有禮貌地對老牛拱了拱手，再把事情頭從到尾述說一遍，然後問牠。老母牛皺著眉頭，瞪著眼睛，舔舔鼻子，然後張開嘴巴對東郭先生說：「老杏的話不錯啊。想當初，我是小牛的時候，筋骨健壯，力氣很大，老農只用賣掉一把刀的價錢就換得了我。起初我協助別的牛耕地，等我長大了，其他的牛一天天衰老疲憊，所有的工作都由我來擔當。他要趕車了，我就低下頭來駕車，選擇近路迅速地奔跑；他要種地了，我就丟下車子，跑到郊外去拉犁開荒。老農依靠我，就像依靠他的左右手一樣。穿的吃的依靠我來供給，結婚成家依靠我來完成，田租稅款依靠我來交納，穀倉糧囤依靠我來裝滿。我也自信，死後可以像馬狗一樣，得到一張席子來掩葬屍體。過去他家沒有積蓄一擔糧食，如今光收藏的麥子就多到十斛了；過去窮困到誰也瞧不起他，如今他卻在村社裡大搖大擺瞧不起別人了；過去他家的酒杯和酒缸空蕩蕩的積滿了灰塵，而他嘴唇發燥，半輩子沒有嚐過酒味，如今卻釀著穀物酒，拿著酒樽在妻妾面前放縱奢華了；過去他穿著粗布短衣，跟泥巴打交道，兩手不曉得作揖打恭，心裡不曉得詩書文章，如今卻捧著村塾先生的《兔園冊》⑬教本，戴著帽子，束著皮腰帶，穿起寬大的衣服了。他家的一寸絲，一粒糧，都是靠我的力氣得來的啊。但是現在他嫌我年老力衰，把我趕到荒蕪的郊外。颼颼的冷風刺得我眼睛疼痛，在寒冷的陽光下，我只能對著影子傷心。我骨瘦如柴，老淚縱橫，口水直流，無法控制。四肢痙攣連抬動一下都十分困難；我全身的毛都脫光了，皮肉潰爛始終長不好。老農的老婆還嫉妒我，並且十分凶狠，一天到晚慫恿老農說：『牛身上的東西都有用處呢。肉可以作肉乾，皮可以製革，骨頭和角可以磨製成器皿。』又指著他的大兒子說：『你在廚師手下學習手藝多年了，為什麼不磨快屠刀準備宰牛呢？』從這種跡象看來，都對我不利啊，我還不知道自

己會死在什麼地方呢！我有這樣大的功勞，他們卻對我這樣無情無義，我不久就要遭受大禍了。你對狼有什麼恩德，卻妄想牠赦免你呢？」聽了老牛這番話，狼又張牙舞爪，向東郭先生撲去。東郭先生連連說：「不要急啊！不要急啊！」

正在這時，遠遠望見一個老人拄著藜杖來了，鬍鬚眉毛像雪一般白，穿著文雅。看樣子，大概是個很有德行的人。東郭先生又驚又喜，連忙撇開狼迎上前去，跪在地上，邊拜邊哭地對老人說：「求您說句公道話，救救我的命吧！」老人問原因，東郭先生回答說：「這條狼被打獵的人追急了，向我求救。我冒險救了牠，牠現在反而要吃我，我竭力懇求也不行，看來，我就要被牠吃掉了。我沒有辦法，想稍微拖延一點時間，跟牠約定請三位老者來辯明是非。開始遇到一棵老杏樹，狼強迫我去問它，草木不懂道理，它的一番話幾乎送了我的命。後來遇到一頭老母牛，狼又逼著我去問牠，畜牲不懂道理，牠的一番話差點又送了我的命。現在遇到您，這豈不是天不絕我這書生的命嗎？懇請您說句公道話，救救我的命！」說著，連連磕頭，趴在地上聽候老人吩咐。老人聽到這件事，再三嘆氣，用藜杖敲打著狼說：「你錯了，人家對你有恩德，你卻背叛他，再沒有比這更不吉利的事了。儒家認為，受了別人的恩惠而不肯負義的人，他作兒子必定孝順父母；又說，即使是虎狼，也懂得父子的情義。現在你忘恩負義到這種地步，那就連父子的情義也沒有了。」說罷高聲大喝：「狼，快滾開！不然的話，我將用藜杖打死你。」狼說：「您只知道一方面，而不知道另一方面。請讓我訴說這件事，希望您能聽一聽。當初先生救我的時候，捆起我的腳，把我裝進口袋裡，上面用書本壓著，我弓著身子，連氣也不敢出。他又用許多話去蒙蔽趙簡子，意思大概是想把我悶死在口袋裡，獨佔好處。這樣的人怎麼能不吃掉呢？」老人回過頭來對東郭先生說：「如果真是這樣，那你也有不對了。」東郭先生不服氣，把他如何往口袋裡裝狼、如何憐惜牠的種種情況，詳詳細細述說一番。狼也不停地狡辯，企圖駁倒東郭先生。老人說：「這些話都不能夠使人相信。不妨試一試，再把狼裝進口袋，我看牠的樣子是不是真的難受。」狼高興地聽從他的安排，把腳伸給東

郭先生。東郭先生又把狼捆住，裝進口袋裡，用肩扛到驢背上，而狼還不知道老人的用意呢！老人貼著東郭先生的耳朵，小聲地問：「有匕首嗎？」東郭先生回答說：「有。」於是拿出匕首。老人用目光示意東郭先生拿匕首刺殺狼，東郭先生說：「這不是要害死狼了嗎？」老人笑著說：「禽獸忘恩負義到這種地步，還不忍心殺牠，你固然是個很仁慈的人，但也太愚蠢了！跳下井去營救別人，脫下自己的衣服去拯救受凍的朋友，對於被救的人是合適的，可是自己要陷入死地又怎麼辦呢？先生大概就是這一類人吧？仁慈而到了愚蠢的程度，這本是君子所不贊成的啊！」老人說罷哈哈大笑起來，東郭先生也笑了。老人就動手幫助東郭先生拿起匕首，一同將狼殺死，把牠丟在路上走了。

說書人的話

中山狼是一個負恩獸的典型形象，牠善於變換臉譜：危急時大談仁愛，謊言報恩，順從聽命；得志時便露出猙獰本相，鼓吻奮爪，強詞奪理，顛倒是非，恩將仇報。老人殺狼的辦法，又類似葫蘆妖魔型故事（如《天方夜譚》中〈漁翁的故事〉）。老杏、老牛的形象也很別緻，牠們的出現使故事情節更為豐滿曲折，更使讀者懸念，同時也增加了故事的意蘊。這個故事在當時便有很大反響，明人用這個題材寫的劇本就有五個之多，最著名的是康海的《中山狼》雜劇和王九思的《中山狼院本》。

注釋

①趙簡子（生年不詳～西元前477年），名鞅，又名志父，亦稱趙孟，諡號簡子，春秋末年晉國的卿，是晉國的實際執政者。

②春秋時國名，戰國時被趙國吞併，在今河北省定縣、唐縣一帶。

③古代良弓的名稱。傳說烏號是用堅勁的桑柘木製造的。

④古代肅慎國製造的利箭。周武王時，肅慎國曾進貢楛矢。

⑤墨子（約西元前468年～前376年），名翟。春秋戰國之際的思想家、政

治家，主張兼愛，是墨家的創始人。

⑥ 東郭先生，我國古代寓言中常用的人名。東郭是複姓。

⑦ 《搜神後記》記載，晉代豫州刺史毛寶駐守邾城（今湖北省黃岡縣）時，一軍士在武昌買了一隻白龜，養在甕中，長大後就放到江裡去。後來在一次戰爭中，邾城被攻打，赴江逃命的都溺死，唯獨養龜人被先前放生的白龜載過江。放生而得渡的是軍士，不是毛寶，作者引典故，與原書略有出入。

⑧ 相傳春秋時代，隋侯曾給一隻受傷的蛇敷藥，後來蛇銜來一顆珍珠報答他。見《淮南子‧覽冥訓》注解。

⑨ 兼愛，是墨子學說的核心。主張不分貴賤親疏，對所有的人一視同仁，實行廣泛普遍的愛。

⑩ 語出《列子‧說符》。大意是說，因為大路上岔道多，羊走失了，難於尋找。

⑪ 守株待兔是《韓非子‧五蠹》中講到的一個寓言。

⑫ 緣木求魚，意為爬到樹上去捕魚，語出《孟子‧梁惠王上》。

⑬ 即《兔園冊府》，唐代杜嗣先著，是一本用對偶文分類編輯古今事蹟和典故的啟蒙書。

原書介紹

《東田文集》作者馬中錫（西元1446年～1512年），字天祿，號東田，河北故城人。明代文學家，憲宗成化十一年（西元1475年）進士。為人剛正，曾因觸犯萬貴妃與宦官汪直而下獄。後來任大同巡撫，奉命鎮壓劉六、劉七兄弟的起義，因主張招撫而被誣陷下獄，病死於獄中。

〈中山狼傳〉這篇故事的作者有三說：一、唐人姚合；二、宋人謝良；三、明人馬中錫。這大概是一個流傳已久的民間故事。馬中錫《東田文集》卷三收錄了這篇作品，因此馬氏的著作權較易肯定。馬氏的學生康海據此寫了《中山狼》雜劇。

遼 陽 海 神 傳

出自：《遼陽海神傳》／蔡羽

　　程宰士是徽州①人。明武宗正德初元，他和哥哥挾帶巨款在遼陽②作生意。幾年後，生意失利，幾經周折，全部耗盡。按徽州習俗，作生意的通常幾年回家一次，妻子兒女及親戚朋友全看獲利多少來判斷他的賢與不賢，從而喜歡他或討厭他。程宰士兄弟既然生意冷落，便羞愧沮喪，覺得回家沒有希望。於是被別的商人雇用，以掌管帳目糊口。兩兄弟結鄰而居，憂鬱憤恨，幾乎沒法活下去。

　　到戊寅年秋天，又是好幾年了。遼陽天氣冷得早。一天晚上，突然刮風下雨，程宰士已經鑽入被窩睡覺了。只因苦寒，想念家人，便披衣坐起，長噓短嘆，恨不得早點死去。當時燈燭已熄，又沒有月光。忽然房子裡全明亮起來，幾乎如同白天。房中的雜物，連毛髮都可以數清。正在疑惑之時，又覺得奇香飄蕩，不知來自何處。風雨停息，寒意頓時消失。程宰士更加驚訝，不知怎麼回事。他急忙開門出去看，只見仍舊風雨滿天；關門進屋，卻是另一境界。他懷疑是鬼怪所變幻的，便大聲喊叫「有鬼怪」，希望哥哥能聽到。哥哥的臥室僅僅相隔一堵土牆，接連喊叫幾十次，寂然沒有回聲。他驚慌得不知所措，便拿被子蓋住頭，面向牆壁躺著。過了一會兒，又聽到空中車馬喧鬧，音樂鑼鼓之聲，從東南方傳來。起初還相距很遠，片刻便進了房中。他轉目偷看，見到三位美人，都是紅潤的臉孔，黑黝黝的鬢髮，明亮的眼睛，潔白的牙齒，年約二十左右，穿戴華麗的服飾，就像世上王后王妃的畫像一般。她們全身上下，披金帶玉，光

彩煥發，不能分辨清晰。天姿國色，奪目驚心，真是天仙呀。美人前後左右，幾百個丫環，也都漂亮動人。有的提著香爐，有的揮動宮扇，有的張開華蓋，有的帶著刀劍，有的拿著符節，有的捧著禮物盤，有的端著花燭，有的挾著圖書，有的擺著寶玩，有的扛著儀仗旗，有的抱著被褥，有的拿著包頭巾和佩巾，有的捧著盥洗用具，有的舉著如意，有的舉著美味佳餚，有的在陳設屏障，有的在布置筵席桌椅，有的奏著音樂。儘管眾多繁雜，但行列卻很整齊，一點也不雜亂。房子才一丈見方，綽綽有餘，一點也不覺得狹小。門窗都是關著的，不知道她們是從哪裡進來的。過一會兒，身著盛裝的一位美人，靠在床前撫摸著程宰士，並微笑著說：「果真睡著了嗎？我不是害人的鬼怪，因和你有宿緣，所以來相依從，為什麼會這麼懷疑？況且我已經到了這裡，沒有回去的道理。你就是整夜呼喊，哥哥必定聽不見，還不是白白苦自己罷了。快起來，快起來！」程宰士心想：「這東西能千變萬化，不是神仙就是鬼怪，果真要害我，即使臥床不起，又如何逃避呢？況且她既然說和我有宿緣，或許不會為害。」便推枕下床，伏在美人前跪拜說：「我是人間愚民，不知真正的神仙降臨，沒有恭恭敬敬地迎接，罪該萬死，請求饒恕。」美人伸手把程宰士拉起來，安慰他，叫他不用害怕，並和他並排面南坐著。那兩位美人，東西兩方，相向而坐，都說：「今晚的相會，是天數不是偶然，千萬不要自生疑惑。」便命令丫環上酒端菜。

　　端出來的東西都是平常沒有見過的。剛剛舉筷子，便覺得味道特別精美，心胸頓時變得清爽。過一會兒，丫環用紅玉蓮花卮③進酒，卮也大得很，大約能裝一升左右。程宰士本來就很少飲酒，因此就極力推託不行。美人笑著說：「郎官是怕喝醉嗎？這酒不是人間曲糵④所釀的，為什麼懷疑有毒呢？」於是親自端起卮向程宰士進酒。程不得不為她大喝一口，這酒凝結如糖一般，卻又特別滑膩爽口，一點也不黏牙齒。那種甘甜清香，是甘泉和甘露不能相比的。不知不覺一卮酒全喝光了。美人又微笑說：「郎官已經相信我了嗎？」程宰士便連喝幾卮，精神更加振奮，沒有一點醉意。每上一次酒，必定八音齊奏，聲調清越柔和，令人產生進入神仙境界的幻想。酒喝完後，東西而坐的兩位美人起身說：

「夜已深了，你們夫婦可以就寢了。」於是就爲他們撩開帷帳、拂拭枕頭離去，其餘的丫環也都跟隨離去。宴席上所有物品，眨眼就不見了。門仍然還是鎖著的，又不知道是從哪裡出去的。唯獨留下同坐的美人。他們一同解開衣服上床，帷帳被褥都很珍貴，不是以前那些舊東西了。程宰士儘管特別害怕，但還是動心了，美人慢慢地解下髮髻，黝黑光亮可以照人，頭髮有一丈多長。皮膚柔滑潔白，勝過凝脂。程宰士神魂飄越，不知怎麼辦。他喜出望外，美人也對他特別深情，對他說：「世間花月上的妖精，能飛能走的鬼怪，他們常常害人，所以被厭惡。我不是那一類妖孽，公子不必疑心。我儘管不能對公子有特大的好處，但也可以使公子身體康健，資金漸漸富足。如果有災難，也可以周旋一下，但不宜洩露出去罷了。從今以後，我便會常常奉陪在枕席，不會有誤。你哥哥雖是最親近的人，也千萬不要對他說。一說出去，大禍便會接踵而來，我也不能爲你想辦法了。」程宰士聽後十分高興，合掌自己發誓說：「我本是平凡低賤的人，承蒙神仙的深厚恩德，恨不得粉身碎骨，以圖報答，伏承旨令，怎麼敢不銘記心中？如果違背誓言，九死不悔。」發完誓，美人抱著程的脖子對他說：「我不是天仙，其實是海神。和你結下舊緣已經很久了，所以來相依罷了。」過不久，鄰居家的雞叫了兩遍。美人穿衣起床說：「我現在要走了，晚上一定再來，公子應該愛惜自己。」說完，昨天晚上的兩位美人和所有丫環全到，各個祝賀一番，洗漱整裝，簇擁離去。美人拉著程宰士的手，再三囑咐他不要洩露出去，走時幾次回頭，不忍暫時分離，情深意厚，不可比擬。程宰士歡喜欲狂，不能控制。轉眼之間，美人消失。他仔細觀察門戶，仍是昨晚那樣鎖著的。回頭再看房中，土炕布被，荊條筐子，蘆葦床席，依然如舊，剛才的奇蹟沒有了。

程宰士茫然若失地說：「難道這是夢？」然而回想起飲酒吃飯，歡聲笑語及交合、盟誓之類，都歷歷在目非常清晰，不會是夢境，因此他感到又困惑又欣喜。

一會兒，天色亮得可以看清東西了，他出去跑到哥哥房中。哥哥十分驚訝地問：「你今天早晨精神煥發與昨天迥然不同，是爲什麼？」程宰士怕被懷疑，謊稱：「幾年來不得志，歸家無望，昨夜突然寒冷，愁思更

加急切，反覆悲嘆，竟然整夜沒睡，哥哥一定聽到了。我有什麼值得高興而神采煥發的呢？」哥哥說：「我也苦於寒冷，想家沒有闔眼，靜聽你的房中，始終寂然無聲，哪裡聽到悲嘆聲呢？」這一會兒，來了一大幫作生意的伙伴，見到程宰士的臉色，都十分驚奇，他們所說的和哥哥一樣。程宰士只是唯唯諾諾掩飾罷了。然而他自己也覺得比以前更加神思精明，肌體柔滑濕潤。他心中暗自高興，但唯恐美人不再來了。這一天，程宰士頻繁地觀察日影，恨日頭不能快速移動。天一剛近黃昏，他便假稱肚子痛，躲進屋中鎖上門，虔誠地等候著。當街鼓剛剛敲響，他屋中忽然再次明亮起來，宛如昨夜一樣。一會兒，兩個持爐的前導出現了，美人到了。她只有幾個丫環跟著，禮儀不如昨晚那麼隆重。那兩位美人，也沒有再來。這個美人笑著說：「公子果真如此有心，只是應該始終如一。」隨即叫丫環進酒上菜，還是昨晚那般豐盛和珍奇。兩人談笑風生，勝過昨晚。過不久，散席就寢，丫環再次離去。一看床上被褥，又是錦繡重疊，但是沒見到她在舖設。程宰士心想：「我來假裝跌倒在床下，看她是怎麼弄的。」正想轉身，房子裡全鋪上了錦繡地毯，地面沒有一寸空隙。當天晚上，纏綿恩愛，更加親暱。清晨，雞叫兩遍時，又起床，洗漱後離去。

　　從此以後，美人夜靜就來，雞叫便起，習以為常，幾乎沒有間斷一晚。儘管高聲喧嘩、音樂聲不斷，哥哥臥室特別近，但終究沒有聽到過，不知用的是什麼法術。程宰士每次心裡想要什麼，當即抬頭一看便是，速度非常之快。一天晚上，偶爾想起新鮮荔枝，隨即就有百多顆帶葉的荔枝，色香味都是絕世珍美。又一個夜晚，他想吃楊梅，隨即有一枝白色楊梅，三、四尺長，大約有兩百多顆，非常甜美，葉子特別鮮嫩。吃完剩下來的，忽然又不見了。當時已是深冬，不知從哪裡得到的，況且這兩種水果不是產於北方。又一晚上，談到鸚鵡，程宰士說：「聽說有白色的，可惜沒有見到過。」轉眼之間，就見到一些鸚鵡在前飛舞，白色和五色的各一半。有的朗誦佛經，有的唱著詩賦，都是漢人的語音。一天，街上有個大商人正在出售兩顆寶石，那寶石叫做硬紅石，顏色就像桃花，比拇指稍大，要價百金。程宰士偶爾見到，當天晚上談及這件事。美人拍

著手說：「夏蟲不可語冰 ⑤，確實是這樣的啊！」說完後，隨即滿屋子都是珍寶。珊瑚有一丈多高的、明珠有如同鵝蛋的、五色寶石像盛物的器具，光彩奪目，不能正視。轉眼間，屋子又變得空蕩了。

　　兩人親暱了很長一段日子後，程又談及往年做生意賠本的事，不由得長噓短嘆。美人又拍掌說：「剛才還是歡欣暢快的，接著便用俗事來擾亂心思，為什麼如此地不灑脫呢？然而這是你的本業，也沒有什麼可驚奇的。」說完，前面滿是金銀，從地上堆到屋頂，不計其數。美人指著對程說：「你要的是這個麼？」程羨慕得很，想要撈取。美人拿起筷子夾一塊正在吃的肉，放在程的面前，問他：「這塊肉可以黏在你的臉上嗎？」程宰士說：「這是別的肉，怎麼可以黏在我的臉上呢！」美人笑著指著金銀說：「這是他人的東西，怎麼可以歸你呢？你要得到它，也不是不可以。但是不屬於你的東西，不能夠帶來幸福，反而會帶來禍害。我怎麼忍心害你呢？你要這些東西，可以親自經營，我會幫你的。」當時正是正德十四年 ⑥ 初夏，有個販賣藥材的，其他藥材已經賣完，唯獨剩下黃蘗、大黃，各有千多斤賣不出去，準備想丟掉再回去。美人對程宰士說：「這些可以囤積起來，不久可以大量銷售。」程宰士有買賣賺的佣金十幾兩銀子，便將藥材全買了回來。他哥哥說弟弟精神失常得了瘋癲病，對他責罵不停。幾天後，瘟疫流行，所有藥店全缺那兩種藥材，頓時兩種藥價上漲，果然得到五百多兩銀子。又有個湖北商人販賣彩緞，在路上遭受濕熱蒸發，彩緞有一半生出斑點，每天急得哭泣。美人對程說：「這些彩緞也可以囤積。」程便以五百銀錢換取了四百多匹彩緞。哥哥急得不住地頓足，說弟弟福分薄，得到這筆非分之財，緊接著要丟掉啦，因此為他哭泣。做生意的伙伴也沒有不責怪和譏笑他的。一個多月後，逆賊朱宸濠 ⑦ 在江西謀反，朝廷急忙調動遼兵向南征討，進軍日期迫在眉睫，作戰的服裝及標誌，限制在幾天之內要準備好，因此彩緞的價格迅速上漲。程宰士所囤積的彩緞便以三倍的價格出售。正德十五年秋天，有個江蘇人，販來三萬多匹布，已經賣掉十分之八，還剩下粗布十分之二。忽然聽說母親去世，急著要回去奔喪。美人又對程宰士說：「這些粗布也可以囤積。」程前去商議價格。江蘇人獲

利已經很多，又急著要回去，便只收取本錢離去。因此就用一千銀子換了三千多匹布。第二年，明武宗去世，全國上下都要服喪。遼陽地處邊遠，本地又不產布，布的價錢頓時高漲，程宰士又獲得三倍的利潤。如此多次，不能一一記載。他在四、五年的時間內，幾番經營，賺錢幾萬，大概比從前所損失的十倍還要多。朱宸濠事變，人心惶惶，流言不斷傳來。有的說：「佔據南京登位了。」有的說：「大軍渡過淮河了。」有的說：「大軍已經過臨清 ⑧ 逼近德州 ⑨ 了。」一天內有幾種說法，不能辨別真假。程宰士思念故鄉，心中很不平靜，私下裡問美人。美人譏笑說：「真命天子已經在湖湘間封地出現了，朱宸濠算什麼，只不過是送死罷了。他馬上就要被擒了，還要考慮他幹嘛？」當時正是七月下旬。一個多月後，捷報傳來，叛賊果然在本月二十六日戰敗。程宰士當初聽到真天子在湖湘間的說法，擔心江南再次遭受其他變故，更加恐懼。美人搖著頭說：「沒事，沒事！國家命運長存，天下人可以享受太平幸福，近在這一兩年罷了。」程宰士想打聽詳細情況，美人回答：「時間已很近了，何必預先知道！」兩年之後，當今皇帝嘉靖 ⑩ 振興國業，世道變幻，都如美人說的那樣。她的預言如此靈驗，其他細小的事就不必記載。又一天晚上，程宰士問美人姓什麼，她說：「我就是海神，有什麼姓氏？多則天下人都跟我同姓，否則一個姓也沒有。」「有父母親戚嗎？」她說：「既然沒有姓氏，又哪裡有親戚，多則天下人都是我的同胞，少則沒有一點關係。」「年齡多大了？」她說：「既然不是生出來的，哪裡有什麼年齡？多則千歲不止，少則一歲都沒有。」她的回答大多是如此。

　　一直到嘉靖三年 ⑪ 止，前後經歷了七年，美人每夜必到。氣候全都像江南二、三月，仙花寶樹，奇異的樂曲，變幻無常，令人耳目應接不暇。有時美人親自吹簫彈琴，有時擊筑 ⑫ 高歌，必定響徹雲霄，不是人間的音樂。只要是可以使程宰士歡欣的，沒有不出現的。兩人感情纏綿，越久越牢固。一天晚上，程宰士忽然想念故鄉，對美人說：「我離家二十年了，以前因為虧損，不敢提回家的事。如今承蒙大恩大德，富足超過我的願望。因此想暫時和哥哥回去看望父母，見一見妻子孩子，然後一定回來，永遠結為歡好，限期為一年。請問可不可以。」美人

唉聲嘆氣地說：「幾年相好，果然到此結束了嗎？公子應該自我保重，勤勉謀求後來的幸福。」話一說完，悲痛不能自已。程宰士大爲吃驚地說：「我請假回去探望父母，一定會儘快回來，以圖和妳相會，怎麼敢辜負妳的恩德？妳爲什麼突然要拋棄我呢？」美人哭著說：「天數是這樣，並不是我倆的原因。公子剛才所說的，自然是天數決定要永別罷了。」話還沒有說完，從前第一次一同來的兩位美人以及各位丫環隨從，一時都聚集起來。音樂迭奏，宴會盛況猶如當初。美人親自起身給程宰士倒酒勸杯，追訴著往事，每訴說一句，就痛哭流涕，嗚咽不能成聲。程宰士也爲之哀聲悲慟，悔恨自己失言。兩情依依，一直到半夜。幾個丫環前來稟告：「天數已盡，法駕已準備好，請趕快上路，不要再悲傷了。」美人仍然拉著程宰士的手，哭泣著說：「公子你不久就會遭受三大難。你應該時時警惕和清醒，到時候我自然會幫你。大難過後，終身清淨順心，永無禍患。你年壽到八十一歲時，我一定會在蓬萊仙島等候你，以繼續從前的盟約。你也應該自身居心清淨，努力多做善事，以實現我的願望。我雖然和你相隔遙遠，但你的舉動，我都會知道。萬一墮落，自己違反天律，我也沒有辦法了。後會還很遙遠，請保重，保重！」反覆叮嚀了十幾遍。程宰士這時神志都已麻木不清，一句話也說不出來，只是抹著眼淚。緊接著，鄰近的雞全都鳴唱起來，丫環更加急切地催她起程。美人便拉著手悲痛欲絕，然後離去，還多次回頭盼顧，最後才突然寂靜。離開後，蟋蟀哀聲長鳴，孤燈半明半滅。頃刻間，恍然如隔世一般。急忙開門出去一看，只見啓明星從東邊升起，銀河向西轉去，悲風颯颯，屋簷上的馬形鐵片叮噹作響。情感發自內心，不覺十分哀痛，剛剛大哭一聲，哥哥便驚問他緣故，再也不像從前聾子似的什麼都沒聽見。哥哥既然詳細盤問不止，估計不能再隱瞞，便詳述了前後的經過以及富足的原因。哥哥這才大爲醒悟，便和弟弟向南祈拜。天亮時，這件事在遼陽城內外都傳遍了。

程宰士從此整天悶悶不樂，好像死了妻子般地居著喪，後來便整裝南行回家。先讓哥哥把貨物裝上船從潞河回去，自己卻騎著一匹馬，從京都出居庸關到大同，來探望他的叔父。連住了幾天沒有出發，忽然夢見美

人非常急迫地催促他離去，說：「大禍就要來臨了，還在此逗留嗎？」程宰士想起美人從前說過的話，當天早晨就要辭行，但叔父殷勤挽留，並給他餞行。他到傍晚才出城，天色已經昏黑，便投宿在旅館。當夜三更時分，又夢見美人接連催促他趕快出發，說：「大難就要來了！稍遲就逃脫不了！」程宰士驚慌地起身，策馬向東奔跑四、五里，忽然聽到炮聲連續不斷，回頭望見城外，只見火把從四面出來，照亮天空，如同白晝一般。原來是叛軍殺死了都御史張文錦⑬，脅迫城內外的壯丁一同叛逆。等到抵達居庸關，晚上住宿在關外，又夢見美人連續催促他過關去，說：「稍遲一點必有牢獄之禍！」程宰士又驚慌起床叩關，等到關門一開便先進了關。走了幾里路後，宣府⑭檄文到了：凡是從大同進關的人，不是公差官人，一律都逮捕，關進牢獄盤問驗證，因恐有奸細進入京都。這一天晚上，和程宰士一同住宿的沒有一個倖免。有的被關了半年，有的病死在獄中。程宰士和哥哥會合，進入船中，對哥哥詳細訴說得以逃脫的緣故，感激懷念不已。等到經過高郵湖⑮時，天空雲團突然變黑，狂風怒號，船被掀蕩得顛簸不停。一會兒，兩根桅杆都斷了，船舵粉碎得零零落落，一眨眼船就會翻覆。忽然聞到滿船充滿奇香，狂風立即平息。片刻，濃黑的雲霧四處消散，空中有一片彩雲，正位於船的上方，只見美人立在雲彩上。美人從腰部以上，毛髮都看得很清楚，腰部以下，則是霞光遮掩，沒辦法看清。程宰士悲痛和感激到了極點，淚如雨下，遠遠地仰望著行跪拜禮。美人也在雲端舉手答禮，音容笑貌仍如以前那樣對他依戀不已。船上的人都看不見她，過了很久，她才消失。從此以後便再也沒出現過。

　　嘉靖七年初夏，我在京都聽說這件事，還是半信半疑的。正好某僉憲⑯、某總兵⑰從遼陽進入京都，非常詳細地談到這件事，但是他們還沒有聽說過大同以後的事情。嘉靖十五年，在南翰林院⑱，客人中有人說程宰士來遊覽雨花台⑲，我便讓他邀請程宰士一同前來，然後詢問這件事的經過。程宰士本來是儒家子弟，年輕時曾讀過書，說話清清楚楚，有根有據。他年齡已到六十歲，看相貌臉色僅如四十歲左右的人，這足以證明他遇見仙人之事是不用懷疑的，以前所聽說的也不

是荒謬的。因此我寫了這篇《遼陽海神傳》。

說書人的話

這是明代傳奇中的壓卷之作，可以和唐代傳奇中最優秀的作品比美，然而又具有自己的時代特點。明中葉以後，商業已經很發達，商人們通江達海，外出經商，獲利多少已經成了人們評價「賢不肖」的標準。但是，商人們在市場變幻、政治風雲、自然災害面前並不能完全駕馭自己的命運，於是便幻想有神靈（特別是江神或海神）幫助他們獲得幸福。這便是本篇故事的心理基礎。這篇故事描寫細膩，想像奇特，在當時廣為傳誦。凌濛初《二刻拍案驚奇》中的「疊居奇程客得助，三救厄海神顯靈」，就是這個故事的白話翻譯作品。

注 釋

① 在今安徽省歙縣一帶地方。
② 縣名。故城在今遼寧省遼陽市梁水、渾河交會之處。
③ 古代一種盛酒器。
④ 含有大量能發酵的微生物或其類的發酵劑或糖化劑。
⑤ 比喻人的見識短。
⑥ 明武宗正德十四年，西元1519年。
⑦ 明太祖子朱權的後人，孝宗弘治年間襲封寧王。當時武宗無儲嗣，朱宸濠據南昌起兵，欲奪帝位，兵敗被擒，誅於通州。
⑧ 明升臨清為臨清州，在今山東省臨清縣境。
⑨ 今山東省德州市。
⑩ 指明世宗嘉靖皇帝。他曾被封在湖北安臨。
⑪ 明世宗嘉靖三年，西元1524年。
⑫ 古擊弦樂器。形似箏，頸細而肩圓，有十三弦，弦下設柱。
⑬ 明代安丘人，明孝宗弘治十二年進士，授戶部主事，做安慶知府時，

拒朱宸濠反兵於安慶城外。明世宗嘉靖元年拜右副都御史，巡撫大同，後被部卒所殺。

⑭ 府名，明置，在今河北省宣化市一帶。

⑮ 在今江蘇省與安徽省接壤的地方，北通洪澤湖，南通長江。

⑯ 古代稱御史台為憲台。明代，都察院設有左右僉都御史（正四品），所以稱為僉憲。

⑰ 明代鎮守各地的軍官。

⑱ 當時本文作者為南京翰林院孔目。

⑲ 南京名勝。相傳梁武帝時，雲光法師在此講經，落花如雨，因而得名。

原書介紹

《遼陽海神傳》 作者蔡羽（生卒不詳），字九逵，別號林屋山人、左虛子。明代吳縣人，生活於明代正德、嘉靖年間。他曾是國子監生，授南京翰林孔目，愛好詩文，頗為自負。《明史‧文苑傳》有傳。

《遼陽海神傳》是明傳奇的代表作，相傳是蔡羽的手筆。凌蒙初《二刻拍案驚奇》說：「只是我朝嘉靖年間，蔡林屋所記《遼陽海神》一節，乃是千真萬確的。」凌生活於萬曆年間，相距時間很近。而且，《遼陽海神傳》中講「今年丙申在南院」，正與蔡羽於嘉靖十五年（西元1536年）在南京翰林院任孔目相合。

健　忘　病

出自：《艾子後語》／陸灼

　　齊國有個記性不好的人，走路忘記停步，睡覺忘了起床。他的妻子很替他擔憂，便對他說：「聽說艾夫子嬉笑詼諧、很有智慧，能治好一般人難以治好的病，何不去向他請教？」那個人說：「好。」於是便騎著馬、挾著弓箭，往艾夫子那裡去。走不到三十里，因肚裡脹得急，就下馬解起大便來。他把箭插入地裡，把馬拴在樹上。解完大便，他向左邊看看，瞧見那支箭，說：「多麼危險啊！這支冷箭是哪兒射來的，差點射中我了！」他又向右邊看看，瞧見了那匹馬，高興地說：「雖說白白地嚇了一場，卻得到一匹馬。」他牽著馬的韁繩，準備騎著馬回去，忽然踏著自己剛才解下大便，氣得頓腳說：「踏著狗糞，把我的鞋子弄髒了，真是可惜！」說完便趕著馬掉頭向回家的路上走去。一會兒到了家，他在門外來回走著，說：「這是什麼人住的地方？難道就是艾夫子所住的房子嗎？」他的老婆恰好看見他，知道他又把自己的住處忘了，就罵他一頓。那人顯出十分失意的神情說：「這位娘子，我從來不認識妳，妳為什麼開口就中傷別人？」

說書人的話

　　這是一則呆女婿型的故事，這類故事在民間很多。本則的特點是諷刺健忘症，也可能影射明王朝「朝令夕改」的種種事情，具有寓言特點。其手法是層層遞進，忘其箭，忘其馬，忘其遺糞，忘其住所，忘其妻室，淋

漓盡致，又極幽默。

《艾子後語》是明人陸灼（生平不詳）所編的一本詼諧故事集。成書於西元1576年（明代萬曆年間）。他自覺地模仿蘇東坡《艾子雜說》而「以言語文章規切時政」。全書有故事十五則，〈病忘〉（即此篇〈健忘病〉）、〈牡羊〉、〈認真〉、〈嚙犬〉等，皆其中佼佼者。

神 仙 井

出自：《古今譚概》／馮夢龍

　　浙江東部桐廬縣① 境內，過去有一口酒井。相傳有道人到一家酒店飲酒，飲過之後便離去，酒家也不向他討酒錢。道人覺得沒什麼可報答的，便從漁鼓② 中倒出兩粒藥丸投入井中。第二天，井裡的泉水沸騰翻滾，舀出泉水嚐一嚐，都是甜美的酒，世人就把它稱爲「神仙酒」。這家酒店用這井中的甜酒致了富。後來，這道人又來到這個酒店，酒店女主人說：「酒是很甜美了，無奈缺少糟粕養豬，眞遺憾。」道人長長地嘆了一口氣，然後把手伸進井水中，藥丸立即躍出水面，道人便將藥丸放入漁鼓中。這口井又同過去一個樣了。

說書人的話

這個故事諷刺了「得隴望蜀」的貪心。它頗似俄國詩人普希金的童話詩《漁夫和金魚的故事》。其他各地也流行著類似故事。如略早於馮夢龍的寓言作家江盈科便在其著作中記錄了同一情節的故事，說是發生在武陵、桃源間的河洑山下。這個故事至今仍在桃源流傳，地點發生在桃源縣黃婆店，酒店主人便是黃婆，道人把藥丸收走後還留下四句詩：「天高不算高，人心第一高。井水當酒賣，還說豬無糟。」

注釋

① 今屬浙江省杭州市。

② 道士唱道情時的敲擊樂器，以長竹筒為鼓身，一端蒙上豬、羊皮，用手
拍打。道情，也稱漁鼓或漁鼓道情，是道士傳經佈道和募化所唱的歌
曲。傳說八仙中的張果老便是手捧漁鼓。

原書介紹

《古今譚概》 明代笑話集。編者馮夢龍（西元1574年～1646年），字猶龍，又
字公魚、子猶、耳龍，別號龍子猶、墨憨齋主人，明末長洲（今江蘇吳縣）
人。他是明末著名的通俗文學家，曾編寫著名擬話本小說「三言」（《喻世明
言》、《警世通言》、《醒世恆言》），增修長篇白話小說《新列國志》、《平
妖傳》，刊行民歌集《掛枝兒》、《山歌》，編纂《笑府》、《廣笑府》、《古
今譚概》三部笑話專集，還創作改編了一些戲劇。
《古今譚概》三十六卷，分「痴絕」、「專愚」、「迂腐」、「怪誕」、「謬誤」
等三十多個門類，是一部巨型笑話集，人們又稱之為《古今笑》。

毛 女 傳

出自：《留溪外傳》／陳鼎

　　毛女是河南嵩縣①秀才任士弘的妻子。她姓平，長相漂亮，個性賢淑。嫁給任士宏三年，沒有生下任何孩子，他們便去少室山②祈禱求子。走了二十里後，將跨越陡峻的山嶺時，他們便下轎步行，好讓轎夫喘息。忽然，有隻兇猛的野獸橫衝過來，平氏被嚇得跌落山谷。任士宏往四處一看，都是千仞高的峭壁，無法下去救援，於是十分哀痛的回去。回家後召集和尚念經，發誓不再娶妻。

　　平氏死後三年，同鄉有個叫張義的，以前曾在任家當過僕人，他去山中砍柴，突然聽見茂密僻靜的竹林中，有個柔美的聲音在喚他。張義嚇一跳，回頭一看，見到一個毛女，全身長著六、七吋長的黃毛，因此嚇得伸舌不敢說話。毛女對他說：「我是任家大嫂，難道你不認識了嗎？」張義吃驚的問：「大嫂，一直都還好嗎？爲什麼不幸變成這個樣子？」毛女說：「我當初跌下山谷，攀住藤木，才沒有受到損傷。後來餓得厲害，看到枝條交錯的女貞樹，樹上結實累累，便摘下來吃。剛開始，那味道特別苦澀，不可口；吃了三天後，咀嚼起來則充滿香甜味；三個月後，全身長出了毫毛；過了半年，體重如同樹葉般輕，隨意便可跳上躍下了。只是山裡缺水，這裡才有清泉，渴了就來此喝水。想不到能見到你。」張義把任秀才哀痛思念的情況都告訴她。毛女說：「我已輕輕一躍就能騰空，且和鷹鶴爲伍，這樂趣是無可比擬的。我會願意回到鳥籠嗎？請替我感謝任秀才，讓他早點另求婚配，以繁衍後代，不要再白白

苦自己了。」說完，一跳便走了。

張義急忙告訴任秀才，任秀才非常高興，當即隨同張義前往砍柴的地方等她。他們躲在草叢中，等候三天，毛女果然出現，任秀才衝去抱住她。毛女問：「我的相貌變醜了，您不必想念我。」任秀才說：「我不嫌棄妳呀，但妳怎麼會忘記以前的恩愛呢？」說著便流下眼淚。毛女動了心，便答應隨他坐轎回家。起初，毛女吃東西肚子會有些痛，這過一段時間便好了。半個月後，身上的黃毛完全脫盡，仍然是個美人。從此夫妻感情更加深厚，生下幾個子女，過了四十多年才去世。

說書人的話

這個故事表達了任秀才和平氏的愛情。任秀才堅定的感情，並不因妻子變醜而易心；而平氏在丈夫關懷下，回復本來的面目，正是這故事奇特之處。相傳西漢劉向所寫的《列仙傳》，記述七十多位仙人，其中便有〈毛女成仙〉的故事。〈毛女傳〉大約以此為基礎寫出了新意。

注釋

① 在河南省西部伊河上游。
② 中嶽嵩山的西峰名少室，在河南省登封縣北邊。

原書介紹

《留溪外傳》清代筆記故事集。作者陳鼎（生卒年不詳），字定九，生於明末，江蘇省江陰縣人。多才多藝，見識廣博。入清後，堅持民族氣節，專心著述。作品有《留溪東林傳》、《留溪別傳》、《留溪外傳》。《留溪外傳》共十八卷，分忠義、孝友、理學、隱逸、廉能、義俠、節烈、神仙等十三類，蒐集記載了明末奇文軼事和一些民間傳說。此書因表彰了某些抗清志士，曾一度遭清廷禁毀。

義 虎 與 樵 夫
出自：《虞初新志》／張潮（編）

　　辛丑年春天，我客居在會稽①，與客人一起聚集在宋荔裳的官舍中。有個客人談起老虎，宋公就說起他的同鄉貢生②孫某，嘉靖③年間做山西孝義的知縣，見到過一隻義虎，非常奇特，囑咐我作記。

　　孝義縣城外的高唐、孤岐等山有很多虎，一位樵夫早晨在竹林中行走，忽然失足掉到虎穴中。穴內臥有兩隻小虎，穴的形狀像一口倒扣著的大鍋，三面石齒鋒利，前壁稍平，有一丈多高，長滿了像細水流般的苔蘚，這是虎出入的通道。樵夫跳起來又跌倒，如此數次，繞壁徬徨，哭泣著等死。太陽落山後，起風了，大老虎咆哮著跳過前壁進入穴內，口裡叼著活麇鹿，輪流餵食兩隻小虎。老虎看見了樵夫蹲在那裡，就張開爪子準備撲向他。又巡視了一下，好像想起些什麼，反而把剩下的肉給樵夫吃，就進去抱著小虎睡覺了。樵夫暗想老虎現在吃飽了，不吃人，明天早晨自己必定遭殃。到了黎明時分，老虎卻跳了出去。中午，又叼一隻小鹿來，飼養虎仔，仍舊把剩下的食物投給樵夫吃。樵夫餓壞了，就拿過來吃，渴了就喝自己的尿。就這樣過了一個月，漸漸地與老虎親近起來。

　　小虎漸漸長大了。有一天，老虎背著牠們跳出洞，樵夫急得仰天大叫：「大王救我！」一會兒，老虎又回來了，拳曲雙足低著頭靠近樵夫。樵夫騎上虎，虎騰躍過前壁。老虎放下樵夫，帶著小虎就走。陰森的山崖上草叢裡鳥獸無聲，黑暗的樹林中風聲獵獵。樵夫更急了，就喊：「大王。」老虎回頭看，樵夫跪著說：「承蒙大

王讓我活下來，現在分離，我恐怕不免遭受別的禍患。希望讓我最終能活下來，請引導我走上大路，我至死不會忘記報答您。」老虎點了頭，就在前面引路，到了大路上，便停下來望著樵夫。樵夫又告訴牠說：「小人是西關的一個窮百姓，現在離開後怕不會再相見。我回去後必定準備一隻豬，某一天放在縣城西關三里外郵亭下等候大王，請大王路過時吃。不要忘記我的話。」老虎點頭。樵夫哭了，老虎也哭了。

回去後，家裡人驚喜詢問。樵夫說了緣故，大家都很高興。到時準備了一隻豬，正宰殺時，虎先到達了，不見樵夫，竟然進入縣城西關。居民看見了，呼喚打獵的關閉柵欄，長矛、木棒、火銃、弩弓都用上，相約要活捉老虎獻給縣官。樵夫跑來相救，對眾人說：「這老虎對我有大恩大德，請你們不要傷害牠。」眾人還是捉了老虎到縣衙。樵夫擊鼓大聲呼喊。縣官大怒，詰問樵夫，樵夫詳述了從前的事，縣官不信。樵夫說：「請您驗證，如果我撒謊，願受鞭打！」縣官親自到關老虎的地方，樵夫抱著老虎痛哭說：「是大王救我的吧？」老虎點頭。「大王是因為赴約才進入西關的吧？」老虎又點頭。「我為大王求救，若不成，寧願以死相從。」話沒說完，老虎淚如雨下，觀看的人有好幾千，沒有不嘆息的。縣官非常驚奇，趕快走上前放了老虎，把牠趕到郵亭下。樵夫投給牠一隻豬，老虎抬起尾巴大吃，然後頻頻回頭望著樵夫離去了。後來人們把那郵亭叫作「義虎亭」。

王先生④ 說：「我聽說唐代孝義縣有個叫鄭興的人，以孝義而聞名，於是就以孝義作為縣名。現在又有亭子以義虎命名，難道山川的靈氣，總是獨獨匯聚在此縣嗎？世人往往把殺人的事歸罪於猛獸，聽了這義虎故事，也知道有些慚愧了麼？

說書人的話

本篇原名〈義虎記〉。它寫人虎友誼，頗似唐《廣異記》中的〈張魚舟和老虎〉（見本書第100頁）。作者王猷定（西元1598年～1662年）是江西南昌人，明末貢生，曾經擔任民族英雄史可法的記室，明亡後

隱居不仕。本篇高揚一個「義」字，可能是諷刺喪失民族節義的降清官僚，認為他們還不如禽獸。

注釋

① 今浙江省紹興縣。
② 秀才入國子監肄業者稱貢生。
③ 明世宗年號。嘉靖，西元1522至1566年。
④ 作者自稱。

原書介紹

《虞初新志》明末清初的一本筆記故事選集。編者張潮（約西元1650年生，卒年不詳），字三來，一字心齋，號三在道人，江西新安人。他是明代官宦子弟，與孔尚任、冒辟疆、陳維崧等名家皆有交往。康熙三十八年（西元1699年）曾受人陷害入獄。

《虞初新志》開始編成於康熙二十二年（西元1683年），以後數十年不止一次修訂。全書分二十卷，有故事一百五十則，大都是精美的作品。由於漢武帝時有一個方士叫虞初，他根據《周書》編了一本故事書，叫做《虞初周說》，被後人稱為「小說家」的始祖，因此本書取名《虞初新志》。後來又有人以張潮為榜樣，編了《廣虞初新志》、《虞初續志》、《虞初近志》等書，可見此書頗有影響。

義 牛 傳

出自：《虞初新志》／張潮（編）

　　義牛，指的是江蘇宜興縣桐棺山農民吳孝先家中的公水牛。這頭牛力氣大，並有德性，每天耕耘山田二十畝，即使餓得厲害，也不吃田中莊稼。吳孝先把牠當作寶貝，讓他十三歲的兒子希年去放牧牠。吳希年跨騎在牛背上，任隨牛兒到哪。義牛正在山溪邊吃草，忽然一隻老虎從義牛背後的樹林裡出現，企圖襲奪希年。義牛發覺了，隨即轉身面對老虎，繼續慢慢地邊走邊啃著草。吳希年很害怕，伏在牛背上不敢動。老虎看到義牛過來了，便蹲下等待著，以便牛靠近時，能立即奪取牛背上的小孩。義牛快要靠近老虎的時候，便迅速衝向前，猛力撞擊老虎。老虎正流著口水，盯著牛背上的小孩，還來不及躲避，便被撞翻了，仰跌在狹窄的溪水中，不能翻轉。溪水阻塞，淹沒虎頭，老虎死去。吳希年趕著牛兒回家告訴父親，他招集眾人把老虎抬回來，並把牠烹煮吃了。

　　有一天，吳孝先和鄰居王佛生因用水發生爭執。王佛生富裕卻很殘暴，向來被同鄉的人所怨恨，大家都不認為他有理，而是袒護吳孝先。王佛生更加惱怒，便領著他的兒子把吳孝先打死。吳希年上告到縣府。王佛生以重金賄賂縣令，縣令反而杖打吳希年，吳希年死在刑杖下，沒有其他兄弟可以替他申冤。吳孝先的妻子周氏，每天在義牛面前嚎哭，並且告訴義牛說：「從前有幸依靠你，我的兒子得以避免填老虎肚子；可如今，他們父子倆卻都死在仇人手中！皇天后土，誰來替我報仇雪恨啊！」義牛聽說後，非常氣憤，抖擻著放聲大叫，飛奔

到王佛生家。王佛生父子三人，正同客人開懷暢飲。義牛直接跑進他的廳
堂，全力撞擊王佛生，王佛生倒地死去。義牛再次撞他的兩個兒子，兩個兒
子也死去。拿著木杆和義牛搏鬥的客人，也都受了傷。鄰里人趕去報告縣
令，縣令聽說後驚嚇而死。

說書人的話

本文寫義牛護主和為主復仇的故事。義牛在虎口下救護了小主人，但主人父
子兩代竟死於富豪與貪官之手，這說明劣紳貪官比虎狼更為凶殘。義牛奮起
報仇，觝斃劣紳，嚇死貪官，令人拍手稱快。本文原作者陳鼎（生卒年不
詳），江陰人，是明末一位多才多藝的學者，明亡後堅持民族氣節，至全國
各地搜集明末遺事及民間傳說，寫成《留溪外傳》等書（見本書第303頁）。

看 花 述 異 記

出自：《虞初新志》／張潮（編）

　　在湖濱別墅的西側，有座沈氏園，是秀才衡玉的別墅。秀才生性愛花，給自己取號爲「花遁」。沈氏園中因此種植許多古桂、老梅、玉蘭、海棠、木芙蓉之類，而牡丹尤爲繁盛。疊石成山，上下互相映襯，花開時微光閃爍就如群星一般，又像在日光中張開五色錦，亮采奪目。前來參觀的遠近男女遊客，每天數以百計。

　　三月十八日，我也前去參觀。在花下徘徊不去，到天黑時仍戀戀不捨。主人留我喝酒。喝完時，月亮已升上東牆。主人離開後，我就住在花廊旁。靜夜獨坐，清風慢慢吹來，我在花階前踱著步，花影零亂，芳香沁人心脾，幾乎感到不像生在人間。一會兒，看見一位女子從山石畔中出來，年約十五、六歲，衣服華美。我驚訝地問她是誰。姑娘回答：「我便是魏夫人 ① 的弟子黃令徵 ② ，因爲善於種花，所以叫我花姑。魏夫人很敬重您，特地派我來迎接。」我接著問：「夫人主管什麼事？」答說：「主管春工。凡是天下草木花卉，數量的多少、顏色的青白紅紫，沒有不是由這裡決定雛型的。」「然而，我爲什麼被夫人看重呢？」「您去就知道了。」她催促我前去，我不得不跟著她走。從太湖石 ③ 後邊一邁步，便不再是以前的路。一條清溪，兩岸茂密的樹林鬱鬱青青。沿著清溪約走了一里路，只覺得煙霧繚繞，滿目芳菲，人間四季花草，全都同時開放。稍前一點，有棵大樹，一丈多高，樹上花兒十分爛漫。有三個女子，身著紅艷衣裳，一同在樹下嬉戲，見到客人也不避開。我感嘆

了很久。花姑說：「這就是鶴林寺 ④ 的杜鵑花。自從殷七七 ⑤ 把它催開後，便移栽到這裡。」又走了幾里，抬頭望去全是梅花，紅白相雜，綠色花萼更加醒目。在梅花茂盛處，有一座亭子，匾額上寫著「梅亭」。亭中有一位美人，淡雅的妝扮，頗有風姿，斜倚在花的旁邊。我欣賞了很久，幾乎不能舉步走路了。花姑說：「怎麼樣？這是梅妃 ⑥ 。『梅亭』兩字還是皇上親手寫的。幸虧梅妃性格溫和，不然，恐怕你要獲罪了。」我微笑著表示歉意。來到一座山邊，只見高岩深壑，盡皆秀麗，花卉大都與平常所見的不同。枝頭上的鳥語，如同吹奏笙簧。逐漸看到紅色的屋脊，碧綠的瓦，殿堂樓閣，錯落有致。度過兩座石橋，才抵達殿閣處。殿閣一棟接一棟，比王侯還要豪奢。旁邊有如同官署的兩個機構，右邊的稱為「太醫院」。我非常驚訝，便問花姑：「這裡也需要太醫嗎？」花姑笑著說：「這太醫就是蘇直。他善於治理花卉，能讓瘦弱變得肥美，能使有病變得康健，所以把他命名為『花太醫』。」「那左邊的為什麼稱為『太師府』呢？」回答說：「這是洛陽人宋仲儒 ⑦ 所住的地方，他名叫單父，長於吟詩，也善於種植花卉。他培植牡丹，有能變換出上千品種的方法，別人都無法猜測。皇上曾召他進驪山 ⑧ ，種植了上萬種花卉，色彩和式樣各不相同。皇帝賞賜他千兩銀子，宮人都稱他為花太師。所以到今天仍是這樣稱呼他。」進殿門後，沿西街走了一百多步，便看見側面有座小苑，畫檻雕欄，我急著想要進去，花姑考慮到魏夫人已等了很久，便不讓我進去。我再三請求，她才答應。等到了台階邊，見到一朵合蒂花，濃艷芳香，沾染襟袖，經久不散。庭中有位美女，不時摘取這朵花嗅一嗅。她腰肢纖細，姿態嬌憨可愛，我不敢多看。花姑問：「您認識這種花麼？」我說：「不認識。」花姑說：「這種花生長在嵩山 ⑨ 山谷中，人們不知道它的名字，採花的人覺得奇怪，準備進獻給隋煬帝。正巧皇帝車駕到來，於是賜名叫『迎輦花』。嗅嗅它能使人醒酒，同時能使人不睡覺。」我說：「剛才所見到的美女，就是司花女袁寶兒 ⑩ 嗎？」花姑說：「是的。」於是便出來，再從中道穿過大殿，在殿角邊遇見兩位年輕婦女，都是濃艷妝飾，笑著迎上來問：「為什麼來得這麼晚？」花姑急忙問：「夫人在哪裡？」回答說：

「在殿內觀看各位美人唱歌跳舞、演奏樂曲。客人既然到了，當然要進去稟報夫人。」我趕忙阻止她們說：「姑且稍稍等一下，請問可以偷看美人嗎？」兩位少婦笑著說：「可以。」她們對花姑說：「你暫且陪著客人，我們倆等到樂曲結束再來相請。」她們走後，我便問花姑：「這兩位少婦是誰？」她說：「這兩位少婦本來是李鄴侯的公子⑪的妾。穿青衣的，叫綠絲。穿大紅色衣服的，叫醉桃。花一經過她倆的手，沒有不成活的。夫人因此把她們召到身邊當侍從。」花姑便領著我來到內殿前邊的簾子外。只見各種樂器交錯擺置，音色外形盡善盡美。正當滿耳樂器聲音浩蕩時，忽然有個美人撩動鬢髮，舉起衣袖，唱出輕柔曼長的聲音。只覺得樂器的聲音壓不下歌聲，緊接著殿內寂靜無聲，好像沒有人一樣。我聽完後，禁不住大為驚嘆。花姑說：「這就是永新歌⑫。唱一首歌值千金，正是指這個人呀。」

　　話還沒說完，聽見簾內傳喚王生進去，我便正容整衣而入。望見殿上的魏夫人，風姿綽約，穿著紅色薄綢衣，戴著翠翹帽，珍珠耳環，玉石佩帶，好像王后王妃的樣子。侍從的幾十人，也都嫵媚動人。我行再拜禮，夫人讓我起身，問：「你要見見各位美女嗎？」我說不敢當。夫人說：「美人是花的真身，花是美人的小小身影。因為你愛花，所以能夠見到這些，緣份是不淺的。以前你寫的《戒折花文》，我已經讓衛夫人⑬用楷書寫了一遍，擺在我座位右邊。」我更加謙遜地表示謝意。一會兒讓我坐下，給我百花釀成的膏。魏夫人左右看看說：「王生遠道而來，妳們以什麼方式使嘉賓開心？」有一位亭亭玉立的美女，抱著琴請求說：「我願意彈琴。」只聽得才撥動一聲，四座寂然，樂曲清越動聽；七根弦同時撥動，只覺得山林清幽明靜，江中月影一片潔白。魏夫人稱讚彈奏得好，說：「從前，于頔⑭曾經叫門客彈琴，他嫂子精通音律，嘆息說：『三分音律，一分屬於箏，兩分屬於琵琶，絕對沒有琴韻。』今日聽盧女彈琴，撥一弦能使心一陣清爽，不比秀奴、七七⑮差呀。」接著又呼喚太真⑯彈奏琵琶。我聽見呼喚太真，私下裡想：「當時稱她為『解語花』，又被稱為『海棠睡未醒』，想不到能在這裡相會。」於是，看見一個美人，纖細的腰肢，明亮的眼睛，穿著黃衣，戴著玉飾帽，年齡三十歲左右，容貌非

常美麗，抱著琵琶演奏起來。音韻淒清，飄蕩九霄雲外。我又請求再彈奏古箏。魏夫人笑著說：「近來，只有這種樂器才傳得出美人情感，你唯獨請求彈箏，看來你的情感都溢於言辭了。」她看著各位美女說：「誰擅長彈箏？」大家都說：「第一彈箏手，非薛瓊瓊⑰莫屬。」一會兒，有一位女子，身著淡紅衣衫，繫著研磨得光亮的羅裙，手捧著一件樂器，這樂器上面圓、下面平、中間空，十二根弦柱。我不認識這是什麼東西。魏夫人說：「這就是箏呀。」頃刻，那女子便轉動箏柱定準音調，在琴弦上奏出美妙的音樂。這才想起崔懷寶⑱的詩，原來絕對不是虛誇。箏曲才結束，又有一位美女抱著一件樂器，像琵琶，但比較圓，形狀有點像月亮。一彈奏，它的聲音像琴聲，音韻清新爽朗。我又不認識這是什麼。但仔細一看這個女子，她手紋的隱處如同紅線。魏夫人察覺到我的意思，指著告訴我說：「這樂器名叫阮咸，還有個名字叫月琴。只有紅線⑲善於彈奏它。」我這才知道這女子就是紅線。魏夫人忽然指著一位女子說：「差點把妳忘記了，妳有絕技，為什麼不讓嘉賓欣賞呢？」我起身一看，看見一位美人，雙眼含情，不說話，嬌美地倚靠在屏風間；聽到夫人發話，只是微笑。我便問夫人：「這姑娘是誰？」魏夫人回答：「這是魏高陽王雍的美人徐月華⑳。擅長彈奏臥式箜篌㉑，曾經彈奏《明妃㉒出塞曲》，悲涼的音韻響徹雲霄，聽到的人沒有不動情的。」一會兒，只見徐月華拿來一件樂器，這樂器體長而彎曲，上有二十三根弦，抱在懷中，二十三弦一同彈奏，果然如夫人所說的那樣美妙。不久有一位美女，騎著紅鳳凰來了，所有的美女都喊叫：「吹簫女來啦！」吹簫女對魏夫人說：「聽說夫人請客，弄玉㉓願獻新曲。」魏夫人讓她吹奏簫曲。才吹一聲，清風徐來；吹第二聲，彩雲升起；吹第三聲，鳳凰飛舞，她便慢慢乘著彩雲離去。耳畔還仍然回響著嗚嗚聲，仔細一品察，已不是簫聲了。另外一位女子，短短的頭髮，華麗的服飾，長像十分美麗可愛，橫吹著玉笛，極為美妙動聽。魏夫人說：「誰在私自吹笛？」各位美女稟報說：「石家愛妾綠珠㉔。」夫人命令：「快出來見客人。」女伴催促幾次都不肯上前。其中有位姑娘也長得天姿國色，便說：「我也善於吹笛，何必這樣！」綠珠聽說後氣憤地說：

「阿紀 ㉕ 妳敢和我爭高低麼？我一輩子事奉季倫 ㉖，不像妳，謝仁祖 ㉗ 一死，便嫁給郤曇，不因此羞愧，反而賣弄這種小技！」這個姑娘既羞愧又氣憤，不說一句話。魏夫人不高興，下令停止奏樂。忽然有一個婉囀的歌喉一聲高唱，歌聲飄蕩在朝霞上。只見唱歌人拿著板子面對席位，左右盼顧，撩人心扉。魏夫人高興地說：「很久沒聽念奴 ㉘ 唱歌了，今天更加使人心情暢快。」念奴說：「我不值一提，如果讓麗娟 ㉙ 唱歌，我便成了粗鄙的人了。」魏夫人指著麗娟說：「麗娟，妳身體弱得不能承受衣服的重量，擔心妳唱不下去。」我看到她年齡僅僅十四、五歲，白淨柔軟的皮膚，呼吸的氣息比蘭花還香，走路慢慢騰騰的，懷疑骨頭關節發出響聲，她卻說：「面對嘉賓，難道能不獻醜嗎？」於是唱《回風曲》，使得庭院中的樹葉上下翻飛，如同秋天一般。我只能讚嘆不已罷了。麗娟說：「您還沒有見到絳樹 ㉚，絳樹同時能唱兩首歌曲，兩個人仔細一聽，各自聽到一首曲子，一個字也不差。每次都想模仿，竟然揣摩不出她的方法。」魏夫人說：「絳樹的方法雖然奇特，恐怕不能超過妳。我暫且想和王生觀看絳樹跳舞。」於是只見絳樹飛舞迴旋，有騰雲駕霧的氣勢，確信在跳舞方面沒有人比絳樹跳得更好的了。絳樹對麗娟說：「妳想模仿我唱歌，沒成；我想學妳跳舞，也不行。」魏夫人醒悟地說：「有這回事！漢武帝把吸花絲綿賜給麗娟做舞衣，春末在花樹下舉行舞會，跳舞時，故意用袖子拂起落花，滿身都沾著落花，稱這是『百花舞』。今天怎麼不為王生表演一番？」麗娟再次跳起舞來，舞姿越來越柔美，只是擔心被風吹走。

　　忽然聽見雞叫了，我起身辭別。魏夫人說：「以後還有機會相見，望自珍重。」仍然讓花姑送我走。看到各位美人都有依依不捨的神色，我也不知不覺流下眼淚。花姑引我從小道上出來，道路起伏不平，回頭一看，花姑已經消失。只見晨星就要墜落，西斜的月光橫窗照映；花影落在台階上，好像是看著我笑。我坐在露天的石頭上，回想起剛才的所見所聞，恍如隔世一般。因此感嘆天下的事情，大多都是如此，所以記錄下來。時間是康熙戊申年 ㉛ 三月。

說書人的話

本篇原作者王晫，初名棐，字丹麓，號木庵，自號松溪子。清初浙江仁和
（今杭州）人。終生著述，有《霞舉堂集》、《遂生集》、《今世說》和《雜
著十種》。本篇故事的主旨是愛才惜美：「美人是花真身，花是美人小影。」
作者通過一場夢幻，寫出了一個雲蒸霞蔚、百花爭艷的美妙境界，塑造了十
多位源於不同時代的歷史傳說中美女形象，展示了她們的奇特藝術才能和動
人風采。此篇頗似唐傳奇《周秦行紀》，但格調要高雅得多。作者同時代人
黃周星曾將這篇故事改編為傳奇劇本《惜花報》，後來樂鈞的《長春苑主》、
程趾祥的《迷香洞》等皆模擬本篇的寫法和境界。

注 釋

① 據《集仙錄》等書載，魏夫人名華存，晉代人。幼年好道，志慕神仙，
　嘗棲於南嶽橫山修身養性。傳說她後來成仙，稱南岳夫人，經常在人間
　顯靈。

② 在《魏夫人傳》中作黃靈徽，蓋因形、音相似而誤，也是仙人。

③ 產於太湖區域多孔而玲瓏剔透的石頭，供點綴庭院、疊做假山之用。

④ 位於江蘇省鎮江市。

⑤ 鶴林寺的僧人，善養花卉。據《續仙傳》等書載，他有「酌水為酒，削
　木為脯，指船即往，呼鳥自墜」等本領。

⑥ 據傳是唐玄宗的妃子。據《梅妃傳》載：梅妃姓江，名采萍。敏慧能
　文，曾專寵於唐玄宗，後為楊貴妃所妒而失寵。最後死於安祿山之亂。

⑦ 唐代洛陽人，名單父。長於詩文，唐代植牡丹的名家。

⑧ 山名，位於陝西省臨潼縣城東南。山上有唐代華清池故址。

⑨ 古稱中嶽，在河南省登封縣北方。

⑩ 《南部煙花記》載，袁寶兒是隋煬帝侍女。「時洛陽進合蒂迎
　輦花，帝令持之，號『司花女』。」

⑪ 唐代李泌封鄴侯。《唐書》木傳載,安史之亂前後,李泌幾次出仕,對朝廷多所匡救,官至中樞侍中同平章事。《鄴侯外傳》說他後來成仙。李鄴侯公子,即其子李蘩。

⑫ 指許永新唱的歌。據《樂府雜錄》載,唐代開元時宮女許永新善歌,歌一曲,致使「廣場寂寂,若無一人。喜者,聞之氣勇;愁者,聞之腸絕。」

⑬ 衛夫人名鑠,晉代衛恒之從妹,李矩之妻,善正書,王羲之曾師之。

⑭ 于頔,唐代河南洛陽人,字允元。唐德宗時任湖州刺史,憲宗時任宰相。

⑮ 兩人皆聰慧,善彈琴,能自作琴譜。

⑯ 即楊太真,字玉環,唐代蒲州永樂人。曉音律,得唐玄宗寵愛,封為貴妃。

⑰ 《麗情集》載,薛瓊瓊是唐代開元年間宮中第一箏手。有狂生崔懷寶見而愛之,獻詩云:「平生無所願,願作樂中箏,近得玉人纖手子,砑羅裙上放嬌聲,便死也為榮。」後二人終於結合。

⑱ 見上注。

⑲ 唐代傳奇《紅線》中的俠女。據說她是唐代潞州節度使薛嵩掌箋表的青衣,通經史,善彈曲。魏博節度使田承嗣,要以武力兼併薛嵩,紅線自告奮勇,黑夜潛入魏郡,盜走田承嗣枕邊的金盒,以示警戒。

⑳ 北魏高陽王拓跋雍之妃,善彈箜篌,能奏《明妃出塞曲》,歌聲入雲,聽者如市。

㉑ 一作「空侯」、「坎侯」。古撥弦樂器,有臥式、豎式兩種。

㉒ 即王昭君,西漢南郡秭歸(今屬湖北省)人,名嬙。晉代避司馬昭諱,改為明君或明妃。漢元帝時被選入宮,竟寧元年(西元前33年),匈奴呼韓邪單于入朝求和親,她自請出塞嫁匈奴,對漢朝和匈奴的友好關係,起了一定的作用。她的故事,後來成為詩詞、戲曲、小說、說唱等的流行題材。

㉓ 傳說她是秦穆公的女兒,善吹簫。穆公把她嫁給一個也好吹簫的蕭

史，並築鳳台給他們居住。後來，弄玉乘鳳，蕭史乘龍，升仙而去。

㉔ 西晉石崇的愛妾，善吹笛。

㉕ 謝仁祖之妾，善吹笛。

㉖ 即石崇。西晉渤海南皮（今河北省南皮東北）人。字季倫。曾官侍中，荊州刺史等，以劫掠客商致財產無數，驕奢淫逸。後與齊王同結黨，為趙王倫所殺。

㉗ 晉代謝尚，字仁祖。曾官尚書僕射，豫州刺史等，以善音樂聞於世。

㉘ 唐代天寶時期著名歌女。她唱起歌來，音調高亢，曾以她的名字作一詞牌名，即《念奴嬌》。

㉙ 《洞冥記》載，漢武帝宮中歌女名麗娟，年十四，玉質柔軟，吹氣勝蘭，在芝生殿每歌《回風》之曲，花皆翻落。

㉚ 古代美人，能歌善舞。庾肩吾詠美人詩有：「絳樹及西施，俱是好容儀。」據說，她一聲能歌兩曲，二人相聽各得一曲，一字不亂。

㉛ 清代康熙七年，西元1668年。

老　虎　外　婆

出自：《廣虞初新志》／黃承增（編）

　　有個給我講老虎故事的人，說歙縣①的叢山峻嶺中有很多老虎，母老虎老了往往變成人去害人。

　　有一個山農叫他的女兒提一筐棗，去看望外祖母。外祖母家大約有六里地遠。女孩十歲的弟弟也跟著，兩姊弟一同前往。太陽落山時他們迷了路，遇上一位老太婆。老太婆問：「到哪兒去？」姊弟回答說：「要去外祖母家。」老太婆說：「我就是你們外祖母啊。」兩個孩子說：「我想起母親說過：『母親臉上有七顆黑痣。』老太婆妳不像我們的外祖母。」老太婆說：「是的。剛才簸糠時蒙上一層灰塵，我去洗洗。」於是就去溪溝邊，撿七顆螺螄殼的眼蓋貼在臉上。她走過來對兩個小孩子說：「看見黑痣了嗎？」兩姊弟相信了，便跟著老太婆走。

　　進入墨黑的林間，穿過狹窄的小道，到了一個住所，好像巢穴一般。老太婆說：「你們外公正在集合木匠選木料，準備另外建造房屋，現在暫時住在這裡。我沒料到你們兩個會來，老人慢待你們了。」說著草草地做了晚餐，吃完晚餐，叫大家睡覺。老太婆說：「兩個小孩哪個胖些？胖點的那個可以枕著我睡在我懷中。」弟弟說：「我胖些。」於是弟弟枕著老太婆而睡。女孩睡在老太婆腳邊。剛睡下，女孩覺得老太婆身上有毛，問：「這是什麼？」老太婆說：「這是你外公的破羊皮襖。天氣嚴寒穿著它睡會暖和些。」半夜裡聽見嚼食的聲音，女孩問：「這是什麼聲音？」老太婆說：「吃你送來的棗啊。夜晚又冷

又長，我年老忍不了飢餓。」女孩說：「我也餓。」老太婆給女孩一顆棗，卻是一個冰冷的人的手指。女孩大驚，起身說：「我去上廁所。」老太婆說：「深山多老虎，恐怕會被老虎吃掉，妳小心些不要起來。」女孩說：「妳用繩子繫著我的腳，有危急就拉我回來。」老太婆答應了，於是用繩子繫著女孩的腳，再握著繩的另一端。女孩於是起身，拖著繩子走出去，在月光下看這繩子卻是條腸子。女孩急忙解開腸繩，爬到樹上躲起來。老太婆等了很久，叫喚女孩，但女孩沒有回應，她又叫：「小孩回來，要聽老人的話，不要讓皮膚中了寒風，明天病著回去，妳母親又說我不會照顧妳。」於是老太婆拉腸繩，腸繩拉完而女孩卻沒有回來。老太婆哭喊著起身，邊跑邊叫，彷彿看見女孩在樹上，喊她下來，她不應聲。老太婆恐嚇她說：「樹上有虎。」女孩說：「樹上比床上好。妳才是真老虎！竟然忍心吃掉我弟弟！」老太婆惱怒而去。

　　沒多久天亮了，有個挑擔的人打樹旁路過。女孩呼叫：「救救我，有老虎。」挑擔的人便將衣服蒙在樹上而將女孩背著，急忙逃走了。一會兒，老太婆帶兩隻老虎回來，指著樹上說：「人在這裡。」兩隻老虎折斷樹莖只看見衣服，以為老太婆故意捉弄欺瞞自己，於是大怒，共同咬死老太婆而去。

　　黃子② 說：「欺詐害人，終會以自敗告終。然而，當欺世害人者的真面貌還未暴露的時候，一定會有人中計。人如果遇到變成老太婆的老虎時，難道可以不警惕嗎？」

說書人的話

　　德國十九世紀問世的《格林童話》中有一篇著名的童話叫做〈小紅帽〉，寫狼偽裝祖母吃掉頭戴紅帽子的小姑娘和她的祖母，後來獵人剪開狼肚皮才救出了祖孫倆，小紅帽懲罰了惡狼。這是歐洲廣泛流傳的狼祖母型的故事。本篇〈老虎外婆〉比《格林童話》問世更早一些。我國其他地區都流行著同一類型童話的不同變種，有的是「虎外婆」，有的是「狼外婆」，有的是「熊外婆」；情節大同小異，有的說是

惡獸吃掉了真正的外婆，最後被姊妹們設計處死。它們的共同特點是告訴小
孩要警惕偽裝的惡人，要及時覺悟和善於自救。

注釋

① 州治在今安徽省歙縣。
② 作者自稱。

原書介紹

《廣虞初新志》 清代筆記故事集。編者黃承增（生卒不詳），浙江新安人。
《廣虞初新志》嘉慶八年（西元1803年）已有刊本。此書有意模仿張潮《虞
初新志》的體例，全書二十卷，收輯當時有名的文言故事。此書第十九卷所
收〈虎媼傳〉（即本篇〈老虎外婆〉），是我國最早見於記錄的獸外婆型故
事。作者署名黃之雋，字石牧，號堂，休寧人，後徙居江蘇華亭。康熙年間
進士，官編修。工詩，著述頗富，有詩集《堂集》、集句詩集《香屑集》
等。

海 天 行

出自：《觚賸》／鈕琇

　　海瑞①的孫子海述祖，風流倜儻，氣質非凡。恰逢中原一帶多變故，
他便不屑於讀書應考，毅然生出飄洋過海的想法。他賣掉價值千金的家產，
製作一條大船。這條大船首尾長二十八丈，以象徵二十八星宿②；船上房
間分爲六十四間，以象徵六十四卦③；張開風篷二十四葉，以象徵二十四
節氣；桅杆高二十五丈，稱爲「擎天柱」，頂上兩隻大斗，象徵太陽和月
亮。這條船花了三年才完工，述祖自認爲這是獨特的創作，可以毫無困難的
乘長風、破萬里浪。

　　海邊有三十八個商人，共同租賃海述祖的大船，裝載貨物到海外各國作
買賣，述祖就作了這艘船的老板。崇禎十五年④二月，這船揚帆遠航，快
到傍晚，突然颶風大作、白浪滔天，蛟、螭之類的動物，在船的兩側騰躍。
舵師驚慌失措，船隨風漂到一個地方，但昏暗迷濛，不知是何處。過一會
兒，風平浪靜，雲開霧散，遠遠地看到六、七個官人，高高的帽子，寬大的
衣帶，拱手立在水上，侍從人員數百人，樣子相貌既醜又怪，一個個都披著
魚鱗般的銀甲，拿著巨鰲劍，扛著長鬚戟，舉著火把，掛著燈籠，好像
有所等待一樣。不知不覺，這條船忽然靠了岸，官人一個個高興地跳
上船，四周看了看，說：「這船可以用。」便問船主是誰，海述祖
不懂官人的意思，沒有立即回應。

　　早晨，官人叫海述祖一同去見大王。大約走了三里多，道路兩
邊潔白如同玉石山，沒有絲毫塵土。來到一座宮門前，宮門有兩條

黃龍守護著。周圍的矮牆，都是用水晶疊成的，光亮透澈，可以照見毛髮。海述祖私下念著：「這大概就是龍宮。」又跨越三重大門，才進入大殿。大殿的構造與人間皇帝的宮殿相似，並且雄偉高大，富麗堂皇，大得可以擺設千人宴席，高得可以容納十丈高的旗幟，難以一一描述。大王剛剛才上堂，頭上用紅巾圍著兩隻肉角，穿著黃色繡花袍，鬍鬚長得垂在腹部。各位官人上前呈奏說：「前次下令所要取的兩條船，很久不見出現。如今有一條自己漂來的船，斗膽報告大王。」龍王說：「按慣例，需兩條船陳設貢物，而現在少一條，怎麼辦？」官員們說：「貢期已經迫近，我們仔細察看這條船，它的構造恰巧和天象結合，這條船應該利於在天路上通行；況且這船是新作的，乾淨、又寬大，如果把貢物料理好，等船到了王宮，再依次陳設貢物，好像也沒有不妥。」龍王允諾呈奏，說：「把船上的凡人凡貨卸下來，用神水沖洗，快快行動，不得耽擱！」官員們唯唯應答著退下殿來，仍舊回到船上，將船上的人和貨全都卸下岸，安置在宮殿西邊的琅玕⑤池內。唯獨海述祖不願前去，悄悄地問：「貢物將運往哪裡？」官人們說：「貢物將運往天庭。」海述祖又說：「我雖然是中華平民百姓，但志氣上雲霄，常常怨恨不能長出翅膀，難以叩開天堂九重門⑥。有幸遇上奇緣，想跟隨前往。」官人們說：「你是塵世凡人，跟去恐怕觸犯天令，不行。」其中一位官人說：「你寫下你出生的年月日和時辰。」海述祖急忙寫好遞交官人。這位官人對大家說：「這個人命中有天賜的祿位，又是忠誠正直者的後裔，姑且答應他吧。」一會兒，幾百人抬著貢物，接連不斷而來。賚貢官先用神水灑遍船中，然後把金葉表文，供奉在船的中樓。接著有兩位押貢官，將所有寶物安置好。海述祖私自偷看貢單，只見寫著：紅珊瑚一座，大小共五十株；黃珊瑚一座，大小共七十株，高的都是一丈四、五尺；夜光珠一百顆；火齊珠⑦二百顆，直徑有一寸五分；鮫綃五百匹；靈梭錦⑧五百匹；碧珠二十斛；紅靺鞨⑨二十斛；玻璃鏡一百塊，直徑三尺，每塊重四十斤；玉屑一千斗；金漿一百器；五色石頭一萬方；其他各種名稱的珍奇貢品，不能一一記載。

安頓完後，大敲鼉鼓三遍，才開始啓程。逆風行進，兩條大魚夾

著船兒像飛一般，白浪搖曳，但船安靜平穩。道路不分平坦險惡，時間不分
白天黑夜。半途中一塊千仞高的石壁，截住流水聳立著，石壁上寫「天人河
海分界」六個大字。官人們告訴海述祖說：「以前張騫⑩乘坐木筏，尚且
不能通過此地；如今你能夠遠渡銀河，難道不是大事嗎？」海述祖俯首表示
感謝。一頓飯的工夫，大家都叫了起來：「南天關快到了！」緊接著便進了
南天關。賫貢官、押貢官各自整理好朝服，所有抬寶物的差役，都換上紅褐
色的長衣，也讓海述祖穿上這種長衣。大家上岸陳設貢物。他們腳所踩踏
的，都是軟金鋪就的地面，用瑤石相間，鑲嵌成奇異的色彩。抬頭仰望，美
玉砌成的宮闕、殿堂，絳紅色的樓、青碧色的閣，都在飄渺中，若近若遠，
不能測量。宮門下站立四員天官，身著官服，手拿笏板，隆重傳旨，詔令賫
貢官進入昊天門，到神霄殿前呈表行禮。海述祖和所有差役在天門外行磕頭
禮，只聽見音樂繚繞，香氣濃郁，飄忽不斷罷了。緊接著有兩個戴著星形
帽、披著山岳形帔的接貢官來驗收貢物，並引領押貢官進入天門。行禮完
畢，玉帝詢問南方民間疾苦，北方戰爭景象⑪，話語很多，不能詳盡敘
述。在恬波館，他們都被宴請一頓，然後，謝完恩從天門出來，在原地召集
大家上船。

　　海述祖小睡片刻，恍惚間不知航行幾千萬里，又回到原先出發的地方。
他提出要領回所押貨物和同行的伙伴。龍王下令說：「海述祖的船，曾進入
過天宮，不能再歸還人間。所有的伙伴在琅玕池，應該讓你一見。」於是前
往琅玕池，只見那三十八人都變成了魚，只有腦袋沒有變化。海述祖十分悲
痛。前次奪船的官人把他帶到另一間房子，用好話安慰他，說：「你的同
伴，命中本應葬身魚腹，而他們卻變成了魚，這算幸運的。你因為借了船，
饒恕你免於一死，還有什麼好悲傷的呢？過一段時間，將有福建來的船
路過這裡，一定送你回去。」於是每天照常供應食物。海述祖住了很
久，忽然聽到有人報告說：「福建的船隻到了！」龍王召見海述祖，
賞賜他一袋黑白珍珠，說：「用這些償還你造船的費用。」龍王命
令用小艇將他送到福建船上。他抵達瓊山⑫回到家裡，已經是明
崇禎十五年十二月了。

　　家裡人早已聽說船覆沒的消息，就設立神主，辦了喪事。突然見到海述祖，喜出望外。海述祖也不說其中緣故，只是說：「狂風刮壞了船隻，慶幸抱住擎天柱才救了一命。」第二年，到了廣州，他拿出袋中的珍珠，賣給外國商人，得到一筆巨款，用來買田養老。康熙三十五年⑬，廣東和尚方趾麟親自拜訪海述祖，了解了詳細的情況。當時海述祖已有九十六歲，但相貌卻如五十歲的人。

說書人的話

本篇寫龍宮與天堂的景象，想像奇特，文字瑰麗。龍宮和天堂等級森嚴，龍宮使人化為魚，龍王向天帝進貢，這一切正是當時封建君主制的寫照。本篇的缺點是沒有寫人對命運的抗爭，三十八人化為魚便是逆來順受的悲劇。

注釋

① 海瑞（西元1514年～1582年），字汝賢，號剛峰，瓊山人。持身廉介，嫉惡如仇，抑制豪強，是明代有名的清官。死後，贈太子少保，諡忠介。

② 我國古代天文學家把天上某些星的集合體叫做宿。東南西北各七宿，共二十八宿。

③ 是我國古代的一套有象徵意義的符號。用陰陽二爻組成八種形式，叫做八卦。八卦互相搭配又得六十四卦，用來象徵各種自然現象和人世現象，後來常用於占卜。

④ 西元1642年，即明亡前二年。

⑤ 圓潤如珠的美玉。

⑥ 傳說中的天堂有九重門。

⑦ 又稱火珠，傳說產於「婆利國」，大者如雞蛋，光照數尺。中午時，可以烤燃艾草。

⑧ 傳說中鮫人所織的綃。亦泛指薄紗。

⑨ 我國東北地區產的一種寶石。據《唐寶記》載：「靺鞨，國名，古

肅慎地也。產寶石名紅靺鞨。」《唐書》又載:「紅靺鞨,大如巨栗,赤如櫻桃。」

⑩ 西漢外交家,多次出使西域,加強中原和西域各民族間的連繫。據梁朝《荊楚歲時記》說,他奉命出使大夏,尋找黃河河源時,曾乘木筏到銀河,會見了牽牛郎。

⑪ 暗指明軍和清軍間的戰爭。

⑫ 縣名,屬海南島,境內有瓊山,與大陸隔海相望。

⑬ 西元1696年。

原書介紹

《觚賸》清初筆記小說。作者鈕琇(生卒不詳),清初江蘇吳縣人。康熙十一年(西元1672年)拔貢生,歷任河南項城、陝西白水、廣東高明等縣縣令,有政績。工詩文。《觚賸》有正編八卷(刊行於康熙三十九年),續編四卷(刊行於康熙五十三年),共收筆記傳奇故事三百二十七則,「幽艷淒動,有唐人小說之遺」(四庫全書總目)。觚是古人書寫的木簡,「觚賸」取名的意思是以筆記故事作為詩文的餘事。正編以地域分類,稱〈吳觚〉、〈燕觚〉、〈豫觚〉、〈秦觚〉、〈粵觚〉;續編以內容分類,稱〈言觚〉、〈人觚〉、〈事觚〉、〈物觚〉。

勞 山 道 士

出自：《聊齋誌異》／蒲松齡

　　某縣有個王生，排行第七，本是世家子弟。年輕時羨慕道術，聽說勞山
① 有很多神仙，便挑著書箱前去遊歷。

　　他登上一座山頂，見到一座非常幽靜的廟宇，一位道士正坐在蒲團上，
白髮長垂兩肩，但仍容光煥發，氣度豪邁。王生試著和他交談，發現道士精
通玄理，便拜他爲師。道士說：「恐怕你嬌生慣養，不能吃苦。」王生回
答：「能吃苦。」道士的門徒很多，傍晚便都回來了。王生向他們一一行
禮，便留住廟中。

　　第二天清晨，道士叫王生去，交給他一把斧子，讓他跟大伙進山砍柴。
王生恭敬從命。過了一個多月，手腳磨出厚繭，他實在受不了這份苦，暗地
產生回家的念頭。

　　一天晚上，回到廟中，看到師父陪同兩位客人喝酒，當時天色已暗，又
沒有燈燭。師父就用紙剪成一面鏡子，黏貼在牆上。一會兒，如同明月照
射，亮得能看清每一根頭髮。門徒們伺候客人，奔走不停。一位客人說：
「美好的夜晚，飲酒作樂，不可不一同享受。」於是，從桌上取下一把酒
壺，分別倒給門徒，並且囑咐一醉方休。王生心想：七、八個人，
一壺酒怎麼能個個醉倒？於是大家分頭尋找杯碗，爭先喝酒，深
怕酒壺已空。但是，多次你斟我酌，酒壺的酒竟然不見減少。王
生心中覺得奇怪。不久，另一位客人說：「承蒙明月的照耀，如此默
默地喝酒，爲什麼不把嫦娥 ② 請來？」師父便把一根筷子向月中拋

去，只見一個美女從月亮中走出來。起初不足尺把長，落地後就和常人一樣，長頸細腰，翩翩跳起霓裳舞③，後來還唱著歌：「神仙啊神仙，你回來呀，爲什麼把我幽禁在廣寒宮④中！」歌聲清暢高揚，響亮得像簫管。唱完後，旋轉起身，跳到桌上，大家正看得驚訝，卻變成了筷子。三人大笑。又有一位客人說：「今夜最開心，但我已經醉了，你們在月宮爲我餞行好嗎？」三位移動席位，漸漸搬到月中。大家看見三人，坐在月中喝酒，鬍鬚眉毛都能看清，就像鏡中的人影。不久，月色漸暗，門徒點燃蠟燭，卻只有道士獨坐，客人都不見了。桌上吃剩的東西，依然存在。牆上的月亮只不過是圓得如同鏡子的紙罷了。道士問大家：「喝夠了嗎？」門徒回答：「足夠了。」「喝夠了就早點睡覺，別誤了明天的砍柴。」大伙答應著走了。王生心中高興，打消了回家的念頭。

　　又過一個月，實在苦得難受。道士並不傳授半點方術，心想實在不能再等待，便向師父告辭說：「弟子走了幾百里路，拜師受業。即使不能學到長生術，或許可以傳授一點小功夫，滿足我的求教之心。如今已過了兩、三個月，不過是早出晚歸，砍柴罷了。弟子在家裡從沒有受過這種苦。」道士笑著說：「我早就說過你不能吃苦，如今果然如此。明天應當早點送你走。」王生說：「弟子操練了很久，請仙師傳授點小小方術，以不辜負此行。」道士問：「你想學什麼？」王生說：「每次看到師傅行走時，牆壁都不能阻擋，只要學會這種本領也就滿足了。」道士笑著答應他。便傳授他一段口訣，要他自己唸完，喊：「進去！」王生面對牆壁不敢撞。道士又說：「再試試！」王生果真慢慢走到牆下，停步不前。道士說：「低下頭就可以進去，不要遲疑！」王生便離牆幾步，跑步向前；碰觸到牆壁，虛若無物；回頭一看，果然待在牆外了。他十分高興，忙進去向師傅道謝。道士說：「回去後，應該潔心自持，否則不靈驗。」便給他路費，打發他回去。

　　回到家，王生自誇遇到神仙，堅固的牆壁也不能阻擋他。妻子不信，王生就做給她看。離牆幾尺，快步奔來，頭碰到堅硬的牆壁，猛然倒地。妻子扶他起來，一看，額頭腫得突出來，好像一個大蛋。妻子譏笑他，王生羞愧，只能氣得大罵老道士沒良心。

說書人的話

這是一篇法術失靈型故事。文章盡力寫勞山道士法術高明,可以剪紙為月、全室生輝,招來嫦娥、移宴月宮。這些都只是為了諷刺王生而作的鋪陳。王生最後受到「頭觸硬壁」的報應,一語雙關,說明好逸惡勞、心術不正的人,是非碰壁不可的。

注釋

① 即嶗山。在今山東省嶗山縣境。
② 神話中射九日的后羿之妻,偷吃了西王母給后羿的不死藥,飛奔月宮,成為月中仙子。
③ 即霓裳羽衣舞,唐代宮廷樂舞。唐白居易〈長恨歌〉:「漁陽鼙鼓動地來,驚破霓裳羽衣曲。」
④ 傳說月宮名稱。

原書介紹

《聊齋誌異》清代文言故事中的一部奇書。作者蒲松齡(西元1640年~1715年),字留仙,一字劍臣,別名柳泉居士,山東淄川(今淄博市)人。他自幼聰明,才華煥發,但科場失意,一生清苦。他熱愛民間故事,相傳他特意在蒲家莊柳泉邊的涼亭裡擺下茶攤,以茶煙招待過往客人,請他們講述故事。親朋好友還把聽到的故事郵寄給他。他邊搜集邊寫作,共寫成了近五百篇故事,取名《聊齋誌異》。書中大都是幻想故事,鬼與狐精故事佔三分之一以上,故被稱為「鬼狐傳」。作者用這些故事寄託人生的悲憤,曾寫詩云:「新聞總入狐鬼史,斗酒難澆磊塊愁。」(《感憤》)。蒲松齡還寫了大量的詩文,俚曲乃至醫藥、農桑著作,長

篇小說《醒世姻緣傳》的作者「西周生」也可能是他的化名。

《聊齋誌異》故事的主要特點是情節奇特，富於幻想，能把人帶入一個能夠消除社會不平、人間災禍和生離死別痛苦的美妙境界；作者的生花妙筆能把這一切寫得千變萬化而又歷歷如在目前。這便是聊齋故事的永恒魅力。《聊齋誌異》中的五百則故事大都是幻想故事，此外還有寫實小說，寓言故事和雜事軼聞。

陸 判 官

出自:《聊齋誌異》／蒲松齡

　　陵陽①人朱爾旦,字小明,性格豪放,但思維比較遲鈍,儘管讀書勤奮,並沒有出名。

　　一天,文社②的人相聚喝酒,有人開他的玩笑說:「你有豪放的名聲,如果能夠深夜到十王殿左邊走廊下把判官背來,大伙就湊錢設席招待你。」因為陵陽有十王殿,木雕的鬼神,栩栩如生。靠東的房中有判官站立著,面帶綠色,滿臉紅鬚,相貌尤其可怕。有人晚上還聽到兩邊走廊裡有拷問聲。白天進去的人,沒有不毛骨悚然的。所以大家拿這件事難為朱爾旦。朱爾旦笑一笑,起身就去。沒過多久,在門外大聲地叫:「我把髯宗師③請來了!」大家起身,一會兒,朱爾旦把判官背進來放在桌上,並向判官敬酒三杯。大家一看這情景,嚇得發抖,坐不安穩,請他趕快背走。朱爾旦又把酒澆地,禱告說:「弟子草率無禮,大宗師想必不會見怪。寒舍離此不遠,如果高興,今後請光臨共飲,不要介意。」說完便背回去了。

　　第二天,大伙果然招待他喝酒。喝到天黑,半醉著回家,但興猶未盡,點著燈繼續獨飲。忽然有人掀簾進來,一看,正是判官。他起身說:「啊,想必是我要死了!前天晚上有所冒犯,如今是來降罰麼?」判官掀起濃鬚,微笑著說:「不!昨晚承蒙盛情相招,今夜有空,特地來赴約。」朱爾旦非常高興,拉客人進來入坐,自己起身洗涮餐具,生火燙酒。判官說:「天氣暖和,可以喝冷的。」朱爾旦聽從判官的,把酒壺放在桌上,跑去告訴家人準備菜餚水果,妻

子一聽，十分害怕，勸他不要出去。朱爾旦不聽，等著把菜餚水果湊齊，端到堂上。對飲幾杯後，然後問姓氏。判官說：「我姓陸，沒有名字。」又和他談論書本上的事，陸判官對答如流。朱爾旦又問：「會八股文嗎？」回答說：「稍稍能夠分辨優劣。陰間所讀的文章，和陽世大抵相同。」陸判官酒量大，一連能喝十杯。朱爾旦因爲整天喝酒，不覺醉倒，伏在桌上大睡。一覺醒來，燈光昏暗，鬼客已經走了。

從此，每隔兩三天，陸判官就來喝一次，情誼一天天加深，有時就共睡一床。朱爾旦捧出自己的課業請教，陸判官就用紅筆塗抹，說都寫得不好。

一天晚上，朱爾旦喝醉後先就寢，陸判官仍舊獨自喝酒。忽然朱爾旦在醉夢中，感覺腹部微痛，睜眼一看，只見陸判官端坐床前，破開他的肚子，拿出腸胃一一清理。朱吃驚地問：「你我向來無怨仇，爲什麼要殺我？」陸判官笑著說：「不要怕，我正在替你換一顆聰明的心。」慢慢地把內臟放進去，然後再縫好，最後用裹腳布把腰縛緊。料理完畢，床上也並沒有血跡。朱爾旦只感覺腹部有點麻木，看到陸判官把一塊肉團放在桌上，便問是什麼。陸說：「這是你的心。文章寫不好，是因爲你毛塞心竅。剛才在陰間，從千萬顆心中，挑選一顆最好的替你換上，留下這顆去補足缺數。」便起身，掩門離去。

天亮時，解開纏布，見傷口已合，但有一紅線留存罷了。從此，文思大有長進，讀書過目不忘。幾天後，又拿文稿給陸判官看，陸判官說：「可以了。但是你福份薄，不能做大官，中舉人罷了。」問：「什麼時候中舉？」回答說：「今年必中頭名。」不久，府考得了冠軍，鄉試也奪了魁。同社中友人向來嘲笑他，等到見了他考中舉人，沒有不吃驚的。他們細細打聽，才知道其中怪異。大家求朱爾旦在陸判官前說些好話，願意和陸判官結交。陸判官答應了，大家設宴招待。初更時，陸判官來到，紅鬍鬚不斷飄動，雙目閃閃，如同電光。大伙嚇得臉色大變，牙齒顫抖，並一一溜走。朱爾旦領著陸判官到家中喝酒，喝醉後，朱爾旦說：「挖肚洗腸，受惠已多。還有一件事想麻煩你，不知道可以不可以？」陸判官請他吩咐。朱爾旦說：「我妻子別的都還可以，但相貌不很

美。想煩你動刀斧，怎麼樣？」陸判官笑著說：「行！讓我慢慢想辦法。」

　　過了幾天，判官半夜來敲門。朱急忙起身請進，點燈一照，只見陸判官衣襟中包著一件東西，問他，他說：「你前次的囑咐，一時難以物色。剛才得到一顆美人頭，可以滿足你的要求。」朱爾旦揭開一看，脖子上還有血。陸判官催促趕快進去，不要驚動雞犬。朱爾旦想到門戶晚上上了栓，但陸判官一來，用手推門，門自開。領他到臥室，只見朱夫人側身睡覺。陸判官把美人頭交給朱抱著，自己從靴子裡取出一把匕首，按著朱夫人脖子切下去，就像切腐肉一樣俐落。朱夫人的頭掉在枕邊。陸判官急忙從朱手裡接過美人頭，接合上去，看看是否端正，然後按捺，並將枕移到肩下墊好。再叫朱爾旦把朱夫人的頭埋在偏僻的地方，他才離去。

　　朱妻醒後，感覺脖子有點麻，臉上好像有什麼黏著，用手一搓，發現有血片。她非常驚恐，叫丫頭舀水，丫頭見她臉上到處是血，也嚇壞了。洗臉時，滿盆水都紅了。抬頭看時，發現夫人面目全非，又更加驚訝。夫人自己照鏡，非常錯愕，不能解釋。朱爾旦進來，說明緣故，並且仔細端詳夫人，見她秀眉彎彎，掩遮鬢髮，滿面笑容，活像畫中美女。解開衣領一看，脖子上有一圈紅線。紅線上下肉色完全不同。

　　原來城裡吳侍御④有個女兒長得十分美麗，未曾出嫁就死去兩個未婚夫，因此十九歲還沒有結婚。元宵節遊十王殿時，遊人很多，其中有個無賴見到她，起了淫心，便探明她家住址，夜間爬梯進入，打開臥室門，殺死一個丫環塞到床下，企圖強姦。侍御女兒極力反抗，大聲呼喊，無賴賊氣得把她殺了。吳夫人聽到鬧聲，叫丫頭去看看，發現屍體，嚇得要死。全家起床，停屍床上，把頭放在脖子邊，一家人嚎啕大哭，喧鬧了一夜。第二天揭被一看，小姐身子在，而頭顱卻不見了。鞭打丫頭，都說是看守不力，頭被狗吃掉了。吳侍御上訴到郡府。郡府限令捉犯人，三個月了，犯人還沒有抓到。後來有人把朱家發生換頭的奇聞說給吳侍御聽。吳侍御懷疑，派一個婦人到朱家查看。婦人進門一見朱夫人，嚇得跑回去告訴吳侍御。吳侍御看見女兒屍體還在，驚奇得不知怎麼辦，猜測是朱爾旦用邪術殺女，前去盤問朱。朱說：「我妻子夢中被換了

頭，連自己也不知其中緣故。說我殺了你女兒，冤枉啊。」吳侍御不相信，告到官府。官府先審訊朱家僕人，口供和主人所說一樣。郡守一時不能決斷。朱爾且回來後，求助陸判官給出主意。陸判官說：「這事容易，應當讓吳的女兒自己說。」吳侍御晚上夢見女兒說：「我是蘇溪的楊大年所殺，與朱舉人無關。朱因嫌夫人不美，陸判官用我的頭和朱妻換了。這樣，兒雖死，但頭還活著。希望不要兩家爲仇。」吳醒後告訴夫人，與夫人所夢相同，便告知官府。經官府查問，果然有楊大年其人，逮捕拷問，伏罪結案。

吳侍御來到朱家，求見朱夫人，從此和朱爾且以翁婿相稱。並把朱妻的頭和女兒的屍體合葬在一塊。

朱爾且三次入京會考，都因爲犯規被罷黜，從此對作官心灰意冷。過了三十年，一天晚上，陸判官告訴他說：「你年壽不長了。」打聽還有多久，回答說有五天。朱又問能夠相救嗎，答說：「天命，是人不能違抗的。而且，達觀者視生死如一，何必生則快樂，死則悲傷。」朱點頭稱是。隨後，準備壽衣棺材，到期穿戴整齊，安然告終。第二天，朱夫人正在伏棺大哭，朱爾且忽然從外面慢慢進來。朱夫人害怕。朱說：「我雖然是鬼，卻與生人一樣。考慮妳孤兒寡母，特別惦記罷了。」夫人哭得更加傷心，眼淚流到胸襟上。朱依依戀不捨地安慰她。夫人說：「古來有還魂的說法，你既然有靈，爲什麼不重生？」朱說：「天命不可違抗。」又問：「你在陰司做什麼？」回答說：「陸判官推薦我助理有關官司的事務，享有官位，也並不苦。」夫人還想再說下去，朱說：「陸判官和我同來，一定要擺設酒菜款待也。」說完就出去了。夫人照他說的準備。只聽見室中談笑風生，宛如生前。半夜一看，早已消失了。

從此，朱爾且兩三天回家一趟，夫婦情感依舊纏綿，他還順便處理一些家務。兒子朱瑋才五歲，朱爾且回來就抱著他玩；到了七、八歲，就在燈下教他讀書。兒子也很聰明，九歲就會作文，十五歲考取秀才，竟然不知父親已死。從此，朱回家也逐漸稀少，每月回來一次罷了。一天晚上回來，對夫人說：「今天特來與妳永別了。」問到哪裡去。他說：「承蒙上帝命我作太華⑤卿，將要遠去就任，

事務又多，因此不能再來。」母子抱著他哭。朱爾旦說：「不要這樣！兒子已經長大，家裡也過得去，難道有百年不拆散的鸞鳳嗎？」又對兒子說：「要好好做人，不要敗壞家業。十年後再見。」逕直出門而去，從此便沒有來過。

後來，朱瑋二十五歲中了進士，作了傳旨冊封的行人⑥，奉旨去祭西嶽華山，路過華陰，忽然見到上張羽蓋的高車，隨從很多，直向他的儀仗隊衝來。他正感到驚訝，一看車上坐的人，正是他的父親，於是下車跪在路旁哭著。父親停車說：「你為官清正，我可以瞑目了。」朱瑋跪地不起，朱爾旦不理兒子，催促車馬快速前進。朱才去幾步，回頭一望，解下佩刀，叫人送去，遠遠地說：「佩著它，有好處。」朱瑋想去追，只見車馬隨從，像風一般飄飛，一眨眼就不見了。朱瑋痛惜了很久，抽刀細看，作工十分精緻，刻有一行小字：「膽欲大而心欲小，智欲圓而行欲方。」後來朱瑋作官到司馬⑦，生有五個兒子，名沉、潛、沕、渾、深。一天晚上，他夢見父親說：「佩刀應該送給朱渾。」朱瑋照辦了，後來朱渾做官到總憲⑧，名聲很好。

說書人的話

本篇寫人與冥府判官的友好交往，充滿著「換心治愚」、「換頭治醜」等荒誕離奇的情節，表現人們對智慧和美的孜孜追求，寄託人們對醫術的科學幻想。

注釋

① 古縣名，在今安徽省太平縣境。
② 科舉時代秀才講學作文的結社。
③ 科舉時代秀才對學使的稱呼。也稱道德文章堪為大眾模範的人為宗師。
④ 官名。明清時代對監察御史的別稱。

⑤ 指華山。

⑥ 官名。明清時代設行人司，掌管傳旨冊封等事。

⑦ 官名。明清時代為兵部尚書的的別稱。

⑧ 官名。明清時代督察院左都御史的別稱。

阿　　　寶

出自：《聊齋誌異》／蒲松齡

　　廣西人孫子楚，是一位名士。長有六個指頭，性格迂腐不善言辭，別人對他說些謊話，往往信以為真。凡遇宴會上有歌妓，就一定會遠遠地逃走。知道這種情況的人，騙他來，指使歌妓和他親昵，他則急得臉和脖子通紅，汗珠直往下滴。大家引以為笑談，有的人還把他的形象描繪成痴呆樣，並作笑話四處傳播，還取名為「孫痴」。

　　同縣有個大商人，與王侯一般富裕，親戚全是貴族。有個女兒名叫阿寶，天生絕色，正在尋找理想中的伴侶。闊家子弟紛紛前來求婚，都沒有使大商人滿意。孫子楚剛喪妻，有人與他開玩笑，勸他託媒向阿寶提親。子楚自不量力，果然照別人的話去做。大商人平時也聽說過他的名字，但嫌他貧窮。媒婆正要出門時，碰見阿寶，阿寶問媒婆什麼事，媒婆都說了。阿寶隨口開了句玩笑：「他如果去掉多生的指頭，我一定嫁給他。」媒人把這話告訴子楚，子楚說：「這不難。」媒婆走後，子楚用斧頭砍掉多餘的指頭，鑽心似的劇痛，血流不止，幾乎死去。過了幾天，才能起身，前去找到媒人，把手伸給她看。媒人一見大驚，跑去告訴阿寶，阿寶也感到驚奇，又開玩笑請他再去掉傻氣。子楚聽說後大聲爭辯，宣稱自己不傻，但苦於無法見到阿寶，當面剖白。轉而又想阿寶未必美如天仙，何必把她看得高於一切。因此，以前的想法頓時消失了。

　　清明節，按照當地習俗，婦女都在這天出遊。一些輕薄少年也成群結隊追逐女人，評頭品足。有幾個同社友人，強行把子楚請了去。

有人嘲弄他說：「難道不想看意中人？」子楚也知道這是開他的玩笑，但因
為曾受阿寶作弄過，也很想見她一次，所以很高興隨大家邊走邊尋找。遠遠
地望見有個女子在樹下休息，許多無聊的年輕人圍成一堵牆觀看。大家說：
「這一定是阿寶。」走過去才知道果然是阿寶。仔細看她，的確美麗無比。
片刻間，看的人越來越多，阿寶起身趕快走了。大家品頭論足，議論紛紛，
神魂顛倒，子楚獨自默默無言。等到大伙走了，回頭一看，子楚仍然痴呆地
站在原來的地方，喊他也不答應。大伙拉他說：「你的魂跟隨阿寶去了嗎？」
他也不作聲。大伙認為他平時不太說話，也不以為怪，推的推，拉的拉，把
他送回家。到家後，上床就睡覺，整天不起，彷彿喝醉酒，喊他也不醒。家
人懷疑他失了魂，便到曠野招魂，沒能奏效。強行拍打追問，他懵懵懂懂地
回答：「我在阿寶家。」再仔細盤問，又不作聲。家人惶惶不安，不知是什
麼緣故。

　　起初，子楚見阿寶離開，心中竟捨不得，覺得身子跟從阿寶行走，漸漸
依附在她身上，也沒人阻攔他。於是便跟著阿寶回家，坐臥不離阿寶，夜晚
擁抱她，彼此非常滿足。但是覺得肚子很餓，想要回家，但又不認識路。阿
寶夢見和一個男人睡覺，問他姓名，回答說：「我叫孫子楚。」心裡覺得奇
怪，但又不敢告訴別人。子楚躺在床上三天，氣咻咻好像就要斷氣，家裡人
十分恐慌，只好託人委婉地告訴大商人，想要到他家為子楚招魂。大商人笑
著說：「兩家平素不相往來，怎麼會把魂失落我家？」孫家苦苦央求，大商
人才答應。巫醫拿著子楚穿過的衣服和草墊到大商人家。阿寶問明緣由，害
怕極了，領著巫醫直接到臥室，任巫醫招魂離去。巫醫才進孫家的門，子楚
在床上已發出呻吟聲。他醒後說阿寶房中有哪些妝奩什物，什麼顏色，叫什
麼名目，歷歷可數，絲毫無誤。阿寶聽說後，更加驚奇，同時暗暗為子
楚對自己的深情而感動。

　　子楚能夠起床以後，坐立不安，常常呆呆地凝思痴想。每每打聽
阿寶的事，希望能再見到她。浴佛節 ① 那天，聽說阿寶到水月寺
燒香拜佛，便早早地在路旁等候，望眼欲穿。中午過後，阿寶才
來，她在車中看見了子楚，用纖手掀開車簾，目不轉睛地望著他。

子楚更加激動，緊緊跟隨她。阿寶忽然命令丫環來問他姓名。子楚殷勤相告，魂飛魄散。直到車子離去，他才回家。到家後又病倒了，不吃不喝，夢中只叫「阿寶」的名字。每每怨恨自己的魂不再靈驗。家中以前養的那隻鸚鵡，忽然死去，小孩拿著鸚鵡在床前玩。子楚心想：「假如變成鸚鵡，舉翅一飛，便可以到達阿寶房中。正想著，不覺身子已化成鸚鵡，很快飛走，直達阿寶的臥房。阿寶很高興，捉住鸚鵡，用鏈子鎖住，餵芝麻給牠吃。鸚鵡大聲叫：「姊姊不要鎖我，我是孫子楚！」阿寶非常驚恐，立即解開鏈鎖，鸚鵡也不飛去。阿寶禱告說：「你的深情已經銘刻在我心中。如今你我人鳥異類，怎能結成夫妻呢？」鳥說：「只要守在妳身邊，我就滿足了。」別人餵食，鸚鵡不吃，阿寶親自餵才吃。阿寶坐著，鸚鵡飛到她膝上；就寢時，就靠近她的床畔。這樣過了三天，阿寶十分同情牠，暗中派人去打聽子楚的情況。子楚僵硬地躺在床上，斷氣已經三天了，但胸口還有點暖氣。阿寶又對鳥說：「你能再變成人，我就發誓嫁給你。」鳥說：「妳騙我！」阿寶便當天立誓，鳥偏著頭似乎在思考什麼。一會兒，阿寶裹腳，脫了鞋放在床下，鸚鵡突然躍起，嘴銜鞋子飛去。阿寶急忙呼叫時，已經飛得很遠了。阿寶又派老婦人前去探聽，聽說子楚已經醒來了。孫家的人看見鸚鵡銜著一隻繡花鞋進來，落地便死去，大家正覺得奇怪。子楚突然甦醒，一醒來便尋找鞋子，眾人不知其中緣故。恰逢老婦人進來，一見到子楚，就問鞋子在哪。子楚說：「這是阿寶的信物。煩妳相告：我子楚不會忘記小姐的諾言。」老婦人返回告訴小姐，阿寶更加驚奇，讓丫環把一切告訴母親。母親查實後才說：「子楚這人才氣不差，只是家中貧窮。挑選幾年，結果挑中這樣的女婿，恐怕被親戚笑話。」阿寶因為鞋子的緣故，發誓不嫁別人。父母只好答應她，並立即通知孫家。子楚一高興，病立即就好了。大商人想招贅，阿寶說：「女婿不能長住岳父家。何況他家貧寒，住久了，必定被人瞧不起。我既然答應嫁他，在他家住茅屋，吃野菜，也心甘情願。」子楚於是前往迎親，完了婚禮，洞房相見，恍如隔世。

　　孫家自從得到一份豐厚的嫁妝，日子寬裕一些，同時增添了很多財產。但子楚是個書呆子，不知料理家產。好在阿寶精明能幹，善於

持家，也不讓別的俗務累壞了子楚。過了三年，家境更加富裕。不料子楚因糖尿病去世，阿寶終日痛哭，眼淚不乾，既不吃飯，又不睡覺。別人勸說也聽不進，趁晚上無人時竟上吊自殺，被丫環發現，急救醒來，仍然不吃東西。三天後，召集親友，準備爲子楚入殮，忽然聽到棺材中有呻吟聲，一打開，子楚活過來了，並說：「死後去見閻王，閻王因爲我誠懇樸實，派我作部曹②，忽然有人報告：『孫部曹妻子馬上就到。』閻王檢查簿冊，說：『孫妻不是該死的。』那人又說：『她已絕食三天。』閻王對子楚說：『你妻子的節義令人感佩，賞你再生吧。』因此派鬼差牽馬送我還陽。」從此，身體逐漸恢復健康。

正值鄉試那年，入試前，一些少年捉弄孫子楚，共同商量擬出七道極爲怪僻的試題。他們把子楚叫到無人處，對他說：「這是某家買通的關係，特秘密相告。」子楚信以爲眞，日夜用心揣摩，把七道題都寫成文章。這些少年暗中譏笑他。但這次派來的主考官，考慮到一般熟題容易蹈襲和舞弊，決心一反歷來的作法。公布試題時，七道題都和子楚準備的相合，子楚因此獲得第一名。第二年，中了進士，授予翰林。皇上聽說他的婚禮離奇古怪，便召見詢問他。他全部都說了。皇上大加讚賞。後來又召見阿寶，並頒發很多賞賜。

說書人的話

這個純眞優美的愛情故事，圍繞著一個「痴」字展開描述，巧妙地組織了離魂化鳥、死後復生等幻想情節，想像馳騁，波瀾起伏，引人入勝。它可能受到唐人陳玄祐所作優秀傳奇《離魂記》的影響，但思想和藝術水平都超過了陳玄祐的《離魂記》。離魂情節的民俗依據是，古人認爲人有三魂七魄，「附形之靈爲魄，附氣之神爲魂」，魂可以離開形體獨立存在、活動，而且魂暫時離開並不會導致人體死亡。

注釋

① 中國佛教節日。相傳夏曆四月初八為釋迦牟尼生日，佛寺常於此日誦經，以紀念佛的誕生。

② 明清時代對各部司官的通稱。

翩　　　　翩

出自：《聊齋誌異》／蒲松齡

　　羅子浮，陝西省邠州①人。父母很早就去世了，八、九歲便跟著叔父羅大業。羅大業在國子監任左師②，家境富有，卻沒有兒子，他疼愛羅子浮如同自己的親骨肉。子浮十四歲，被壞人誘騙，開始嫖娼。遇上南京的妓女，租住在郡中，子浮愛戀入迷。妓女回南京，羅子浮悄悄跟從她去，在南京妓院中住了半年，錢花光了，大爲妓女們恥笑，但還沒有立即和他斷絕關係。不久，又生梅毒，潰爛骯髒，沾污床席，他被趕出妓院，在市上行乞。市民見到他就遠遠躲開，他自己也害怕死在他鄉，因此乞討著往西走，每天走三、四十里，漸漸到達邠州境內，但又想到一身污穢，實在沒臉進家門，只好在附近縣城徘徊。傍晚，想到山廟中安身。路上遇到一位女郎，漂亮就像仙女，她走過來問他：「到哪裡去？」羅子浮把實情告訴她。女郎說：「我是出家人，住在山洞裡，洞裡有地方可以居住，也不必害怕野獸。」子浮很高興地隨她走。到了深山，看見一個山洞。進去，看到洞前有一條溪水，溪上架著石橋。離橋幾步遠，便有兩間石屋，光線充足，不需要燈燭。女郎叫子浮脫去破爛衣服，到溪中洗澡，說：「洗了澡，瘡一定會好。」又掀開帳子，打掃床鋪，催他睡覺，說：「請你睡吧，我爲你縫製褲子。」於是，摘取芭蕉大的樹葉，剪成衣裳。子浮躺在床上看著她，沒多久，衣服縫製好，疊好放在床上，並說：「天亮時穿上這些衣服吧。」然後在對面床上睡下。

　　子浮洗澡後，覺得瘡傷不再疼痛。醒來一摸，已結了厚痂，第

二天早晨起身時，懷疑芭蕉葉不能穿。但取來一看卻是碧綠綿緞，平滑光亮。不久，吃早飯，女郎剪取山葉叫做餅，一吃，果然是餅；又剪成雞、魚，煮熟和真雞真魚一樣美味可口。屋角還有一罈好酒，隨時可取來喝，少了就舀溪水灌進去。幾天後，病全好了，纏著女郎求愛。女郎說：「你這個浪子，才得以安身，便生妄想！」羅子浮說：「為了報答妳的恩德。」於是同睡在一起，大相歡愛。

　　一天，有個青年婦女笑著走進來說：「翩翩，妳這個小鬼頭真快活，薛姑子好夢③什麼時候做成了？」翩翩起身迎接，笑著說：「花城娘子久不光臨，今天西南風吹得緊，把妳吹送來了！又生了小哥子嗎？」花城說：「又生了一個小丫頭。」翩翩笑著說：「花娘子真是個瓦窯④，為什麼不帶她來？」花城說：「剛剛哄著她睡著了。」於是坐下來一同飲酒。花城看了看羅子浮說：「小郎君是燒了好香才修得艷福唧。」羅子浮看她，年齡不過二十四歲，長得很美麗，心中很思慕她。剝水果時，水果跌落地下，趁彎腰拾起時，暗暗捏了一下她的腳尖。花城望著他笑，好像不知的樣子。羅子浮在神思恍惚間，頓時覺得身上衣褲冰冷，一看所穿的衣服，都變成了秋天的樹葉。把他嚇得要命，趕快端坐在凳子上，過了一會兒，衣服又漸漸地有了溫暖。心中慶幸兩位女子沒有見到。一會兒，趁勸酒之際，又搔了搔花城的手。花城坦然地說話，根本沒有感覺到。羅子浮突突心跳，衣服又變成樹葉，許久才恢復原狀。從此，羞愧難當，再不敢胡思亂想。花城笑著說：「妳家小郎子太不規矩！如果不是娘子喜歡吃醋，恐怕要跳到天上去了。」翩翩也微微冷笑說：「這種輕薄的男人，就應該挨凍死掉！」兩人一齊鼓著掌。花城站起身說：「小丫頭醒來，恐怕已經哭斷腸子了。」翩翩也起身笑著說：「只顧勾引別人的漢子，還記得起小江城哭嗎？」花城去後，羅子浮擔心挨罵，但翩翩仍和平日一樣。

　　不久，秋風颯颯，樹葉紛紛。翩翩忙收拾落葉，準備過冬。看到子浮冷得直哆嗦，便用包袱把洞口的白雲拾掇起來給他作棉襖，穿在身上暖和和的，而且輕鬆的就像絲棉一樣。

　　過了一年，生下一個男孩，很聰明。夫婦天天在洞裡逗小孩玩。

可是，羅子浮時常想念故鄉，請求翩翩一道回家。翩翩說：「我不能去，要去，你自己回去吧。」又過了兩三年，孩子漸漸長大，便和花城結成親家。羅子浮每每掛念叔父年老。翩翩說：「叔叔雖然年老，但是還很強健，不必掛念。等到保兒結婚後，去留由你決定。」翩翩在洞中時常用樹葉寫字教兒讀書，兒子過目成誦。翩翩說：「這個兒子有福相，把他放到塵世中，不怕做不到大官。」不久，兒子長到十四歲，花城親自送女兒來。花城的女兒穿著艷服，容光煥發。羅子浮夫妻十分高興，全家舉行宴會，翩翩拔下金釵，打著拍子唱歌：「我有佳兒，不羨貴官。我有佳婦，不羨綺紈⑤。今日聚首，皆當喜歡。為君行酒，勸君加餐。」後來花城回去了。兒子媳婦住在對面石屋中。新媳婦孝順，依依膝下，就像親生女兒一樣。羅子浮又說起要回家鄉，翩翩說：「你骨子裡屬於凡俗，終究成不了仙人。兒子也是富貴中人，可以帶去，我不耽誤兒子的前途。」新媳婦想與她的母親辭別，說著花城就來了。小兩口戀戀不捨，眼淚滿眶。兩個做母親的安慰他們說：「暫時去吧，還可以回來喲。」翩翩便剪下樹葉作驢子，讓三個人騎著回家。

羅大業年老，已辭官住在家中，認為侄子已死。忽然見他帶著孫子和美麗的孫媳婦回來，如獲至寶。一進門，看他們穿的衣服都是蕉葉，一扯開，裡頭的棉絮變成雲，冉冉飛上空中。便忙著為他們換了衣服。後來，子浮思念翩翩，同兒子一道進山尋訪，到那裡只見滿地黃葉，通向洞口的道路已經消失，只得含淚回家。

說書人的話

這篇故事虛構了一個美麗的仙境，塑造一位可愛的仙女形象。羅子浮由於生活墮落而引起身體潰爛，他絕處逢生，不僅醫好身體的創傷，而且在翩翩的感化下，洗滌惡習邪念，精神得到昇華。翩翩以芭蕉製衣，以白雲為絮，剪葉為食，又剪葉為驢，在豐富的想像中透露出心靈手巧的特點。原文的人物對話寫得聲口畢肖，出神入化。結尾亦具有詩意，餘味無窮。

注 釋

① 邠州，在西元1913年降為縣，即今陝西省彬縣。

② 次於主管祭酒的高官。

③ 不詳，大概指獲得佳偶。唐代傳奇《霍小玉傳》作「蘇姑子好夢」。

④ 戲稱專門生女兒。瓦，紡錘。給幼女玩弄瓦，讓她早習女紅。後因稱生女兒為「弄瓦」。

⑤ 指穿綢緞的貴人。

羅 剎 海 市
出自：《聊齋誌異》／蒲松齡

　　馬驥，字龍媒，是個商人的兒子。長得眉清目秀，活潑風流，喜歡唱歌跳舞。他經常在班子裡，拿錦帕纏在頭上，儼然像一位漂亮的少女，因此又有「俊人」的雅號。十四歲便考入府學，有了名氣。後來父親年老，放棄生意回到家裡，對他說：「那幾卷書，餓了不能當米煮，冷了不能當衣穿。我兒你還是繼承父親的生意吧。」馬驥從此便逐漸做起生意來。

　　一次，他跟著人家過海經商，船被颶風吹了去，漂了幾天幾夜，到了一個都城。那裡的人都醜得出奇，見了馬驥到來，以爲是一個妖怪，大家驚叫著走了。馬驥起初看見他們的樣子，很害怕；等到發現這地方的人害怕自己的時候，便反而藉此來欺負那裡的人。碰上吃東西的人，便跑過去，把那人嚇走了，就吃掉剩下的食物。很久以後，馬驥來到山村。村裡人的長相，有的也像普通人一樣，但穿得破爛，像乞丐。馬驥在樹下休息，村裡人不敢走攏來，只是遠遠地望著他。久而久之，人們覺得馬驥不像一個吃人的惡魔，才稍稍敢和他接近。馬驥笑著跟他們交談，彼此雖然語言不通，但也大半可以理解。馬驥於是把自己的來歷告訴他們。村裡人很高興，一一告訴鄰居們，說客人不是吃人的怪物。但是那些十分醜陋的人看了看就走了，始終不敢和他接近。那些敢和他接近的人，五官位置，長得都和中國人差不多。他們一起拿著酒茶來招待馬驥，馬驥乘機問村裡人爲什麼怕他，他們回答說：「曾經聽到祖輩說過：『往西走二萬六千里，有個中國，那裡的人相貌長得都很奇特。』」但那時只是

聽說，如今才確信是真的。」問他們為什麼這樣貧窮，回答說：「我國所重視的，不在文章，而在長相。最美的人當大官；次一等的做鄉村的官吏；最次等的，也能得到貴人的寵愛，因此也能得到豐厚的食物來養活自己的妻兒子女。像我們這些人，一生下來，父母都認為不吉利，往往拋棄掉。那些不忍馬上拋棄掉的，都是為了傳宗接代罷了。」又問：「這叫什麼國？」回答說：「這叫大羅剎 ① 國。都城在北邊，離這裡三十里。」馬驥要求他們領著他去看看。於是村裡人雞一叫就起床，領著馬驥一起動身了。

天亮後，才到達都城。只見都城的城牆都是黑石砌的，色彩如墨，樓閣高達十幾丈。但是很少蓋瓦，都是用紅色石頭蓋在上面。撿起一片殘缺的石塊在指甲上一磨，和丹砂沒有什麼區別。那時正是退朝的時候，朝中大小官吏魚貫而出，村裡人指著說：「這是相國。」馬驥一看，只見那人兩個耳朵都是相背的，鼻子有三個孔，睫毛像簾子覆蓋著眼睛。又有幾個騎馬的出來，村裡人說：「這是大夫們。」依次把那些大小官員指給馬驥看，大都是面目猙獰，奇形怪狀。然而官位越小，醜態也逐漸減弱。沒過多久，馬驥返回，街上人望見他，驚叫狂奔，跌跌撞撞，就像遇見怪物。村裡人百般解釋，城裡人才敢遠遠地站過來看。回村後，全國都知道來了怪人，因此那些官員士紳爭相一廣見聞，便命令村裡人邀請馬驥作客。每到一家，守門人就關閉門戶，男女老少都在門縫偷看，悄悄議論。整整一天，沒有敢接見馬驥的。村裡人說：「這一帶住著一位執戟郎 ②，曾經為先王出使過外國，所見的人多，或許不會怕你。」領他到執戟郎家。執戟郎果然很高興，待他為貴客。看執戟郎的樣子，像八、九十歲的人，眼球突出，滿臉鬍鬚，活像刺蝟，說：「我年輕時遵奉王命，出使過很多國家，獨獨沒有到過中國。如今一百二十多歲，有幸見到貴國的人，這不能不上奏天子。但是我退休在家，十幾年沒有踏過宮廷的台階了，早晚我要為你走一趟。」便擺上酒宴，以行賓主之禮。酒過幾巡，喚出十幾個歌女，輪番唱歌跳舞。歌女長得像夜叉，都用白綢纏著腦袋，紅色舞裙拖到地上，唱的不知道是什麼意思，腔調節拍也很奇怪。主人卻看得津津有味，發問說：「中國人也有這種歌舞嗎？」馬驥回答說：「有。」主人請

他模仿那種腔調，馬驥便敲打桌面，爲他唱了一曲。主人高興地說：「多美妙啊！你唱的就像鳳鳴龍嘯，從來沒有聽過呀。」

第二天，執戟郎上朝，向國王極力推薦馬驥。國王愉快地下了詔書。有兩三個大夫說他長相奇怪，恐怕聖上受驚。國王便只好作罷。執戟郎出來告訴馬驥，深深地感到嘆息。馬驥住了很久，一天與主人喝酒時醉了，乘興拔劍起舞，用煤灰把臉塗得像張飛一般。主人認爲很美，說：「請你以張飛的模樣去見宰相，高官厚祿不難到手。」馬驥說：「鬧著玩還可以，怎麼可以改換自己的面目去求得榮華富貴呢？」主人再三勸說馬驥才答應。主人擺設宴席，邀請達官貴人，叫馬驥把臉譜畫好等待著。客人驚訝地說：「真怪呀！怎麼以前那麼醜，現在這麼美呢！」於是邀馬驥一同喝酒，非常高興。馬驥婆娑起舞，唱了一段「弋陽曲」③，在座的人沒有不叫好的。第二天，達官貴人紛紛上奏推薦馬驥，國王很高興，以隆重的禮節召見他。召見時，國王問中國的治國策略，馬驥委婉地作了介紹，頗得國王的嘉獎與讚嘆，並在離宮設宴款待他。酒喝得正酣時，國王說：「聽說你會唱高雅的歌曲，可以讓我聽聽嗎？」馬驥立即起舞，也模仿宮女用白綢纏頭，唱了幾段格調不高的歌曲。國王十分高興，當天就任命他爲下大夫，平時和馬驥一同喝酒作樂，對馬驥特別寵幸。時間長了，官僚們都知道馬驥的面目是畫的，所以馬驥一到哪裡，就見到人們在竊竊私語，不太樂意和他交往。馬驥從此感到孤立，覺得恐懼不安，便上疏請求辭官退休，沒被允許；又上疏請求休假，國王給他三個月的假。

馬驥於是搭乘驛站的車子，載上金銀珠寶，又回到原來的村子。村裡人跪著來迎接他。馬驥把金銀珠寶分給以前所交往的好朋友，大伙的歡呼聲如雷鳴一般。村裡人說：「我輩賤人受到大夫的恩賜，明天到海市去，應該買點珍貴的物品報答你。」馬驥問：「海市是什麼地方？」村裡人說：「海裡的商場。四海的鮫人④集中在那裡做珠寶生意；四方十二國，都來做買賣。其中還有很多仙人來遊玩。不過那裡雲霞遮天，波濤洶湧，貴人珍重自己，不敢去冒險，都把金帛交給我們，代他們購買奇珍異寶。如今離海市的時間不遠了。」他問：「怎樣

才知道逢集呢？」回答說：「每一見到海上紅鳥飛來飛去，過七天後便開市了。」馬驥打聽起程的時間，想同去遊覽一番。村裡人勸他保重身體。馬驥說：「我本身就是漂洋過海的人，怎麼會害怕風濤？」沒過多久，果然有人登門送錢來相託的，馬驥便和他們一起把財寶裝上船。船內可容納數十人，平底高欄。十個人搖著櫓，船像箭似地破浪前進。航行了三天，遠遠看見雲水晃蕩之中，浮出層層疊疊的樓閣；來做生意的船隻，就像螞蟻般聚集。一會兒就抵達城下。看見牆上的磚塊，足有人一樣長。瞭望樓高聳雲霄。繫好船進城，看見市上所擺設的都是奇珍異寶，光彩奪目，大多是人世所沒有的。

　　一個年輕人騎著高大的馬到來，海市上的人全都趕快躲避，說是「東洋三太子」。太子一過，看見馬驥便說：「這不是外地人嗎？」當即隨從人員便來詢問他的籍貫。馬驥站在路邊行禮，詳細告訴他自己的國籍和家世。太子高興地說：「既然承蒙你到來，緣分一定不淺！」於是給了馬驥一匹馬，請他一同並轡前進。這樣便出了西城，剛好來到島的岸邊，所騎的馬大叫著跳入水中。馬驥嚇得叫起來，可是看見海水往兩邊分開，像牆壁一樣屹立在那裡。一會兒看到了宮殿，玳瑁作樑，魚鱗作瓦；四周的牆壁晶瑩透明，照見人影，令人眼花。太子下馬，作揖，讓馬驥進去。抬頭一看，龍王端坐在殿上，太子上前啟奏說：「我到海市遊覽，遇上一位中國文人，特地引來參見大王。」馬驥上前行拜舞禮。龍王便說：「先生既然是一位文學生，一定能勝過屈原、宋玉。想借用你的大手筆，寫一篇《海市賦》，希望不要推辭。」馬驥叩頭應允。龍王交給他一只水晶硯，一支龍鬣筆，紙張如雪一樣白，墨汁如蘭一樣香。馬驥立刻寫了千多字的文章，獻給龍王。龍王擊節讚賞說：「先生非凡的才能，給水國添了光彩！」便召集龍的家族，在朵霞宮大擺宴席。酒過幾巡，龍王舉杯向馬驥說：「我所疼愛的女兒，還沒有婚配，願意託身給先生，先生是否有意？」馬驥起身表示感謝，滿口答應。龍王對旁邊的人說了幾句，沒多久，幾個宮女扶著一個姑娘出來。環珮叮噹，鼓樂大作，交拜完後一看，確是一位仙女啊。姑娘行禮後離去。一會兒宴席散了，兩個丫環提著彩繪的燈

籠，領著馬驥進入副宮⑤。姑娘著濃妝坐在那裡等候。珊瑚床上，用各種
珠寶裝飾著；流蘇帳外，點綴著斗大的明珠。滿床被褥，又香又軟。天剛放
亮，年輕的侍女、漂亮的丫環，都跑來侍候。馬驥起床，匆匆上朝感謝龍
王。龍王任命他為駙馬都尉，把他寫的賦迅速傳給各個海國。各海國龍王，
都派專使前來祝賀，爭相發出請柬，邀請駙馬赴宴。馬驥穿著錦繡衣裳，騎
著青龍，吆喝著走出宮殿；幾十名騎馬武士，背著雕弓，拿著白棍，浩浩蕩
蕩擁著出發了。馬背上彈著箏，車中間敲奏著玉器。三天中，便遊遍了各個
海國。從此「龍媒」的名字，便傳遍四海。

　　龍宮中有一株玉樹，有雙手合抱那般粗。樹幹晶瑩透澈，就像白色琉
璃；樹心呈淡黃色，樹枝比手臂略細，樹葉類似碧玉，有一枚錢那麼厚，密
密麻麻灑下濃蔭。馬驥常和公主在樹下吟詩唱歌。滿樹開著花，形狀像梔子
花。每掉下一瓣花，就發出清脆的響聲。撿起來一看，就像紅色瑪瑙雕成的
一樣，光潔可愛。不時有一種怪鳥飛來飛去，毛色黃綠相間，尾巴比身子還
長，聲音清脆淒婉，動人肺腑。馬驥聽到後，便想念故鄉。因此對公主說：
「我已離家三年，與父母斷絕消息，每想到這一點，便汗顏流淚。妳能隨我
回去嗎？」公主說：「仙境凡塵道路不通，不能和你相互依從。我也不忍用
夫妻之間的恩愛，來代替父母子女的歡樂。讓我慢慢考慮。」馬驥聽了，不
禁又流下了眼淚。公主也嘆息說：「看情況是不能兩全其美的啦！」第二
天，馬驥從外回來，龍王說：「聽說你很思念故鄉，天一亮就讓你起程，可
以嗎？」馬驥拜謝說：「我孤身流落在外，承蒙過分寵愛，報恩的想法早已
銘刻肺腑。讓我暫時回家探望父母，最後一定會設法團聚的。」到了晚上，
公主設宴話別。馬驥約定再會，公主卻說：「我倆的緣分已經盡了。」馬驥
十分悲傷。公主說：「回家贍養父母，可見你的孝心。人生聚合離散，
一百年就如同一朝一夕罷了，又何必兒女情長傷心落淚呢？從此以
後，我為你守貞，你為我守義，人分兩地，心在一塊，也是恩愛夫
妻。何必朝夕廝守，才叫作白頭偕老呢？如果違背盟約，再度結
婚，那將是不吉利的。倘若考慮到沒有人來照料你，可以找個婢
女。還有一件事要告訴你，自從結婚後，好像有了身孕，勞你取個

名字吧。」馬驥說：「將來是個女孩，可以取名叫『龍宮』；如果是個男孩，可以取名叫『福海』。」公主請求他留下一件東西作為憑證。馬驥在羅刹國得到赤玉蓮花一對，便拿出來交給公主。公主說：「三年之後的四月八日，你一定要駕船到南島來，我將還給你兒子。」公主用魚皮做了一個袋子，塞滿了珠寶，交給馬驥，說：「好好保管它，幾輩子都吃穿不盡啊！」天剛亮，龍王設宴為他餞行，並贈送他相當多的東西。馬驥拜別龍王出了宮殿。公主乘坐白羊拉的車，一直送到海濱。馬驥上岸下馬，公主道聲珍重，回轉車子便走了，逐漸越來越遠。海水合攏，再也看不見了，馬驥才往回走。

自從馬驥漂海外出，家中人沒有不說他已經死去的。當他到家的時候，大家都感到驚奇。慶幸父母健在，唯獨妻子已經改嫁。這才醒悟龍王公主要他「守義」的話，原來她早就知道了。父親想要馬驥再娶，他不同意，只納了一個婢女。他牢記三年的約會，到期他便駕船來到島上。只見兩個兒童坐在水面上拍水嬉笑，不動也不沉。靠近牽引他們，一個兒童笑著拉住馬驥的手臂，跳進他的懷抱；另一個大聲啼哭，似乎怪馬驥不去抱自己，馬驥也伸手把他拉了上來。仔細一看，一男一女，相貌都很清秀。額頭上戴著花帽，綴滿了珠寶，赤玉蓮花也在上面。背上有一個錦囊，拆開一看，得到一封信，信上說：「公婆都很好吧！匆匆又是三年，仙凡永隔，盈盈一水，青鳥 ⑥ 難通。想你呀，只能夢中相見；盼你呀，脖子都伸長了。茫茫蒼天，有怨恨又能怎樣呢！但又想到奔月的嫦娥，尚且常常空守月宮；投梭的織女，也要怨恨銀河。我是個什麼人，一定要永遠團聚？每想到這裡，我便又破涕為笑了。分別後兩個月，竟然生下一對孿生子女。如今已經能夠在懷中牙牙學語，會說會笑了；自己會尋棗拿梨，離開母親也可以生活。所以我將他們送還給你。你送的赤玉蓮花，裝飾在帽子上作為信物。當你把孩子抱在膝頭上時，就好像我在你身邊一樣。聽說你堅守盟約，我心中得到很大的安慰。我這輩子也不生二心，到死也只愛你一人。我的鏡奩中，已經沒有芬香的面膏；對鏡梳妝時，已很久不拿畫眉的翠黛了。你好比遠戍的征夫，我就作孤獨的思婦，即使不能共同

生活，難道可以說不是恩愛夫妻嗎？只是想到公婆已經抱上了孫子孫女，但
卻沒能見見新媳婦，從情理上說，這也算是一大缺憾。一年後婆婆安葬時，
我一定親自到墳墓前，以盡媳婦的一點孝心。從此以後，只要『龍宮』身體
健康，還有母女相聚的機會；只要『福海』長命百歲，或許還有互相往來的
時候。希望你多多保重，不能說盡想說的話。」馬驥把信反覆誦讀，不覺淚
下。兩個孩子抱著他的脖子說：「回去吧！」馬驥更加悲痛，撫摸著孩子
說：「孩子，知道家在哪裡嗎？」孩子大哭，咿咿呀呀，說要回去。馬驥看
見海水茫茫、無邊無際，心上人兒不見蹤影，煙波浩渺也沒有通路。抱著孩
子划著船，悵然地往回走。

　　馬驥知道母親的壽命不長了，預先準備壽衣壽棺，還在墓地周圍種上百
多株松柏。一年後，老母親果然去世。靈柩抬到墓穴，有一個少婦披麻戴孝
來到墓穴邊。人們驚奇地盯著她，忽然狂風怒吼雷聲震耳，接著又是暴雨，
眨眼那少婦便消失了。新栽的松柏大多枯萎，到這時全都活了。福海逐漸長
大後，便思念他的母親，忽然自己跳入海中，幾天才回來。龍宮因為是女
孩，不能去，常常關門哭泣。一天，白天突然變成黑夜，龍王公主匆匆進
來，勸她說：「孩子，妳已經長大了，還哭什麼？」便給她一株八尺長的珊
瑚、一帖龍腦香、一百粒明珠、一對八寶嵌金盒，作為嫁妝。馬驥聽到聲音
突然跑進來，拉著公主的手哭泣。一剎那間，一聲炸雷掀破屋頂，公主已經
沒有蹤影了。

說書人的話

　　本篇寫了兩個幻想國度：一個是只重形貌而又美醜顛倒的「羅剎國」，一
個是重視人才而光明美麗的「海市」。前者影射醜惡的現實，後者寄託
作者的理想。海市蜃樓，也有可望而不可及的意義。全文想像豐富，
情節曲折，詼諧優美，對比鮮明。

注釋

① 佛經中餓鬼之稱。

② 秦漢時代郎官有中郎、侍郎、郎中，掌執戟侍從宿衛諸殿門，故也稱「執戟」。

③ 也叫弋腔，弋陽腔。戲劇聲腔，劇種。大約元末明初起源於江西弋陽一帶。

④ 亦作「蛟人」，傳說中的人魚。哭出的眼淚能變珠子，善於紡織，織出的東西叫「鮫綃」。

⑤ 帝王女婿的居室。

⑥ 神話傳說。漢武帝看見青鳥飛集殿前，東方朔告訴他，西王母要來了。一會兒王母果然到了。後因稱傳信使者為「青鳥」。

促　　　織
出自：《聊齋誌異》／蒲松齡

　　明代宣德①年間，皇宮中盛行鬥促織（蟋蟀）的遊戲，每年要向民間徵收蟋蟀。這東西本來不是在陝西生長的，但是華陰縣令想討好上司，捉了一隻蟋蟀獻上去，試鬥一下，發現牠很會鬥，因此責令縣令經常供應。縣令就責令鄉里完成任務。街上遊手好閒的人，只要捉到一隻好的，便用籠子養起來，抬高牠的價格，作爲奇貨囤積起來。鄉里差役狡猾奸詐，乘機敲詐，按人口攤派，往往爲了一隻蟋蟀，逼得幾戶人家傾家蕩產。

　　縣裡有個叫成名的書生，參加秀才的考試，長時間都考不中。爲人迂腐，不善言語，便被狡猾差役報請委派他做里正②，他千方百計都不能推託。不到一年，連自己微薄的家產都給賠光了。碰巧徵收蟋蟀的任務又下來了，成名既不敢按戶攤派，又沒有錢賠償，急得要死。妻子說：「死了又有什麼用？還不如自己去尋找，或許萬一能夠捉到一隻好的。」成名認爲她說的對。於是早出晚歸，提著竹筒、銅絲籠，到破牆腳下、雜草叢中，搬開石頭，探看土洞。什麼法子都想了，但都無濟於事。即使捉到兩三隻，也都又笨又弱，不合要求。縣令限期追繳，非常嚴格。十幾天的時間，挨了一百多板子，兩條大腿被打得血肉淋漓，連蟋蟀也不能去捉了。躺在床上翻來覆去，只想自殺了之。

　　正好這時，村裡來了一位駝背巫婆，能夠借神的指點來預卜吉凶。成名的妻子帶了錢去問卜，只見年輕的少女，白髮的老婆婆，把門口都堵塞了。走進巫婆住的地方，裡面有一間密室，門上

掛著簾子，簾子外邊擺著香案。問卜的人在香爐中點燃香，磕兩個頭。巫婆在一旁望著空中，代為祈禱，嘴唇一合一閉，不知道說些什麼。大家都恭恭敬敬地站在那兒聽候吉凶。過了一會兒，布簾內拋出一張紙來，上面寫的都是人們要問的事情，沒有絲毫差錯。成名的妻子把錢放在香案上，點燃香，再磕頭。約一頓飯工夫，簾子動了，一張紙落在地上。撿起來一看，不是字，而是畫：中間畫的是殿閣，類似寺廟；寺廟後面是一座小山，山下怪石縱橫，荊棘叢中伏著一隻「青麻頭」蟋蟀；旁邊一隻蛤蟆，好像要跳的樣子。看了很久，不知是什麼意思。然而看見蟋蟀，似乎和自己要問的事相合，便把紙摺起藏好，帶回家給成名看。成名反覆思量：難道是告訴我捉蟋蟀的地點麼？仔細看看畫中景狀，寺廟和村東的大佛閣非常相似。便勉強起身，拄著拐杖，帶著畫，來到大佛閣後。閣後聳立一座古陵，沿著古陵前去，只見怪石縱橫，儼然畫中景物。便在雜草叢中側耳細聽，慢慢尋找，好像是在尋找一根針，一粒芥菜籽；尋了很久，一點蟋蟀的蹤影也沒有。繼續暗暗尋找，突然一隻癩蛤蟆跳了出來。成名更加驚訝，急忙追趕這隻蛤蟆。蛤蟆鑽進了草叢中，成名躡手躡腳扒開亂草，只見一隻蟋蟀伏在荊棘根下，他急忙用手去撲，蟋蟀一下又鑽進了石洞裡，他用一根小草去戳，不出來；拿筒裡的水去灌，才跳了出來。樣子看來很健壯俊美，趕上去把牠逮住。仔細一看，大身架，長尾巴，青色的脖子，金色的翅膀。成名高興極了，回到家裡，全家慶賀。於是便把蟋蟀養在盆子裡，用螃蟹肉、栗子粉去餵牠，萬般愛護，只等期限一到，以完成徵繳的任務。

　　成名的兒子偷偷地打開盆蓋來看蟋蟀，那蟋蟀一躍而出；等到把牠捉住時，已經是腳也斷了、肚子破了，很快就死去了。兒子害怕，啼哭著告訴母親。母親聽說了，氣得臉色灰白，大罵說：「禍種，死期到了！你老子回來，再跟你算帳啦！」不久，成名回來，聽了妻子一說，就像迎頭被潑了一盆冰水，怒吼著去尋找兒子，但兒子已經跳進水井中。因此化憤怒為悲慟，呼天喊地，痛不欲生。夫妻倆對著牆角，默默無語，茅屋裡連一縷炊煙也沒有，簡直沒法再活下去。

　　天快黑了，成名拿著草席，裹著孩子的屍體去埋，走過去一摸，

似乎還有一點微弱的氣息，高興地把孩子抱到床上，到半夜果然甦醒過來了，但是神情呆滯，昏昏沉沉想睡覺。夫妻倆心裡多少得到一點安慰。成名回頭一看，蟋蟀籠子已空，他不生氣也不作聲，也不再責怪孩子了。從天黑到天亮，一直沒有合過眼皮。太陽出來了，成名還直挺挺地躺在床上長吁短嘆。忽然聽到門外有蟋蟀的叫聲，他驚訝地起身觀看，那蟋蟀仍然活著，他高興地去捕捉牠。蟋蟀叫一聲便跳走了，並且跳得很快。成名用手掌罩住，但手掌裡什麼也沒有，手剛抬起，那蟋蟀又突然跳了出來。急忙追趕牠，拐過牆角，就不知牠到哪兒去了。成名來回走動，四處尋找，只見蟋蟀伏在牆壁上。仔細一看，那傢伙又短又小，黑中透紅，完全不像以前那隻蟋蟀。成名因為牠太小了，看不中牠，只是仍然東看看、西瞧瞧，到處尋找之前所追逐的蟋蟀。牆壁上的小蟋蟀，忽然跳起來落在他的衣袖上，一看，樣子像土狗，翅膀上長著梅花小點，方方的腦袋，長長的脖子，好像還不錯。高興地把牠收進籠子。準備將牠獻給官府，但是又害怕上頭不滿意，想要跟別的蟋蟀鬥一鬥，看看行不行。

村中有個善鬥雞狗的年輕人，馴養了一隻蟋蟀，給牠取名叫「蟹殼青」，每天和哥兒們的蟋蟀鬥，沒有不鬥勝的。想養起來牟取暴利，把價格提得很高，自然沒有來買的。他來到成名家，看見成名所養的蟋蟀，不由得掩著嘴暗暗發笑。因此拿出自己所養的蟋蟀，放入籠中比試。成名一看，只見那隻蟋蟀又長又大，是個龐然大物，跟自己的一比，覺得更加慚愧，不敢跟牠較量。那年輕人堅決要和他比，成名轉而一想，養著這隻太差的蟋蟀終究沒有什麼用，還不如讓牠鬥一鬥，開開心。因此把牠們一起放入鬥盆中。那隻蟋蟀伏在那兒不動，呆得像隻木雞，那年輕人又是大笑。試著用豬鬃毛去撩撥蟋蟀的觸鬚，仍然伏著不動，年輕人又笑。經過幾次撩撥，蟋蟀終於大怒，直奔「蟹殼青」，雙方便飛躍著撲擊，發出衝殺的聲音。不一會，只見小蟋蟀一躍而起，張開尾巴，伸直鬚鬚，一口咬住對方的脖子。那年輕人大吃一驚，急忙分開牠們，讓牠們停止。那小蟋蟀翹著尾巴，得意地鳴叫著，似乎向主人報捷。成名十分高興。

大家正在觀賞著這隻小蟋蟀，一隻公雞突然出現，對準蟋蟀就

是一啄,成名嚇得大聲驚叫。幸好沒有啄中,蟋蟀跳去有一尺多遠。那隻公雞又快步追趕牠,蟋蟀已經被撲在雞的爪子下了。成名在慌亂中,不知怎麼搭救,頓著腳,臉色嚇得蒼白。一會兒只見那隻雞伸長脖子,撲打搖擺著,走近一看,原來蟋蟀已經跳到雞冠上,使勁咬住不放。成名更加驚喜,趕快捉起來,關進籠中。

第二天將蟋蟀進獻縣令。縣令看到牠個頭小,怒沖沖呵斥成名。成名說牠有奇異本領,縣官不相信,便讓牠試著和其他的蟋蟀角鬥,所有的蟋蟀都被鬥敗;又試著讓牠和雞鬥,果然和成名說的一樣。縣令於是獎賞成名,並將蟋蟀獻給撫軍。撫軍十分高興,立即裝進金絲籠裡,獻給皇上,並詳細陳述了蟋蟀的本領。小蟋蟀進了宮中,全國所貢的,比如「蝴蝶」、「螳螂」、「油利撻」、「青絲額」等等,一切奇形怪狀的蟋蟀,都拿來和牠角鬥,沒有一隻能夠勝過牠。每當聽見琴瑟的聲音,那小蟋蟀便會按樂曲的節拍跳躍著,因此發現牠更奇異非凡。皇上十分高興,下詔賞給撫軍名馬、錦衣和綢緞。撫軍也沒忘記那小蟋蟀是誰送的。沒過多久,縣令便以政績「卓異」而聞名全省。縣令一高興,便免了成名的徭役。又囑咐主管學政的長官,讓成名進了縣學,做了秀才。一年以後,成名的兒子清醒了,他自己說:「我夢見自己變成蟋蟀,身體非常輕盈而且很會打架,一直到現在才醒過來。」從此成名因善於養蟋蟀而聞名,多次得到撫軍的恩寵。沒過幾年,成名擁有田土百頃,樓閣萬間,牛羊數以千計。一出門便是輕裘肥馬,比那世代官宦人家還要闊氣。

說書人的話

這篇童話圍繞促織(蟋蟀)展開敘述,極盡騰挪跌宕,緊扣讀者心弦。故事的結局是美滿的,但其實質是辛酸的,因為成名父子實際上是宮廷玩樂的犧牲品。這使人想起安徒生《賣火柴的小女孩》、王爾德《快樂王子》這些悲慘而美麗的童話。據考證,明宣宗好鬥蟋蟀,搜購佳種,每隻價至數十金。作者以歷史作引子,展開想像,寫

出了這篇名作。林語堂先生改寫的《促織》（見《中國傳奇小說》一書，張振玉翻譯）改變角度，以成名之子吉弟為主角，更符合兒童心理。

注釋

① 明宣帝年號。宣德，西元1426年～1435年。
② 管理鄉里事務的小吏。

阿　　纖

出自：《聊齋誌異》／蒲松齡

　　奚山是高密①人，從事販賣，經常在蒙山、沂河②之間往來。一天下雨受阻，到達歇息的地方，夜已經深了，敲遍所有的門，都無人答應。正在廊簷下徘徊，忽然兩扇門打開，一個老頭出來了，請客人進去，奚山高興地跟從他。繫好驢，登上客堂，堂中並沒桌床。老頭說：「我同情你沒有住處，就讓你進來，實際上我不是開飯店的。家中只有老婆女兒，已經睡熟了。雖然有點剩菜，但沒有烹煮，不嫌冷吃了吧。」說完，進去了。過一會兒，搬來一張床，讓客人坐下，又搬來一張矮腳桌，來往忙個不停。奚山坐立不安，硬拉老頭休息一下。

　　過了一會，一個女郎出來倒酒，老頭說：「我家阿纖起來了。」奚山一看，阿纖年約十六、七歲，清秀苗條，風韻迷人。奚山有個小弟沒有婚配，心想阿纖挺合適的。因而打聽老頭籍貫姓名，答說：「姓古，名士虛。兒子夭折，剩下這個女兒。剛才不想打擾她酣睡，想必是老伴喊她起來的。」奚山問：「女婿是誰？」回答說：「沒有許嫁。」奚山暗地高興。老頭接著擺出很多菜，好像早有準備。吃完後，奚山表示感謝說：「萍水相逢，就蒙受這麼多恩惠，終生不敢忘記。正因為您有大德，所以我才敢貿然提出要求：我有個弟弟名叫三郎，十七歲，正在研究學業，頗不愚蠢。想請求結為親戚，您嫌不嫌棄我家窮困低賤？」老頭高興地說：「我在這裡，也是暫時僑居。如果能託福，就借一棟房子，把全家都遷去，免得記掛。」奚山都答應了，並且表示感謝。

老頭殷勤安排妥當後離去。第二天雞叫時，老頭出來喊奚山洗漱。整理好行
裝後，奚山付飯錢，老頭堅決推辭說：「招待來客一頓飯，萬萬沒有收錢的
道理，更何況要結親家呢？」

　　辭別後，奚山一個多月才打回轉。離村子一里多路，遇見一位老婆婆領
著一個女郎，全身穿著孝服。一走近，懷疑是阿纖。女郎也不時回頭看他，
還拉著老婆婆的衣袖，附在耳邊不知說些什麼話。老婆婆就停步，問奚山：
「你姓奚嗎？」奚山回答：「是的。」老婆婆悽慘地對奚山訴說：「不幸我
老頭被破牆壓死，現在我們正要去上墳，家中空無一人，請在路邊稍待一會
兒，我們馬上回來。」於是她們進樹林去了。過了一個時辰才回來。天黑
了，奚山與她們一同走。老婆婆訴說她們孤弱母女的艱難，不覺哀聲痛哭，
奚山也很心酸。老婆婆說：「這地方風氣不好，孤女寡婦難以生活。阿纖既
然成為你們家的人，錯過今天，就延誤時間，不如早點與你回去。」奚山同
意了。

　　到了家裡，老婆婆點亮燈，招待客人，然後對他說：「我想到你要來
了，儲藏的粟都賣出，還存二十多擔，因為路遠還沒送走。往北四、五
里，村裡第一戶叫談二泉，是我的買主，你不要怕辛勞，請先用你的驢子幫
我運一袋粟去，敲開門告訴他，說南村的古老婆婆家裡有幾擔糧食，賣出去
作路費，麻煩你趕著驢子一起運去。」於是，把一袋粟交給奚山。奚山趕著
驢子去了，敲開門，一個大肚子男人走了出來，奚山把原因告訴他，倒出袋
中的粟後就先回去。一會兒，有兩個人趕著五匹騾子來了。老婆婆引奚山到
糧食儲藏處，原來是在地窖裡。奚山下地窖量粟，母女一個放一個裝，頃刻
便裝好了，交給來人運走。來回四趟糧食才運完，接著談家的僕人把錢給老
婆婆。老婆婆把談家的僕人和兩頭騾子留下來，整理行裝往東走去。走
了二十里，天才亮，來到一個城市裡，他們租了馬，談家僕人才返
回。

　　回家後，奚山把情況告訴父母。父母十分歡喜，撥了另一處房
屋給老婆婆母女住，選擇吉日為三郎完婚。老婆婆為阿纖準備豐厚
的嫁妝。阿纖不多話，脾氣好，有人與她講話，滿臉微笑，日夜不

停地績麻織布，因此上上下下都很喜歡她。阿纖囑咐三郎說：「請告訴大哥，再從西路上經過，不要提及我們母女了。」過了三、四年後，奚家越來越富裕，三郎也中了秀才。

　　一天，奚山又住在古老頭過去鄰居的家裡，偶爾提到前年沒地方投宿，住在古老夫妻家的事。這家主人說：「你錯了，東邊是我大哥的房屋，三年以前住的人老是發現鬼怪，所以空很久了，哪會有什麼古老夫妻請你留宿的事？」奚山聽說很驚訝，但沒有完全相信。主人又說：「這間房屋空了十幾年，沒有人敢進去。一天，後牆倒塌，大哥過去一看，見大石頭壓住了一隻像貓般大的老鼠，尾巴還露在外邊搖晃。急忙回來，喊大家過去看時，已經不見。大家認為這老鼠是妖怪。十多天後再進去試探，寂靜無聲。又過了一年多，才有人居住。」奚山更加驚奇。他回家悄悄議論，懷疑新媳婦不是人，暗地為三郎擔憂。但是三郎像往常那樣深愛她。日子久了，家裡人對阿纖猜疑得更厲害，阿纖也略有察覺，到了晚上對三郎說：「我跟隨你幾年，從沒有喪失婦德，如今落得個被人瞧不起，請給我離婚證書，任憑你自己選擇一個好媳婦。」說著流下眼淚。三郎說：「我真誠的心，妳應該早就知道。自從妳進門，我們家越過越富裕，都認為是妳帶來的福氣，哪裡會有閒話？」阿纖說：「你沒有二心，我難道不知？但是大家議論紛紛，我擔心會像秋天的扇子一樣被拋棄。」三郎再三安慰和勸解，才作罷。

　　奚山終究不放心，天天尋找會捉老鼠的貓，想觀察阿纖是否為鼠怪。阿纖雖然不怕，但悶悶不樂。一天晚上，阿纖說母親生病了，辭別三郎去探望並侍候母親。第二天天亮，三郎趕去看望，房子早已空了。他非常擔心，派人四處尋找，也沒有消息。他心中老是不安，睡不著，吃不下。父親、哥哥都認為是幸事，準備為三郎再娶，但三郎不高興。又一年多，阿纖的消息一點也沒有，父親哥哥就更加譏笑指責他，三郎迫不得已，勉強買回一妾，但仍然思念阿纖。又過了幾年，奚家一天天貧困，因此都想念起阿纖來了。

　　有一個族弟奚嵐到膠州③辦事，繞道住宿在表親陸生家裡。夜晚聽到鄰居的哭聲非常悲切，但沒有時間去問個究竟。等到返回，奚嵐

又聽到哭聲，因此問主人。主人答說：「幾年前有個老婆婆帶著一個孤女，借住在這裡，一月前老婆婆死了，孤女獨居，又沒有半個親戚，因此十分悲傷。」奚嵐問：「姓什麼？」主人答：「姓古。她家經常關門不與同鄉人來往，所以不熟悉她的家世。」奚嵐醒悟說：「她是我嫂子呀！」於是過去敲門，有人哭著走出，隔門問：「來客是什麼人？我家歷來沒有男人。」奚嵐從門縫遠遠地打量她，果然是嫂子，就說：「嫂子開門，我是弟弟阿嵐。」阿纖撥閂讓奚嵐進去，向他傾訴孤獨痛苦。奚嵐說：「我三哥對妳思念得好苦喲，夫妻之間即使有矛盾，也不至於遠遠地躲到這裡來呀！」奚嵐馬上想雇轎一起歸家。阿纖悽愴地說：「我因為被人們瞧不起，才與母親一同隱藏起來；如今又回去依附人家，誰不會對我白眼相待呢？如果要再回去，我一定要與大哥分灶吃飯，不然，我喝毒藥死去算了。」

　　奚嵐回家把這件事告訴三郎。三郎連夜趕去，夫妻見面，都流下辛酸的淚水。第二天告訴房主。房主謝監生，窺見阿纖漂亮，暗地想叫阿纖做妾，幾年不收房錢，並多次向阿纖母親表明意思，都遭到拒絕。阿纖母親死後，房主慶幸可以娶阿纖了，但是三郎忽然到來。房主於是算出歷年的房租來為難他。三郎家裡貧困，聽說房錢很多，便露出憂鬱的神色。阿纖說：「沒有關係。」領三郎去看倉庫，大約有三十多擔粟，抵償房租足足有餘。三郎高興地告訴房主，謝監生竟不收糧食，堅持要現錢。阿纖嘆息說：「這都是我的孽障喲。」於是把實情告訴三郎。三郎聽了很氣憤，準備上告到縣裡。陸氏阻止他，把粟散分給同鄉人，集資償還謝監生房錢，用車送兩人回家。

　　三郎如實告訴父母，和大哥分居。阿纖拿出自己的錢建糧倉，但是家中並沒有一擔糧食，大家都覺得奇怪。一年多後驗看，糧倉居然滿滿的。沒過幾年，家裡大富。但是奚山家中卻貧困窮苦。阿纖請來公公婆婆自己供養，總是拿出錢糧周濟大哥，習以為常。三郎常常歡喜地說：「妳可以說是不念舊怨呀！」阿纖說：「大哥自然是為了愛弟弟，況且若不是他，我哪有緣分結識三郎呢？」後來也沒見什麼怪異。

說書人的話

這個故事描繪的是鼠精形象，而且極富人間情味。篇中寫阿纖一家矮桌短床，食皆冷菜，窖多儲粟，富有鼠的特性；但是，阿纖的遭遇和表現，又說明她是一位出身貧苦，品德賢慧的婦女，兩者渾然一體。人情世態的描摹，也十分逼真。

注釋

① 縣名，在山東省東部。
② 沂河，在山東省南部、江蘇省北部。蒙山，在山東省東南部。
③ 膠州，明清時代直隸州，治所在今山東省膠縣。

黃　　英

出自：《聊齋誌異》／蒲松齡

　　馬子才，順天①人，家中世代愛好菊花，到馬子才時更加厲害。他一聽說有好的菊花品種一定要把它買回來，遠隔千里也不怕。一天，有個金陵②客人借住在他家，自我介紹說他表親有一兩種菊花，是北方所沒有的。馬子才歡喜動心，當即整理行裝，跟從來客到了金陵。這個金陵客人千方百計爲他營求，弄到兩株菊花種，馬子才把它們如寶貝一樣包藏起來。

　　在回家的路上，馬子才遇見一個年輕人，騎著驢子跟隨在一輛油碧車③後，風度瀟灑飄逸。漸漸走近，馬子才與他搭話，他自我介紹說姓陶，言談文雅。隨後問馬子才從哪裡來，馬子才如實告訴他。年輕人說：「品種沒有不好的，關鍵在於人的培養。」因此和馬子才談論起種菊技法，馬子才十分高興，問：「你要到哪裡去？」年輕人回答：「姊姊厭煩金陵，想到河朔④去選擇住地。」馬子才歡喜地說：「我雖然貧窮，但有幾間茅屋還可以安放家具，如果不嫌荒涼簡陋，就不用到別處去了。」姓陶的走到車前徵求姊姊的意見，車裡人推開簾子搭話，原來是位二十多歲的絕代美人。她對弟弟說：「房子不怕簡陋，但院落應該寬一點。」馬子才替他應諾了，於是就一同回家。

　　馬子才房子的南面，有幾塊荒蕪的花圃，僅有三、四間小房子，姓陶的高興地住在那裡。每天都到北院爲馬子才料理菊花，菊花枯萎了，拔出根來重新栽培，沒有不活的。然而家中清貧，姓陶的與馬子才每天一同吃喝。馬子才發覺陶家似乎不開火。馬子才

妻子呂氏，也很喜歡陶家姊姊，不時地給她送幾升幾斗米。陶家姊姊小名叫黃英，很善交談，常到呂氏這兒，和呂氏一同績麻。姓陶的有一天對馬子才說：「你家裡本不富裕，再添上我每天吃你的，怎麼可以經常如此？為今之計，賣菊花足可以維持生計。」馬子才向來清高耿介，聽姓陶的一說，非常鄙視他，說：「我還以為你是個風流高雅的人，一定能安於貧困，如今說出這番話，是把東籬⑤當市場，侮辱了菊花。」姓陶的笑著說：「依靠自己的勞力維持生活不是貪婪，賣花為業不算庸俗。人固然不能苟且謀求富裕，但是也不必一定謀求貧困。」馬子才不說話，姓陶的起身走出去。

　　從此，馬子才所丟棄的殘枝劣種，姓陶的都把它們撿去。以後他也不再到馬家吃住，請他才去一次。不久菊花要開了，姓陶的門前喧嘩如同鬧市一般。馬子才奇怪，跑去偷看，只見買花的市民，車裝的、肩挑的，絡繹不絕。那些菊花都是奇異的品種，是馬子才所沒見過的。馬子才很厭惡陶的貪心，想與他斷絕往來；但又恨他私藏好的品種，就敲開他的門，想就勢指責他一通。姓陶的出來，握著他的手拉進去。只見半畝荒涼庭院都成了菊壟，房子之外沒有空地。花被挖走就折斷別的花枝補插上。園中那些將開放的花，沒有不漂亮的。但馬子才仔細一看，全都是以前自己拔出來丟掉的。姓陶的進屋，端出酒菜，在菊壟旁設席，並說：「我因貧困不能遵守清規，幸好一連幾個早上掙得一些錢，足夠我們喝個醉。」一會兒，房裡叫「三郎」，姓陶的答應著進去，片刻獻上佳餚，都烹調得非常好。馬子才因此問姓陶的：「你姊姊為什麼不嫁？」姓陶的回答：「時候未到。」又問：「什麼時候？」回答：「等四十三個月。」又盤問：「怎麼說？」姓陶的只笑不說話，盡興後才散。過一夜又去姓陶的那兒，見剛插上的枝兒已長得尺多高了。馬子才非常驚訝，苦苦向他求教。姓陶的說：「這不是言語可以傳授的。況且你又不靠此謀生，學這個幹什麼？」又過了幾天，門前稍稍安靜，姓陶的就用蒲席包好菊花，捆綁幾車遠去。第二年，春天將要過去一半的時候，姓陶的才裝載一些南方的奇異花卉回來，在城裡開設花店，十天全部賣完，再回家種植菊花。上一年買了花的人，留下花根，第二年全變壞了，因此再來向姓陶的購買。

　　姓陶的因此越來越富，第一年建了新房，第二年蓋上大樓。想建就建，根本不和主人商量。過去的花壟漸漸全成了樓房。姓陶的就在牆外買了一塊田，把四周建好牆，都種上菊花。秋天用車裝上菊花離去，第二年春末他仍沒回來。當時馬子才妻子生病去世。馬子才對黃英有意，暗地讓人透風給她。黃英微微一笑，意思好像同意，只等弟弟回來罷了。一年多，姓陶的仍沒回來。黃英督促僕人種菊，就和弟弟一樣。得了錢就聯合商人，在村外經營良田二十頃，房子修得更壯觀。忽然有個從東粵來的人，帶來了陶生的信，拆開一看，是囑咐姊姊嫁給馬子才。考查寄信日期，正是馬子才妻子去世那天；回想起菊花園裡喝酒那天，算算正好是四十三個月。馬子才十分奇怪。把信拿給黃英看，並問「彩禮放在哪裡」。黃英推辭不接受彩禮。又因老房子簡陋，想讓馬子才住到南邊的房子裡去，好像招女婿一樣。馬子才不同意，選擇日子行禮迎親。

　　黃英嫁給馬子才後，在隔牆上開門直通南邊房子，每天過去督促她的僕人。馬子才認為靠妻子富貴很可恥，總是囑咐黃英把家產分為南北登記好，以防止混淆。但是家裡所需要的，黃英就從南邊房去取，不到半年，家中碰到的都是陶家的東西了。馬子才立即派人把東西一一送還南屋，告誡不要再取。但不到十天，南北的東西又相雜在一起。總共換了幾次，馬子才覺得麻煩極了。黃英笑他說：「你這個陳仲子 ⑥ 不是太勞神了嗎？」馬子才覺得慚愧，不再查問，一切聽任黃英。她召集工匠，準備材料，大興土木，馬子才阻止不了。經過幾個月，樓牆相接，南北兩邊的房屋竟合成一體，不分界限了。然而黃英聽從馬子才的意見，不再經營菊花，但日子過得比世代富貴的人家還好。馬子才卻認為過得不自在，說：「我三十年清貧德操，被妳所連累。如今生存在世間，要依靠妻子生活，確實沒有一點男子漢的氣概。人們都祈禱富足，我卻祈禱貧窮。」黃英說：「我並不是貪婪卑鄙。但是，如果不能稍稍富足一點，那麼就會叫千年以後的人，都說陶淵明是塊貧賤骨頭，一百代也不能發家，所以我為我們陶家的彭澤令 ⑦ 解解嘲罷了。然而貧困的人要想富裕很難，富裕的人祈求貧窮卻很容易。床頭的錢任你去揮霍，我一點也不吝惜。」馬子才

說：「花別人的錢也是相當恥辱的。」黃英說：「你不願意富裕，我也不願貧困。沒辦法，與你分開住好了。清廉的自然清廉，污濁的自然污濁，有什麼危害？」就在園中為他修建一座茅屋，黃英選擇漂亮的丫環去侍奉馬子才。馬子才覺得滿意。但過了幾天，非常想念黃英，叫她又不肯前去，不得已反過來俯就黃英。隔一夜就來一次，成為習慣。黃英笑他說：「在東家吃、在西家睡⑧，品行廉潔的人不應該是這樣的。」馬子才自己也發笑，不知怎麼回答，只好又像以前那樣同居一起。

恰好馬子才因事到金陵，正趕上菊花盛開的季節。早上路過花店，見店中擺列著一盆盆菊花，姿態花朵都好極了。他內心一動，懷疑是陶生培植的。過一會兒店主出來，果然是陶生。兩人高興極了，相互傾訴久別的情況，陶生留他住下。馬子才邀陶生回去，陶生說：「金陵是我的故鄉，我將在這裡成家。現在我積蓄了一點錢，麻煩你帶給我姊姊。年底我會去一段時間。」馬子才不聽，苦苦請他回去，並說：「家裡很富足，只要坐下來享受，不用再做生意了。」於是陶生坐在店裡，讓僕人代他議價，降價出售，幾天就把花全賣完了。馬子才催他打點行裝，租船往北去。進門一看，姊姊早已清掃房屋，鋪好床墊被褥，好像預料弟弟會回來一樣。陶生回來以後，放下東西，指點工匠大建亭園。每天只和馬子才下棋喝酒，再不結交別的人。為他選妻子，他表示拒絕。姊姊派兩個丫環侍奉他一同睡，過三、四年居然生下一個女兒。

陶生喝酒向來量大豪爽，從不見他喝醉過。馬子才有個朋友叫曾生，酒量也沒人能比。正好曾生來看馬子才，馬子才讓他和陶生比比酒量。兩人縱情喝酒，十分痛快，相見恨晚。他們從早上喝到半夜四更，每人都喝了一百壺。曾生爛醉如泥，沉睡在座位上。陶生起身去睡覺，出門後踩在菊畦上而傾倒在地，衣服脫在旁邊，就變成了菊花，有人那麼高，開花十幾朵，都有拳頭那麼大。馬子才十分驚駭，告訴黃英。黃英急忙趕去，拔出菊花放在地上，說：「怎麼醉成這樣！」拿衣服蓋上菊花，要子才離開，告誡他不要觀看。天亮後去看，見陶生睡在菊畦旁。馬子才意識到姊弟倆都是菊花精，更加敬重他們。但陶生自從露

相以後，更加放縱喝酒，老是下請帖招來曾生，兩人成為莫逆。正當花朝節⑨，曾生來訪，派兩個僕人把浸藥白酒抬來一罈，請陶生一起喝盡。一罈酒快喝光，兩人還沒很醉。馬子才偷偷倒進去一瓶酒，兩人又喝完了。曾生醉得厲害，幾個僕人把他背走。陶生倒在地上，又變成了菊花。馬子才見慣了不感到驚奇，學黃英那樣拔出來，守在旁邊觀察它的變化。過了很久，菊葉漸漸枯萎，馬子才十分害怕，告訴黃英。黃英一聽，嚇得大喊：「你害死我弟弟啦！」跑去一看，根莖都已枯乾。黃英十分悲痛，掐斷它的梗，埋在花盆裡，端進閨房中，每天給它澆水。馬子才悔恨得要死，非常怨恨曾生。過了幾天，聽說曾生也醉死了。那盆中的花漸漸萌芽，九月開花，矮矮的花莖，粉白的花朵，一嗅有酒的芳香，給它取名「醉陶」，用酒澆灌，長得更加茂盛。後來陶生的女兒長大了，嫁給顯貴人家。黃英終老一生，也沒有怪異現象。

說書人的話

本篇描寫了兩個動人的菊花精靈形象：黃英和陶生。他們有菊花一樣美麗的靈魂和外貌，又有人間豁達世情者的情懷，毫不做作，自食其力，不務求貲。馬子才是本篇主角之一，其愛好專一，耿介好客，可喜；而迂腐之處，亦可笑。黃英與馬子才婚後的糾葛，更寫得情趣橫生。

注釋

①　明代府名，府治在今北京市。

②　指南京。戰國時楚威王置金陵，故址在今南京市清涼山。

③　即油壁車。古代的一種車子，多為婦女所乘。

④　地區名，泛指黃河以北。

⑤　陶潛《飲酒》詩之五：「採菊東籬下，悠然見南山。」故稱菊圃為東籬。

⑥　一作陵子，戰國時齊人，著名的廉士。

⑦ 指晉代詩人陶潛，他曾做過彭澤縣令一百天。

⑧ 《風俗通》說，齊人有一女，二家求婚。父謂其女曰：「欲東則左袒，欲西則右袒。」其女兩袒，曰：「欲在東家食而西家宿。」比喻想貪圖不可兼得的利益。

⑨ 古代風俗，以農曆二月十二日（一說十五日）為百花生日，叫做花朝。

晚　　霞
出自：《聊齋誌異》／蒲松齡

　　五月五日，吳越有鬥龍船的習俗：把大樹挖成龍形，繪上鱗甲，塗上金色和碧綠色，龍船上面是雕刻的屋脊，紅色的欄杆，船帆和旌旗都用錦繡製成。船後邊裝上龍尾，有一丈多高，用布繩從龍尾上吊下木板。讓一個小孩在木板上滾翻跳躍，做驚險巧妙的表演。下面是江水，隨時有掉下去的危險。所以購買表演的小孩時，要先用錢引誘他的父母，然後預先調教訓練，墮水而死也不能反悔。吳門①一帶則用龍船裝載美女，方式略有不同罷了。

　　鎮江②有個姓蔣的小孩叫阿端，善玩龍船，才七歲，便敏捷靈巧過人，身價一天比一天高，十六歲還請他鬥龍船。他到金山③下卻落水死去。蔣老太只有這麼一個兒子，因此哀哭不止。阿端卻不知道自己死了，只見兩人引導他走，見水中別有一番天地；回頭一看，都是波濤，高聳著像牆壁一般。過一會兒，走進宮殿，見一人戴著頭盔坐著，那兩人說：「這是龍窩君。」便讓阿端跪拜，龍窩君和藹可親，說：「阿端技藝精巧，可以進柳條部。」阿端就被帶到一個地方，四周都是大殿。他走上東邊大殿，有幾個年輕人出來給他行禮，大都是十三、四歲的樣子。隨後來了一位老太太，大家都稱她解姥姥。她坐下來，讓阿端表演技藝，表演完後，她就教阿端跳錢塘飛霆舞④，唱洞庭和風歌⑤，只聽見鑼鼓轟鳴，在各院中迴盪，不久都平靜下來。解姥姥擔心阿端不能馬上學會，總是絮絮叨叨單獨調教他，可是阿端一學就明白了。解姥姥

歡喜地說：「得到這個孩子，不比晚霞差啊！」

　　第二天，龍窩君要檢閱各部，各部都召集起來。龍窩君首先檢查夜叉部。他們全是鬼臉，穿魚形服飾，敲響大鉦。鉦的周長有四丈多。大鼓要四個人才能合抱起來，聲音如同炸雷，喧鬧得聽不下去。一跳舞，就見波濤洶湧，在空中奔流，不時墜下一點水，有盆子那麼大，落地就消失了，龍窩君急忙讓他們停下來。命令乳鶯部上場，都是十六歲上下的美女，輕輕吹奏笙樂，一時清風習習，波平浪靜。水漸漸凝結如水晶般的世界，上下透明。被檢閱完畢，都退到西階下邊站立著。接著龍窩君檢閱燕子部，都是些小孩。中間有一個女郎，年約十四、五歲，舞袖搖頭，跳著散花舞 ⑥。只見她翩翩飛翔，衣袖襪間，飄散出五彩繽紛的花朵，撒滿一庭。跳完舞後，她就隨同燕子部站到西階下邊。阿端斜著眼看她，很喜歡，一問才知道是晚霞。沒多久，柳條部上場，龍窩君特地試試阿端的技藝。阿端跳起剛學的舞，喜怒隨著腔調，俯仰跟上節拍，龍窩君讚揚他的聰明，賞賜他五色花紋的褲褶，並讓他用金做的魚鬚束髮帶紮頭髮，上面嵌上夜光珠。阿端拜謝後下來，也走向西階，站在他的隊伍裡。阿端在隊伍裡遠遠注視著晚霞，晚霞也遠遠地看著他。過了一會兒，阿端移到本部的最北端，晚霞也漸漸走到燕子部的最南端，相離幾步遠。但由於法紀嚴明，不敢混亂各部，互相看看，心靈相通罷了。檢閱蛺蝶部了，只見男女兒童雙人舞，身高、年齡、服裝色彩全都一樣。各個部都被檢閱完後，便魚貫而出，柳條部正好在燕子部後面，阿端快步走到最前邊，晚霞已慢慢滯留在最後邊。她回頭看見阿端，特意丟下珊瑚釵，阿端急忙藏入袖中。

　　阿端回部後，苦念成病，睡不了覺，吃不下飯。解姥姥總給他帶來可口的食物，每天看他三、四次，殷切地護理，但病一點也不見好。解姥姥很擔心，但是不知道要怎麼辦，說：「吳江王的祝壽日子快到，這可怎麼辦！」傍晚時分，來了一個男孩，坐在阿端床上和他說話，自我介紹說：「我屬蛺蝶部。」並從容地問阿端：「你是因為晚霞生病的嗎？」阿端吃驚地問：「你怎麼知道？」那男孩笑著說：「晚霞也和你一樣啊。」阿端傷心地坐起來，便向他請求計謀。男孩問：

「能走嗎？」回答：「勉強還可以。」男孩扶他出來。南邊打開一扇門，過
門轉向西走，又開著兩扇門。見到門外有幾十畝蓮花，都長在平地上，荷葉
大如席子，荷花大如傘蓋，落下的花瓣堆積在梗部有尺多高。男孩把他引到
蓮花中間，說：「暫且坐在這裡。」就走了。不多久，一個美人撥開蓮花進
來，原來是晚霞。兩人又驚又喜，互訴相思，略談身世情況，就用石頭壓住
荷葉，讓荷葉傾斜，以遮蓋他們；又均勻地鋪上蓮花花瓣作墊子，欣然地發
生了關係。他們相約每天在太陽下山時相見，然後離別。阿端回來，病也漸
漸好了。從此兩人每天都在蓮花裡會面。

　　過了幾天，他們跟隨龍窩君去給吳江王祝壽。祝完壽，其他各部都回來
了，唯獨留下晚霞和乳鶯部一人在吳江王宮中跳舞。幾個月沒有一點消息，
阿端悵然若失。只有解姥姥每天往來吳江府，阿端藉口晚霞是他表妹，請求
帶他去，希望見見晚霞。阿端在吳江府門口待了幾天，由於宮禁非常森嚴，
晚霞也出不來，阿端只得快快返回。等了一個多月，阿端痴想晚霞，幾乎想
死。一天解姥姥進來，悲傷地說：「可惜啊，晚霞投江自殺了！」阿端大
驚，流淚不止，接著毀爛帽子，撕破衣服，暗藏金銀珍珠跑出來，想跟從晚
霞去死。只見江水如牆壁一般，用腦袋猛撞也進不去，想再回來，擔心會被
盤問他的帽子衣服，將會加罪。他一籌莫展，急得汗流到腳跟。忽然看到水
壁下有一棵大樹，就攀援上去，漸漸靠近樹尖，猛力一跳，竟然沒有沾濕身
體，而且已經浮在水面上了。阿端出乎意料，恍惚之中又見到了人世，就向
前游泳。過了一個時辰，靠近岸邊，在江邊略坐了一會兒，突然想起老母
親，便乘船回家了。

　　到達故里，看看周圍的房子，好像隔了一世，阿端心神不定地走到家
裡，忽然聽到窗裡有個姑娘說：「妳兒子回來了。」聲音很像晚霞。不
一會，姑娘和母親都出來了，果然是晚霞。這時兩人高興多於悲傷，
而母親又悲又疑又驚又喜，多種心情交雜在一起。原來，晚霞在吳江
王府，感覺肚子裡震動，可是龍宮法令嚴明，擔心哪一天生下小
孩，一定會遭受毒打，又見不到阿端，只想一死，就偷偷投江。她
身體浮出水面，在波濤中漂蕩，有個客人用船救了她，問她住在哪

裡。晚霞本來是吳中著名的藝妓，落水沒被找到屍體。她想再也不能去行院⑦了，就回答說：「鎮江蔣氏，就是我的郎婿。」那客人因此代她雇了一條小船，送到蔣家。蔣老太懷疑弄錯了，但晚霞說自己沒錯，便把詳細情況告訴蔣老太。蔣老太見晚霞漂亮溫柔，很喜歡她，只是擔心她年齡太小，一定不肯終生守寡。但是晚霞很孝順，見家中貧困，便脫下珍貴的裝飾品賣了幾萬錢。蔣老太見她沒有別的意思，很高興，但是沒有兒子，擔心一旦晚霞生下孩子，親戚鄰里都不會相信，便和晚霞商量。晚霞說：「母親只要得到真正的孫子，何必要讓他們真正相信呢。」蔣老太也就放心了。

正好阿端回來了，晚霞高興得不得了。蔣老太也懷疑兒子沒有死，暗地裡挖開兒子的墳墓，但屍骨還在，因此盤問阿端。阿端忽然明白自己是鬼，他擔心晚霞厭惡他不是人，囑咐母親不要再說。母親答應了，就告訴同村人，那天撈的不是兒子的屍體。但蔣老太總擔心兒子不能生孩子。不久，晚霞生下一個男孩，蔣老太抱起小孩，感覺跟一般男孩沒有差別，這才高興起來。長時間後，晚霞也逐漸發現阿端不是人，就說：「你怎麼不早說？凡是鬼穿上龍宮衣服，四十九天魂魄就能凝結成體，與活人沒有差別。如果得了龍宮中的龍角膠，就可以連接骨節，重長肌膚，可惜沒有早點購買。」

阿端出售他的珍珠，有個胡商出錢百萬，從此成了大富翁。母親大壽時，阿端夫妻倆載歌載舞、祝酒慶賀，這事便傳到王爺家去了。王爺要強奪晚霞。阿端很害怕，求見王爺說：「我們夫妻都是鬼。」一驗證，阿端沒有影子，王爺才相信，於是不再奪取晚霞。王爺派宮女到別院，叫晚霞來傳授技藝。晚霞用龜尿毀壞自己的容貌，然後才去見王爺。教了三個月，終究無法傳盡她的技藝，便離開了。

說書人的話

這是一篇美麗而悽慘的故事。故事主人公不幸而死，卻進入了龍宮，獲得了美滿愛情；他們迫於森嚴法制，死而再死，卻僥倖回到了人間。最後，女主人公龜溺毀容，為這故事又平添了迴腸蕩氣的一

筆。故事對龍宮歌舞的描寫，表現出繪形繪聲的高度技巧；而對蓮敂的描
寫，葉大如席，花大如蓋，落瓣為床，原文寥寥數筆，優美動人。

注釋

① 蘇州為春秋時吳都，故別稱吳門。
② 明清時代府名，今江蘇省鎮江市。
③ 在江蘇省鎮江市西北。本在長江中，清末江沙淤積，遂與南岸相連。
④ 即《錢塘破陣樂》。
⑤ 十六國時期秦王嘉《拾遺記》：「洞庭之山，浮於水上，其下金屋數百
　　間，帝女居之。四有時金石絲竹之聲。」
⑥ 即天女散花舞。據說是漢武帝時創作的舞蹈。
⑦ 金元時代妓女或優伶的住所。

粉　　　　蝶

出自：《聊齋誌異》／蒲松齡

　　陽日旦是瓊州①的讀書人，偶然從外郡歸來，乘船過海，遭到颶風，船將要翻覆，忽然漂來一隻空船，他急忙跳上去。回頭一看，同船的人全部淹沒。風更加暴烈，他昏沉沉地任風狂吹。不久，風平浪靜，張開眼睛忽然見到島嶼，上面有房屋相連。他划槳靠岸，直抵村門。村裡很寂靜，他走了很久，又坐了一陣，聽不到雞犬聲。只見一門朝北，松竹掩映。時令已是初冬，牆內不知什麼花，滿樹結滿蓓蕾，心中很喜愛，便遲疑著走進去。遠遠聽見琴聲，稍稍停步。有個丫環從門裡出來，年約十四、五歲，瀟灑艷麗，一看見陽日旦，立即轉身進去了。一會兒聽到琴聲歇息，有個年輕人走了出來，驚問客人從哪裡來，陽日旦把經歷告訴他。他又問陽的籍貫和姓氏，陽也告訴了他，年輕人高興地說：「你是我的親戚呀。」便拱手請陽走進院子。

　　院中房舍精巧華麗。又聽到琴聲，走進屋，見一個少婦端坐著，正在彈琴，年約十八、九歲，風采煥發。她見客人進來，推開琴就要躲藏。年輕人阻住她：「不要躲，這正巧是妳家親戚。」並代客人追述緣由。少婦說：「這是我的侄兒。」因而探問陽：「祖母還健在嗎？父母親年紀多大了？」陽日旦說：「父母親四十多歲，各自身體都很好，只是祖母年過六十，得病老治不好，走一步都要人扶著。侄兒實在不知道姑姑屬於哪一房，希望您明確告訴我，以便回去告訴他們。」少婦說：「道路遙遠，音信斷絕很久了，回去後只要告訴你父

親，『十姑向他問好』，他自然會知道。」陽曰旦問：「姑丈是哪一族？」
年輕人回答：「姓晏名海嶼。這裡叫神仙島，離瓊州三千里，我流浪寄寓到
這裡也不是很久。」十娘快步走進去，讓丫環端來酒飯招待客人。新鮮的蔬
菜味道又香又美，也不知道叫什麼名字。吃完後，他們領著客人觀賞，見花
園裡桃花杏花含苞待放，陽覺得很奇怪。晏某說：「這裡夏天沒有大暑，冬
天沒有大寒，花開沒有間斷的時候。」陽歡喜的說：「這裡真是仙鄉。回去
告訴父母，可以遷家來做鄰居。」晏只是微笑。

回到書齋點上蠟燭，見琴橫放在桌上，陽請求欣賞他的高雅琴藝。晏便
撫弄琴弦，捻動琴柱。十娘從裡屋出來，晏說：「來，來！為妳侄兒彈奏一
曲。」十娘就坐下來，問侄兒：「願意聽什麼？」陽說：「侄兒向來不讀
《琴操》②，實在說不出聽什麼好。」十娘說：「只要你隨意命題，都可以
成調。」陽笑著說：「海風引路，也可以作成一個曲調嗎？」十娘說：「可
以。」接著就按弦挑撥，好像有舊譜一樣。曲意洶湧澎湃，靜靜領會，好像
仍然身在船中，被颶風所顛簸著。陽曰旦驚嘆至極，問：「可以學麼？」十
娘把琴交給陽，讓他試著勾撥，說：「可以教的。你要學什麼曲？」他說：
「剛才所演奏的《颶風操》不知幾天可以學會，請先記錄這首曲子，讓我吟
誦它。」十娘說：「這曲沒有文字，我用意念譜曲罷了。」她便另外拿來一
張琴，做勾挑的樣子，讓陽模仿。陽練習到半夜，音節粗略相合，晏氏夫妻
才辭別。

陽曰旦聚精會神，對燭自己彈奏：練得久了，頓然妙悟，不覺起身跳起
舞來。抬頭忽然見到丫環站立燈下，驚訝地問：「妳原來還沒離開？」姑娘
笑著說：「十姑讓我等你安睡後關門移燈。」仔細審視她，秋水般的雙眼明
亮亮的，姿態嫵媚極了。陽動了心，微微挑引她，丫環低頭含笑。陽更
加被迷惑，便起身挽起她的脖子。丫環說：「不要這樣！已是四更
天，主人要起床了！我倆彼此有意，下一夜也不晚嘛。」正在擁抱
間，聽到晏某叫喚：「粉蝶」。丫環變了臉色說：「糟啦！」急忙
跑去。陽前去偷聽，只聽見晏某說：「我本來就說這丫頭塵緣未
盡，妳一定要收留她，如今怎麼樣？一定要打三百鞭。」十娘說：

「這種愛情一萌動，就不能再用她了，還不如送給我侄兒。」陽非常慚愧害怕，返回書齋熄燈而睡。天亮時，有僕人來侍候洗漱，不再見到粉蝶。他心中惴惴不安，擔心被遣責驅逐。不久晏某同十娘一起出現，似乎無所介意，一來便考他的琴技。陽為他們彈奏。十娘說：「雖然沒有入神，已學到十分之九，練熟了可以更加精妙。」陽請求教授別的曲子。晏教給他《天女謫降》曲，因指法曲折拗手，他練習了三天才能成調，晏說：「大致上都還好，今後只要練熟罷了。練好這兩支曲子，琴中就沒有難奏的曲調了。」

陽日旦很想家，告訴十娘說：「我住在這裡，承蒙姑姑撫養，很快樂。只是家中掛念我，離家三千里，什麼時候才能回去！」十娘說：「這也不難。原來的船還在，應當助你一帆風順。你沒有家室，我已遣送粉蝶給你了。」便把琴贈送他，又交給他藥物，說：「回去給祖母服用，不僅可以治病，而且可以延年益壽。」十娘就送他到海岸，讓他上船。陽尋找船槳，十娘說：「不要這東西。」便解下裙子作船帆，並替他繫上。陽擔心迷路，十娘說：「不要擔憂，只要任船漂蕩即可。」十娘繫好船帆下船，陽覺得傷心，正要叩拜辭謝，但南風猛然刮起來，船離岸已遠了。一看船上，已備有乾糧，但只夠吃一天，他心裡埋怨姑姑吝嗇。肚子餓也不敢多吃，怕一下子就吃完了，所以只吃下一塊胡餅，但覺得裡外都很香甜。剩下六、七塊，他珍藏起來，也不覺得餓了。不久夕陽就要落下，才後悔沒有要燈燭。一轉眼，遠遠見到人煙，仔細一看，就是瓊州。他高興極了。不久船便靠岸，他解下裙子包好餅子回家。

一進家門，全家驚喜，原來離家已經十六年了，這才知道自己遇到神仙。看到祖母老得更加衰弱，便拿出藥讓她服下，老病立即治癒。大家驚訝地問他，他便講述所見到的一切。祖母傷心地流著淚說：「這是你姑姑。」當初老夫人有個小女兒名叫十娘，長得仙女一般，許配給晏家。女婿十六歲進山沒有回來，十娘等到二十多歲，忽然無病卻死了，埋葬已有三十多年。聽到陽日旦一說，都懷疑她沒死。拿出裙子一看，便是她以前在家中平常穿的那件。大家把餅分開吃掉，吃一塊一天不餓，而且精力倍增。老夫人叫人挖開墳墓驗看，只有空棺

埋在那裡。

起初陽日且曾聘吳家女兒，還沒婚娶，但因他好多年沒有回來，吳女便嫁給別人了。大家都相信十娘的話，便等待粉蝶的到來，但過一年多也沒有消息，才商議向別家求婚。鄰縣錢秀才，有個女兒名叫荷生，艷名遠播。十六歲了，沒有出嫁，三次許婚，郎婿都死了。於是便請媒人與她訂婚，選擇吉日成禮。荷生進門後光彩艷麗，絕世無雙。陽日且一看，就是粉蝶，驚訝地問她從前的事，她茫然無所知。原來她被驅逐的時間，也就是她降生的時辰。每當陽為她彈奏《天女謫降》曲時，她就支著下巴凝思，好像有所領會。

說書人的話

本篇寫海外奇遇，是受難遇仙型故事，不過所遇之仙與主人公有親緣關係，帶有我國重人倫的民族特點。篇中以琴曲《颶風操》、《天女謫降》來渲染氣氛，襯托人物心理，是一個特色。

注釋

① 州府名，今海南省瓊山縣瓊州鎮。
② 傳為東漢蔡邕所著關於琴曲的一部書，也泛指琴曲。

不 倒 翁

出自：《新齊諧》／袁枚

　　有個蔣生去河南，經過鞏縣① 投宿。客店有個西樓，打掃很潔淨，蔣生很喜歡這地方，便拿著行李去住。店主笑著說：「公子的膽子大不大呢？這個樓不太平安呀。」蔣生說：「我當然有膽量。」於是手持燭火坐著。

　　到了半夜，忽然聽到矮桌下像竹桶打水的聲音。有個東西跳出來，穿青衣，戴黑帽，長三寸多，好像世間的差役模樣。他斜眼看了蔣生許久，吆喝了幾聲才退去。不一會，幾個矮人抬著一個官員來到，旗幟車馬等等，清清楚楚，只是小得像豆子。那官員戴著烏紗帽，端坐在轎中，指著蔣生大罵，聲音細小，像蜜蜂發出的一般。蔣生毫無恐懼的樣子，官員越發惱怒，用小手拍地，指揮眾矮人逮捕蔣生。眾矮人擁上前，拉鞋的拉鞋，扯襪的扯襪，卻不能移動蔣生絲毫。官員嫌眾矮人沒有膽力，捋起手臂自己動手。蔣生則用手捧起他，放在矮桌上，仔細看他，原來是世間所賣的不倒翁。翻倒撲地，只是一個泥偶罷了。這時他的隨從都團團拜倒，乞求放了他們的主子。蔣生開玩笑說：「你們必須用東西來贖回去。」他們答應說：「好。」只聽得牆洞中有嗡嗡的聲音，有的四人抬一支金釵，有的兩人抬一支簪子，不一會，首飾金銀布帛等，散滿一地。蔣相公拿起不倒翁扔給他們，不倒翁又像先前一樣能夠動作了。但是隊伍不再整齊，紛紛奔竄逃散。

　　天色漸漸明亮，店主大叫有賊，蔣相公詢問他原委。原來西樓上贖官的物品，都是眾矮人從店主那兒偷來的。

說書人的話

這是一則小人國式的故事，與《酉陽雜俎》中的〈守宮〉頗為相似。這個故事的矛盾明顯指向作威作福的官僚，令人想起畫家齊白石的題不倒翁詩：「青衫白帽儼然官，不倒原來泥半團。將汝忽然來打破，通身何處有心肝！」

注 釋

① 今河南省鞏縣。

原書介紹

《新齊諧》清代著名筆記故事集。作者袁枚（西元1716年～1798年），字子才，號簡齋，又號隨園老人，浙江錢塘人。乾隆四年（西元1739年）中進士，曾任江寧等地知縣。辭官後，在江寧小倉山購置花園，稱隨園，優遊其間。著有《小倉山房文集》、《隨園詩話》等。

《新齊諧》「廣採游心駭耳之事，妄言妄聽，記而存之」，所記的都是「怪力亂神」故事，故初名《子不語》。後因元代說部中有同名作名，便更名為《新齊諧》。全書分二十四卷，有故事七百四十五則。

鮫奴泣珠

出自：《諧鐸》／沈起風

　　茜涇鎮①的景生，客居福建三年，後來航海回來，看見沙岸上一個人僵臥在那裡，綠眼睛、捲毛髮，身子黑黑的像鬼一樣。喊他詢問，他回答說：「我是鮫人，爲水晶宮的瓊華三姑子織紫綃嫁衣時，不小心弄斷了九龍雙脊梭子，因此被流放。現在飄泊無依，倘若蒙您收留，我一輩子都會記著您的恩德。」景生正苦於沒有僕人，就帶著他回去了。鮫人沒什麼愛好，也沒什麼本事，飯後就到池塘裡洗個澡，然後就躲在陰暗的角落裡，不說話也不笑。景生因爲他遠離大海，孤身一人，也不忍心時常驅使他。

　　浴佛節②那天，景生到曇花講寺③遊覽，見一個老婦領著一個妙齡女子，在慈雲座④下拜佛。那女子纖指合掌，好像潔白的蓮花，楊柳細腰，兩眼顧盼生輝，皎美的像輕雲吐月。拜完佛，她跟著老婦離去了。景生跟蹤她們，見她們進了一條狹窄的小巷。景生訪問旁邊的鄰居，知道這女子是吳地人，姓陶，小名叫萬珠，年幼喪父，受鄰居欺辱。三年前，隨母親租房住在這裡。景生以爲她們孀居貧困可以利誘，就上門求聘，答應給許多聘金。她們始終都不肯答應。景生說：「阿母您藏著嬌女不嫁，難道要讓令千金梳著雙髻⑤到老嗎？」老婆婆笑著說：「藍田⑥產的雙璧，要點高價有何不可？既然小女名叫萬珠，必須得到萬顆明珠才能答應你。否則就是想盡千種計策，也要笑你這個越地客人白費心機了。」卒失望地回去了，心裡想著：萬顆明珠，就是傾家蕩產，也很難倉卒地辦成。他白天胡思亂想，夜裡夢中感應，匆匆就過了十

日，竟然臥床不起了。請醫生診視，都說：「雜症可治，相思病就沒什麼藥了。」景生瘦骨嶙峋，無法下床，精神不振，快要死去。

鮫人進去問他的病，景生說：「我像琅琊⑦王伯輿⑧一樣，必定會爲情而死。但是你從海角與我回來，相依爲命，到現在才半年，假設我先死一步，你到哪裡去呢？」鮫人聽了他的話，撫床大哭，眼淚流了一地。低頭一看，眼淚晶光閃爍，粒粒都是盤中的如意珠。景生猛然坐起說：「好了！」鮫人問什麼原因，景生說：「我之所以生病，而且快要死掉，是因爲少了你的眼淚啊！」於是詳細述說事情的始末。鮫人很高興，撿起珍珠來數，還沒有到規定的數額，轉而嘆息說：「主人也是寒酸相，得到寶貝驟然喜形於色，爲什麼不稍微緩一下，讓我爲您盡情哭一場。」景生說：「可以再試試嗎？」鮫人說：「我們笑和哭，是由內心而發，不像世上心中懷著機關巧算的人，用假面孔對人。不過沒什麼，明天帶壺酒，去登望海樓，爲主人籌備。」景生就照他所說的辦。

第二天清晨，景生帶著鮫人登樓觀海，只見煙波浩渺，海天相連，沒有盡頭。鮫人飲酒欲醉，跳起旋波宮魚龍曼衍舞⑨。他向南眺望南海之涯，向北遠望天邊，只見之罘島⑩、碣石山⑪在蒼茫碧波中時隱時現。鮫人深深感嘆：「滿目蒼涼，故鄉何在？」舉起袖子，激昂起舞，思念家鄉，情緒萬分感慨。撫胸慟哭，淚珠迸落。景生取玉盤裝淚珠，說：「可以了。」鮫人說：「憂思從內心發出，不可斷絕。」放聲大號，淚流盡了才止住。景生大喜，邀他一起回去。鮫人突然指著東面笑著說：「赤城山⑫朝霞升起，十二座仙山已由鼉龍架起橋樑，瓊華三姑子今晚將下嫁珊瑚島的釣鰲仙史。我的災難限期已到，請讓我從此消逝。」鮫人縱身一跳，潛入海中。景生悵然獨自返回。

第二天景生拿出明珠，登堂去下聘禮，老婆婆笑著說：「你眞是癡情人，我不過是以那些話試探你，哪是眞要賣女，厚著臉皮而求生計的？」便退回了他的珍珠，把女兒許給景生。他們後來生了一個兒子，取名叫夢鮫，意在不忘鮫人撮合的緣分。

《諧鐸》作者評論說：「藉窮途之哭，爲寒士作媒，鮫人的法

術真奇特呀！而我更以為奇的是，初始老婆婆索要聘禮，後來卻斷然退還景生的珍珠，使得絕代嬌姿能在閨房中揚眉吐氣。否則，即便像石崇一樣用斛量珠⑬，雖說高抬了身價，又與賣菜而求加價的小販，有什麼差異呢？」

說書人的話

魏晉時期已有鮫人傳說。張華《博物誌》說：「南海，水有鮫人，水居如魚，不廢織績，其眼能泣珠。」本篇進一步塑造了一個真摯樸實、助人為樂的鮫人形象，並把他和一個美麗的愛情故事結合在一起。《諧鐸》喜歡用故事諷刺人情世態中的不良現象。鮫人說：「我輩笑啼由中而發，不似世途上機械者流動以假面向人！」旁敲側擊，令人心會。故事中的景生與陶母，則頗似〈裴航遇仙〉（見本書第212頁）故事中的裴航與老嫗。

注釋

① 在今江蘇省太倉縣。
② 中國佛教節日，相傳夏曆四月初八為釋迦牟尼生日，佛寺常於此日誦經，以紀念佛的誕生。
③ 寺名。講寺是設有佛經講堂的寺院。曇花即佛語優曇缽華的簡稱，一種無花果樹，故做寺名。
④ 佛像座位。佛教以慈悲為懷，如祥雲覆育世間，故名。
⑤ 未婚女子的髮式。
⑥ 山名，在今陝西藍田縣，古以出產美玉著稱。
⑦ 古郡名，隋代以後廢。在今山東省莒縣西南。
⑧ 東晉人。他曾說過：「琅邪王伯輿，終當為情死。」
⑨ 旋波宮，假想宮名。魚龍曼衍，舞名。曼衍，指變化無窮。
⑩ 海島名，在今山東省煙臺市北。
⑪ 海中山名，在河北省昌黎縣北。
⑫ 山名，在今浙江省天台北。

⑬ 石崇，字季倫，西晉渤海南皮（今河北省南皮）人，著名的豪富。他曾
　　用三斛珍珠買下愛妾綠珠。

原書介紹

《諧鐸》 清代筆記故事集。作者沈起鳳（西元1741年～卒年不詳），字桐威，
號漁，江蘇吳縣人，乾隆舉人，在安徽全椒縣、祁門縣做過訓導。善詞曲，
是當時著名戲曲家，今存《報恩緣》、《才人福》、《文星榜》、《伏虎韜》
四部劇本。他最負盛名的還是這本筆記故事集《諧鐸》。

《諧鐸》全書共分十二卷，有故事一百二十二則。所收故事雖為鬼神精怪，
但皆為借題發揮，解剖社會病態，揭露世態炎涼，寓莊於諧，從荒誕離奇中
誘露出深刻警策的主旨；其各篇各則，大都獨具新意，頗具功力。如：〈老
面鬼〉、〈桃夭村〉、〈鮫奴泣珠〉、〈棺中鬼手〉、〈壯夫縛虎〉、〈村姬夀
舌〉、〈螻蛄郡〉、〈蜣螂城〉等篇，皆為人傳誦。

蟭蛄郡

出自：《諧鐸》／沈起鳳

　　戴笠，是戴綏齋的孫子。他性情豪邁，不修邊幅，喜歡讀《山海經》、《搜神記》和《述異記》之類的書籍。有一天，下著大雪，戴笠酒醉之後睡午覺，見到一位高級官員帶著詔書到來，說：「郡君召見你，請快點上馬走。」戴笠也不問他是誰，整了整衣服就出門。只見門外有一位奴僕，牽著體型小的能於果樹下穿行的馬，手握著馬鞭等候。戴笠就躍上馬鞍，那官員引導他走了。到了一座亭子，他們解下馬鞍暫且休息一下。只見亭子前邊，溪水澄清碧藍，成千上萬朵荷花競相開放，嬌姿倒映水面。戴笠奇怪地說：「這般嚴冬季節，那能有這些荷花？」那高官說：「現在是新秋時節呢。」戴笠斥責他胡說。那位高官笑著說：「先生是中華人士，確實缺少見識，因而少見多怪。讓我給先生講個大概。」戴笠唯唯聽從。那高官說：「我們郡離中華有四萬七千多里，名叫蟭蛄郡。以中華的一日為我郡的一年，早晨是我們的春天，白天就算我們的夏季，傍晚就算我們的秋季，夜裡就算我們的冬季。我們沒有紀年的曆書，看四時的草木判斷季節。現在荷花露出水面，就是我郡的新秋時節，也就是中華的午時之後。」戴笠大為驚奇，想要再詢問他。那高官突然吃驚地站起來說：「剛與先生講一番話，北風已漸漸凜烈侵人了！」戴笠一回頭，果然看見荷花全部落盡，亭子外有幾株古梅，已含苞吐蕊，漸漸凌雪怒放。高官催促他上路，就仍舊跨上馬鞍走了。到了一座城，木匾上寫著「延年」。那城裡男女衣著，略微類似中華。但人們都在脖子上懸掛金鎖，大約

是用來祈禱延年益壽的。當時已近夜晚，就住宿在宮外的驛館。

第二天，到了一座宮殿，那高官帶著戴笠入宮晉見。那高官先繳回了旨令。郡君說：「你去年夏天帶著命令出發，到今年春天才覆命麼？」那高官連忙謝罪。戴笠聽了，知道昨夜睡了一覺，已經隔了個年。他就在座下拜。郡君連忙站起來拖住他說：「愛卿可知道孤召你來的意思麼？」戴笠答說：「小生愚昧，不能猜測您高深的用意，請求明白曉諭。」郡君說：「孤家有一個女兒，還沒有遇到好的對象。仰慕先生的大德，想許配與你。」戴笠叩頭致謝。這時，殿角南風微微吹起，大約又到夏令了。郡君下令賜戴笠在招涼殿清波池洗浴，呈上冰綃衣、荷花冠。將戴笠引入麗雲宮，與郡主完成婚禮。那錦繡裝飾的地方，一陣陣仙樂響起，簡直像瓊樓十二重① 的仙境，真是人間沒有的銷魂之地。又將戴笠導入後宮之內，只見郡主黑油油的頭髮高高紮起，邊上插上一小枝丹桂，低著頭說：「到深秋時節了。」宮娥們馬上為郡馬換上衣冠，在天香亭設宴。酒過三巡，郡主站起身來，手執酒杯祝郡馬長壽。作歌唱著：「人壽幾何，對酒當歌；當歌不醉，如此粲者和？」戴笠也用《天香桂子》曲對答。郡主笑著說：「郡馬還以為是在秋天麼？」要宮娥捲起門簾，只見冰凌垂掛在屋簷前，雪正落在紅紅的山茶樹上。於是，就撤下酒宴，點上紅燭導入內部寢宮。宮娥們漸漸散去，戴笠催促郡主卸妝就寢。郡主笑說：「三十多歲的人做新郎，還這樣急於美色麼？」戴笠笑著說：「愛卿這地方以一天算一年，那麼春宵一刻確實值得千金呀。」郡主也笑了起來。於是滅了燭上床，蓋上繡花被，一同入夢。

到了早上太陽剛剛升起，而宮娥們爭著報告海棠花開了。太監奉郡君的旨意，召郡馬參加櫻桃宴，三品以上的官員都來陪侍。一會兒見到一個小宮人進來，用五彩盤子進上長命絲縷。郡君就下令起駕，賜郡馬在洗馬河同觀龍舟競渡。只見駕龍舟的人揚起桂槳蘭橈，船上飄著彩繡旗幟，做出魚龍變幻的各種遊戲，在簫鼓聲中迴翔。一眼瞥見河畔垂柳漸漸變黃，立即下令回駕。一路上紅樓相連，珠簾高高捲起，筵席前擺上了瓜果。正到了農曆七月初七，天上牛郎織女相會，地上婦女們穿針乞巧的日子。郡君一行停止揮鞭，談笑指點，馬頭並著馬頭慢

慢前行。一時間，風雨交加，郡君對郡馬說：「這眞是『滿城風雨近重陽』啊。」趕緊一起縱馬揚鞭趕回家。等到他們進入宮中，宮娥奔出來報告說：「郡主生了一個男兒，請郡馬爺參加洗紅宴。」郡君就要戴笠進去探視郡主。只見在爐火燒得暖融融的床塌之上，一個小孩正在玩耍武器和官印。一試小兒啼聲，眞是個英雄模樣，就給兒子命名爲阿英。從此，戴笠成天待在宮中，逗弄小孩子玩，與妻子調笑。不過半個月工夫，阿英已行了加冠之禮，長大成人。又過了幾天，郡君逝世了，由駙馬暫時代理朝政。有一天，他看到郡主臉上已有皺紋，兩鬢白色斑斑。郡主說：「妾身年紀大了。讓我爲您納妾吧。」於是，廣泛地選擇良家女子充掖宮庭。

一天夜裡，戴笠與郡主坐在鴛鴦寢宮中，一起敘說往事。戴笠忽然問：「我來這裡多少天了？」郡主回答說：「六十年還得加兩年。」戴笠說：「你可別開玩笑了。我記得與愛卿定情之時，偷偷地用指甲在妳背上搔癢，妳爲了躲藏背部而仰臥在床，我就猛地起身靠了上去。妳笑著說：『我是想保棧道，你轉而暗渡陳倉呀。』②回想這個情景，宛然就像昨天。」郡主笑著說：「這對您來講不過是兩個月前的事，所以講起來歷歷在目。而就我看來，就和絳縣老人③講幾十年前的事一般了。」戴笠聽了，垂頭喪氣，低著頭思考，忽然懷想家鄉故土，就請求和郡主一起回家鄉。郡主說：「山河既然不同，年序時間也不會一樣。請您暫時回家，妾身不能一起去。」第二天，戴笠將朝政大事委託給阿英，整理行裝做回家鄉的準備。郡主在宜春殿設宴餞行，哭著說：「妾身已至暮年，早晚會要葬身黃土。如果您不因爲我白了頭而嫌棄，希望您再來。」繼而一想，又說：「轉眼間百年工夫，您就是來了也恐怕無濟於事了。」阿英也牽著父親的衣服哭了起來。戴笠也很悲哀，戀戀難捨，不忍離去。全部朝臣都等在哀蟬驛送行，大家情不自禁，流著淚分別。

回到家裡，戴笠看見自己的肉身僵臥在床榻上，家裡人都圍成一圈仔細觀察。戴笠大模大樣登上床榻，突然甦醒過來。戴笠問家人，他們說：「您醉酒昏死過去已有兩個月了。」戴笠大呼怪事。因爲與郡主有重新回來之約，心中總是輾轉放不下。三個月後，

戴笠又在夢中到了螻蛄郡。他問起郡主的情況，人們告訴他：「已經死去八十多年了，現今葬在翠螺山。」又問及阿英，他們說：「已經成仙了。」問及他過去所擁有的妃子們的情況，他們說：「都死了。」與朝廷中的臣子相見，沒有一個相識的。於是戴笠鬱鬱不樂地回家。戴笠醒來嘆息說：「百年的富貴，不過是頃刻之間罷了。世上有通達道理的人，難道不該做這樣的看法嗎？」他重新翻閱《山海經》、《搜神記》和《述異記》等書，都沒有這樣的記述，於是囑咐我記錄下來，以供世上那些喜好談論荒誕之事的人。

《諧鐸》評論說：「仙家有縮地之法，沒有聽說仙家有縮時法。但是，當那長生不老的麻姑④ 到霜染半鬢時，騎青牛出關的老子⑤ 恐怕早已頹然地拖著拐杖了。壺中日月雖長，也不過是彈指間罷了。莊子把長壽與短命夭折等量齊觀的說法，實在不算虛妄。」

說書人的話

這個故事與唐人傳奇《南柯太守傳》（見本書第129頁）有相似之處，即慨嘆人生的短促。然而，本文表現出更多對美好人生的依戀，同時以莊子的齊物論代替了佛家的色空觀。本文在藝術想像方面能獨闢蹊徑，即用「縮年法」，把普通人的一年壓縮為螻蛄人的一天，在一天之中演示四季景物的交替變化，在幾天之中展示人生中生老病死的歷程，寫得撲朔迷離，使人應接不暇。過去寫人進入仙境，是「山中方七日，世上已千年」；而本篇寫人進入螻蛄境，則是「世上方兩月，此中六十年。」一為擴展，一為收縮，相映成趣，給人不同的啟示。

注釋

① 指神仙居處。據劉向《列仙傳》載，西王母所居，有層城千里，瓊樓十二。

② 據《史記‧淮陰侯列傳》載，劉邦入蜀時，燒絕了山路上的棧道，待他從蜀出兵時，為了迷惑項羽的大將軍章邯，先派少量兵力

去修棧道，暗中從另一條路徑襲擊住在陳倉的楚兵，挫敗了章邯。這就是「明修棧道，暗渡陳倉」之計。

③ 又稱絳老。春秋時晉國絳縣的一老人。他用隱語說出他的年齡，師曠（晉國人，精通陰陽學）推知為七十三歲。

④ 中國古代神仙中的女仙。葛洪《神仙傳》說她自言曾見東海三次變為桑田，蓬萊之水也淺於舊時，或許又將變為平地。

⑤ 春秋末期道家的創始人，姓李名耳。《列仙傳》說，他騎青牛出函谷關西去，不知所終。

蜣 蜋 城
出自：《諧鐸》／沈起鳳

　　有位姓荀的讀書人，字小令。他全身有股蘭花般的香氣，享有「香留三日」的美譽。有一次他搭乘商船，在海上航行，忽然腥風大作，將船颳到一座小島邊。荀生下船登陸，頓時覺得一股惡臭薰蒸般撲來，哽在咽喉，刺激鼻子，非常難以忍受。他正打算回頭就走，忽然出現一位老翁，還帶著一個留著短髮的小兒談笑著過來。他們一見荀生，大吃一驚地說：「哪來的骯髒傢伙，偷偷窺視這方淨土？不怕路邊的人被嚇壞麼？」荀生覺得他們臭得奇怪，後退了三、四步，遠遠地叩問他們姓氏。老翁也用手掩住鼻子，遠遠地站著對答說：「我叫銅臭翁，姓孔。這孩子叫乳臭小兒。因為仰慕此處洞天福地，從五濁村搬到這裡。承蒙鮑魚肆主人喜愛，說我的臭味相投，推薦我到逐臭大夫處，他令我負責掌管蜣蜋① 城北門的鑰匙。你遍身氣味難聞，如果不及早收斂隱藏，將會流毒污染村鎮。如果氣味濃聚而成為季節流行的瘴癘，那可怎麼辦呢？」荀生想要自我陳說，那老翁與短髮兒被薰得大嘔不止，用袖子蒙著臉飛快地跑走了。

　　荀生大為驚異，很想探求其中的情況，就用兩個手指頭捻著鼻孔前進。只見前面有一處地方，全部用糞土塗抹城牆，上面附有數以百萬的屎蚵蜋，屹立得像長城一般。荀生整理了一下衣襟想要進去，忽然聽到城中大聲喧嘩，喊著：「瘴氣來了！快拿名貴香料將瘴氣排除在門外。」荀生遠遠地斜眼一看，野草腐菌一類最低賤的東西被他們堆在門外像山一般。荀生益發不可理解，忍著惡臭走進去。

城裡人見了荀生，一個個怕得狂奔而逃，都不敢回頭看，只顧吐唾沫。荀生也太厭惡這裡的穢臭氣味，轉身就逃。眾人喧嘩著驅逐他。荀生逃竄之中又不小心失足掉入一個糞坑，他用手支撐站了起來，又悔又氣悶，簡直要命。此時，眾人已經追了上來，打算將荀生捆綁起來。突然，他們將荀生從頭到腳渾身挨著鼻子聞了一遍，大吃一驚說：「為什麼這樣好聞？真是化臭腐為神奇啊！」趕忙向荀生謝罪，將他引到賓館居住。這賓館用茅坑石做台階，用陰溝泥粉刷牆壁。庭院下面有個水池，水面污黑，像墨汁一般。荀生忙脫掉髒衣跳入池中洗浴，越洗身上越臭，而且漸漸氣味透入肌體。荀生急忙跳了起來，仍然拿自己的衣服穿上。第二天，有位叫馬通家的富商邀請他飲酒。商人迎接他到了一間房子，門框的橫匾寫著：「如蘭」；旁邊有條長廊，廊上寫著：「藏垢軒」；廊後面，是一間寫著「納污書屋」的書房。宴會上也沒有其他食物，只有臭爛的魚、腐敗的肉，調料是氣味濃烈的蔥蒜醬末罷了。荀生自從在那黑池中洗過後，也漸漸不覺得這些東西有臭味，大吃大嚼起來。過後，荀生自己用手掏了一下喉嚨，穢臭之氣直往外噴。主人拍著手笑著說：「好氣味！香和臭可以同在一起了。」那孔姓老頭聽說這件事，心裡不信，來賓館探訪。他一見荀生，驚愕地說：「先生真是潔身自好的人呀！過去的怪味穢氣，清除一盡了。」於是他和荀生訂了莫逆之交。

　　荀生恐怕商船等待過久，前往孔家拜訪老翁以告別。老翁安排宴席為他餞行。又領荀生進入內室，只見有三十六個糞窖，整齊地排列著。糞窖中都裝滿金銀。老翁取出好幾錠赤金贈送給荀生。又喚了一位女子出來，那女子蓬頭垢面，但模樣卻是天生傾國之色。老翁笑著說：「這是阿魏②，就是蒙受穢臭的西施③後身。你沒有家室，何不帶她回去呢？」荀生拜謝老翁，然後手捧黃金，帶著女子，辭別老翁，回船上去。商人丟失荀生已半個月了，只能繫好船靜靜地等待。商人遠遠望見荀生回來，大為歡喜。荀生剛一上船，一股穢臭之氣使人不敢靠近。他將黃金擺在桌上，更是臭不可忍。等到阿魏上了船，各種臭氣盡除，大家心裡才安定。後來到了家，荀生偶然在街市遊玩，人們就掩住鼻子匆匆而過。只有與阿魏住在一起，才不會感覺到那股臭味。荀生拿出老翁

贈送的黃金到市場上交易，人們聞了大怒，都擲還給他。過了三年，阿魏死了，荀生所到之處都與人不合，抱著那些黃金鬱鬱而死。

《諧鐸》評論說：「蜣螂抱著糞球，人們厭惡牠污穢。如果將牠轉到金顏或篤耨這樣的香料中去，正好使牠迅速死亡。從這一點可以推知：生長在香氣中的，也必定會死在臭氣中。一旦那能除臭的佳人長埋地下，黃金也就失去了顏色，荀生只剩下一個臭皮囊，沒辦法洗滌了。可悲呀！」

說書人的話

這是一篇優秀的諷刺故事。它諷刺的對象是什麼呢？是香臭顛倒的社會。那社會喜歡一切腐臭的東西，屎蚵蜋幾乎成了護城神。為什麼香臭顛倒呢？主要是貪圖財富造成的。銅臭翁的三十六窖金銀，不是酷似屎蚵蜋抱糞嗎？荀生的悲劇就在於為環境薰染而同流合污，被社會正直人士拋棄「抱金而歿」。阿魏的形象是個例外，她象徵著純潔、自然和美，所以能辟除臭味；人們一旦喪失了這種純潔之美，靈魂就不可救藥了。

注 釋

① 一種食糞的甲蟲，俗稱「屎蚵蜋」。
② 本為中藥名，原產於印度，其味奇臭，可以除臭。這裡借用為人名。
③ 春秋時有名的美女。民間傳說阿魏是西施所化。

翠　衣　國

出自：《螢窗異草》／浩歌子

　　甘肅和四川一帶因爲有很多鸚鵡，當地人經常捕捉牠們當作玩具。成都人有個叫蔣十三的，餵養了一隻聰明的鸚鵡，馴養好幾年了。一天，飛來一隻八哥停在樹頂上，稱呼鸚鵡爲「能言公」，隔著鳥籠和鸚鵡說話。牠詢問鸚鵡：「你已經幾年沒去翠衣國遊覽了？」答說：「丙年離開家鄉，丁年遭遇網羅；如今居住在鳥籠中，又有三年了；前後加起來一算，已經五年過去了。」八哥又說：「很想回去麼？」答說：「怎麼不想？你不了解我，我不是生來就是長羽毛的。回想起從前經商，在湖湘一帶販賣，曾經賺到三倍的盈利。況且我又相當能說善道，經常替人排憂解難，同伙中幾乎沒有誰能難倒我。有一年陰曆二月，和同伴航海，準備去謀取厚利。當船航行到一座島嶼時，只見碧綠的山峰直插雲天，一片蔚藍色，無邊無際。隨意拉著幾個伙伴，登島去看看。越到島的深處，景致越美麗，進入深處以後，頓時便忘記了回去的路。島上荒蕪一人，只有鸚鵡上下飛舞鳴叫，不知道有幾千億萬隻。我們幾個因爲生病不能行動，又沒有捕捉鳥類的用具，可以網羅鳥雀充飢，於是便餓死在山岩下。別的人下落如何我不知道，我則是渺渺然漫遊到了一方國土上。只見宮殿巍峨高大，城郭富麗堂皇，那裡的人不論貴賤，全都穿著翡翠色的裘衣。我一打聽，有個人回答：『這是海中第七島，也就是翠衣國。』我因此拜見了國王，想要商量回家的事。國王年齡約有五十多歲，也穿著翡翠色的服裝，能夠懂得義理，精通陰陽。這個國家中的上大夫必須能夠作詩，中大夫都能

作曲，下大夫也能說會道，以言辭敏捷、善於應付來選拔人才，從來沒有人
不善言詞。國王便讓我居住下來擔任官職，後來又把公主下嫁給我。公主長
得姣美可愛，也善於歌唱，與我夫妻恩愛，十分歡愉。第二年，為我製作翡
翠衣讓我穿上，便能自由飛升。我時常與公主在茂密的樹林中迴旋飛翔，一
唱一和，親密無間。沒想到被身邊的侍從引誘，準備回去探望故鄉，飛到山
中，下地取食，被人捕獲而囚禁在這裡，無法返回。每當想起與公主的恩
愛，就心如刀割般。你如今前去，能夠為我帶去一個口信，就很幸運了。」
八哥說：「很願意當你的差使，儘管遠也決不推辭。」鸚鵡便低聲吟誦一首
絕句：「雙飛何日向晴皋，每為卿卿惜羽毛。最是舌尖消瘦盡，繞籠猶自語
叨叨。」絕句吟誦完，鸚鵡低下頭，縮著腳，好像激動不已的樣子。八哥於
是振翅飛起，飛了一段又回來對鸚鵡說：「一定不辜負你的期望，請不要過
於悲傷。」然後便飛走了。當時，蔣十二躺在小窗下，庭院中別無他人，聽
見牠們的對話，覺得十分悲慘，便起身打開鳥籠把鸚鵡放了出來，並且囑咐
牠說：「去翠衣國的路很遙遠，你要照顧好自己，小心不要再遭受羅網之
災。」他說完，鸚鵡鳴叫著表示感謝，然後高飛而去，逐漸飛入雲霄間，不
一會兒便消逝了。蔣十三把這件事告訴他的家人，大多數人都不相信他，並
且懷疑他故意放走鸚鵡，蔣十三竟然無法替自己解釋清楚。

　　過了一年，蔣十三患了一種疾病，病得快要死了。在迷迷濛濛中，只見
有個穿著黑衣服長著鳥嘴的人，直往他跟前走來，稟告說：「你家的囚徒，
已在翠衣國國王面前講了你的事情，國王命我來邀請你，請你立即上路。」
蔣十三正覺得昏亂，不知道他指什麼，竟然毫不猶豫地跟著他向前走。那個
人振臂一呼，有十幾個身著綠衣的人，簇擁著一架轎子早已在此等候，於是
便抬著他前去。一會兒，到了海上，波濤洶湧，心中非常害怕。一看他
坐的轎子，猶如樹葉一般輕盈，離水僅八尺多，但一點也沒沾濕，前
進的速度像飛一般。到了翠衣國後，看到那極美妙的景致，都如鸚鵡
所說的那樣。隨即有人在郊外迎接，跪伏在路邊，放聲表示感謝，
說：「你發揚愛護生靈的德義，放棄悅耳動聽的玩具，網開三面，
恩德和父母相當；使折斷了翅膀的飛禽，不難返回故鄉；使討厭樊

籠的鳥雀，得以活著回來；不僅使夫妻破鏡重圓，而且讓祖先的鬼魂不會飢餓；感激恩德，熱淚長流，無以報恩，深感慚愧。我拿著掃帚到郊外迎接，聊且報答養育保護之恩。」說完，伏地哀聲痛哭，一副感激不盡的樣子。蔣十三從轎中往外一看，騎馬的隨從很多，冠蓋十分華麗，那個人二十多歲，綠色的衣服輕輕飄逸，猜測就是從前所放走的鸚鵡，便走下轎來撫慰一番，然後並駕進城。進入國中，見所有人都穿著綠衣，說話都帶有鳥音。快要進皇宮路門①時，國王親自迎候，作揖行禮，說：「寡人糊塗，國中禁令荒廢鬆弛，致使閨中愛婿，受辱於射鳥的人。如果不是先生釋放了他，讓他回歸故里，那麼小女就不能和他共同生活，就是我也不能和他一同治理國家。」言語非常謙遜。蔣十三看到國王相貌古樸，神志清爽，服飾豪華顯耀，因此也謙遜地表示謝意。國王禮讓蔣十三進門，延請他到殿廷中，待他為上賓。國王準備行下拜禮，蔣十三再三辭讓，最後行賓主的相見禮。坐下後，國王又說：「兒女輩，是依靠您才得以團聚，您的恩德時時銘記心中，只是無從報答；正好聽說您病在床，所以派遣剪舌侯來邀請您。慶幸您的光臨，應該讓他們來謝恩。」因此命令傳話到後庭，以稟告公主。一會兒，地上鋪設紅色毛毯，緊接著有十幾個小丫環，從屏風後簇擁著一位美人出來，非常年輕，穿著翠綠的羽毛服裝，語音像美玉般清脆悅耳。夫婦倆肩並肩，都朝北面行再拜禮。蔣十三沒法推辭，退卻幾步然後受禮。公主馬上離去了。國王下令在望襯亭設宴，和蔣十三開懷暢飲，並且告訴他說：「這是我急切盼望襯正平②的地方。不同時代卻知心的，加您如今已有兩個人了。」因此，不停舉杯，痛飲一場。各位大夫都在座，有獻詩的、有唱歌的，紛紛上前進獻。蔣十三也不是記得很清楚。國王知道蔣十三有病，便下令取來海中神露，和酒讓他喝下，恍恍惚惚就像用冰雪澆灌，熱病一下子便消除了。宴席完畢，國王表示感謝，說：「我們這裡地方狹小，土產十分貧乏，輕薄的禮物，不足以酬答大恩，聊且供您玩玩罷了，希望不要推辭。」便進獻十粒明珠、一對紫玉，價值約幾千緡。小丫環又傳夫人命令：送來一面水心鏡、一尺多長的珊瑚樹，並說：「恭敬地用這些東西來報答您使釵合鏡圓的恩德。」公主夫婦又私自贈送一

些物品。國王下令將這些東西寄存在近海的店鋪中,把票券交給蔣十三,讓
他自己來拿取東西。仍然派遣黑衣人送他回家。國王翁婿二人親自到城郊餞
行,握著手依戀不已,不忍離別。蔣十三非常想念家鄉,登上轎子返回家
去。

　　等到他到家時,全家人都在放聲大哭,準備給他穿衣下棺,他死去已有
兩天了。蔣十三掀開被子起身,家人大吃一驚。一問他,才得知其中緣故。
出門看庭院中的樹枝,有一隻八哥仍落在上面,尚未離去。這才醒悟所說的
剪舌侯,就是牠。便擺設一些食物來招待牠,牠對食物嗅了三次,便飛走
了。蔣十三的病全好了,想要到海市去兌換他的票券,家人認為這是虛妄,
極力阻止他,於是沒有成行。如今四川人稱呼鸚鵡為「能言公」,便是流傳
下來的說法。

說書人的話

本篇寫了一個美麗的鸚鵡國,「翠衣」、「能言」都緊扣鸚鵡的特點。它又
具有報恩型故事的特點,寫蔣生給籠中鳥自由,最後獲得了美好的報答。人
化鸚鵡的情節則頗似《聊齋誌異》中〈竹青〉等故事。

注釋

① 古代皇帝宮廷有五道門,最內一層為路門。

② 三國時禰衡,字正平,曾寫過《鸚鵡賦》,翠衣國王稱他為「異世知
　　心」,修亭子盼望他前來。

原書介紹

《螢窗異草》清代筆記故事集。分初編、二編、三編,每編各四
卷,共十二卷。共有一百三十八篇故事。光緒年間申報館印本前言
說:「大旨酷摹《聊齋》,新穎處駸駸乎升堂入室。」所以本書又

名《聊齋賸稿》。此書據考證成書於乾隆年間，署名為浩歌子，一作長白浩歌子。浩歌子，大多認為是尹慶蘭（西元1735年～1788年）的筆名。尹慶蘭，字似村，是乾隆年間大學士尹繼善的第六子，稱尹六公子。他是一位詩人，辭官家居，過著清貧的文士生活，與名詩人袁枚有親密交往。本書中的〈翠衣國〉、〈秦吉了〉、〈落花島〉、〈田鳳翹〉、〈青眉〉等皆是優美的故事。

人 虎 變 化

出自:《影談》/管世灝

　　施南府①范錦文,沒有家室,只有一個僕人負責挑水劈柴。這個僕人姓吳,誠實、質樸、清廉、正直,范錦文對他非常好。後來范錦文被仇人所殺,吳某去告官,官吏得了仇家的賄賂,不予追究責任。吳某非常氣憤,懷裡暗藏利刃,想要學習古人豫讓②的做法。仇人聽說了,唆使官吏逮捕他。吳某就逃走了,流落到江湖間。遇到一遊方郎中,收他為徒,經過了幾年,吳某學到郎中的全部醫術。郎中給他行醫工具,讓他另謀出路。

　　一天,吳某在山中行走,看見一位身材高大的男人袒露臂膀走來,渾身血痂模糊,腥臭撲鼻不能接近。吳某可憐他,問他的傷勢,這人說:「在山前峽谷間,誤中獵人的火銃,導致潰爛。」吳某仔細察看傷口,說:「鉛丸深入到骨節中去了,數日後胳膊會斷的!告訴我姓名,我就為你治。」傷者說:「在下叫班雄,是漢朝班彪③的後代。您若真的可憐我,我願請您到寒舍。」於是引吳某入山。山高路險,班雄於是反轉一隻手背著吳某走,走得非常快。到了一個巨洞前,洞外堆些亂石作屏障,洞內無牆壁,床和爐具都是用石頭鑿的。一位白髮老婦,手拿佛珠,口中喃喃念佛,見了吳某很高興,於是停止念經站了起來。班雄急忙向老婦耳語,不知說些什麼。老婦又像原來一樣虔誠地念經。吳某於是讓班雄取水,清洗潰爛處,拿出名貴的外傷藥敷傷口,說:「三天後再敷一次,就可痊癒了。」班雄招呼備飯。一個女子從洞後出來,髮髻上戴滿山花,腳像飯籮一樣大,將巨型餐具放在桌上,餐具中都是鹿肉乾。班雄說:「深山中粒粒糧

食都難得，請不要嫌怠慢。」吳某正好餓了，於是大吃起來。班雄大喜說：「真是像我們一樣的人啊。」於是詢問吳某家庭情況，知道吳某還沒有妻室，就說：「我妹妹雖是粗人，但勤於勞作，您既無家，就讓她侍奉您，以報您療傷大恩。」吳某正躊躇，班雄說：「咱們做事，應當直截痛快，不要像小孩婦人一樣扭捏。」又向老婦說了幾句，老婦點頭。於是叫那女子出來，與吳某交拜，女子也不害羞退縮，同吳某住在洞後的石室中。

　　幾天後，班雄的傷已經痊癒，邀吳某出去觀山景，吳某到洞外，果然覺得山勢嶙峋，樹木蔥鬱。走了幾里路後，更見山路險峻。吳某要回去，班雄指著山說：「山頂還有人走，這有什麼可怕的？」果然看見一個人飛步而下，見到班雄就叩頭至地說：「剛才蔚文翁在南山打獵，我特來請您趕快去。」班雄立即與吳某回去，對吳某說：「倘若得到特殊野味，一定與您共嚐。」說完，就打開櫃子，拿了一張虎皮去了。吳某心生疑慮，當晚又出去散步，遠遠看見山坡上一隻猛虎咆哮著上山來。吳某害怕，急忙攀上一棵大樹躲避。沒多久，虎到了洞口，像人一樣站立著，自己解開虎皮。再看他，原來是班雄。吳某更加害怕，兩腿打顫，以至於樹枝嗦嗦作響。班雄抬頭一看，看見吳某，催促他下來。吳某還是害怕不止，班雄扶著他回去，笑著對他說：「偶爾露出真形，使您駭怕，是在下的罪過。可是世上的人往往有虎狼一般的心，而且千百成群；而我獨來獨往，無其他幫手。況且世人貪殘凶狠，不到死不改變；而我則解去虎皮，立即還原本相。您為何不害怕眾多的虎而怕一隻虎？不怕終身不變的虎，而害怕偶爾蒙著虎皮的虎？這叫我非常不理解。」吳某信服了他的說法，心裡才安定下來。

　　一天早晨起來，班雄還在熟睡，吳某開啟櫃子偷了他的虎皮，到洞外試著披上它，就變成一隻斑斕老虎。頓時覺得自己非常威風，只有四肢笨重不能跳躍，正蹣跚間，那女子剛好摘山花回來，看見他就大笑起來。吳某很慚愧，趕緊脫下虎皮站起來。女子對吳某說：「您若不嫌棄成為異類，則為您另外製作一件。」於是告訴老婦，老婦大喜，立即拿出舊皮數十張。女子挑選有光澤的，按照吳某的身材，用針縫製，老婦也幫她縫補。班雄詢問緣故，老婦告訴了他。於是班雄

也蒙上虎皮，與吳某白天到山前，教他剪撲，教他咆哮，教他搏擊咬食。

　　後來老婦生病，誤服吳的藥方而死。班雄怨他。於是吳某打算和女子回去。女子說：「我兄性情剛暴，必須瞞著他。我聽說虎吃了狗肉就醉，得到狗就可以脫身了。」吳某於是去找狗，果然得到一隻，煮好了，班雄大吃，立即醉得像爛泥一樣，於是吳與女子一起打包逃走了。快到家時，看見墳地裡有祭祀的人，仇人也在其中。吳某穿了虎皮等在樹叢中，等他們走過時，撲上去，把仇人殺了。眾人嚇得驚慌逃竄，但不知是吳某幹的。回去後，女子要燒虎皮，吳某不准。女子說：「您已有殺機，如果有小怒，就不能忍受了。」於是就燒了虎皮。女子後來生有兩個兒子，一個叫猇，一個叫虓，都勇敢有力，後來皆從軍且立下功名。

說書人的話

古代有不少的故事描述虎變人或人變虎，本篇卻兼而有之。虎兄、虎妹都寫得形象鮮明。虎兄批評世人「虎狼其心，成群千百」，貪殘凶狠超過猛虎；吳某化虎復仇，都表現了作者對社會黑暗面的痛恨。

注釋

① 府名，治所在今湖北省恩施縣。

② 春秋末晉國知名家臣。知氏為韓、趙、魏所滅，豫讓隱姓易名，漆身吞炭，伺機復仇，謀刺趙簡子。

③ 漢代著名史學家，乃班超、班固之父。虎皮斑斕，故戲為姓。

原書介紹

《影談》清代筆記故事集。作者管世灝（生卒年不詳），海昌（故城在今浙江省海寧縣境）人，約生活於清乾隆、嘉慶年間，終身困頓，以塾師為業。《影談》四卷，以鬼神怪異題材抒發心中的不平。

祝 英 台 小 傳

出自：《祝英台小傳》／邵金彪

　　祝英台，小名九娘，是上虞縣① 一戶富翁的女兒。她沒有兄弟，才能出眾，相貌超群。父母想爲她選擇夫婿，祝英台卻說：「我要出外遊學，找到賢能的人，才嫁給他。」於是她改換男裝，改名叫祝九官。在路上她碰見會稽② 人梁山伯也出外遊學，於是與他同行到義興縣③ 善友山碧鮮岩，共同修築一座庵堂，一起讀書，同屋而宿。整整三年，梁山伯沒有察覺祝英台是女子。臨近分手時，祝英台約梁山伯說：「某月某日，你可以來找我。我將稟告父母，把妹妹許你爲妻。」實際上是把自己許給了梁山伯。梁山伯因爲家境貧寒感到羞澀，不敢依約前往祝家提親，於是耽誤了日期。英台父母便把她許給馬家的兒子。後來梁山伯就任鄮縣④ 縣令，便順道拜訪祝家，想要找九官。家僮卻說：「我們家只有一位祝九娘，並沒有祝九官。」梁山伯才大驚醒悟，說自己曾是她的同學，請求見祝九娘一面。祝英台以羅扇遮面走出來，側著身子向山伯作了一個揖。梁山伯離開祝家後，又悔恨、又思念，最後生病而死。梁家來信說山伯將葬在清道山腳下。

　　第二年，英台嫁到馬家，在路上，她想拜訪梁山伯埋葬處，要求船伕繞道。到了那裡，忽然興起狂風巨浪，於是大家停船上岸。祝英台走到梁山伯墓前，放聲痛哭。墳地忽然裂開，英台躍入墳中。她身上穿的繡裙絲襪，化成一群彩蝶，翩翩飛走。丞相謝安⑤ 聽說這件事，請求朝廷封祝英台爲「義婦」。這件事發生在東晉永和⑥年間。

　　齊和帝⑦時代，梁山伯又顯神蹟，幫助朝廷打了勝仗，立了功勞，官員爲他在鄞縣⑧建造一座廟，把梁山伯與祝英台合在一處祭祀。他們曾經讀書的地方叫做碧鮮庵，已經在建元⑨年間改爲善權寺。現在善權寺後面有一塊石刻，上面寫著「祝英台讀書處」。寺前約一里處，有一個村莊叫祝陵。杜鵑花在善友山上開放的時候，總有成雙的大彩蝶在花間飛舞，從來不分開，大家都說那是梁山伯與祝英台的魂魄。現在，人們還把這種大彩蝶叫做「祝英台」呢。

　　説書人的話

本篇比較完整的記述「梁祝」這個愛情故事。祝英台改裝求學、與梁山伯同學三年、並暗示許婚、約定相會、婚嫁途中祭墳等等，最後殉情化蝶。這個故事塑造一位美慧剛烈的女性形象。故事的結局淒婉，但美麗動人，人們「願天下有情人終成眷屬」的美好願望躍然於字裡行間。

　　注 釋

① 在今浙江省曹娥江東。
② 今浙江省紹興。
③ 今江蘇省宜興縣。
④ 故城在今河北省臨漳縣西。
⑤ 東晉名臣，曾挫敗桓溫的篡位陰謀，領導著名的淝水之戰。
　⑥ 穆帝年號。永和，西元345年～356年。
　⑦ 南齊末代皇帝蕭寶融，西元501年～502年在位。
　⑧ 今浙江省寧波附近。
　　⑨ 南齊高帝蕭道成的年號。建元，西元479年～482年。

原書介紹

《祝英台小傳》 作者邵金彪，清道光年間人，生平不詳。

梁祝故事是中國家喻戶曉的古老故事。它可能是以六朝時期一個真實的故事為基礎而演化出來的。宋代張津《四明圖經》引用唐代梁載言《十道四蕃志》說，四明地區有座「義婦塚」，相傳梁山伯與祝英台同學三載，山伯不知英台為女子，後來雙雙殉情而死，同葬一塚。晚唐張讀《宣室志・通俗編》也有同樣記述。宋代李茂誠作《義忠王廟記》，寫梁山伯生而神異，求學遇祝英台，數年後訪問祝家，才知英台為女子；山伯死後，英台適馬家，她臨塚奠祭，地裂合埋。丞相謝安奏請封其墓為「義婦塚」。後來梁山伯顯神，助劉裕討伐孫恩，受封為「義忠王」。這些文章頗蕪雜。邵金彪的《祝英台小傳》雖然晚出，卻比較好的記述了這個富於浪漫色彩的民間故事。

夜 光 娘 子

出自：《夜語秋燈錄》／宣鼎

　　孫秀才，名叫鄳，住在三十六陂①。爲人品格高雅，長相尤其瀟灑。住地周圍煙波浩渺。他修了幾間茅屋，讀書聲和漁唱樵歌相互應答。因爲貧窮結不起婚，對選擇配偶又很苛求，所以到了二十歲仍然單身一人。挑水舂米，縫補漿洗，大多自己動手。屋門前有一千多株楊柳，常常繫著如蜻蜓般的小船。孫秀才生性十分善良，經常用替人寫字畫畫的酬金購買魚蝦螺蚌之類，親自送到湖中放生。他寫作《湖干雜泳》說：

　　「門前老樹冒枯藤，戒殺年來勝野僧；多謝綠蓑人識我，到門不敢掛魚罾。

　　未采湖鮮與澗毛，蒪芹風味亦陶陶；笑他咒鱉生重肪，何苦頭銜署老饕。

　　雨雨風風怕出頭，書叢人拜小諸侯；忽聽划楫呼生物，又欲拋書泛小舟。」

　　一天，孫秀才正解下船纜，忽然來了一位老太太問他：「孫秀才到哪裡去？」答說：「放生去。」老太太又說：「暫且莫走，讓我來替秀才作媒。」孫秀才皺著眉頭，說：「這件事太不容易，您不過是亂說。」老太太又說：「人人都說秀才性情古怪，看來確實如此。我受人託付，一句話重於九鼎，並不是爲了撈取喜酒喝罷了。釜山神女夜光娘子仰慕你，並想和你結婚，讓我來作介紹人，請你答應。」孫秀才急忙捂住兩耳，笑著說：「瘋婆子真是戲弄書生，神女和我不是活在同一世界的。您爲什麼說話不合常理？」老太太拍著巴掌說：「人說秀才知道天下事。洞庭柳毅②、藍橋裴航③，難道天天抱著書本的人還不知道麼？」孫秀才說：「作家虛構的故事，怎麼能夠相信？」老太太

說：「秀才不相信，爲什麼不隨我去和夜光見一見？」秀才回答：「可以。」划船行了三、四里，只看到萬頃荷花，花朵都呈現五種顏色，花瓣葉紋，宛如一縷縷金絲；鷗鷺等水鳥往來穿梭如同織布。其中有十個小女子，蓬著頭髮，梳著烏鴉髻，如同村姑般裝束，一邊採著菱藕，一邊唱著：

「采菱復采菱，莫驚翡翠禽；采藕復采藕，唯羨鴛鴦偶。雄鴛文彩如鳳雛，雌鴛渾樸如鷗鳧。雄但憐雌交頸宿，下眼何曾覷野鶩！可憐野鶩不知愁，亦復雙飛古渡頭。」

唱完歌，見到老太太和孫秀才來了，便大喊：「解姥姥 ④ 帶來一位玉郎，這是夜光娘子的夫婿嗎？」答說：「是的。」小女子又說：「我們戴釵搽粉的，自信不比夜光差，解姥姥爲什麼偏心？」老太太還來不及回答，孫秀才笑著說：「算了吧。如果把這些人當作神女，這眞是侮辱人。請讓我走吧，我還要去赴仙人的約會。」老太太說：「秀才不要只看表面。夜光如果在她們中間，那眞是鶴立雞群了。」孫秀才說：「拿她們比照夜光，可以想像得出來。我要走了。」立即讓老太太換乘採菱藕的船，自己划著船槳笑著離去了。

一個多月後，老太太又來到茅屋中，說：「夜光娘子長得天姿國色，東海龍王的三世子從涇陽 ⑤ 回來，途中偶爾見到夜光，說是比灌壇仙女還要美麗，最近想要用白玉床、珊瑚枕作聘禮。夜光因對你生氣，所以想要答應，我極力阻撓她，所以還有一線希望。」孫秀才說：「聽憑她吧。」老太太說：「以後不要後悔啊。」突然，有一個長得黝黑肥胖的男子從茅屋門外走過，老太太指著說：「這就是夜光的弟弟。」孫秀才大笑著說：「怎麼樣？俗話說：『娶妻子要看看阿舅子』。你看他那肥大笨拙的樣子，就可以知道他姊姊怎麼樣了。」老太太羞紅著臉走了。一眨眼又到了中秋佳節，湖中心的鑒園裡桂花開得茂盛，遊人多如雲集，孫秀才也前去觀看。荷花已經凋謝了，只留枯萎的荷葉，風景顯得蕭條。回頭再看亭園，桂花飄落就像黃雨，香味通入鼻孔，沁人心脾，極爲濃郁。走入亭園中，只見各處都被遊人坐滿了。茶啊，煙啊，酒啊，煙霧繚繞，雜伴著喧嘩的聲音。他覺得十分厭煩。只有靠近湖水邊的一

座茅亭，由於沒有經過精心雕琢，所以寂靜無人。孫秀才看到這泥壁上題有一首詩，墨汁淋漓還沒有乾。詩句說：「嫦娥明鏡古今持，照盡人間好影兒；多少斷腸痴女子，可能高眼判妍媸！」

跋云⑥：「是夕攜解姥眺月於此，閒話偶拈。 ——夜光」

孫秀才反覆吟誦，如同喪魂失魄，驚訝地說：「這是夜光寫的詩麼？是？還是不是？」他面對泥壁輕聲吟誦，幾乎忘記天色已黑。離開時仍然回過頭來看看，筆跡清秀飄逸，心裡很動情。半途遇見一條畫舫，裡面坐著一位十六歲的女郎，白衣綠袖，烏黑的頭髮，蓮花般的小腳，旁邊坐著一位老太太，正是解姥姥。孫秀才急忙喊道：「是解姥姥麼？」老太太見到是孫秀才，急忙放下船帷，划船穿進花叢中，美人兒也看不見了，也不知道是不是夜光。回家後苦思冥想，吃不下，睡不著。第二天，一見到老太太隔著小堤搖著小槳，急忙和她搭訕，並邀請她過來。老太太笑著說：「我每天晚上要織白綃，又要替夜光督促丫環刺繡，忙得很，實在沒有時間和秀才聊天閒談。」孫秀才問：「夜光到底長相怎樣？」回答說：「鬼臉夜叉頭，十個手指大如葵扇，秀才怕不怕？」孫秀才說：「請求姥姥寬恕我，不要開玩笑了。」老太太說：「中秋那天和畫舫相遇，你兩眼滴溜溜細看的，不就是夜光嗎？」孫秀才說：「相貌確實很美麗。茅亭土牆題寫詩句，美人真的有才麼？請解除我的困惑。」老太太說：「秀才真是井底之蛙呀。」說完，匆匆地離去了。

孫秀才從此又是思念、又是悔恨，於是把氣發在採菱藕的小姑娘身上。一聽見她們的歌聲便追趕過去，大罵：「可惡的冤孽，想要害死我。」一個多月後，竟然得了病。一天天地變得萎靡不振，家奴請來醫生為他診治，都不見好。他躺在床上，久病不癒，氣息奄奄。家奴哭著說：「秀才你要好好支撐著，心中有難言的苦衷，一定要明白告訴我，或許我能盡力幫你。」孫秀才輕聲嘆息，說：「解姥姥……」家奴明白他的意思，便向湖神禱告，果然找到了解姥姥。姥姥被拉來，見到秀才就說：「我又不是醫和、醫緩⑦，能夠治癒難好的病，這到底是求我幹什麼？」孫秀才回答說：「夜光。」老太太說：「傻秀才，請死了這

條心吧。她已嫁給了龍王三世子，能怎麼辦？」孫秀才聽說後，大為悲痛，暈死過去。老太太走了，家奴呼喚秀才也不見甦醒，正哭泣著準備為他裝斂，忽然老太太和一位美麗的姑娘一同來了，撫摸著孫秀才的屍體，說：「公子趕快醒來，夜光在這裡。」孫秀才兩眼微微睜開，又接上了一口氣。他一看見解姥姥和夜光，抽噎著說：「嘻！來了嗎？」接著又暈死了。夜光口中吐出一個白色小球，小得就如彈丸，貼近孫秀才的嘴唇吐進去，孫秀才肚裡發出嘓嘓的叫聲，頓時便醒過來了。過了很久，定了神，便問那姑娘：「妳真是夜光嗎？」答說：「是的。」孫秀才說：「妳為我吟誦一遍壁上的望月詩，我才相信。」夜光輕聲吟誦了那首詩，孫秀才說：「我並不是分不清好歹，只是被眼高所耽誤罷了。我以後的生和死，就決定在妳和解姥姥手中。」解姥姥笑著說：「傻秀才，前一段高高在上，裝模作樣，幾乎害死了自己，怎麼埋怨起媒人來了？」說完拉著夜光：「他活過來了，娘子怎麼還不回去？」夜光揚起衣袖，準備起身，孫秀才伏在枕頭邊哀求說：「請稍留，我已知罪。」順勢牽住神女的衣袖死死不放。解姥姥說：「娘子不計較你以前的過錯，拯救了你的餘生。怎麼，你還想和她結婚嗎？」孫秀才跪在枕頭上叩頭。老太太又笑著說：「太不像話了，種田郎娶妻，還有小小禮儀，何況娘子是神女，難道能夠移岸靠船來牽就你嗎？窮書生剛剛得以活命，就死死地糾纏人。」說完，拉著夜光趕快離去。孫秀才大聲哭喊，家奴擔心他再次死去，急忙撐船追趕，想哀求她們折返回來。孫秀才沒完沒了地哀聲哭泣著，忽然身後有人撫摸他，並說：「痴情郎少作態，何必像小孩那樣嬌憨哭泣呢？」他覺得奇怪，一看，原來是夜光，便說：「妳對我發慈悲麼？」夜光說：「我和公子有緣分，願意結為歡好，擔心公子不是鍾情的人，動輒便像對待秋扇般拋棄我，所以我特意考驗你罷了。我是神女，不像人間的婚嫁，即使像鳩盤⑧那般醜的人，也還要裝模作樣。我要和你百年團聚，能忍心馬上離去麼？」孫秀才很欣喜，自己起身關上門，他的病好像消失了。回頭一看床上被褥鮮艷、潔淨，桌椅茶几整齊漂亮，簾幕都如新做的一樣。來不及詢問，馬上和她同床歡愛，情意深厚，難捨難分。

　　家奴追趕解姥姥，一直追到蘆葦蕩中，進了一間小房子，裡面只有解姥姥在，只好哀求她。姥姥說：「娘子回到洞府去了，為什麼不住下來，明天清晨和你一起去尋找。」第二天清早，家奴發現自己睡在沙灘上，房屋全沒了，哭泣著大罵解姥姥騙了自己。划船回來，一進門，只看見神女正對鏡梳理早妝，孫秀才為她調理鉛粉和雌黃，儼然成了一對夫妻。

　　一天晚上，夜光忽然流著淚對孫秀才說：「我們的緣分到盡頭了，怎麼辦？」孫秀才驚訝地問她原因，她說：「實話告訴你吧，龍王三世子對我假借他的名義很惱怒，又看我長得漂亮，想要強行奪取我。」孫秀才說：「他縱然是龍子，奪取人家的妻子，難道沒有罪？明天，我要寫奏狀上告天帝。」夜光說：「這件事應該使用武力。明天你要模仿我抱著孩子坐在樓上度過一頓飯工夫，直到災難過去。」接著又喊家奴過來，畫一個咒符黏貼在他的額頭上，並把弓箭交給他，對他說：「你站在門口，看著我激戰，聽見我大喊『破塊子』，你立即對著白衣人射箭，不要忘記了。」三更時分，雷聲隱約傳來，雨聲淅瀝，五更時分，尋找夜光，沒有找到。迫不得已，關好門窗，吩咐家奴照夜光所說的那樣做。家奴拉滿弓在門口等著。只看見夜光穿著柔軟的鎧甲繡衣，和白衣人在湖面上交戰。白衣人口吐黑霧彌漫天地，冰雹如雨般往下跌落；夜光口中吐出如斗一般大的紅色珍珠，光芒照耀在天地之間。水中的鬼怪，乘著洶湧如山的激浪，爭相擁向茅屋門口。一看見家奴，就馬上落下，好像是害怕他額頭上的咒符。過了一會兒，果然聽到夜光大喊「破塊子」，家奴隨即發射一支箭，正巧射中白衣人的腰胯。只聽得雷聲轟鳴，白衣人變成龍向西逃去。夜光也變成巨蚌，收回紅珍珠，走進蚌殼中去。那巨蚌大得就像車蓋一樣。後來，孫秀才經常想念著夜光。

說書人的話

　　本文寫了一對才貌雙全的青年男女曲折婉轉的愛情故事。孫生的善良、自信、專一、蚌仙夜光娘子的聰慧、美貌、勇敢，都寫得栩栩如生。環境描寫非常成功，寫出了水鄉澤國所獨有的美妙境界，

與人物個性達到了水乳交融的程度。

注 釋

① 湖泊名。在安徽省天長縣境內。天長縣是作者的家鄉。

② 見唐代李朝威的傳奇小說〈柳毅傳〉（見本書第108頁）。

③ 見唐代裴鉶的傳奇小說〈裴航遇仙〉（見本書第212頁）。

④ 即蟹姥姥。「解」與「蟹」諧音。

⑤ 陝西省縣名，在涇河之北。〈柳毅傳〉寫洞庭龍女與涇河龍子的婚姻糾葛。涇河龍子是一條兇暴的惡龍。

⑥ 文體的一種。寫在書籍或詩文的後面，多用以評介內容或說明寫作經過等。

⑦ 春秋時的名醫。

⑧ 醜鬼名。唐宋以來用以指醜婦人。

原書介紹

《夜雨秋燈錄》 清代傳奇故事集。作者宣鼎（西元1832年生，卒年不詳），字瘦梅，安徽天長縣人。工於書畫，家道中落後以賣書畫為生。四十歲時開始寫《夜雨秋燈錄》中的故事，「取平日目所見，耳所聞、心所記且深信者⋯⋯每日作文一篇或兩篇。」光緒三年（西元1877年）刊行《夜雨秋燈錄》初篇，光緒六年刊行續編，共收故事二百三十篇。（後來另一種版本的《夜雨秋燈錄》，只收宣氏原著五十五篇，另收他書五十八篇。）書中故事大多取自民間，情節曲折變化，描寫細緻生動，筆調清新優美，在模仿《聊齋誌異》的作品中名列前茅。

鶴 民 國

出自：《埋憂集》／朱翊清

　　鶴民國人身高僅三寸，而每天能跑八千里，其快如飛。常爲海鶴所捕食。鶴民國人性情機敏多智，就把玉石雕刻成自己一樣的形狀，幾百一群，放置在海邊荒野中。海鶴果眞把它們當成矮人，呑吃下去就死掉了。後來其他的鶴看到眞人，反而不敢再吃了。

說書人的話

鶴民國大概是根據白鶴能飛想像出來的奇異國度。他們利用天敵海鶴貪婪的特性，造出玉人，以假亂眞，以假存眞，終於懾服了天敵，這個辦法也是很奇妙的。張錫昌等用白話改寫的《中國古代童話故事》中，將〈鶴民國〉擴展到二千多字，可見在創作中，古代的故事素材大有利用價値。

原書介紹

《埋憂集》清代筆記故事集。作者朱翊清（西元1824年生，卒年不詳），字梅叔，浙江省歸安縣人。《埋憂集》刊行於清同治十三年（1874年），正集十卷，續集二卷，有故事二百零九則。據作者自序說，大概花了三、四十年光陰，「意有所得輒書數行，以銷其塊壘」，是一部有所寄託的書。

因　循　島

出自：《淞濱瑣話》／王韜

　　曲沃①地方有位姓項的人，本是獵戶人家，傳到項某才改業去讀書。他文名出眾，而且喜歡放生積善。有次過河時，見到有農人抓獲一隻黑色猿猴，尾巴斷了，腳也傷了，鮮血沾滿皮，那猿見到項某，仰頭悲聲嘶叫，作出乞憐的樣子。項某被感動了，買下來釋放牠。猿離去時頻頻回顧，像非常感謝的樣子，很快就不見了。

　　後來項某到福建那邊做幕僚，回家時乘坐海船。早晨出發，還沒到中午，忽然颳起颶風，船上的人很驚駭。一霎那，白浪排空挾帶著船升起，到數十丈高，又陡直摔落在波谷底。眾人都被浪捲走了，項某抱著木板，隨波漂流。風越來越大，瞬息之間不知跑了幾千萬里，項某自認必死無疑了。等靠近海岸，還迷迷糊糊不知道。沒多久，風停了，潮水退了，肚子已擱在淺水洲邊的石頭上，他嘔出成斗的水，過很久才漸漸清醒。抬頭只見黃沙一望無際，草木不生。當時正是初秋，天氣還暖和，便脫下衣服晾在沙上。衣服晾乾了，重新穿上開始行走，繞來繞去走了幾十里路。這時太陽已下山，月亮從海上升起，起起伏伏，看來比車輪還大，發散出五色的光輝。他沒心思觀賞，只踏著月光趕路。走到半夜，還是沒有遇上人家。山丘重疊起伏，林木漸漸繁盛，聽得到虎嘯猿啼，他毛髮嚇得根根豎立，肚子也非常餓了，幸而身上帶了幾枚熟雞蛋，還可以壓壓飢火。吃完剛要繼續走，腳卻已累得走不動了，於是就在這深林中休息。四面磷火上下飛舞，好像被鬼怪窺視就要撲上來，心咚咚直跳，

整個晚上都醒著。

天剛亮，又起來行走，中午過後才見到村落。居民都長髮披肩，形貌不像中華百姓，又個個面黃肌瘦，非常憔悴，好像生了很久的病。他便走上前詢問，對方言語如同鳥叫，聽不很清楚。有一個老頭走出來詢問，項某告訴他實情。老頭說：「你是中華人士吧？這裡是因循島，離中國有九萬里遠。去年有位海路客商朱某也遭遇颶風漂到這兒，在小老兒處住了一年，後來被島主知悉，用車子載走了。我因此熟悉了中國的語言，你沒有家，何不在我家稍稍逗留一下？」項某很高興，便隨他回去了。鄉村人都來了，互相竊竊私語，似乎感到很驚奇。老頭擺出酒餚，並不很豐盛，但勸酒上菜都很殷勤。一會兒，門外有敲鑼的聲音，眾人都驚惶倉卒地逃走躲藏，老頭急忙關上門。項某問緣故，老頭說：「這是本地縣令，喜歡吃人，你剛到這兒，可別被他看見。」項某從門縫中窺視他們，只見前後的隨從都是獸面人身。官轎中有隻狼正襟危坐，衣服冠帽很整潔。項某很驚駭，回裡屋問老頭，老頭神色慘然，說：「這地方本來富裕。三年前，不知道是什麼原因，忽然來了幾百群狼怪，分頭佔據各地。大狼怪做省長官，其次就做郡太守、做縣令。他們所使喚的幕僚差役，大半是狼的同類。剛到的時候，尚且還以人形出現，衣服冠帽也都威嚴整肅；沒幾個月，漸漸流露本相，專門愛吃人的膏脂。這地方有幾十個鄉村，每天要送三十個人到官署。他們用鋒利的錐子刺人的腳底，供他們吸食，膏脂吸盡了才放回來。雖然不至於都死掉，可是從此就會瘦弱不堪，更有人被他們拋屍野外。」項某驚訝說道：「島主也是狼嗎？」老頭說：「不是，島主還是仁慈的。那狼怪能夠變化成人形，老謀深算，詭計多端，島主就被他們所騙。」項某又問：「朝廷臣子為什麼不知道呢？」老頭說：「朝廷的官員都相互勾結，狼怪們又每年悄悄用重金賄賂，便無人去揭他們的老底啦。何況狼怪在拜見官吏時，仍以和善的面目出現，哪知道等出來做官治民時，還另有一番面目呢？」項某說：「這些怪類當權得意，還成什麼世道？我沒什麼才能，但要替你們上訴給島主，等這些怪類被殺盡才罷休。」老頭說：「你雖然心懷忠義之情，但肯定成不了事的。何況你是他鄉的外人，照例就

更難越級上訴。倘若遇上那正在四處挑選肥人為食的狼怪，會有性命之憂啊。」項某心中仍不能平靜下來。

第二天，他沒辭別就走了。正要詢問路徑，忽然有幾個人撲上來捆住他，直接送到一座官署。項某正驚懼時，見到正堂兩側的廊下，坐著臥著的都是狼類，他的心情頓時消沉下來。一會兒，見一位官員走上堂來，衣服古樸，幸好是人的模樣，心裡希望他可代自己求情。官員回頭瞥見了項某，好像很高興，他粗略地問問來由，項某詳細地講述前事。那人忽然回頭對左右侍從說：「這人肌膚白皙又肥胖，精髓必然美味，應當獻給上司，必定能給我記功求寵。」項某知道他不懷好意，再三地懇求寬釋，但官員不聽，隨即命人用木籠關押項某，將他抬出門去。他們走了兩里多路，眾人喧鬧起來，都傳說：「太守來了！」於是眾人紛紛讓路迴避。一會兒，只見儀仗威嚴齊整的隊伍，簇擁著一位貴官來了。那官長得鼠眼獐頭，不停地四處張望。見到被捆綁的人，便詢問原故，差役上前稟告說將送去上司衙門。太守命人把項某抬上前來，審視良久，說：「您不是項某人嗎？怎麼到了這兒？」項某也很驚訝，但是不知道他怎麼會認識自己，便隨便應了幾句。太守立刻出轎，斥退眾人，命人脫掉項某的捆索，叫人牽兩匹馬來，和項某並騎而行。項某不知道怎麼回事，轉頭問他的姓名家世，太守說：「我就是侯冠 ②啊，受過您的大恩，等進了官邸再細細道來。」不一會兒，到邸前，只見門前標著「清政府」 ③ 三字。下了馬一同進門，侍從、小吏十多位在兩旁肅然相迎，又見兩旁隱約有幾頭狼臥著，項某心中驚懼不敢再看。隨即進了內堂，太守侯冠馬上跪伏在地拜謝，項某忙回拜。於是又問起緣由，侯冠說：「我就是河上遇見您的老猿啊。承蒙您援救，這大恩終身不忘。後來遇上瘦柴生 ④ 將要奪佔這座島，因為我能變化為人形，便招我一起去。不料這島主仁信有德，連魚蟲鳥獸也為之感化，瘦柴生不忍心推翻他，只謀求當地方的大官，所以現在擔任省裡的總督。我則是因為有協助辦事的功勞，而被授予現在的職位。現今從都察院以下，大半是我們的同伙。其中有不甘心追隨的，都已賦閒丟官了。我也是經常戰戰兢兢的，長久苦於這些衣冠的束縛。等到有方便的時機，我便會送您

回鄉。」項某這才恍然大悟。侯冠也詢問項某到此的原故，項某粗略地告訴他，相對嘆息。講話間，已到就餐時候。見到幾隻狼走過來，各自穿著衣服冠帽，立即變成了人樣，與項某互相寒喧客套，一一由侯冠為他介紹，那都是些丞尉、案吏及幕僚。相互禮讓著入席坐下，笑談和睦。侯冠獨自走進內堂，項某與眾人一起飲酒。飲到有些醺暢的時候，兩個差役抬著一個肥胖的人經過，全身一絲不掛。眾人說：「可以送到廚房去。」項某驚奇地詢問，他們都笑著不說話。頃刻間廚師送上一盆菜，好像雞蛋羹一樣，眾人用這菜敬給客人說：「這就是人的膏脂。我們非常喜歡吃的，只是侯主公不太喜歡。先生這次來，口福真是不淺啊！」項某驚訝地說：「適才那位胖人已被宰殺了嗎？」眾人說：「是的。我們公家膳食，本來應該有例行的供給，這地方因為主公喜歡吃素食，所以每天只送進一個人。如果是在大院中，那吃掉的人就更多了。」項某心中感到悽慘不能下咽，逃離宴席找到侯冠，這才填飽了肚子。

項某居住在府中，鬱鬱沒有意趣。侯冠察知他的意思，說：「機會還沒來，歸鄉的計畫尚難實現。苟縣的縣令姓厲，是我以前的部下，他那兒的山水優美，足夠讓人遊賞一番，我推薦您暫時去做幕僚，藉此來寬廣眼界吧。」項某很高興，第二天拿著太守的書信去那兒。見面後即被邀請住留，賓主很融洽。項某細細觀察厲某也是個狼妖，外表寬和平靜，而實質貪婪狡詐，完全沒有人情道理。幸好公事很簡略，所以每天只是帶著僕人出遊，有時休憩在山中，幾天才回來。厲某也不責怪他。縣內有位鄉紳非常強橫，強奪鄰人的土地達好幾十頃，鄰人上訴控告他，鄉紳用重金賄賂，厲某竟然不為鄰人講理，反而把他趕走。鄰人向上層控訴，上層又發回縣裡重審，縣裡仍然堅持前次的處理。鄰人沒辦法，自己竟在鄉紳家門前上吊了。鄉紳連夜趕到縣衙，與厲某秘商，設法掩蓋此事。項某憤憤不平，追問是非曲直。厲某笑說：「先生不知道嗎？鄉紳的兒子在京師擔任要職，得罪他，就保不住這官職，何況我還有妻兒啊？再說小民的生命能值幾個錢？以權勢壓他，他也沒有辦法對付。」項某說：「照你的話說來，還有什麼人情天理呢？國法王章不成了虛偽的擺設嗎？」

厲某說：「先生可錯啦，今日做官的門道，哪還談得上情理呢？我們要辛苦鑽營，才得到這個小小的縣令職務，只求在上司那兒得到賞識，不必擔心在下民那兒不施仁政。直的可以說成彎的，彎的可以說成直的，逢迎的奧妙要心中有數，應酬的手段要千變萬化。只要上司賞識，即使得不到民眾愛戴挽留，朝廷上仍然會有褒揚和推薦你的奏本送入；如果上司認為您不好，那麼即使因治理有方，使民風淳厚，朝廷也不會有讚頌你功德的碑刻。公堂上因勤政愛民而得百姓愛戴，總比不上得到權貴私人的寵信庇護。」

　　說話間，省裡緊急公文來了。上面說郎大人將要奔赴苛縣檢閱部隊，吩咐盡快準備供應的物品。厲某匆匆辭別而去，召來丞尉商議，立即讓出縣衙作為閱兵臨時官署。第二天便搬遷一空，另外找了西邊房舍居住。官署中張燈結彩，窗戶上裝飾著美麗的錦緞，地上鋪著尺多厚的毛毯；寢室內則擺著八寶裝飾的大床，繡著鴛鴦的枕頭，雲彩般的錦帳，輕暖翠色的被子，光彩迷離，不能逼視，上下內外，全都煥然一新。到了那天，打探風聲的人排滿道路，歡迎的人群堵塞大門，人們來往奔走，汗都擠出來了。快天黑時，郎大人來了。禮炮隆隆，騎馬的蹄聲得得作響，儀仗隊有數百人，衣甲非常整齊。那行牌上寫著「粉飾太平」、「虛行故事」、「廉嗤楊震 ⑤」、「懶學嵇康 ⑥」等字。項某問小吏，小吏說：「這是德政牌 ⑦ 啊」。隨即見武士幾十人各執著刀劍，分成幾隊疾步跑來，圍觀人眾都側頭看著，無人敢喧嘩。有十幾個人簇擁一個大官，端正地坐在轎中，豬嘴虎鬚，形貌極為獰獰凶惡，兵士官吏都跪下歡迎。郎大人置之不理，轎子飛快進入官府中。項某想看看他的行為舉止，跟著進門，有官吏板著臉阻攔，厲某來婉言了幾句，項某才進得去。只見廳堂上燃著粗大的紅燭，明亮如同白天。郎大人高高在上坐著，旁邊站著幾排衣服華美的人。一會兒，傳命呈上兵士名冊。名冊呈上後，便交給下屬侍官拿去。隨後有十幾個軍官進來叩見，有的獻上黃金珍寶，有的呈上奇妙玩具，有的乞憐諂媚。過一會兒後，厲某跪著請郎大人用夜宴，一起起身來到小廂房，隨即有官吏出來問說：「有沒有歌妓呀？」厲某沒話應付，很窘迫，飛快返回西邊房舍，打扮好自己的愛妾和小女，送了上來。郎大人大喜，當面稱讚他

能幹，而厲某的應酬周旋之態，醜惡的難以言傳。宴席完畢，眾人都退下，只留下愛妾和小女伴郎大人睡覺。厲某仍是洋洋得意，很興奮的樣子。項某很憤怒，然而也沒敢怎麼樣，就睡了。項某早上起來，見郎大人還沒起床，有位軍官走來，請大人檢閱操列。郎大人的貼身官員叱責他說：「大人還沒起來，起來後還要吸食煙霞⑧，你來幹什麼？」軍官唯唯答應著退出。半晌，又有一位貼身侍從出來傳令免了操練，當即發放賞賜犒勞，軍官答應著離去了。快到中午時分，郎大人才起來，厲某急忙進上膳食。半頓飯工夫，郎大人傳令起駕開路，左右侍從荒亂匆忙排好隊伍出發，厲某等人都跪著送他們，愛妾和小女這才紅著臉返回家去。這次排場耗費很大，卻沒聽說隨後有什麼整頓效果。項某非常反對這件事，當即告別厲某，回到侯冠那裡去。路途上紛紛傳聞，說是厲某已經升任某地的知府。等到見了侯冠詢問此事，侯冠說：「這個國家的官員，大部分都是這樣做的。你這個書生眼界太小，只是白白自己找氣受罷了。」

項某不願意再逗留，更加想回家了。正好有位姓朱的海路客商奉國王的命令回鄉，侯冠便收集了些珠寶為項某打點行李，並去請求讓項某搭便船。侯冠送項某到出海口，已經有一艘船停岸等候。朱某與項某上了船，海上颳起大風，互相作揖辭別後便起帆開船。八天後到瓊州島，登上岸從陸路回家。項某取出箱籠行李中的東西換成銀錢，買了田地、建了房子，成了富翁。

說書人的話

這個故事寫一個豺狼橫行的國度，官僚及其走狗們都是披著衣冠的豺狼，他們吸吮民脂民膏，選擇肥胖的人作為食品；下級官僚對上級諂媚奉迎，廉恥喪盡，醜態百出，「但求上有佳名，不妨下無德政」，國法王章成為虛設。這正是清王朝行將崩潰前夕的藝術寫照。不過作者對清朝廷最高統治者仍有所維護。「瘦柴生」可能是影射帝國主義列強。「因循」云云，是批評清帝國因循苟且，不思改革。本文在寫

法上頗似《聊齋誌異》中的〈夢狼〉；人名「侯冠」、「瘦柴生」、「屬令」、「郎大人」則使用雙關修辭格，「項某」也似乎與「強項」一語有關。

注釋

① 古邑名，在今山西省曲沃縣城東。
② 諧「沐猴而冠」，指其乃黑猿（猴）而作了官。
③ 語意雙關，表面指清廉政府，暗諷清朝。
④ 因狼瘦健，故用此稱狼。
⑤ 譏笑楊震的廉潔。楊震，東漢人，以清廉博學著稱。
⑥ 三國時魏晉人，竹林七賢之一，他崇尚老莊，不願做官，以懶散著稱。
⑦ 舊時稱頌官員政績的石碑，稱為德政碑。此處用來指官員行牌，有諷刺之意。
⑧ 指鴉片大煙。

原書介紹

《淞濱瑣話》 晚清筆記故事集。作者王韜（西元1828年～1897年），初名利賓，字仲弢，一字紫銓，號天南遁叟，江蘇長洲人。他是清末著名學者，改良主義政論家。秀才出身。西元1849年在上海英國教會辦的墨海書館工作，曾上書進獻攻打太平軍的策略；西元1862年又化名「黃畹」，上書太平軍獻策，於是被清廷通輯，逃往香港。後來赴英、法、俄等國遊歷，再到香港主編《循環日報》評論時政。晚年在上海主持格致書院，為洋務派獻策，而又進行批評。有著作數十種。
《淞濱瑣話》作於西元1887年，共十二卷，專門模仿《聊齋誌異》的寫法，往往譏切時政。因作於上海，故取名「淞濱」。他還寫有文言故事集《遁窟讕言》、《淞隱漫錄》。

中 國 經 典 童 話

歷經千年‧橫跨群書的119個述異傳奇

編　　著／陳蒲清等

總 編 輯／劉麗真
主　　編／陳逸瑛
責 任 編 輯／何維民
美 術 設 計／蔡榮仁

發 行 人／蘇拾平
出　　版／三言社
　　　　　台北市信義路二段213號11樓
　　　　　電話：（02）2356-0933　傳真：（02）2356-0914
發　　行／城邦文化事業股份有限公司
　　　　　台北市民生東路二段141號2樓
　　　　　電話：（02）2500-0888　傳真：（02）2500-1938
　　　　　郵撥帳號：1896600-4 城邦文化事業股份有限公司
　　　　　城邦網址：http://www.cite.com.tw
　　　　　E-mail：service@cite.com.tw

香港發行所／城邦（香港）出版集團
　　　　　香港北角英皇道310號雲華大廈4/F 504室
　　　　　電話：25086231　傳真：25789337

馬新發行所／城邦（馬新）出版集團
　　　　　Cite（M）Sdn.Bhd.（458372U）
　　　　　11, Jalan 30D/146, Desa Tasik, Sungai Besi,
　　　　　57000 Kuala Lumpur, Malaysia
　　　　　電話：（603）90563833　傳真：（603）90562833

■初版一刷／ 2004年4月5日

定價：299元

國家圖書館出版品預行編目資料

中國經典童話：歷經千年橫跨群書的119個述異傳奇／陳
蒲清等編著. -- 臺北市：三言社出版：城邦文化發行
2004〔民93〕面：公分
ISBN 986-7581-07-5
859.6　　　　　　　　　　　　　　　　93000374

《中國經典童話：歷經千年橫跨群書的119個述異傳奇》繁體字版，由岳麓書社正式授權三言社出版。